LE PROMENEUR AMOUREUX

DOMINIQUE FERNANDEZ

LE PROMENEUR AMOUREUX

De Venise à Syracuse

PLON

ISBN 2-266-03692-0

DE VENISE À PALERME

LETTRE D'AMOUR À NAPLES

QUAND je dis à mes amis que j'aime Naples, ils me répondent : « Ah oui ! La mer, la via Partenope, Villa Chiaia, l'ombre sous les pins parasols, et, là-bas, les reflets étincelants du soleil sur les vagues ! » Je secoue la tête et je dis alors : « Non. Il est vrai que j'ai beaucoup de plaisir à me promener le long de la mer, il est vrai que les arbres de Villa Chiaia sont parmi les plus beaux du monde et que, tout au bout du jardin, rien n'est plus agréable que de s'asseoir à Mergellina en face des barques qui clapotent doucement. Mais ce n'est pas pour cela que j'aime Naples. L'amour, c'est autre chose ! »

« Et pour quoi l'aimez-vous alors ? Je parie que vous êtes féru d'antiquités grecques et romaines. Vous passez vos matinées au Musée national, et, dès que vous en trouvez l'occasion, vous courez à Pompéi, à Ercolano... »

Comment faire comprendre à mes interlocuteurs que je ne dédaigne pas Athènes ni Rome, et que les grands bronzes noirs du Musée national sont parmi les statues qui me touchent le plus, mais que Naples, je l'aime pour des raisons qui n'ont rien à voir avec le goût que je peux avoir pour les choses du passé, pour la culture, pour le « patrimoine de l'humanité ».

Au contraire, quand j'arrive à Naples par la route de Terracina et de Gaeta (la route obligatoire pour qui veut comprendre l'originalité absolue de l'ancien royaume du

Mezzogiorno), je suis pris, voilà le mot, pris, c'est-à-dire enlevé à tout ce que j'étais auparavant, à mes goûts, à ma culture, à mes richesses d'Européen élevé dans le respect des belles choses, à mes constructions intérieures patiemment édifiées au cours des années d'éducation et de formation, oui, dépouillé de tout cela d'un seul coup, arraché à mon identité trop précise et précipité dans une nébuleuse de sensations indistinctes, exactement comme la rencontre de deux personnes destinées à s'aimer les prive chacune de ce qu'elles croyaient qu'elles étaient et de ce qu'elles s'efforçaient d'être, les dépossède de leur état civil et les dénude soudain, les laissant démunies, sans défense, plus désarmées qu'un enfant.

L'enfance... Si je dis qu'il faut aborder Naples par Cumes, j'espère que l'on comprendra que je ne rends pas hommage à Virgile ni à la Sibylle, mais que je conseille la visite à la grotte et le parcours du souterrain comme une épreuve d'initiation, de dépouillement, comme un retour à la matrice nue de l'enfance. S'il y avait une porte pour entrer dans Naples, je voudrais faire inscrire au fronton : « Nul n'entre ici s'il n'est enfant. »

Et alors, puisque j'en suis à l'enfance, commençons par le début : les gâteaux. J'aime Naples à cause des gâteaux qu'on ne mange nulle part ailleurs, et qui ne sont pas seulement des gâteaux, mais la pulpe du monde devenue friandise, un mélange de sucre, de crème, de glace et de sirop qui est à la pâtisserie ordinaire ce qu'une Vénus de Giorgione est à une effeuilleuse des Folies-Bergère. Quelque chose qui n'a d'égal que l'intérieur de certaines églises napolitaines. San Gregorio Armeno, par exemple. O ces voûtes croulantes de nappes onctueuses, ô ces anges plus joufflus que des pièces montées, ô ces vieux ors brunis comme des fleuves de caramel ! J'avoue que j'éprouve là des états d'abandon et d'extase absolument réprouvés, non seulement par le « bon goût » qui juge ce style excessivement ampoulé et tarabiscoté, mais aussi par la morale ordinaire et par le bon sens, qui recommandent à chacun de nous d'être « viril » et « conscient » de ses responsabilités.

Eh bien, oui ! Les extases dans les églises baroques, de même que les flâneries sans fin dans Spaccanapoli (car la vraie Naples n'est pas à chercher le long de la mer mais dans les quartiers espagnols du XVIIe et du XVIIIe siècle) ou les pâmoisons dans certaines cours de palais adorablement vétustes et moussues, ou l'ascension d'escaliers solennels et contournés comme des coquillages, ou la contemplation des étalages de victuailles sous les arcades du marché de Via dei Tribunali, ou le marchandage avec les voleurs de Forcella, ou les pauses sous les balcons ruisselants d'appoggiatures et de trilles, ou la palpation des têtes de morts en bronze plantées en pleine rue et usées par les mains jointes des amoureux qui s'y donnent rendez-vous, ou la dégustation de la *mozzarella* imbibée d'origan, fromage sublime fait avec du lait de bufflonne (on ne le trouve pour cette raison qu'à Naples) qui fond sous la langue par petits atomes d'arômes — tout cela fait partie indiscutablement de ce que les gens comme il faut, les bien-pensants de la psychologie moderne, appellent une « régression ».

A Naples tout me rappelle les émotions de la première enfance, le bonheur de humer, de palper, de regarder, d'entendre, de jouir par tous mes sens d'une réalité merveilleusement variée et savoureuse, sans me poser de questions, la félicité d'être pleinement moi-même, de m'éprouver comme une totalité de sensations, l'euphorie jubilatoire d'ignorer le temps, l'horaire et toutes les tâches assignées à la raison, à la conscience, à la maturité.

Maturité : la civilisation occidentale a fait de ce mot sa bannière, son fétiche, sa fierté, son obsession. Depuis que Shakespeare a dit : « La maturité est tout », chacun reçoit l'ordre dès sa plus tendre enfance de s'efforcer vers ce but. Mais qu'est-ce, au fond, que de mûrir ? C'est se mutiler peu à peu des possibilités infinies de sa nature, c'est renoncer à des milliers de voies ouvertes pour n'en choisir qu'une seule. Mûrir, c'est se résigner à n'être que d'un seul sexe, à se fixer dans un seul métier, à monter les échelons d'une seule carrière, à faire partie d'un seul pays, d'une seule classe, d'un seul groupe, d'une seule famille. Les pressions de l'Etat, de l'école, de la famille, de la morale, de la psychiatrie sont si fortes qu'on trouverait bien peu de gens résolus à ne pas mûrir, à ne pas mourir de cette sorte.

Toutes les villes aussi ont dû se plier à cette loi et se « développer » en grandes villes. Toutes les villes sauf Naples, qui a reçu des dieux le privilège de rester éternellement enfant. Quelle est la ville qui était plus brillante au XVIIIe siècle qu'aujourd'hui ? Naples. Quelle est la ville dont les plus beaux édifices ont rarement été terminés ? Naples. Quelle est la ville dont le dernier souci est de s'adapter aux nécessités de la vie moderne ? Naples. Quelle est la ville qui se moque bien d'obéir aux lois de la prospérité et de l'enrichissement ? Naples. Quelle est la ville qui a compris les vertus divines de la pauvreté, de l'oisiveté, de l'ignorance du lendemain ? Naples. Quelle est la ville qui ne mûrira jamais, parce que tout aboutissement serait ressenti comme une dégradation et toute réussite comme un appauvrissement ? Naples. Quelle est la ville où tout peut arriver, comme aux temps bénis de l'enfance ? Naples.

Le culte odieux de la maturité, seuls les Napolitains y échappent. Il n'est pas étonnant qu'on les traite de « paresseux » et d' « irresponsables ». Les autres gens, qui se sont mutilés et atrophiés pour répondre à l'impératif de la maturité, ne se consolent pas d'avoir perdu leur vie lorsqu'ils découvrent le paradis napolitain. Que de regrets alors, que de dépit et d'envie dans leur cœur frustré ! J'aime Naples parce qu'elle m'aide à préserver en moi l'enfance, à garder intacte cette plénitude intérieure menacée, grignotée, assaillie, avilie par les contraintes de l'âge adulte. Et j'aime aussi Naples parce que Naples a révéré les castrats, ces chanteurs qui réalisaient en eux la synthèse parfaite de l'homme, de la femme et de l'enfant, qui n'avaient ni âge ni sexe défini, qui ne méprisèrent aucune des richesses que Dieu a déposées en nous.

Il arrive souvent, dans une famille, qu'un père et une mère qui se sont sévèrement contrôlés pour se conformer au modèle social et moral de la famille bourgeoise idéale, engendrent un fils qui se laisse aller par revanche à tous les démons de la paresse, du désordre et de la licence. Ils le contemplent alors avec un mélange d'horreur et d'émerveillement, d'horreur parce qu'il a rompu les règles de son milieu, d'émerveillement parce qu'il réussit à réaliser les désirs qu'ils ont lutté toute leur vie pour réprimer en eux-mêmes. La civilisation occidentale peut être comparée à ce couple familial : n'a-t-elle pas sacrifié le plaisir de suivre ses instincts aux lois de fer du rendement, du profit, du développement économique et de la prospérité matérielle ? Heureusement qu'il reste Naples, miraculeusement préservée de cette folie des sociétés technocratiques, poumon de paresse et de désordre au milieu du corps desséché de l'Europe.

L'Europe regarde Naples avec sévérité, avec effroi, avec angoisse, avec envie, avec mélancolie : l'Europe mutilée et châtrée soupire après l'éden napolitain.

FÉMINITÉ DE SIENNE

A celui qui, ayant traversé les collines crayeuses de Toscane, vient de Florence et entre à Sienne, la porte Camollia offre la douce bienvenue, par cette inscription tracée sur l'archivolte : *Cor magis tibi Saena pandit.* Sienne plus grand t'ouvre son cœur. Et, pourtant, une fois qu'on a franchi l'antique enceinte de remparts, il faut éviter d'atteindre tout de suite ce cœur, il faut s'attarder dans les ruelles étroites et sombres palpitant d'une tendre lumière rose. Via Camollia, via Montanini, Banchi di sopra. Doucement, lentement. Piano, piano. Irrésistiblement la piazza del Campo vous attire, le centre incomparable de l'illustre cité. Mais c'est un centre qu'il faut savoir conquérir peu à peu, après maint tour et détour le long des ruelles en pente et sous les passages voûtés, comme la possession d'une femme ne se goûte pleinement qu'au terme d'une exploration caressante des mystères sinueux de son corps.

Piazza del Campo, la place en forme de coquille inclinée : il n'existe peut-être aucun ensemble dans la péninsule qui donne une idée aussi claire du génie urbaniste italien. Une place en Italie n'est pas seulement le carrefour de plusieurs rues : elle est un organe vivant, un réceptacle, un foyer, le lieu palpitant et chaud de l'activité citadine. Il y a des places-mères, comme la place de Saint-Pierre de Rome, où la colonnade de Bernin figure les deux bras maternels de l'Eglise ouverts pour accueillir les fidèles sur son sein. Et il y a des places-femmes. La piazza del Campo à Sienne est la plus femme des places féminines, le symbole le plus évident, par sa forme en éventail et par sa couleur rose et par sa position en contrebas, de l'intimité féminine. Il suffit d'ailleurs de regarder un plan de Sienne pour s'apercevoir qu'il correspond à un Y, dont le corps serait le chemin parcouru depuis la porte Camollia jusqu'au Campo, et les deux jambes les rues qui partent obliquement à gauche et à droite de cette place. Celle-ci occupe donc le centre de la fourche. Une telle disposition s'explique par le souci de mettre le forum citadin au milieu des trois collines, dont la réunion forme la ville. Mais, enfin, qui nous empêchera de penser que les nécessités topographiques ont servi un grand rêve secret, le fantasme de la ville-femme inscrite amoureusement dans les pierres ?

Autant Florence nous apparaît comme une cité virile, avec ses rues droites et ses tours basses et ses palais trapus et ses bossages sévères, autant le gothique siennois, tout en élégance, en grâce et en fioritures, incarne les aspirations féminines à la coquetterie et à la séduction. Le capitaine gascon Blaise de Montluc, envoyé au XVIe siècle pour défendre la ville contre les troupes de Charles Quint, vanta la bonne humeur et la gentillesse des Siennoises, qui organisaient des fêtes en plein siège, quand le pain et le vin manquaient. Le grand réformateur catholique de Sienne, saint Bernardin, stigmatisait dans ses sermons le luxe vestimentaire des dames. On pourrait s'amuser à écrire toute l'histoire de Sienne comme une suite d'efforts pour lutter contre le pouvoir des femmes et contre le danger de l'influence féminine. Cette ville-femme a passé son temps à refuser sa féminité.

Le souvenir de deux anecdotes va illustrer ce long combat. Piazza del Campo, entre les deux fenêtres qui s'ouvrent au dernier étage du corps central du Palazzo Pubblico, on voit maintenant un grand disque en cuivre doré portant le monogramme du Christ et entouré de flammèches. Ce disque fut placé en 1425, en hommage à la prédication de saint Bernardin, ce contempteur du sexe. Or, que voyait-on auparavant entre les deux fenêtres ? Une couleuvre. Les historiens disent que la couleuvre était l'arme des Visconti, lesquels établirent leur domination sur la ville à la fin du XIVe siècle. Soit. Mais la couleuvre avait beau être l'arme d'une famille, n'était-elle pas d'abord l'emblème d'une espèce entière, le serpent de toutes les Eves passées, présentes et futures ?

Au milieu du Campo, se dresse la merveilleuse fontaine décorée par Jacopo della Quercia au début du XVe siècle (les sculptures originales, remplacées ici par des copies, se trouvent au troisième étage du Palazzo Pubblico). Précédemment, une autre fontaine se trouvait au même endroit, ornée d'une statue grecque représentant Vénus Anadyomène. Dans quelles conditions cette statue fut déposée, brisée et expulsée de la place, il vaut la peine de l'apprendre de la bouche de Lorenzo Ghiberti, le fameux sculpteur florentin. « A sa base était gravé le nom de l'artiste, un maître fort éminent, appelé Lysippe... Ils la placèrent en grande pompe sur leur fontaine, la considérant comme une très belle chose. Tous contribuèrent à sa mise en place, joyeusement et respectueusement à la fois, et la murèrent magnifiquement au-dessus de cette fontaine. Mais elle ne régna pas longtemps à cet endroit. La terre (siennoise) ayant subi de nombreux revers dans la guerre contre les Florentins et la fleur des citoyens (siennois) s'étant réunie en conseil, un de ces citoyens se leva et parla de cette statue en ces termes : “ Messires citoyens, ayant remarqué que, depuis que nous avons découvert cette statue, nous avons toujours eu des malheurs et sachant que l'idolâtrie est chose défendue par notre foi, nous devons croire que Dieu nous envoie toutes nos adversités à cause de nos fautes. En effet, depuis que nous honorons cette statue, les choses vont pour nous de mal en pis. Je suis persuadé que tant que nous la garderons sur notre terre, nous n'aurons que des malheurs. Je suis un de ceux qui conseilleraient qu'on la déposât, qu'on la brisât et qu'on l'envoyât ensevelir en territoire florentin. ” Tous, d'accord, approuvèrent les paroles de leur concitoyen et les mirent à exécution. C'est ainsi qu'elle fut enfouie dans notre terre. »

Ce texte donne une très bonne idée de ce qu'était la vie des communes au Moyen Age : ce mélange d'ardeur patriotique et de courtoisie citadine peut-être unique dans les annales de l'humanité. Mais admirons aussi la ruse qui consiste à aller enterrer en territoire ennemi la statue de Vénus, c'est-à-dire le principe féminin par excellence, dans l'espoir naïf que le courage militaire des Florentins en sera contaminé et comme tout amolli. Et, pour nous qui avons lu Freud, comment ne pas établir un rapport entre le pouvoir de séduction de la femme et les profondeurs de la terre où les Siennois épouvantés enfouissent son image ? N'est-ce pas à une sorte de refoulement symbolique qu'ils procèdent ? Et qu'a-t-on besoin de refouler, sinon l'objet permanent et scandaleux d'une tentation inavouable ?

Dès le XIIIe siècle les Siennois avaient consacré leur ville à la Vierge, après une délibération du Conseil. Génial remède : ils combattaient la femme par la femme, la femme amante par la femme mère, l'attirance érotique par la dévotion mystique. Comme le dit André Suarès, dans son beau livre sur *Sienne la bien-aimée,* en parlant de la place du Campo : « C'est la conque d'Aphrodite ou le bénitier de Marie. » En effet, Sienne est doublement femme et les Siennois, ne pouvant renoncer tout à fait à l'idolâtrie des beaux visages, réussirent à conserver leur culte sous une forme idéalisée. La *Maestà* de Duccio, qui trôna longtemps sur le maître-autel de la cathédrale et qu'on admire aujourd'hui dans le petit musée de l'Opera del Duomo, de même que la *Maestà* de Simone Martini qui orne la salle de la Mappemonde du Palazzo Pubblico attestent la préoccupation constante des peintres siennois : rendre hommage, par le compromis de l'œuvre d'art qui les sacralise, à la beauté et à la douceur rayonnant de la figure féminine. D'ailleurs, nul ne l'ignore, c'est par une jeune fille, Catherine Benincasa, sainte Catherine de Sienne, dont on ne manquera pas de visiter le sanctuaire dans un des recoins les plus pittoresques du quartier San Domenico, que la réputation morale de la République fut réhabilitée. Il était écrit que la cité qui avait failli être perdue par Vénus serait sauvée par la Madone et par une sainte.

La façade du Palazzo Pubblico mérite un examen attentif. D'habitude, il ne faut pas encourager les touristes qui visitent l'Italie à ignorer le pays actuel, si prodigieusement dynamique et vivant. Pour une fois, néanmoins, il est légitime de s'imaginer en plein Moyen Age, dans les premières années du XIVe siècle, quand Sienne, à l'apogée de sa puissance, réalisait la perfection du type communal, cet idéal d'harmonie politique et de concorde entre les citoyens qui fut englouti avec l'instauration des seigneuries au Quattrocento. En 1310, la haute tour qui flanque maintenant le Palazzo Pubblico n'existe pas encore. Les neuf créneaux qui couronnent le faîte du corps central représentent les neuf gouverneurs du Conseil. Le soubassement est construit en pierre, les étages en brique. La pierre symbolise la noblesse, la brique la bourgeoisie marchande. Le rôle prépondérant de la brique dans la façade du Palazzo Pubblico indique l'ampleur de la participation de la classe roturière à l'administration et au gouvernement de la cité. Le Palazzo Pubblico est bien le palais public, la demeure de tous, la maison commune. La même alternance de la pierre et de la brique, avec la même signification, se retrouve dans le pavement du Campo : au milieu, une grande surface de briques roses ; tout autour, un mince anneau dallé en pierres.

Aujourd'hui, des dix portes percées dans la façade, deux seules fonctionnent encore, les autres ont été transformées en fenêtres. En 1310, ces dix portes, toutes ouvertes sur la place, signifient que la maison commune est également une maison accueillante. Dans cette architecture fonctionnelle, qui exprime si bien l'idéal politique et social d'une civilisation, notons pourtant l'extrême raffinement des détails : tel l'arc gothique dit justement siennois, au-dessus des dix portes, fait d'un arc en ogive pour l'archivolte et d'un arc surbaissé pour l'architrave ; ou encore les fenêtres trilobées à colonnettes. Dès 1297, un décret de la Commune prescrivait que toutes les maisons qui se construiraient autour du Campo dussent avoir également des fenêtres à colonnettes, sans aucun balcon : bel exemple de politique urbaniste. « La beauté est le principal problème qui devrait préoccuper ceux qui se mêlent du gouvernement de la cité », lit-on dans un document d'époque. La division du Palazzo Pubblico en un corps central et deux ailes reflète la division des pouvoirs telle qu'on la pratiquait dans cette démocratie exemplaire. L'aile gauche était assignée au Podestat, chef de l'exécutif, l'aile droite du Conseil des Neuf. Au milieu, indépendante des magistratures politiques, siégeait la Biccherna, tribunal administratif et Cour des comptes, dont les registres furent ornés de peintures par les meilleurs artistes du temps. Bref, l'idéal de la « démocratie populaire » qui trouva son épanouissement en Italie au début du XIVe siècle est lisible à Sienne jusque dans le langage des pierres, dans le langage des matières et des couleurs.

En 1310, Simone Martini a déjà peint sa *Maestà* sur la paroi du fond de la salle de la Mappemonde. La Maestà, un thème iconographique spécifiquement siennois. La Vierge Reine entourée de sa cour céleste met au défi les femmes de sang et de chair de lui disputer la palme de la douceur, de la beauté, de la séduction. Sur la paroi opposée, les Siennois demandent au même Simone Martini d'exorciser un autre de leurs fantasmes : la forfanterie militaire. Comme toutes les communes médiévales, Sienne s'épuise en expéditions belliqueuses contre ses voisines. Simone Martini fait le portrait de Messire Guidoriccio da Fogliano, « honorable capitaine de Guerre » au service de la République, et c'est la fameuse fresque allongée comme une frise, qui montre le *condottiere* chevauchant seul entre les deux forteresses qu'il a conquises sur l'ennemi, Montemassi et Sassoforte. La Commune avait offert au peintre le voyage pour visiter ces forteresses, afin que son œuvre fût ressemblante. Or, il y a bien du réalisme dans la fresque de Simone Martini, mais nullement dans les deux citadelles, qui élèvent contre le ciel opaque de velours bleu sombre leurs tours crénelées et désertes comme deux bastions métaphysiques. L'ironie réaliste s'exerce tout entière contre le *condottiere* superbe : car il a beau, vêtu d'une longue cotte jaune d'or somptueusement brodée de rangs de losanges foncés et de feuilles de lierre, caracoler sur un cheval caparaçonné de la même étoffe et brandir son bâton de commandement, son corps trapu et adipeux, sa mâchoire empâtée, son œil fixe et bête montrent avec un humour féroce qu'il n'y a pas besoin d'avoir beaucoup de matière grise pour gagner une bataille. C'est peut-être la première dénonciation critique de l'anti-héros, le premier regard ironique sur la jactance des capitaines sans cervelle.

La civilisation siennoise, qui a donc peur de l'amour et horreur de la guerre, trouve sa voie dans le juste milieu bourgeois des affaires et de la bonne organisation citadine, ainsi qu'on peut s'en assurer dans la salle voisine de la salle de la Mappemonde, la salle de la Paix, ornée des fresques d'Ambrogio Lorenzetti représentant le bon et le mauvais gouvernement (1338-1339). *Le Bon gouvernement* est peint d'abord sous la forme d'une allégorie compliquée, dans le goût typiquement médiéval pour les figures monumentales de la Justice, de la Paix, etc. A noter l'énorme rabot posé que les genoux de la Concorde, qui symbolise l'égalité des citoyens devant la loi. A noter aussi les deux longues cordes que tiennent les vingt-quatre gouverneurs qui s'acheminent en procession. La Concorde tient un des bouts des cordes, l'autre extrémité finit entre les mains du Vieillard identifié avec le Bien commun. Sourions de l'astucieux jeu de mots : les membres du Conseil s'avancent *con le corde* (avec les cordes), c'est-à-dire dans la « concorde ». On pourrait s'étonner que le peintre, payé par le Conseil des Neuf pour célébrer leur sage gouvernement, ait choisi d'évoquer une constitution abolie depuis un demi-siècle, la Magistrature des Vingt-Quatre. Les Vingt-Quatre avaient été les premiers à faire participer le peuple aux affaires : admirons comment les citoyens au pouvoir, les Neuf, à qui on doit déjà la politique d'embellissement et d'unification du Campo, furent assez dépourvus de vanité pour laisser immortaliser par un artiste officiel, non pas leur régime, leur gestion, mais le principe démocratique exalté dans son excellence.

La fresque, savoureuse et humoristique à souhait, des *Effets du bon gouvernement* complète heureusement l'allégorie un peu sévère du *Bon gouvernement.* Ici, il n'est que de s'arrêter à l'un ou l'autre des mille petits détails de la vie quotidienne saisie sur le vif. Ambrogio Lorenzetti a d'abord rendu avec une verve minutieuse et brillante le spectacle d'une rue. Voici la Sienne authentique du XIVe siècle, avec ses palais crénelés, ses tours, ses boutiques, et surtout sa population active et enjouée : les seigneurs élégants qui cavalcadent, les jeunes filles qui font une ronde sur la place, d'autres qui se penchent curieuses aux fenêtres, les maçons qui travaillent sur les toits, le maître d'école qui endoctrine ses élèves, le savetier dans son échoppe, les joueurs dans la taverne, la vieille femme à la poule. Tous ces détails, et jusqu'à la délicieuse hirondelle nichée sous le balcon, montrent que, malgré l'importance du détail architectural, les peintres siennois poursuivent un but diamétralement opposé à ce qui sera l'idéal des peintres florentins du siècle suivant. La ville de Lorenzetti n'a rien à voir avec la « ville idéale » chère à Leon-Battista Alberti et dessinée avec un fanatisme de géomètre dans les épures de Paolo Uccello ou de Piero della Francesca. Le rêve d'une humanité allégrement laborieuse l'emporte sur l'aspiration à un ordre parfait. Les scènes de campagne d'Ambrogio présentent le même caractère : un paysan qui pousse son cochon sur la pente, un âne qui se rebiffe devant un pont, les moissonneurs, les bergers, les pêcheurs, tout parle ici le langage des métiers, du travail, tout respire la satisfaction tranquille d'un peuple qui a renoncé à la fois aux pièges du dieu de l'amour et aux appels du dieu de la guerre, aux sortilèges d'Eros et aux fanfares d'Arès. La Renaissance du Quattrocento, contrairement à l'idée reçue, marquera un recul historique par rapport à cette civilisation du labeur pacifique, têtu, égalitaire.

Leur folie, les Siennois la mirent ailleurs : dans leur désir (féminin ?) de posséder des monuments plus beaux, plus grands que ceux des villes voisines. Quand le Palazzo Pubblico fut achevé, ils décidèrent d'y adjoindre un beffroi. Ce beffroi serait plus haut que tout ce qu'on avait vu en Italie jusqu'alors. Il s'agissait de battre de quelques mètres le beffroi du Palazzo Vecchio de Florence, qui avait surgi entre-temps. Résultat du défi : 94 mètres pour Florence, 102 mètres pour Sienne. Il fallait aussi l'emporter sur la tour de la cathédrale toute proche. La volonté d'affirmer en plein Moyen Age la prépondérance de l'autorité civile sur l'autorité religieuse serait plutôt un motif de satisfaction pour l'homme moderne. Nul d'ailleurs ne conteste l'extraordinaire réussite du beffroi de Sienne, comparé souvent à une fleur, à cause de sa longue tige de brique évasée au sommet en une corolle de pierre.

Mais que dire de la cathédrale elle-même ? Enorme, bigarrée, rayée de blanc et de noir sur ses flancs, avec une façade surchargée d'incrustations polychromes de marbre et alourdie de gables tarabiscotés et de pinacles biscornus, elle ressemble à une gigantesque pâtisserie, ou à un décor d'Hollywood. Et encore, à peine fut-elle terminée, les Siennois la jugèrent trop mesquine. Ils confièrent à un architecte le soin de la convertir en un édifice quatre fois plus grand, dont l'ancienne nef deviendrait le transept. Le projet, heureusement, échoua. La bourgeoisie en plein essor avait avoué ses ambitions de nouveaux riches, de parvenus. Aujourd'hui, il reste de ce mauvais goût la fête annuelle du Palio, avec son déploiement de gonfalons, de costumes chatoyants, avec sa course truquée de canassons déguisés chaque 2 juillet en pur-sang : cérémonie faussement médiévale qui abuse l'innocence des touristes et perpétue le seul penchant vulgaire de cette ville qui sut réaliser le miracle d'allier l'effort bourgeois à la suprême élégance artistique.

Puisque la bourgeoisie siennoise ne fut soutenue ni

par l'idéal amoureux ni par l'idéal militaire, on pensera qu'elle fut sauvée de la platitude et portée vers ses hauts sommets par l'idéal mystique. L'atmosphère recueillie des rues, le pullulement des oratoires et des églises le prouveraient. Eglises paroissiales, églises des ordres monastiques, dont les quatre plus importantes, San Domenico, San Francesco, Santa Maria dei Servi et Sant'Agostino, construites à la périphérie de la ville dans le voisinage de la campagne, offrent au visiteur fatigué de merveilleuses haltes, entre terre et ciel, dans le vert sombre des cyprès et le rose doux des briques. Entrons dans ces églises, regardons sur les murs ou sur le maître-autel l'inévitable fresque ou tableau de Madone. Puis repartons à travers les rues, et sans manquer le palais Chigi, siège d'une admirable académie de musique, jusqu'au magnifique palais Buonsignori, rose et crénelé lui aussi, percé de fenêtres trilobées à colonnettes. Là se trouve la Pinacothèque nationale, où on a rassemblé les plus précieuses de ces peintures. De Guido da Siena à Duccio, de Lorenzetti à Lippo Memmi, et jusqu'aux maîtres du Quattrocento, Sano di Pietro, Giovanni di Paolo ou Matteo di Giovanni, tous les maîtres siennois y sont allés de leur Madone à l'Enfant, et tous de la même manière : la Mère penchée au-dessus du Bambino, dans une attitude de protection mais aussi de possession. Mère et fils restent liés par l'antique solidarité ombilicale, qui renvoie beaucoup moins aux textes de l'Evangile qu'à une réalité quotidienne, vérifiable dans toute l'Italie : les Mères couvant les fils et les inondant d'une tendresse qui les empêche de grandir, de devenir adultes. Voilà peut-être la clef non seulement de la civilisation siennoise, mais de la civilisation italienne dont celle-ci n'est que le microcosme : l'exaltation de la cellule familiale primordiale. On aurait presque envie, dans les salles du musée, de redresser toutes ces têtes maternelles penchées abusivement, de crier à ces Génitrices oppressantes : Votre bébé étouffe ! Ni conque d'Aphrodite ni bénitier de Marie, le cœur de Sienne est un berceau. Mais tant mieux après tout, si les mères qui règnent en secret sur cette ville ont fait qu'elle soit restée intacte à travers les siècles, recroquevillée et rose à l'ombre de ses remparts, une ville soustraite par miracle à la flétrissure du temps.

GAIETÉ DE VENISE

L'EAU. Glauque, noire, rouge, plombée. La matrice originelle de Venise. Un limon boueux, une épaisseur liquide. On oublie trop, devant l'élégance des palais, le cisèlement des architectures, que cette ville est née de la fange, que ses fondateurs, fuyant les barbares qui envahissaient la terre ferme, se sauvèrent au milieu de la lagune, pour y trouver un refuge inaccessible aux Huns. Dédale de passes et d'îlots, à l'abri de la cupidité d'Alaric, d'Attila. Un refuge stratégique, mais peut-être aussi quelque chose de plus : une protection comme maternelle, dans cet élément pâteux, marécageux, souillé. L'eau de Venise n'est pas une eau claire : c'est une eau consistante, substantielle, une eau prénatale, plasmatique, une matière première. Plus matérielle, a-t-on envie de dire, que les arabesques aériennes découpées dans le marbre translucide des palais.

Les deux plus grands cinéastes italiens, Visconti et Fellini, nous ont livré chacun une manière de voir Venise. Deux visions diamétralement opposées. Visconti, en artiste raffiné, montre dans *Senso* le décor prestigieux construit par les hommes en plusieurs siècles de labeur, d'intelligence et de génie : cet ensemble, unique au monde, de façades, de canaux, de ruelles, d'églises, de places, d'arcades, de festons, d'ogives, de rosaces, connu sous le nom de Venise. Vision classique, portée à son plus haut point de perfection par un grand esthète et un grand patricien, qui aurait pu être le familier des doges. La Venise de Visconti aurait plu à Ruskin, à Proust. Fellini, lui, colosse balzacien, plus sensible aux causes premières et aux forces cachées qui meuvent le monde, a été fasciné par la pâte originelle dont Venise est pétrie. A travers l'eau des canaux, il a vu la boue de la lagune. D'où cette exigence, absurde apparemment mais combien juste et profonde, de reconstituer en studio, pour son *Casanova,* une eau en matière plastique, une eau épaisse, caoutchouteuse, plus vraie que l'eau réelle.

Le grand photographe qu'est Fulvio Roiter a fixé d'admirables gros plans de matière noirâtre et verdâtre. Venise a un corps de glaise et de lie. On l'a comparée à Vénus : née de la mer, comme la déesse. Mais la mer qui a formé Vénus est une mer grecque, de perles et de nacre, une mer solaire, irisée, pétillante. La mer de Venise, adriatique, crépusculaire, a les couleurs du bitume et de la poix. Eau lourde, bouche d'ombre prête à reprendre et à rouler dans son limon les hasardeuses constructions dues à l'effort humain.

On serait d'autant plus impardonnable d'ignorer le danger, que la menace aujourd'hui se précise. La mort à Venise a été un beau mythe romantique : actuellement, c'est de la mort de Venise qu'il s'agit. Les chiffres sont terrifiants : en 1950, il y avait 185 000 habitants dans le centre historique. Vingt-cinq ans plus tard, on n'en compte plus que 100 000. Dans une Europe en pleine explosion démographique, Venise est la seule ville qui se dépeuple. Les Vénitiens vont s'installer à Mestre et à Marghera, les ports de la terre ferme, qui ont des industries et où on peut travailler. Ces mêmes industries (la redoutable pétrochimie) sont la cause directe de la ruine, économique et matérielle, de Venise. Non seulement parce qu'elles occasionnent l'exode des habitants et l'abandon des maisons, mais à cause des ravages écologiques provoqués. Assèchement des lagunes pour y construire les usines, les réservoirs, les installations portuaires, ce qui a eu pour conséquence de supprimer le tampon naturel qui absorbait l'eau des hautes marées ; pompage des nappes d'eau souterraines, avec pour effet la sape des pilotis et l'affaissement des fondations ; pollution destructrice, la combustion des produits pétroliers dégageant de l'anhydride sulfureux, lequel, en se combinant avec l'eau, attaque et désagrège les pierres. D'où l'effritement des statues, des corniches, des façades. D'où l'enfoncement de la ville et la diminution de sa résistance aux poussées des vagues. D'où l'infection délétère des canaux. En 1815, son ami Valdramin proposait à Stendhal un bain de mer au milieu du canal de la Giudecca, avec une petite échelle attachée à la barque. « C'est fort agréable et probablement fort sain. » Aujourd'hui, on s'en tirerait au minimum avec une hépatite virale, un trachome et un empoisonnement généralisé.

Mais l'industrie moderne n'est pas la seule responsable. Dès 1864, dans son *Voyage en Italie* si remarquable, Taine note le grand nombre de rues désertes et délabrées, « où le bas des pilotis, incrusté de coquilles, s'est tellement aminci qu'ils font craindre un effondrement ». Bonaparte, en livrant la Sérénissime République à l'Autriche par le traité de Campoformio, avait signé la mort de Venise. Il n'est pas impossible que quelque marée haute, aussi forte ou plus forte que celle de 1966, engloutisse une partie de la ville. Plus probablement, la cité des doges s'éteindra tout doucement, vidée de ses habitants. Les maisons seront fermées, les rues condamnées. Venise resterait une annexe touristique, un champ de ruines comme la Vallée des Temples aux portes d'Agrigente, le Luna-Park culturel de la nouvelle agglomération de Mestre-Marghera, où déjà la population a la majorité, qui est devenue le centre politique de la province et où les services publics commencent à se regrouper. Prophétie de Cassandre ? Il n'est que de se rappeler le sort de Torcello. A la place des deux églises et des quelques maisons qui nous charment, s'élevait une cité prospère. Première île de la lagune à être habitée, Torcello comptait 20 000 habitants au début du XVIe siècle. Puis ce fut l'ensablement des canaux, la malaria, les fièvres, le transfert de la population à Venise. Les constructeurs vénitiens vinrent chercher, dans les ruines des palais et des églises, des morceaux de marbre, de sculptures, de corniches, pour en orner leurs nouveaux édifices. Verra-t-on un jour une fenêtre en ogive du palais des Doges insérée dans la villa d'un industriel de la terre ferme ? Ou l'intérieur de l'opéra La Fenice démonté et reconstruit dans l'enceinte d'un cinéma de Mestre ?

Nos petits-enfants ne verront plus Venise : c'est un fait presque acquis. Mais, pour le moment, quelle ville encore prodigieusement vivante. On s'en aperçoit quand on la visite en hiver, sans les touristes. Les Vénitiens sont grands, de type nordique, énergiques, marchant vite dans les petites rues, parlant fort entre les murs qui résonnent. Partout une activité débordante, un incessant va-et-vient de pas et de bateaux, une quantité de marchés à l'air libre, de boutiques d'artisans. Même par le brouillard, quand les sirènes et les cloches émettent leurs signaux ouatés à travers l'épaisseur de brume, et qu'on entend les piétons avant de les voir, on est frappé par la vitalité de cette population. Entre la diversité, la fantaisie, l'exubérance des façades, et le dynamisme des indigènes, la correspondance ne laisse pas d'étonner. Ces balcons treillissés de rosaces, ces festons de dentelles gothiques, ces incrustations de porphyre et de serpentine, ces arcades, ces chapiteaux, ces arabesques de marbre et de pierre, ne sont pas une poudre aux yeux folklorique : toute cette architecture luxuriante et inventive est la manifestation même du caractère vénitien.

Au bar, à midi, un bol de vermicelle et du pain trempé dans du vin revigorent les forces stimulées par l'air salin. Ce même air, humide et piquant, qui donnait aux belles Vénitiennes peintes par Giorgione et Véronèse, à Desdémone aimée par Othello, ces cheveux d'un blond flamboyant, teinte obtenue en s'exposant, coiffées d'un chapeau à larges bords sans fond, de longues heures sur les terrasses ensoleillées. Elles se mouillaient la tête avec une éponge imbibée de jus de coing mélangé à du suc de troène. Une recette naturelle, qui prouve, entre mille exemples, à quel point Venise, loin de ressembler à une coquette artificieuse, s'inspirait des lois de la santé et de la simplicité.

Tout aussi sot l'autre lieu commun, selon lequel La Mecque des voyages de noces baignerait dans un clair de lune éternel. Le poète futuriste italien Marinetti, père de Dada et des surréalistes, qui méprisait en Venise le symbole du passé, de l'académisme, du musée, qualifiait les gondoles de « balançoires à crétins ». Il n'avait sans doute pas remarqué le trafic intense des embarcations de toute taille et de toute forme qui sillonnent les canaux, chargées de marchandises, de bouteilles, de légumes, de fleurs, de matériaux de construction. Marinetti voulait aussi combler le Grand Canal et le remplacer par une autoroute. Sans comprendre que Venise est la seule ville au monde où les voies de transport (les canaux) sont radicalement différentes des voies de promenade (les rues) : le modèle de la cité future, selon Le Corbusier. Se promener dans Venise est un bonheur incomparable, parce qu'au lieu de songer à éviter les autos, on n'a que le souci de ne pas déranger les chats, les enfants. Toutes les rues y sont piétonnières : le modèle, en effet, qui s'impose aujourd'hui à nos villes asphyxiées par la circulation automobile. Surprise, donc : cette ville qu'on dit tournée en arrière, périmée, morte, montre aux jeunes municipalités à la page le chemin à suivre, l'échantillon d'un urbanisme intelligent et hardi.

« Les canaux de Venise sont noirs comme l'encre ; c'est l'encre de Jean-Jacques, de Chateaubriand, de Barrès, de Proust », écrit Paul Morand dans un des plus jolis livres que Venise ait inspirés : datant seulement par les références. Un écrivain plus moderne aurait parlé de l'encre de Thomas Mann. Renchérissant sur Barrès et sur Proust, relayé lui-même par Visconti, Thomas Mann a définitivement figé Venise dans l'image d'une ville morte, vouée aux fastes du crépuscule et de la décadence. A notre époque aliénée au culte du progrès, du rendement, de la vitesse, nous nous plaisons à entretenir le mythe d'une cité magnifique et défunte. Ceux qui analysent les causes techniques de la détérioration de

Venise et qui cherchent à y porter des remèdes ne sont pas les mêmes, il vaut la peine de le noter, que ceux qui célèbrent la mort à Venise. Les premiers croient à la vie et à la survie de la ville, pour peu qu'on prenne des mesures énergiques contre les dégâts du pétrole et des marées, ce qui suppose qu'on arrive d'abord à bout de la corruption des politiciens italiens. Les seconds n'ont cure de ces détails triviaux. La mort à Venise est un thème strictement littéraire, l'alibi culturel d'une Europe gorgée de bien-être, de prospérité, d'argent, qui se donne bonne conscience en allant méditer sur la décrépitude et la vanité des civilisations. Barrès, Proust, Thomas Mann étaient de grands bourgeois. Chateaubriand, Visconti, d'aristocrates humanistes. Il est étrange de penser que leur choix se soit porté sur Venise, qui a été au contraire dans l'histoire du monde un centre et une capitale de gaieté. Qui a inventé la musique gaie, sinon Vivaldi ? La peinture gaie, sinon Tiepolo ? Qui a été le maître de la comédie italienne, sinon Goldoni ? Et qui a traversé la vie avec autant d'allégresse et de verve que Casanova ? « Ce pays, dans l'état actuel, est peut-être encore le plus gai de l'Europe », note Stendhal en 1815. Cette ville où le carnaval durait six mois n'a pas perdu entièrement sa vocation au rire. La mélancolie qui plane actuellement sur la lagune tient à la conjoncture économique, non au caractère des habitants. Voilà peut-être un des rares lieux en Italie où les fêtes costumées ne répondent pas seulement à un calcul touristique, mais à un désir éprouvé de l'intérieur.

Heureusement, en face des écrivains cités, trop cités, un autre romancier, plus moderne et d'égale valeur, nous a rendu l'autre Venise, celle de la joie et du brio. Le délicieux *Concert baroque,* du grand écrivain cubain Alejo Carpentier, est la meilleure introduction possible à cette ville qui confine ses morts dans l'île de San Michele, et a si peu de goût pour les cadavres qu'elle les expédie aussitôt en barque vers ce cimetière isolé. Gardons-nous d'attribuer au hasard le fait que cette Venise drue, gaillarde, hilare, nous soit restituée par un représentant de ce qu'on appelle les pays neufs : aussi vieux que l'Europe par les traditions et la sagesse, mais neufs par l'élan, la vigueur, le dynamisme, la curiosité, le goût de la vie. A la lumière d'Alejo Carpentier, on comprend que les pleureurs européens de la mort à Venise ont projeté dans les flots plombés de la lagune leur propre désenchantement et leur lassitude culturelle. *Concert baroque* raconte l'histoire d'un riche seigneur mexicain débarquant au XVIIIe siècle dans la cité des doges. Il y rencontre Vivaldi, qui l'entraîne à l'Ospedale della Pietà, sorte de conservatoire pour jeunes filles, où le prêtre roux était maître de musique. Et toutes ces demoiselles d'organiser en l'honneur de leur hôte un concert délirant qui se termine en orgie. Haendel et Domenico Scarlatti participent à la fête. Puis, qu'à cela ne tienne, dans l'espace baroque les temps et les siècles se confondent, les trois compositeurs et leur ami américain vont pique-niquer sur la tombe de Stravinski. Lequel, on le sait, a voulu être enterré dans l'île de San Michele, non point en hommage à « la mort à Venise », mais pour reposer à côté de Diaghilev, avec qui il avait connu ses plus grands triomphes des Ballets russes.

La basilique de Saint-Marc, on l'a dit mille fois, est le point de rencontre et de fusion entre Constantinople et Rome, entre l'Orient et l'Occident. Le faste des dômes, le chatoiement des mosaïques, l'éclat des ors mettent à la porte de l'Europe la splendeur miroitante de l'Asie. Il y a cent ans, on pouvait encore entendre, selon le témoignage de Taine, monter sous les rondeurs guillochées des voûtes un chant « bizarre et beau, composé de voix très hautes et de voix très graves, sorte de mélopée monotone qui vient peut-être de Byzance ». C'est par le commerce avec les Indes et avec la Chine, dont elle avait le monopole, que Venise devint au XIVe et au XVe siècle un des Etats les plus riches et les plus puissants du monde. Vasco de Gama, en découvrant la route par le cap de Bonne-Espérance, mit fin à l'hégémonie vénitienne. Le déclin commença, dès 1497... L'âge classique de Venise, le siècle de Titien et du Tintoret, appartient déjà à l'époque de la décadence :

voilà de quoi nous réconforter. Venise doit toute sa puissance à ses rapports avec l'Asie : comme Amsterdam, dont l'épanouissement miraculeux fut lié à l'essor de la Compagnie des Indes orientales.

Or, aujourd'hui, vers quel horizon se tourne la jeunesse, écœurée par le matérialisme et la vulgarité de la société de consommation ? Vers les Indes, vers l'Asie, vers l'Orient. Amsterdam est devenue, pour la jeunesse itinérante qui dérive de l'Occident vers l'Orient, un port de transit fabuleux. Venise aussi pourrait jouer ce rôle, auquel son passé historique et sa situation géographique ne la prédestinent pas moins : accueillir tous les insatisfaits, tous les marginaux d'Europe et d'Amérique, leur ménager une étape avant le grand départ vers l'Est. Paul Morand, déjà, notait cet afflux de hippies sur le piazzale Roma, au débouché de la route qui arrive de la terre ferme : cette place envahie de jeunes chevelus portant leur bagage sur l'épaule, il l'appelait, en la comparant à l'autre place, l'illustre esplanade devant Saint-Marc, la cathédrale des routiers. Décidément, Venise-la-nullement-morte aura eu la vie dure, si elle réussit à incarner le mythe de la libération et du bonheur, pour ces milliers de vagabonds en quête d'une aube nouvelle, d'un monde nouveau où planer. En tout cas, le Maure enturbanné qu'on découvre dans la boutique d'un artisan, le Bouddha en or qu'on aperçoit à la devanture d'un antiquaire ne sont pas, à Venise, des pièces de musée : ils font partie du rêve collectif de beauté mystérieuse, exotique, rutilante, actif depuis les voyages de Marco Polo, cet autre Marc qui veille aux destinées de la ville, patron des voyageurs et des aventuriers.

Trop de vieillards, en vérité, ont visité et monopolisé Venise, qui fut longtemps la capitale, non seulement de la gaieté, mais de la jeunesse. Selon une légende rapportée par Alexandre Dumas, Titien encore enfant s'en allait par les prés et le long des haies cueillir les plus belles fleurs et les plus éclatantes. « La blancheur du lis, l'incarnat de la rose, la pourpre de l'œillet, les mille nuances de ces vivantes pierreries, le plongeaient dans une muette extase. » Et (je continue à citer, plutôt que les gémisseurs trop connus, le tonique et casanovien auteur des *Trois Mousquetaires,* le voyageur étranger qui a le mieux compris, avec Stendhal, en quoi consiste la *virtù* du peuple italien), « une fois en possession de cette immense et magique palette que la nature a semée dans les champs, le petit Titien n'avait plus besoin ni de crayon ni de plume pour esquisser ses figures. Il prenait tout bonnement le suc de ses plus belles fleurs, et la fresque était aussitôt conçue qu'exécutée. » Gustave von Aschenbach se laisse tuer volontairement par le choléra. Titien, lui, mourut de la peste, mais contre son gré, un an avant de fêter son centième anniversaire.

Peu après, le compositeur Giovanni Gabrieli était nommé organiste à Saint-Marc. Distribuant le chœur et l'orchestre entre les quatre tribunes de la basilique, il inventait la stéréophonie. Comme des oriflammes, ses motets claquaient au vent des trompettes, sous la diaprure polychrome des coupoles. Le premier théâtre public d'opéra fut fondé à Venise, en 1637, grâce à l'autorité de Monteverdi, auteur génial du *Couronnement de Poppée,* où Néron, l'empereur, et Othon, le capitaine, étaient chantés par des castrats, la vieille nourrice par un homme et le jeune page par une femme : subversion époustouflante des rôles, selon l'esprit d'enfance le plus pur, le plus innocemment déluré. En 1810, à dix-huit ans, Rossini, encore adolescent, faisait jouer au théâtre San Moisé le premier de la série immortelle de ses opéras bouffes. Le premier journal au monde (appelé alors « gazette », du nom d'une monnaie de cuivre qui valait deux sous) parut à Venise dès la fin du XVIe siècle. Pourquoi oublier ces dates mémorables, et ne retenir que ce jour de février 1883, où Wagner rendit son âme pompeuse dans le palais Vendramin ?

Les doges, qu'on représente toujours barbus, engoncés dans les chamarrures de leur dalmatique et les broderies de leur simarre, tenaient leur pouvoir de la main d'un enfant. Les institutions de la République avaient en effet prescrit un rite délicieux, qui tempérait la gravité de l'élection à la magistrature suprême par une sorte d'espièglerie pleine de charme et de sagesse. Le Grand Conseil, c'est-à-dire l'ensemble des nobles, se réunissait en conclave dans le palais ducal et procédait à une suite de tirages au sort pour choisir les quarante et un grands électeurs. Avant de commencer le scrutin, le plus jeune membre de l'assemblée se rendait à la proche basilique de Saint-Marc. Brève halte, de recueillement et de prière. Puis, sur le chemin du retour, il prenait par la main le premier enfant rencontré et le ramenait au palais. Cet enfant allait extraire de l'urne les boules désignant les électeurs aux divers stades de l'épreuve. On l'appelait le *ballottino*. Toutes les magistratures étaient semblablement électives, et toujours des enfants assuraient le déroulement du vote. Charles de Brosses, invité à assister à l'élection du général des galéasses, vit une vingtaine de gamins se disperser par la salle en criant le nom du candidat, puis rapporter au chancelier les ballottes (de la grosseur d'un bouton de chemisette), blanches pour le « oui », vertes pour le « non ». Venise confiait son destin à la main légère de jeunes garçons. Coutume admirable. Quand le doge sortait en procession dans la ville, les hérauts qui marchaient en tête soufflaient dans des trompettes si longues qu'un enfant devait en soutenir l'extrémité.

Bien avant que le XXe siècle ne parte à la recherche du temps perdu, le mythe de l'enfance flottait sur la lagune. Qui nous débarrassera des clichés que trop d'esthètes, trop de littérateurs ont collés sur Venise ? Venise n'est ni ce théâtre d'illusions planté pour une mascarade frivole ni cette nécropole geignant d'échos funèbres : mais une cité vive, jeune, changeant au rythme des saisons, blanche de neige l'hiver, couleur de saumon au printemps, de rouille à l'automne ; luttant courageusement contre l'adversité, qui a pour nom aujourd'hui finance, industrie, technocratie ; mais surtout, il importe de le comprendre, une cité où la beauté n'a jamais été un placage élitaire, mais l'expression même de la vie. La maison la plus modeste, la ruelle la plus obscure promettent le même enchantement que les palais du

Grand Canal. De même qu'on juge un cuisinier sur l'omelette, on juge une ville sur les lieux où l'employé de la poste rentre dormir, où le calfat remise ses outils, où la fleuriste entortille ses jonquilles en bouquet.

VIVRE EN SICILE

LES devinettes populaires en forme de tercets ou de quatrains occupent une place aussi importante dans le folklore sicilien que les panneaux de charrettes, les peintures sur verre, les marionnettes du théâtre des *Pupi,* la décoration multicolore des oratoires en plein air.

Il est rond sans être le monde
Rouge sans être le feu
Eau sans être fontaine
Vert sans être tige de blé.

Pour désigner le melon d'eau, *cocomero,* ou pastèque, le poète fait appel au sens cosmique de son auditeur (le globe de l'univers comme image de la perfection géométrique), à ses craintes (le feu du soleil, de la canicule, de l'incendie), à ses désirs (l'eau qui désaltère, qui irrigue), à ses soucis (la récolte du blé) — car ce monde est encore exclusivement agricole, à peine évolué depuis l'époque où le grand Théocrite transformait les bergers de Syracuse en joueurs mélodieux de pipeaux.

Le même fruit, béni dans un pays où il remplace l'eau potable, donne lieu à de nombreuses variantes.

La variante marine :

Un ciel vert (l'écorce)
Une mer rouge (la pulpe)
Les poissons noirs (les grains).

La variante terrienne :

Les murs verts
La terre rouge
Les pierres noires.

La variante féerique :

Un palais aux murs verts
Aux chambres rouges
Aux fenêtres noires.

Et même la variante tragique, non inattendue dans cette terre de violences et de crimes :

Oh quelle odeur de peau
Quel rougeoiement de tranches
Silence, silence, au lieu de crier
Approche et goûte comme cela est tendre.

Pour le voyageur abordant aux rives de l'antique Trinacrie la tête pleine des illustres mythes grecs, l'humble mythe du *cocomero* semblera peut-être une introduction décevante. Pourtant, s'il veut comprendre quelque chose à la Sicile d'aujourd'hui, il apprendra plus en méditant sur les métamorphoses du melon d'eau dans l'imagination populaire (et sur le fait même que, à partir d'un objet aussi simple, aussi évident, l'imagination populaire sicilienne trouve autant à rêver), qu'en repassant dans sa mémoire les dieux et les prodiges de la mythologie ancienne. Il est vrai que certaines des premières légendes du monde ont ici leur lieu : c'est en Sicile que les Géants ont été défaits par Jupiter, c'est à la Sicile, son séjour préféré, que Cérès fit le cadeau du froment, c'est en Sicile que Dédale se réfugia pour fuir la colère de Minos. Sur la côte orientale, Vulcain et ses Cyclopes avaient leurs forges dans les gouffres de l'Etna, Polyphème sa caverne au pied des escarpements de Taormine ; et, à l'autre extrémité, face au couchant, Vénus Aphrodite venait chaque année de Délos tirée par ses colombes sacrées visiter son temple d'Eryx.

Mais trop de guerres, d'invasions, de colonisations, de spoliations se sont succédé depuis l'époque heureuse de ces fables, pour que le paysan sicilien d'aujourd'hui puisse chercher dans les mythes grecs les symboles de son destin. La pastèque, qui suggère l'idée d'universalité par sa forme sphérique, de mystère par le contraste entre son extérieur lisse et dur et la pulpe juteuse qu'elle renferme, et enfin de prodige par cette alliance merveilleuse du rouge sanglant et du frais qui apaise, n'est pas moins significative des secrets et des contradictions de l'existence humaine, tout en ayant ce caractère de familiarité que les légendes antiques présentaient, justement, pour leurs contemporains.

Un autre mythe d'une simplicité extrême et en même temps susceptible de plusieurs interprétations : le tablier de la femme de Pietraperzia. Je le transcris d'après la version qu'en a donnée Francesco Lanza, un écrivain sicilien du début de ce siècle, un de ces écrivains qui se sont appliqués à recueillir par écrit les traditions orales dont regorge cette terre.

« La femme de Pietraperzia portait sur elle un tablier si rapiécé que les morceaux se chevauchaient, impossibles à compter, et de toutes les couleurs ; en sorte qu'il avait pris le double d'épaisseur et paraissait la housse de l'âne.

« Son mari, qui le lui connaissait depuis le jour de leurs noces, n'en pouvait plus de la voir y mettre sans cesse la main pour le rapiécer, les morceaux n'étant jamais suffisants et le tablier s'en allant de partout ; et le jour de la foire étant arrivé, il lui en acheta un nouveau.

« La femme en le voyant n'avait pas assez d'éloges, car il était à fleurs ; et entre-temps elle disait :

« — Quels beaux morceaux à découper là-dedans pour mon vieux tablier usé, comme ça je pourrai me le mettre même quand il y aura jour de fête.

« Et s'étant armée d'une paire de ciseaux, elle commença à découper en tous sens des morceaux pour son vieux tablier ; et, le travail fini, elle le montra toute contente à son mari :

« — Regardez, mon mari, comme mon tablier est maintenant si bien rapiécé qu'il a l'air flambant neuf. »

L'habitude de la misère, des haillons, ne suffit pas à expliquer le geste de la femme de Pietraperzia ; et celui qui verrait seulement dans cette anecdote une allusion à la pauvreté séculaire, à la pénurie existentielle du peuple sicilien, manquerait la signification première de ce mythe : la jubilation du bariolé et du composite. Le tablier offert par le mari était beau, de diverses couleurs, et à motif floral : mais il avait le défaut d'être d'une seule pièce, d'un seul tenant. Un tablier rapiécé, fait de pièces et de morceaux, est le seul qui puisse convenir à une femme de Sicile : c'est-à-dire d'un pays qui n'a pas une seule identité, mais d'innombrables. Qui a été sicane, sicule, grec, carthaginois, romain, byzantin, normand, souabe, angevin, espagnol, piémontais. Et qui ne sait pas encore aujourd'hui s'il est italien ou sicilien, ni même s'il fait partie de l'Europe ou de l'Afrique. En sorte que le tablier de la femme de Pietraperzia, rapiécé comme il est, est vraiment l'emblème de la Sicile ; l'image vestimentaire de trois mille ans d'histoire précaire, mouvante et sans cesse recommencée. Son emblème, son drapeau : en loques, mutilé, lamentable si on veut. Mais en même temps fier et glorieux, battant au vent de toute l'énergie vitale de ses couleurs intrépidement juxtaposées.

Les merveilleuses friandises siciliennes, en pâte d'amande, qui imitent les formes et les couleurs des fruits les plus variés ; les glaces inimitables, qu'on confectionnait dès le XVIIIe siècle avec les neiges de l'Etna, de la *cassata* incrustée de fruits confits au *schiumone* où le dur et le moelleux sont stratifiés en couches voluptueusement inégales ; la *caponata,* plat national à base de tomates, de céleri, d'aubergines, de câpres, de sucre et de vinaigre, qui fondent leurs couleurs, leurs arômes, dans un mélange bigarré ; l'art de faire un trou dans une côtelette de porc pour injecter dans la viande monocolore et monosapide une farce pimentée et aillée, comme dans cette auberge de Chiaramonte Gulfi, une bourgade perchée au milieu de l'immense solitude montagneuse ; le goût des étalages fastueux dans le moindre marché de village ; les guirlandes d'ampoules multicolores ornant les oratoires dressés à l'angle des rues ; l'extravagance architecturale des chars polychromes traînant le jour de leur fête les saints à figure de poupée ; la cuisine, le commerce, la dévotion, sans parler de la peinture des panneaux de charrettes, ou de la floraison des plumets, des panaches, des pompons sur le harnachement des ânes, ou de l'exubérance inventive des potiers : dans tout acte de création sicilien on retrouve les coups de ciseaux de la femme de Pietraperzia. Un geste qui exprime à la fois le regret poignant de l'identité impossible, l'euphorie du multiple, la crainte d'être seul et nu dans un monde immense et désert, la conscience ironique d'appartenir à un amalgame de civilisations hétéroclites, la rivalité dérisoire avec l'immuable soleil dont la toute-puissance ne sert qu'à étaler sur les étendues désertiques le voile gris, uniforme, de la mort.

De toutes les Siciles qui se sont succédé, la plus vraie est la Sicile baroque : non pas seulement parce que les monuments qui en restent sont d'une incomparable splendeur et d'une roborative fantaisie, mais parce que l'art baroque, fait de surabondance palpable, qui construit ses façades comme un pâtissier de génie ses gâteaux, est le seul qui importe à un peuple doutant tragiquement de lui-même et demandant aux formes qu'il crée des preuves de son existence.

Ce n'est pas le lieu ici de fournir un itinéraire de la Sicile baroque, mais tant pis, j'ai vu tant de voyageurs, trompés par leur guide, revenir de Sicile sans en avoir soupçonné les merveilles, que quelques indications rapides ne me semblent pas superflues. Les chefs-d'œuvre de Palerme sont assez bien signalés. Mais à Catane, ville réputée ingrate, qui prend le temps de flâner dans la courte, mais si belle via dei Crociferi, le long des façades bombées des couvents, sous les balcons arrondis aux ferronneries délirantes ? Qui se donne la peine de faire un détour par Palazzolo, par Modica, par Raguse, à la recherche de leurs plantureuses églises meringuées ? A Syracuse, qui oserait sacrifier la promenade scolaire dans les ruines grecques insipides, aux délices de l'île Ortygie, qui renferme, en face de la cathédrale déjà étonnante, un palais doré, friable, mystérieux comme un rayon de miel dont on aurait fait la plus élégante des demeures, avec un escalier qui occupe sans utilité la moitié du bâtiment, en hommage au vide, à la gratuité, au temps et à l'espace pour toujours perdus ? Et Noto, cette ville construite en quelques années à peine sur un emplacement nouveau, à flanc de colline, après que le tremblement de terre de 1693 eut détruit l'ancienne cité (dont les ruines, enfouies sous les plantes odorantes, à quelques kilomètres plus à l'intérieur, en pleine montagne, constituent un des sites les plus poétiques, les plus émouvants de toute l'île), qui se doute qu'elle présente le plus cohérent ensemble urbaniste jamais édifié autrefois, d'un seul style, depuis les grandes églises théâtralement isolées sur leur socle de gradins, jusqu'à la disposition des rues en impasse prolongées par des trompe-l'œil, jusqu'aux consoles des balcons sculptées en têtes de lions, de chevaux, de sirènes, jusqu'aux grilles des fenêtres plus finement ciselées que des dentelles ? Enfin, de Scicli, cette minuscule capitale aux cariatides pansues blottie à l'entrée d'une gorge, qui connaît même le nom ?

L'exubérance du baroque est l'antidote indispensable contre le sentiment d'être « un, personne et cent mille », selon le titre d'un des romans de Pirandello. Pirandello, né dans une ville qui s'appelait Akragas sous les Grecs, Agrigentum sous les Romains, Kerkent sous les musulmans, et dont le nom moderne hésite entre Agrigento, dérivé de la domination latine, et Girgenti, de l'occupation arabe, a exprimé mieux qu'aucun autre de ses compatriotes ce drame de l'identité perdue, qui est le drame fondamental de la Sicile. La pureté des temples grecs, la perfection scintillante des mosaïques byzantines, peuvent bien convenir à des gens très forts, très sûrs d'eux-mêmes : la contemplation suppose distance et indépendance, distance devant l'objet contemplé, indépendance de celui qui contemple. Mais pour qui a du mal à s'identifier lui-même, l'art baroque, tumultueux, éloquent, bavard, sensuel, impudique, est d'un secours inappréciable contre l'angoisse, le vertige du « qui suis-je ? ». On ne regarde pas de loin, ni immobile, une façade baroque : elle bouge, elle vient à vous, elle vous parle, elle vous submerge de son babil prolixe et fleuri, elle est une compagnie vivante, pas une œuvre figée. En outre, l'art baroque est un art riche, opulent, ce qui n'est pas fait pour déplaire à des utilisateurs pauvres, mais ce n'est pas un art aristocratique, qui pourrait les rebuter ou les intimider : car l'ornementation baroque n'est pas le privilège exclusif des églises, des palais. On la retrouve dans toutes les manifestations et dans toutes les circonstances de la vie quotidienne : au marché, sur les charrettes des paysans, dans les harnais des chevaux, dans la cuisine, dans la pâtisserie : universelle, donc, et populaire. Les richissimes fondations religieuses avaient eu soin de se spécialiser chacune dans la confection d'une friandise particulière : c'est ainsi que le couvent de Santa Caterina à Palerme, dont l'église étincelle de coquillages coruscants et bouillonne sous des dentelles de marbre, fut longtemps célèbre pour ses potirons confits.

Au reste, il semble que dès l'époque de la colonisation grecque, les Siciliens aient réussi à baroquiser les sévères canons helléniques de la beauté : du moins si l'on en juge par les statuettes ou les peintures des vases exhumés lors des fouilles. Beaucoup plus libres, fantaisistes et irrévérencieuses que leurs modèles athéniens. Et si les Arabes ont apporté dans l'île une ère de bonheur et de prospérité, ce n'est pas seulement parce qu'ils ont introduit l'hygiène corporelle, l'irrigation, l'élevage des chevaux et des méthodes plus rationnelles d'agriculture : mais aussi parce que tout un monde de matières, de formes, de couleurs, de saveurs nouvelles est apparu avec eux. Le sucre, les sorbets, les confiseries, les tapis, la soie, le coton, le palmier-dattier, l'orange, le citron, la pêche, la grenade : de quoi coudre, en somme, comme sur le tablier de la femme de Pietraperzia, d'innombrables empiècements colorés, plus imprévus, plus vifs, plus gais les uns que les autres, sur le manteau gris de la Sicile, étendu à perte de vue dans la morne succession des champs calcinés.

Coré, appelée encore Proserpine, ou Perséphone, cueillait des fleurs dans un pré au milieu des campagnes qui entourent Enna, lorsque Pluton, ou Hadès, le dieu des Enfers, lui ayant donné la chasse de ses noirs coursiers, l'entraîna dans les profondeurs de la terre. Sa mère, la déesse Déméter-Cérès, qui avait apporté le blé en Sicile, erra inconsolable à la recherche de la jeune fille... Certes, mainte explication ingénieuse a été donnée de ce mythe que les Grecs avaient localisé en Sicile : l'enlèvement de Coré par Hadès signifierait l'appropriation par les hommes des Mystères de l'Agriculture, que seules les femmes pratiquaient dans les premiers temps du monde. Ou encore la nécessité d'enterrer pour l'hiver, dans l'épaisseur du sol, la pousse de blé féminine, pour qu'elle en rejaillisse plus vigoureuse au printemps. Mais le sens premier de ce mythe ne doit pas nous échapper pour autant : une jeune fille est enlevée brutalement, par un rapt qui renvoie à une des constantes de la vie sicilienne, le vol, l'agression, la disparition. Rapt d'autant plus saisissant, que Coré semblait bénéficier de la protection de deux puissances tutélaires infaillibles, la Nature généreuse, printanière, fleurie, et surtout la Mère, la *Mamma,* rarement prise en défaut d'assistance à ses enfants.

Un autre mythe de l'Antiquité enraciné en Sicile explique aussi une disparition. Il se rapporte à un personnage historique, cette fois, mais engagé plus qu'à demi dans la légende. Empédocle, philosophe et savant universel, poète et musicien, urbaniste et administrateur, hygiéniste et thaumaturge, gouvernait sagement Agrigente, tout en s'entourant d'un cortège de disciples et en plaçant sur sa tête une couronne d'or pour paraître en public. Sa mort est restée mystérieuse. On dit que l'Etna l'engloutit et qu'on ne retrouva de lui qu'une sandale rejetée par le volcan. Selon les uns, il aurait voulu cacher sa mort afin de passer pour un dieu, mais le volcan, en rejetant sa chaussure, aurait déjoué son projet et démasqué sa vanité. Selon les autres, il aurait tenté de s'élever dans les cieux, mais les divinités de l'Olympe, pour le punir de son orgueil, l'auraient précipité au fond du cratère. Il est probable qu'il périt victime de sa curiosité scientifique, en voulant observer une éruption de trop près.

Quoi qu'il en soit, la disparition d'Empédocle complète la disparition de Proserpine. Le crime des hommes dans un cas, la violence des forces naturelles dans l'autre représentent la double menace perpétuellement suspendue sur la Sicile : et de même que l'amour maternel est impuissant contre le crime, de même ni le savoir, ni la richesse, ni le pouvoir politique ne protègent contre les catastrophes naturelles. Le coup de force de Pluton symbolise tous les guet-apens de l'Histoire : aussi bien les invasions des colonisateurs que les incursions des pirates, les méfaits des bandits que les exactions de la mafia. L'éruption meurtrière de l'Etna renvoie aux inondations, aux raz de marée, aux éboulements de collines, aux tremblements de terre qui bouleversent périodiquement la plus belle île de la Méditerranée. Ces deux anciens mythes n'ont pas trouvé par hasard l'hospitalité en Sicile, où une tradition, encore vivante, les perpétue : pour tout Sicilien, le sentiment précaire de son existence, la conscience insuffisante de son identité reçoivent de ces légendes lointaines la confirmation qu'aucune certitude n'est stable, que tout ce qu'il aime autour de lui, ses biens, ses parents, ses amis, ses enfants, et jusqu'à sa vie même, peuvent disparaître d'une minute à l'autre, emportés par une noire et inéluctable fatalité.

Depuis Empédocle, combien de savants, combien de poètes, combien d'écrivains, combien de musiciens illustres ont fait la gloire de la Sicile, sans réussir à soustraire son peuple aux dangers élémentaires de la faim, de la soif, de la misère, de l'insécurité, de la violence. Ouvrez au hasard un journal : il n'y a pas de jour que les faits divers — appelés d'ailleurs « chronique noire » — ne rapportent quelque assassinat, perpétré sous un prétexte ou un autre, en plein jour, au coin d'une rue, ou au traîtreux détour d'un chemin. Telle Déméter éperdue parcourant les champs et les monts à la recherche de sa fille disparue, combien de mères n'eurent que leurs larmes à offrir, n'ont encore que leurs larmes à offrir, sur le cadavre de leur fils supplicié !

Cette image de la déploration maternelle nous ramène à la Sicile familière : la Sicile des processions religieuses. A Pâques, dans le drame de la Crucifixion, chacun retrouve, magnifié par le mythe chrétien comme il l'avait été déjà par le mythe païen, le drame de l'Enfant arraché à la Mère. La Sicile de la vie de tous les jours : en l'absence d'une tragédie plus particulière, la simple difficulté de vivre trace des rides profondes sur le visage des femmes, courbe les enfants sous un travail précoce, pétrifie les hommes dans une immobilité silencieuse. A quoi rêvent-ils tous, les yeux fixés mélancoliquement sur l'horizon démesuré ? Même lorsqu'ils se rassemblent en foule, pour une fête catholique, un meeting politique ou la simple promenade vespérale sur le *corso,* ils restent seuls. Raides, murés dans leur isolement, le plus souvent tristes et absorbés dans la contemplation de leur destin.

Plutôt que de méditer sur les ruines des théâtres et des temples grecs et romains, je ferais mieux, décidément, de me replonger dans la *Bibliothèque des traditions populaires siciliennes* commencée en 1871 par l'ethnologue Giuseppe Pitré (et revisiter à Palerme le plus intéressant musée de l'île, baptisé Pitré justement, où je verrai les plus riches collections d'ex-voto, de peintures sur verre, de marionnettes, de panneaux de charrettes, de pièces de harnais, d'objets magiques) ; dans les *Chants populaires siciliens* recueillis en 1867 par Salvatore Salomone-Marino ; dans *les Fables et les Histoires morales de nos paysans* publiées en 1884 par le baron Serafino Amabile Guastella ; dans les *Historiettes sici-*

liennes du déjà cité Francesco Lanza, qui datent de 1928. Ou, pour m'en tenir à notre époque, dans les *Devinettes populaires siciliennes* colligées en 1954 par Vann'Anto (d'où j'ai tiré celle du *cocomero*) ; dans les *Chants de prison et de mafia* publiés en 1965 par Antonino Uccello (lequel a rassemblé dans sa maison de Palazzolo Acreide une savoureuse collection d'objets folkloriques). Ou enfin, si je préfère m'adresser à un créateur, dans les livres d'Ignazio Buttitta, excellent poète dialectal, interprète inspiré de la colère et des tourments de son peuple.

Ces écrivains locaux, modestes, ne me dispensent certes pas de relire les romans ou nouvelles de Verga, de Capuana, de Federico De Roberto, de Pirandello, de Brancati, de Vittorini, mais, dans un pays où la littérature « noble » reste plutôt une branche merveilleuse de la littérature nationale italienne qu'une expression du sentiment insulaire, les compilateurs de fables et de proverbes m'introduiront de beaucoup plus près à la vie secrète, aux passions, aux souffrances des hommes que je croise sur les routes de montagne, chevauchant leur mule et suivis de leur chien, des femmes qui me jettent sous leurs voiles un coup d'œil en passant, timide si elles sont jeunes, scrutateur et méfiant pour les vieilles.

A moins que je ne préfère me rendre au dernier théâtre de marionnettes qui subsiste, à Palerme, et suivre les exploits trépidants de Roland, de Renaud, de Charlemagne et de ses paladins, figures à peine travesties de bandits plus familiers. Ou m'arrêter sur la place d'un village si j'ai le bonheur de tomber sur le spectacle donné en plein air par Ciccio Busacca ou quelque autre de ces poètes errants, les *cantastorie,* qui chantent à pleins poumons le dernier crime d'honneur, la dernière fusillade meurtrière entre un brigand au grand cœur et les « sbires », les carabiniers, ces haïs serviteurs de l'Etat. Ou descendre dans les catacombes des Capucins à Palerme : là, alignées debout dans leurs niches, huit mille momies tout habillées, de prêtres portant encore leurs ornements sacrés, de gentilshommes serrant dans leurs doigts décharnés leurs titres de noblesse, d'épouses gantées de blanc pressant sur leur cœur parcheminé un bouquet fané de fleurs d'oranger, me dévisageront sans douceur du fond de leurs orbites excavées.

Avec un peu de chance aussi, et un cœur solide pour les encaisser, le voyageur peut assister à une de ces non rares manifestations délirantes qui éveilleront en lui la stupéfaction, l'émerveillement et l'horreur. Pèlerins qui remontent à genoux la nef de l'église en léchant le sol de leur langue ; dévots qui accrochent un bras, une jambe, un sein, un estomac de cire devant la statue du saint pour le remercier de les avoir guéris d'une infirmité ou sauvés d'un accident ; Christs enchaînés traversant le village le dos ployé sous une vraie croix pendant la Semaine sainte ; cérémonials minutieux pour exorciser le mauvais œil ; danses et contorsions frénétiques de femmes se disant mordues par la tarentule : tels sont quelques-uns des paroxysmes auxquels se porte la piété méridionale, plus proche assurément du fanatisme espagnol que de la sérénité qui régnait sur l'Olympe.

Longtemps, dans ces formes souvent abjectes de dévotion, dans ce goût morbide de la souffrance et de la mort, on n'a vu qu'une dégénération du culte catholique, un abâtardissement de la religion dans la superstition. Aujourd'hui, grâce aux travaux de l'ethnopsychologie, qui a eu en Ernesto De Martino (1) son représentant italien le plus remarquable, on commence à comprendre quel rôle essentiel, indispensable, jouent dans la vie des peuples de l'Italie du Sud leurs rites et leurs exercices magiques. Peuples courbés sous une double oppression : l'oppression économique, la misère ancestrale et chronique, qui loin d'avoir été allégée depuis la réalisation de l'unité italienne, il y a quelque cent vingt ans, s'est augmentée de toute l'amertume d'un grand rêve déçu ; et l'oppression sexuelle, presque aussi brutale de nos jours qu'au Moyen Age.

C'est pourquoi, quand une femme se met à se tordre

(1) Consulter deux de ses livres traduits en français : *Italie du Sud et magie* et *la Terre du remords.*

par terre, à danser, à hurler en déchirant ses vêtements, elle mène à bien une double opération de délivrance. Par l'agressivité qu'elle déploie, elle se soulage des frustrations de la pauvreté, de la faim, des travaux forcés qui sont les siens à longueur d'année ; en même temps, elle se défoule de ses pulsions érotiques réprimées. Et non seulement elle se libère elle-même, mais elle libère la communauté qui l'entoure, l'assiste, l'encourage, aux sons d'une musique rituelle, selon un cérémonial strictement codifié. En sorte que cette mimique qui a l'air d'une explosion animale d'hystérie est en réalité quelque chose qui tient à la fois du jeu théâtral tel qu'on le pratiquait dans l'Antiquité, et du psychodrame tel que les médecins le pratiquent aujourd'hui. Le village, après cette catharsis nécessaire, peut se remettre à vivre. Spectacles difficiles à supporter, impossibles à oublier, typiques assurément, mais dont l'excès même risque de détourner le voyageur de ce qui fait, je crois, le fond du caractère sicilien, en dehors de ces périodes exceptionnelles de crise : un fatalisme muet, lucide et humoristique.

Voici, personnage capital de la mythologie rurale sicilienne, l'âne, tel que le baron Serafino Amabile Guastella, dans son recueil de fables, en conte les origines et les tribulations. Un jour le Seigneur Dieu, fatigué d'entendre les hommes se lamenter et se disputer, décida de distribuer les biens, afin que chacun sût à quoi s'en tenir. Les premiers à se précipiter furent les *galantuomini,* les *cavalieri,* appelés aussi *cappelli* du fait que le port du chapeau est un de leurs privilèges : ils firent main basse sur les richesses, les terres, les honneurs et les plaisirs. Mais ils ne purent saisir la santé, qui s'enfuit épouvantée. Allusion au teint jaune, à la mine mélancolique et ennuyée de ces messieurs (mi-propriétaires mi-bourgeois, « notables » avec une nuance cérémonieuse en plus) qu'on voit encore, vêtus d'un complet impeccable et coiffés d'un élégant panama, assis aux terrasses des cafés ou à l'intérieur du

« Cercle des Nobles » (appelé ailleurs « Cercle de la Conversation », par antiphrase sans doute), en train de jouer aux cartes, de parcourir le journal ou de ne rien faire du tout, le regard perdu dans le vague. Dans leur jeunesse, si l'on en croit le romancier Vitaliano Brancati, satiriste pointu mais observateur impartial, ils ne montraient guère plus d'activité : un de leurs principaux passe-temps, dans les bars de Catane, consistant à faire des concours pour savoir qui serait le plus lent à vider sa tasse de café.

En second lieu accoururent les prêtres et les moines. « Seigneur, nous nous contenterons des seuls biens du paradis », déclarèrent-ils. Néanmoins, à y penser deux fois, ils se rendirent compte que les biens du paradis ne font pas bouillir la marmite : aussi raflèrent-ils tout ce que les *cavalieri* avaient oublié. Mais eux également eurent leur part de maux, et ce fut de devoir renoncer à la femme. Ils protestèrent, tempêtèrent, mais Dieu fut inflexible : il leur prescrivit même de porter la soutane, pour leur signifier que les femmes les regarderaient désormais comme des sœurs, non comme des maris ou des amants.

Enfin arrivèrent les paysans, les *villani* (ou *berretti*, « casquettes », du nom du couvre-chef qui leur fut concédé). Ils trouvèrent le champ de distribution nu comme un genou, à l'exception d'un âne qui broutait en lisière.

L'âne est donc devenu le compagnon, l'ami, presque le seul parent du paysan. S'il devait choisir entre la mort de sa femme et la mort de son âne, il n'hésiterait pas une minute. Il le soigne, le lave, le bichonne amoureusement, se lève trois ou quatre fois la nuit pour renouveler la paille de la litière, voir si l'animal ne s'est pas étranglé avec son licou. Il le fait bénir par le prêtre, le jour de la Saint-Vito, pour que le saint le protège de la morsure des chiens hydrophobes, et le jour de la Saint-Sylvestre, pour que le glorieux pape l'immunise contre les loups. Mais une autre coutume que rapporte Guastella montre bien quel ressentiment anime en secret ceux à qui leur Seigneur n'a fait la grâce que d'un âne, et en quelle piètre estime ils se tiennent eux-mêmes pour n'avoir été jugés bons que d'un présent aussi modeste. Ils tournent en dérision la faveur qu'ils ont reçue, au cours d'une fête des plus burlesques.

Quand les ânes sont devenus impropres au service, il y a pour eux une foire spéciale, le 10 août, jour de la Saint-Laurent, à Palazzolo. La veille, on les conduit dans un terrain aménagé tout exprès : extravagante procession de quadrupèdes éclopés, ayant à peine la force de se tenir debout. « Il en est de toutes sortes : ânes sans queue, ou sans oreilles, ou sans poils ; il y en a de boiteux, et d'aveugles, et de galeux, et de ratatinés, et de recroquevillés, comme du parchemin, et de gonflés comme des métaphores de Guerrazzi (un Ponson du Terrail italien) ; et il y en a qui ont sur le dos, ou sur la croupe, ou dans une cuisse, des trous si horribles qu'on pourrait y mettre facilement la main ; il y en a avec un œil unique ; d'autres rongés par les vers ; d'autres qui de quatre pieds n'en ont plus que trois ; d'autres avec une seule moitié du postérieur, parce que la seconde a été emportée par les loups ; et il y en a de vieux, et d'archivieux, espèces de Mathusalems asinesques, qui n'ont plus la force de braire ni de renifler l'urine. » Et tous ces ânes, arrivés au bout de leur voyage, regardent mélancoliquement par terre, et se couchent épuisés. Mais le plus beau, le plus atroce, le plus sarcastique, c'est que leurs propriétaires leur ôtent alors leurs licous, qu'ils jettent en tas et remuent en tous sens : car le lendemain, au lever du jour, chacun prend au hasard dans le tas un licou : et l'âne auquel appartient ce licou devient sa propriété. Non sans récriminations, sans plaintes, sans disputes : comme s'il pouvait y avoir un quelconque avantage ou désavantage à échanger un boiteux contre un aveugle. Par cette coutume, qui leur sert, dit-on, à parodier le commerce des vraies valeurs entre riches, on mesure la profondeur de leur amertume, de leur désenchantement, mais aussi le raffinement de leur humour.

Cérémonie baroque, encore ; et dont le goût pour le bizarre, pour le monstrueux, semble répondre en écho aux fameuses sculptures de la villa Palagonia à Bagheria, près de Palerme. Bien qu'elles soient issues de la classe sociale opposée, de la grande aristocratie du XVIIIe siècle qui avait fait de Bagheria son Versailles, ces statues qui auraient pu sortir de l'imagination d'un Goya témoignent de la même frénésie tératologique, du même sommeil de la raison, que la procession et l'échange des aliborons de rebut à la foire rustique de Palazzolo. Bossus, nains, bicéphales, hydropiques, crétins, queues de dragons vissées à des bustes humains, femmes à tête de cheval, hommes à deux nez : entre les larmes et le rire, voilà l'envers des *cavalieri*.

Mais pour m'expliquer le silence du paysan sicilien, ce silence énorme, désolé, presque funèbre, qui pèse sur la Sicile et frappe le plus le voyageur surtout s'il débarque directement de la bruyante, brillante et volubile Naples, aucune œuvre d'art, de quelque époque qu'elle soit, ne me viendra en aide : ni antique, ni musulmane, ni espagnole, ni baroque. Et il ne me suffira pas non plus de me dire que la succession des tyrannies étrangères, la haine et la peur de l'Etat et de sa police ont créé dans le peuple l'habitude de ne communiquer que par signes. De ce mutisme opaque, grandiose, si scrupuleusement observé que jamais on n'entendra chanter pour égayer son chemin aucun des paysans qu'on croise dans les solitudes poudreuses de l'intérieur — dans un pays où pourtant un Bellini, né et élevé à Catane, a porté à son point suprême de perfection l'art du *bel canto* — je trouve, dans une autre des fables rapportées par Guastella, une savoureuse, poétique justification.

Un jour le Parler et le Manger se disputèrent entre eux, parce que l'un et l'autre avaient été condamnés à vivre ensemble dans une seule habitation, comme deux galériens enchaînés au même boulet.

— Diable ! hurlaient-ils en se démenant sur le bout de la langue, quelle est donc cette injustice ? Le Seigneur Dieu a fait deux maisonnettes pour la seule Vue ; deux cavernes pour la seule Ouïe ; et deux moulins à vent pour le seul Odorat. Et il a fait deux jambes, et deux bras, et deux sourcils, et deux mains, et deux pieds, et deux mamelles. Mais quand il s'est agi de nous procurer à chacun de nous un logement, il a voulu économiser, et nous a fourrés tous les deux au même endroit.

N'en pouvant plus de cette promiscuité, ils recoururent donc au roi Salomon, pour qu'il décidât qui devrait déménager de la bouche, et qui aurait le droit d'y rester.

— C'est à moi de rester, dit le Manger, parce que sans moi l'homme ne pourrait subsister.

— Qu'as-tu à répondre ? demanda Salomon au Parler.

— Sans moi l'homme serait semblable aux bêtes, parce que c'est moi qui le distingue du cafard et du cochon. Et sans moi mon ennemi n'aurait même pas pu défendre sa cause à l'instant. Pour manger tout le monde mange, même le pou, mais pour parler il n'y a que l'homme qui parle.

Le roi prononça alors sa sentence.

— Chacun de vous a raison, et je vais faire en sorte que vous restiez en paix sans vous séparer, car en vous séparant j'irais contre la sagesse de Dieu. Toi, ô Parler, tu domineras désormais sur ton compagnon dans la bouche du riche, qui n'a rien à faire, et possède tous les biens de Dieu, comment diable pourrait-il tuer le temps, s'il ne l'employait pas à bavarder, et à casser du sucre sur le dos de son voisin ? Mais dans la bouche du pauvre, tu te tiendras recroquevillé, parce que, dans son cas, en dire trop pourrait lui nuire. Et toi, ô Manger, souci constant et unique occupation du pauvre, tu seras toujours le bienvenu dans sa bouche, et adoré comme une idole.

Il y a pourtant des maisons de riches où on ne parle guère, malgré la sentence du roi Salomon. J'en ai connu au moins une : la belle villa de Capo d'Orlando, dans le nord-est de l'île, où le baron Lucio Piccolo di Calanovella vivait avec son frère Casimir et sa sœur dont le prénom m'échappe, tous les trois nés dans les premières années du siècle. Tous les trois célibataires, et ne sortant pour ainsi dire jamais de leur domaine, qui consistait en des cultures de citronniers et d'orangers, d'un bon rapport, surtout pour les intendants et les divers intermédiaires qui profitaient de la négligence des maîtres pour s'enrichir à leurs dépens.

Lucio Piccolo, cependant, fit une fois une sortie, qui est restée mémorable, et sans laquelle je n'aurais pas cherché à le connaître. Il avait envoyé en 1954 à Eugenio Montale, par la poste, un recueil de poèmes. Lui, provincial inconnu, à l'un des premiers poètes italiens : lequel, frappé de la beauté et de l'étrangeté de ces vers, demanda à leur auteur de venir à un congrès d'écrivains qui devait se tenir dans la petite ville lombarde de San Pellegrino. On vit arriver, dans une antique et noire limousine conduite par un chauffeur en livrée, deux messieurs très dignes, pâles, d'un autre monde, deux gentilshommes sortis d'un tableau du Greco, le poète et un sien cousin. Ce cousin, complètement inconnu alors, était le prince Giuseppe Tomasi di Lampedusa : il observa les littérateurs réunis au congrès, les écouta, les jugea, et décida qu'il pourrait faire aussi bien qu'eux. Rentré à Palerme, il se mit à écrire un roman, qu'il eut juste le temps de terminer avant de mourir. Il avait appelé ce roman *le Guépard*. Comme on sait, le succès, posthume, fut immense.

Rendu curieux par cette légende, par ce cousinage, je proposai ma visite à Lucio Piccolo, il y a de cela une dizaine d'années. Sans savoir qui j'étais, il m'invita aussitôt à déjeuner, avec l'élégance et l'hospitalité d'un Sicilien. Un petit chemin de terre montait de la grand-route vers la villa cachée au milieu des arbres et des hortensias géants. Une forte odeur de pourriture flottait autour de la demeure. J'appris qu'il s'agissait des chiens du baron, enterrés les uns après les autres sous une mince couche de terre : des molosses redoutables, qui avaient obligé une fois un visiteur imprudent à se réfugier sur un arbre pour échapper à leurs mâchoires. J'évitai ce danger, mais faillis tomber dans un autre. Pour entrer dans la maison, il fallait se faufiler au pas de course sous un énorme essaim d'abeilles suspendu au-dessus de la porte. Les animaux étaient sacrés ici. Non pas en vertu d'une zoophilie militante, mais par foi dans la métempsycose : du moins de la part de Casimir, le frère, qui croyait dans la transmigration des âmes et m'entreprit sur ce sujet, en me montrant la collection de revues de spiritisme qu'il faisait venir d'Angleterre.

Notre conversation fut brève. Car le familier des fantômes, ayant compris que j'étais venu pour le poète, se renferma bientôt dans un mutisme dont il fut impossible de le tirer. Les deux frères, qui vivaient depuis plus de soixante ans sous le même toit, se haïssaient : et il suffisait qu'on adressât la parole à l'un pour que l'autre se rétractât comme un escargot. Lucio, d'ailleurs, ne se montra guère beaucoup plus loquace avec moi. Nous étions assis tous les quatre, silencieux, dans une pièce encombrée de meubles et de bibelots hétéroclites, où on ne distinguait presque rien avec précision, à cause des lourds rideaux de velours qui empêchaient la lumière d'entrer, mais non la chaleur, qui était torride, en cette journée du mois d'août, à tuer un âne, même vaillant, même pourvu de ses quatre pieds et des deux moitiés de son postérieur. La sœur, dont la seule mission depuis soixante ans semblait être de servir de tampon et d'ambassadrice entre les deux frères, me donna les rares informations que je pus recueillir sur les chiens, les abeilles, les hortensias. Mais elle ne put m'expliquer pourquoi, au beau milieu du salon, se dressait, maigre, solitaire et pointu, comme l'étendard parodique de ces chevaliers à la triste figure, le paratonnerre.

Nous passâmes à table : une table ovale énorme, cirée, qui luisait dans la pénombre. Chacun des frères s'assit à un bout, à une distance considérable de l'autre. La sœur prit place au milieu, et moi en face d'elle. Les mets furent somptueux, tarabiscotés, exquis et indigestes au possible. Nul plat qui ne fût simple, où quelque farce, pour les salés, quelque crème, pour les sucrés, n'ajoutât à la chère déjà grasse sa surabondance adipeuse, selon les fantaisies du baroquisme le plus échevelé. Aucun de mes trois hôtes ne prononça un mot de tout le repas ; et si, dans les cuisines qui jouxtaient la salle à manger, le personnel déchaîné n'avait pas fait le plus insolent des vacarmes, j'aurais cru être tombé pour de bon chez des fantômes, chez des esprits échappés d'entre les pages des revues anglaises de Casimir.

On revint au salon. Casimir se retira dans son coin, la sœur s'installa au milieu près du paratonnerre. Quant à Lucio il m'entraîna à l'autre bout de la pièce, me fit asseoir dans un fauteuil à côté de lui, souleva un coin du rideau et se mit à me lire *in extenso,* l'un après l'autre, ses quatre « Chants baroques », d'une voix caverneuse, haletante, non sans s'interrompre çà et là pour me demander anxieusement :

— Vous comprenez, vous comprenez bien ?

Que pouvais-je comprendre, sinon qu'il s'agissait d'une poésie véhémente, inspirée, tourmentée, suffocante ? Car pour pénétrer les arcanes de ces vers denses, contournés, hermétiques, il aurait certes mieux valu n'avoir pas ingurgité à l'instant des pâtes farcies au lard, des côtelettes remplies de chair à saucisse, des meringues croulantes de sirops, ni me trouver maintenant, à trois heures de l'après-midi, en plein milieu de la canicule, plus occupé à observer l'ardente déclamation de ce personnage évadé d'une comédie de Pirandello, qu'à entrer dans les nuances de son génie.

Ayant terminé un poème, il se levait, plaçait le livre sur mes genoux et m'enjoignait de relire, pendant qu'il s'esquivait sur la pointe des pieds et disparaissait dans le couloir : pour allumer une cigarette en secret, sa sœur lui ayant interdit de fumer. Puis il revenait, commençait un autre chant. Heureusement qu'il me donna pour finir son livre à emporter : œuvre d'un vrai, d'un grand poète, une sorte de Mallarmé des tropiques qui aurait vécu reclus dans un couvent, derrière des balcons chargés de fleurs écarlates, à épier le pas des femmes dans la rue, sous les souffles brûlants du sirocco.

Avant de prendre congé, je lui demandai :

— Mais votre cousin Lampedusa, pourquoi a-t-il attendu si tard pour écrire ? Pourquoi n'a-t-il rien publié de son vivant ?

Il me fit cette simple réponse, sans avoir l'air de penser qu'elle était extraordinaire :

— Oh ! Nous autres Siciliens, nous avons tellement peur d'être mal jugés par le continent, que nous préférons nous taire.

Lucio Piccolo est mort aujourd'hui. Mais j'ai raconté cette visite, parce que tout ce que j'ai surpris dans cette maison reste vivant et vivra autant que la Sicile : ce mélange d'attente anxieuse et de renoncement superbe, de folie, de grandeur, de déchéance, d'orgueil, de chic, de passion, de violence, de chimères, de génie. De même que les ânes sont en voie de disparition, et que la foire de Palazzolo a fait long feu : mais non l'espérance absurde qui présidait au rite de l'échange des licous.

Les régimes politiques, les lois, les hommes au pouvoir changent, mais comme les ânes : avec le même bénéfice pour les gouvernés que pour le propriétaire d'un animal boiteux l'acquisition d'une bête aveugle. Il y a dix ans, un tremblement de terre ravagea deux villages de l'intérieur : les habitants attendent toujours les milliards de la reconstruction, promis par Rome et votés par le Parlement. Alors, que faire, dans ces conditions ? Cesser d'espérer serait contraire à la nature humaine. On espère donc : la reconnaissance du continent pour le poète, le dédommagement de leur ruine pour les victimes du cataclysme. Mais en silence : et quitte à se moquer de soi-même qui espère. Tels sont les traits du caractère sicilien qui me touchent le plus : le courage et l'ironie.

TROIS VOYAGEURS FRANÇAIS

LES CONTRADICTIONS DE STENDHAL

STENDHAL s'ennuyait comme consul de France à Civitavecchia lorsque, en 1833, il fit copier de vieux manuscrits italiens, récits violents d'aventures vraies ayant eu lieu dans l'Italie de la Renaissance. Le goût de l'anecdote historique avait toujours possédé l'auteur de *le Rouge et le Noir.* Cette fois, il se promettait de ses découvertes un double plaisir : recréer son propre univers romanesque à partir de faits divers authentiques, théoriser les raisons qui depuis toujours l'attachaient passionnément à l'Italie. Les *Chroniques italiennes* posent ainsi deux séries de problèmes : comment Stendhal travaillait-il ? Sur quel stimulant pris dans la réalité historique son imagination prenait-elle élan ? Et d'autre part : qu'est-ce que cette Italie dont il avait besoin pour se sentir heureux, pour se sentir vivre ?

Il importe de confronter les récits de Stendhal avec les sources qui les ont inspirés. Tantôt il s'écarte de ses modèles, tantôt il ne fait que traduire. Stendhal possédait à sa mort quatorze volumes de manuscrits italiens. Mérimée les fit acheter par la Bibliothèque nationale, où ils figurent, dans le fonds italien, sous les numéros 169 à 179 inclus, 296 et 297, et 886. Victor Del Litto, dans le tome 19 de son excellente édition des *Œuvres complètes,* donne la version originale des textes où Stendhal a puisé. L'un d'entre eux, *Origine delle grandezze della famiglia Farnese,* fournit le point de départ de *la Chartreuse de Parme.* Les *Chroniques italiennes* proprement dites, publiées du vivant de l'auteur, se réduisent à quatre. Il les rédigea à Paris, lors d'un congé diplomatique, de 1836 à 1839. *La Revue des deux mondes* publia *Vittoria Accoramboni* le 1er mars 1837, *les Cenci* le 1er juillet (ces deux nouvelles non signées), *la Duchesse de Palliano* le 15 août 1838, *l'Abbesse de Castro* les 1er février et 1er mars 1839 (ces deux nouvelles signées F. de Lagenevais). *Trop de faveur tue* et *Suora Scolastica* (Stendhal travaillait à ce récit le jour de sa mort subite, c'est donc son dernier texte) sont des posthumes, inachevés. Le titre de *Chroniques italiennes* n'est pas de Stendhal, qui hésitait entre *Historiettes romaines* et *Pièces tragiques*. C'est Romain Colomb qui trouva, pour le volume des éditions complètes paru chez Michel Lévy en 1855, le titre aujourd'hui retenu.

Anonymat ou pseudonymat : Stendhal n'obéissait pas seulement à son goût bien connu pour le masque, à son rêve secret de bâtard, en publiant ses nouvelles sans nom d'auteur ou sous un faux nom. Les manuscrits italiens qu'il fit copier n'appartenaient pas à des bibliothèques publiques, mais aux archives d'une maison amie, le palais Caetani, via delle Botteghe Oscure, à Rome. Autre raison, plus décisive, de se montrer discret : Stendhal occupait la charge officielle de consul de France à Civitavecchia, le deuxième poste diplomatique des Etats romains, et les nouvelles qu'il publiait dans *la Revue des deux mondes* mettaient en cause les mœurs de la cour de Rome, la cruauté, l'érotisme, les excès de tout genre auxquels s'étaient livrés pendant la Renaissance les hauts dignitaires de l'Eglise.

Il multiplie les précautions oratoires, en protestant qu'il ne fait que traduire des textes italiens. « Malheureusement pour moi comme pour le lecteur, ceci n'est point un roman, mais la traduction fidèle d'un récit fort grave écrit à Padoue en décembre 1585 », annonce-t-il en tête de *Vittoria Accoramboni*. Cette nouvelle, il dit la tenir d'un vieux patricien de Mantoue, qui lui aurait accordé, en le lui faisant payer très cher, le droit de copier certaines historiettes du passé. En fait, le patricien de Mantoue n'a pas plus existé que le chanoine de

Padoue par qui, dans l'introduction à *la Chartreuse de Parme,* Stendhal prétend avoir eu communication du récit relatif aux intrigues de la cour de Parme. Même remarque au sujet de la « famille de Palerme » invoquée au début de *la Duchesse de Palliano.* Les nombreuses références aux deux chroniqueurs de Rome et de Florence, qui émaillent *l'Abbesse de Castro,* rentrent également dans la supercherie.

Il faudrait relever un à un les passages où Stendhal s'écarte des textes dont il se donne comme simple traducteur. On peut dire en gros que *Vittoria Accoramboni,* la première des *Chroniques italiennes,* est la plus fidèle à l'original. A part la fiction du collectionneur avare de Mantoue, elle est la « traduction fidèle » d'un récit ancien. Les autres nouvelles montrent de plus en plus de liberté par rapport aux manuscrits, jusqu'à *l'Abbesse de Castro,* la dernière des *Chroniques italiennes* achevées, et de loin la plus stendhalienne, où les trois quarts de l'histoire sont de l'invention du soi-disant traducteur. Ce double mouvement, d'une part le détachement de la fidélité littérale, d'autre part la stendhalisation des nouvelles, est essentiel à saisir si on veut comprendre la surprenante métamorphose que l'auteur de *la Chartreuse de Parme* fit subir à l'Italie réelle pour l'adapter à son Italie rêvée. C'est pourquoi il faut lire les *Chroniques italiennes,* non pas dans l'ordre adopté par la plupart des éditions, mais dans celui où elles ont été composées, en commençant par *Vittoria Accoramboni* et en finissant par *l'Abbesse de Castro.*

Vittoria Accoramboni, par la langue et le style, est un pastiche de la prose italienne. Dès les premières pages, on trouve un exemple précis d'italianisme. « Car tout le monde conviendra qu'il n'est pas convenable que celui qui ambitionne de s'élever au-dessus de tous les autres hommes se montre ainsi homme comme les autres. » « Ainsi homme comme les autres » reproduit littéralement le tour italien : *cosi uomo come gli altri.* Mais la généralité un rien pompeuse, « tout le monde conviendra », la succession des propositions relatives, la pensée emphatiquement noble sur « les hommes », tout cela appartient également à une certaine manière de raisonner et d'écrire typiquement italienne. L'italianisme grammatical « ainsi homme comme les autres » est une sorte de clin d'œil que Stendhal adresse ici à son lecteur, pour l'inviter à noter les italianismes de pensée, bien autrement instructifs.

Autre exemple. « Ce qu'il y a de certain, c'est que le prince Paul Orsini, accoutumé de tout temps à être craint des papes, fut porté si sérieusement à penser à ses affaires par cette façon de parler du pape, telle qu'il n'avait rien entendu de semblable pendant l'espace de treize ans, qu'à peine sorti du palais de Sa Sainteté il courut chez le cardinal de Médicis lui raconter ce qui venait de se passer. » Il ne suffit pas de dire, avec Jean Prévost, que Stendhal pastiche le « style italien », en enfermant dans une même phrase toutes les circonstances. La malice de Stendhal ne s'exerce pas seulement contre une certaine manière d'écrire, elle s'exerce contre lui-même amoureux de l'Italie. Car le « style italien » met au jour une profonde contradiction entre l'Italie telle qu'elle pense, telle qu'elle est, et l'Italie telle que Stendhal voudrait qu'elle soit.

Tout le monde sait ce que Stendhal a cherché, ce qu'il a voulu aimer dans l'Italie : d'abord les réactions rapides d'un peuple qui conforme ses actes à ses sentiments et ne s'embarrasse pas, comme les Français, de considérations inspirées par la volonté ou le souci du voisin. Or, que révèle le « style italien » ? Le contraire de la rapidité, de la simplicité, de la sincérité. *Rome, Naples et Florence* abonde d'ailleurs en remarques là-dessus. 2 mars 1817 : « Pour des raisons à moi connues, le naturel simple ne plaît pas dans les livres en Italie, il leur faut toujours de l'enflure et de l'emphase. » 10 avril : « Un homme qui écrit une lettre ouvre son dictionnaire, et un mot n'est jamais assez pompeux ni assez fort. De là, la naïveté, la simplicité, les nuances de naturel sont des choses inconnues en italien... » 12 mars : « On demande aux gens ce qu'ils sont, ils répondent par ce qu'ils furent. » Stendhal, complètement lucide, aurait dû conclure que si les Français se soumettent à l'opinion du voisin, les Italiens se laissent obséder par l'Antiquité romaine. Ils sont toujours en train de se dire : est-ce que j'agis conformément à ce que la grandeur passée de mon pays attend de moi ? Une telle pensée a ruiné beaucoup d'écrivains, qui se drapent dans une toge avant de prendre la plume, elle a perdu Mussolini. Le « style italien » n'est que l'expression manifeste du conformisme italien, de l'impossibilité de se dégager d'un auguste modèle. La crainte du prochain entrave l'originalité du Français, soit. Mais la crainte de ne pas être à la hauteur des Anciens empêche tout autant l'Italien d'être libre, d'être soi-même.

Le moyen de tourner cette objection, c'est évidemment de prétendre qu'il y a deux Italies, celle qui ressent avec impétuosité, celle qui s'exprime avec pédanterie. Mais comment soutenir longtemps ce paradoxe ? Le manuscrit italien de l'histoire de Vittoria Accoramboni raconte une série de vengeances et d'assassinats exécutés sous le feu de la passion dominante. Mais le récit est conduit à la manière ampoulée du style cicéronien, un style d'avocat, farci de clichés (« dans la plus belle fleur de sa jeunesse »), de redondances qui accusent la boursouflure du récitant. Stendhal, en reproduisant ce style, qu'a-t-il voulu faire, sinon se moquer de sa propre italomanie ? Peu de textes comme *Vittoria Accoramboni* montrent un auteur aussi partagé entre un mythe qui est cher à son cœur et une réalité qui éclate à son intelligence. Stendhal ruine son mirage à mesure qu'il l'expose. On comprend aisément qu'après ce texte inaugural il devait suivre une de ces deux voies : ou bien continuer dans le « style italien » et bâtir peu à peu l'image d'un peuple empêtré par le souvenir de la grandeur romaine et peu capable de ressentir directement des émotions sans les rapporter à des archétypes figés de grandeur, d'héroïsme — ou bien sauvegarder une Italie mythique de spontanéité et de violence, en renonçant au « style italien ».

Stendhal choisit le second parti. C'est ce qui explique que *les Cenci* soient infiniment moins pastiches que *Vittoria Accoramboni,* que *la Duchesse de Palliano* gagne encore en rapidité. Le prologue de cette nouvelle contient les idées de l'auteur sur la *passion italienne,* « c'est-à-dire la passion qui cherche à se satisfaire, et non pas à donner au voisin une idée magnifique de notre individu ». On sait que Stendhal tenait tellement à distinguer entre l'Italie, pays de la passion, et la France, pays de la vanité, qu'il ne comprit rien à l'admirable *Cenerentola* de Rossini et la traita de comédie d'antichambre, parce qu'un opéra qui montrait une série de vaniteux ne pouvait être qu'un contresens en Italie. « Cette façon passionnée de sentir qui régnait en Italie vers 1559 voulait des actions et non des paroles », poursuit imperturbablement Stendhal, se condamnant ainsi à nier l'évidence et à plaquer sur l'Italie réelle une Italie rêvée. A la fin de *la Duchesse de Palliano,* il a cette phrase étonnante, dont on chercherait en vain la source dans le manuscrit italien. « Le cardinal montra une grandeur d'âme supérieure à celle de son frère, d'autant qu'il dit moins de paroles ; les paroles sont toujours une force que l'on cherche hors de soi. » « Les paroles sont toujours une force que l'on cherche hors de soi » : Stendhal aurait pu se servir de ces mots pour donner congé à son mythe italien. Il aimait l'Italie, il voulait l'aimer à cause de la « force » interne des passions italiennes. Or, dans quel pays fait-on plus grand abus de paroles, dans quel pays recourt-on davantage à l'emphase oratoire qu'en Italie ? Et pas seulement dans les textes écrits : également dans les conversations, dans les moindres propos de rue. Aujourd'hui encore, en plein XXe siècle, on peut dire que l'emphase est ce qui gâte le plus non seulement la manière de s'exprimer des Italiens, mais aussi leur manière de sentir. « Les paroles sont toujours une force que l'on cherche hors de soi » : Stendhal décida donc de stendhaliser le « style italien », de rendre taciturnes les bavards italiens, de leur faire rentrer la grandeur romaine dans la gorge et puiser en eux-mêmes leur seule force. D'où *l'Abbesse de Castro,* ce chef-d'œuvre.

Pour cette nouvelle, le manuscrit italien ne lui fournissait que le dernier épisode de la vie d'Hélène, la liaison coupable d'une abbesse et d'un évêque, et le procès qui s'ensuivit. Stendhal n'a pas seulement inventé le caractère de son héroïne, il a créé de toutes pièces le personnage de Jules Branciforte et l'histoire d'amour des deux jeunes gens. On a dit que *l'Abbesse de Castro* était la répétition générale de *la Chartreuse de Parme*. Il faut souligner aussi les liens de cette nouvelle avec *le Rouge et le Noir*. Elle est un microcosme parfait du monde stendhalien.

Le lecteur jeune préfère *le Rouge et le Noir*, à cause de l'âpreté du ton, de la détermination de Julien, qui arrive où il veut arriver : les distances qui le séparent de Mme de Rênal, puis de Mathilde, distances toutes sociales, il en triomphe, et la jeunesse aime savoir qu'il n'y a pas d'obstacles dont on ne puisse venir à bout par la volonté. Plus mûr, on peut préférer *la Chartreuse*, roman des distances également, mais des distances impossibles à combler, car il ne s'agit plus d'une différence de condition, mais d'un écart d'âge. La véritable, l'unique tragédie. Mosca est trop vieux pour la duchesse, la duchesse est trop vieille pour Fabrice. Dans *l'Abbesse de Castro* l'obstacle entre les jeunes gens est, comme dans *le Rouge et le Noir*, de nature sociale. Jules Branciforte, un jeune homme pauvre, obscur, pas même beau. Son seul avantage réside dans son énergie, sa *virtù*. Hélène de Campireali : la fille du plus riche seigneur d'Albano. Entre eux va naître un de ces amours que seul le XVIe siècle italien pouvait produire, « je veux dire l'amour passionné qui se nourrit de grands sacrifices, ne peut subsister qu'environné de mystère, et se trouve toujours voisin des plus affreux malheurs ».

Hélène et Jules auraient pu être amants, dans le jardin du palais Campireali où le jeune homme avait réussi à s'introduire. L'envie était aussi grande de part et d'autre. Leur morale consistant à se conformer à leurs sentiments et à jouir pleinement du moment présent, aucun scrupule de conscience ne les aurait empêchés de coucher ensemble. Ils y renoncèrent par goût d'éprouver une sensation encore plus forte que le plaisir physique : l'exaltation du sacrifice. Ensuite, Stendhal accumule les obstacles qui rendent à jamais impossible l'union des jeunes gens : la mort du frère d'Hélène, tué par hasard de la main de Jules, la réclusion d'Hélène dans un couvent, l'échec de l'assaut organisé par Jules contre ce couvent, l'exil de Jules, la liaison d'Hélène avec l'évêque, la prison d'Hélène, son suicide. Stendhal avait accordé à Julien toutes les réussites. Même Fabrice, il lui permettra pour finir de coucher avec Clelia. *L'Abbesse de Castro,* constat radical de l'impossibilité d'aimer, constitue, avec *Armance,* l'échantillon le plus pur de beylisme. A ce propos, tant d'idées reçues doivent être rejetées ! La chasse au bonheur n'est pas la chasse au plaisir, la *virtù* italienne ne se confond pas avec la poursuite des satisfactions, l'énergie suprême réside dans la privation. L'Italie mythique de Stendhal est bien ce pays où on existe avec force. Mais cette force n'est pas mise au service du but à atteindre, elle peut être aussi bien, elle est, dans ses démonstrations les plus hautes, une flamme qui se consume sur elle-même. Julien Sorel, le pur Français, réussit. Jules Branciforte, le pur Italien, échoue. Fabrice del Dongo, bâtard d'un Français et d'une Italienne, arrivera jusqu'à Clelia parce qu'il est français, mais seulement dans le noir parce qu'il est italien. Leur enfant mourra, victime de cette étrange Italie sans soleil.

Stendhal vouait à Pascal une admiration particulière. Il semblerait étonnant que l'apologiste du culte de la jouissance ait pu chercher un garant chez le fanatique de l'ascétisme, si les romans n'étaient là pour nous ouvrir les yeux. Julien découvre le bonheur dans son cachot, Fabrice n'est jamais aussi heureux que dans le clocher de l'abbé Blanès, puis dans la tour de sa prison. Les héros stendhaliens n'arrivent à rejoindre la plénitude intérieure que dans l'isolement et le silence d'une chambre. Les *Chroniques italiennes* sont toutes des histoires de prison. C'est à se demander si Stendhal les a écrites pour exalter une époque d'amoralité, de crimes et d'héroïsmes sanglants, comme on le dit, ou pour revivre les joies de la solitude à laquelle ces grandes âmes, condamnées pour leurs forfaits, finissent par se trouver assujetties. L'histoire d'Hélène et de Jules est le récit de deux solitudes parallèles, qui d'abord ne veulent pas se rejoindre, puis ne le peuvent pas, mais puisent dans ce renoncement et dans cette impossibilité la plénitude de la jouissance d'exister, qui est leur unique aspiration. Hélène, croyant Jules mort, se donne à l'évêque : par plaisir ou par désespoir, peu importe. Si l'amoralité était sa seule loi, elle devrait être satisfaite de ce double sacrilège. Elle se tue quand elle apprend que Jules n'est pas mort, c'est-à-dire quand elle s'aperçoit qu'elle n'a pas su rester fidèle à elle-même, qu'elle a dû recourir à des preuves extérieures de son existence. Les autres héros de Stendhal n'ont pas besoin de se suicider. Ils savent se retirer à temps, des bras et du regard d'autrui.

Ce qui a pu donner le change sur Stendhal et sur ce qu'il entendait par *virtù* italienne, c'est peut-être l'histoire des *Cenci* et sa préface agressive. Toutes les idées de Taine, de Burckhardt et de Nietzsche sur la Renaissance viennent de ces quelques pages où Stendhal célèbre dans le donjuanisme le plaisir satanique de la transgression. Le manuscrit italien décrivait François Cenci comme un simple débauché, court d'idées, obtus, bestial. Stendhal a complètement transformé le personnage, en le dotant d'une conscience acharnée au mal et d'une volonté de puissance que seul le crime peut assouvir. De même, Béatrix n'est plus, pour le « traducteur », une jeune fille forcée de supprimer un pervers au nom de l'innocence. Métamorphosée elle-même en volonté de puissance, elle se dresse en rivale enflammée d'une « âme vraiment romaine ».

Cela dit, le satanisme de Stendhal reste d'une prudence remarquable. Tout le détail des supplices infligés aux deux femmes, il le passe sous silence. Il cite Sade, dans une note écrite en marge du manuscrit italien, mais quand il s'agit de montrer par quoi François Cenci est un ancêtre du marquis, il se contente d'allusions plus que vagues à ses « amours infâmes », sans mentionner du tout, à la différence du manuscrit italien fort précis là-dessus, que Cenci pratiquait la sodomie, entretenait des putains et des garçons dans son palais, et mettait ces garçons dans le lit de sa femme.

Prétendre que Stendhal a rêvé l'Italie comme une terre où chacun n'obéit qu'à ses passions et n'hésite pas à faire couler le sang pour contenter son cœur serait une simplification abusive. Une autre Italie, nous l'avons dit, se dessine à travers les *Chroniques*. L'Italie des palais clos, des cloîtres, des couvents, des prisons, l'Italie de la solitude et du renfermement, où l'âme, restée seule avec elle-même, découvre dans la joie qu'elle peut se passer du monde. Le cloître d'Hélène est bien la préfiguration de la chartreuse de Fabrice. Image de la naissance, comme de la mort, c'est bien dans la cellule que se résume le mythe italien des *Chroniques*. S'il est vrai que l'amour et le crime, que Stendhal trouve en Italie portés à leur point de perfection, l'enthousiasment, l'amour et le crime n'auraient pas autant de fascination pour lui s'ils n'étaient les chemins obligés qui mènent à la claustration, c'est-à-dire au seul moyen d'exister par soi-même.

Le psychanalyste dirait que les héros stendhaliens, jetés dans le monde par la volonté paternelle qui les force à grandir, à mûrir, à manier l'argent, à embrasser une carrière, à s'établir dans une définition sociale, à montrer leur puissance virile, à briller par la conquête des femmes, ne se sentent vivre que dans certains moments de grâce qui sont des moments de régression dans l'élément primordial maternel. Jules Branciforte, désespéré par la froideur qu'Hélène se croit obligée de lui témoigner après la mort de son frère, se retrouve le long d'une plage et doit vaincre la tentation de mettre fin à ses jours en poussant son cheval (l'instrument par excellence de la conquête virile) dans la mer (la profondeur illimitée du bain prénatal, tellement plus douce que les parois du cachot).

San Francesco a Ripa n'appartient pas au cycle des *Chroniques italiennes,* si on prend comme critère l'adaptation d'après de vieux manuscrits italiens. Ecrite en 1831, donc avant les découvertes faites au palais Caetani, cette nouvelle a pourtant Rome comme cadre. L'action se passe en 1726. Stendhal a placé les autres chroniques avant 1600, précise-t-il toujours avec soin. Mais la *passion italienne,* dit-il encore (dans la préface à *la Duchesse de Palliano*), ne s'est pas éteinte avant l'an 1734, époque de l'installation des Bourbons d'Espagne à Naples. *Suora Scolastica,* une des deux chroniques inachevées, se passe d'ailleurs en 1745. *San Francesco a Ripa* est resté bien négligé des commentateurs, on se demande pourquoi. Outre qu'elle est du meilleur Stendhal, cette « pièce tragique » traite un des sujets les plus constants dans son œuvre, le rapport de la passion et de la vanité. Mais ici, à l'habituelle distinction bien tranchée et somme toute rassurante, qui rabaisse le savoir-vivre sous l'énergie, se substitue un combat dramatique, déchirant, sans issue, qui fait que je donne ma préférence à ce texte sur tout autre.

La jeune princesse Campobasso, tendre, pieuse et portée par son caractère sévère à tomber amoureuse jusqu'à la passion, s'éprend d'un jeune chevalier français, remarquable par la fatuité, la gaieté, l'envie de s'amuser de tout, l'étourderie, le courage, la bonté. D'abord amusé par le sombre emportement de la princesse, le léger chevalier prend du champ en fréquentant sa grande rivale, la comtesse Orsini, entourée d'amants dont elle ne s'occupe guère, et qui ne durent qu'un jour. « Son bonheur était de voir deux cents personnes dans ses salons et d'y régner. » La princesse Campobasso comprend fort bien quelle puissante attraction la spirituelle comtesse peut exercer sur son insouciant amant. Il se dit, avec soulagement, que la comtesse ne lui fera jamais de scène. « Elle ne m'aime pas assez pour cela. » Tout le monologue intérieur de la princesse serait à citer. « Quelle sottise chez cet homme ! Comment puis-je aimer un être qui me comprend si peu ? Il veut m'amuser par un mot plaisant, quand il s'agit de ma vie et de la sienne !... Ah ! je reconnais bien là cette disposition sinistre et sombre qui fait mon malheur ! » Car elle s'accuse d'être trop passionnée, elle découvre la maladresse, peut-être le ridicule, de toute passion.

« Quoi de plus absurde que d'être toujours sérieux, comme si les événements de la vie ne l'étaient pas assez par eux-mêmes !... Que deviendrai-je quand je n'aurai plus mon chevalier pour me donner la vie, pour jeter dans mon cœur ce feu qui me manque ? »

Un soir, la princesse, toujours folle de son Français mais incapable de trouver la bonne distance, se rue à une réception de sa rivale. En la voyant si brillante et désinvolte, et elle-même si préoccupée et silencieuse, elle se dit : « Comme sa gaieté convient mieux au chevalier que ma folle et ennuyeuse passion ! »

Quelle lucidité, quel courage, quelle amertume dans cette phrase, par où Stendhal, une fois de plus, avec une froide cruauté dirigée contre lui-même, révoque en doute sa propre italomanie. A force d'exister uniquement par soi-même, on devient stupide, importun à l'autre. La princesse recourt à la seule issue à laquelle son malheureux caractère la contraint : elle fait assassiner le chevalier. Au XXe siècle, elle se serait plutôt suicidée. La légèreté française signifie possibilité de vivre, donc d'aimer. La pesanteur d'une âme rivée à l'absolu de sa passion ne conduit qu'à la mort.

Stendhal renoue ici avec le grand lamento de la Religieuse portugaise. « Pourriez-vous être content d'une passion moins ardente que la mienne ? Vous trouverez, peut-être, plus de beauté, mais vous ne trouverez jamais tant d'amour, et tout le reste n'est rien. » Et comme la Religieuse portugaise (une autre histoire de réclusion), la princesse Campobasso aurait pu écrire à son chevalier : « Vous êtes plus à plaindre que je ne suis, et il vaut mieux souffrir tout ce que je souffre, que de jouir des plaisirs languissants, que vous donnent vos maîtresses de France. Je n'envie point votre indifférence, et vous me faites pitié. Je vous défie de m'oublier entièrement. Je me flatte de vous avoir mis en état de n'avoir sans moi que des plaisirs imparfaits, et je suis plus heureuse que vous, puisque je suis plus occupée. » Quel eût été le dernier mot de Stendhal ? La vanité française ne permet pas d'aimer, la passion italienne empêche de vivre. On comprend que, placé devant un tel choix, il ait préféré taire sa « doctrine intérieure ».

Vanina Vanini, nouvelle écrite en 1829, ne fait pas non plus partie des *Chroniques italiennes* proprement dites, bien qu'elle en constitue comme le prolongement anticipé. Au XIXe siècle, les Italiens ont encore quelquefois l'énergie de leurs ancêtres, semble vouloir prouver l'auteur. Ce texte bien connu brode avec bonheur sur un lieu commun du beylisme. Vanina Vanini, jeune princesse éprise de courage qui se donne volontairement à un carbonaro traqué, préfigure Mathilde de La Môle. Son consentement au mariage avec un aristocrate insignifiant, pour sauver son amant, la rapproche de Clelia Conti. Sans doute le ton superficiel et simplement agréable de ce récit s'explique par une sorte de répugnance de la part de Stendhal à développer trop tôt les thèmes de ses futurs romans.

ALEXANDRE DUMAS DANS LE ROYAUME DE NAPLES

En mars 1835, Alexandre Dumas, sur le point de partir pour la Sicile, est présenté à Vincenzo Bellini qui séjournait alors à Paris après la première triomphale des *Puritains*. « Bellini était de Catane : la première chose qu'avaient vue ses yeux en s'ouvrant, étaient ces flots qui, après avoir baigné les murs d'Athènes, viennent mourir mélodieusement aux rivages d'une autre Grèce, et cet Etna fabuleux et antique, aux flancs duquel vivent encore, après dix-huit cents ans, la mythologie d'Ovide et les récits de Virgile. Aussi Bellini était-il une des natures les plus poétiques qu'il fût possible de rencontrer ; son talent même, qu'il faut apprécier avec le sentiment et non juger avec la science, n'est qu'un chant éternel, doux et mélancolique comme un souvenir ; un écho pareil à celui qui dort dans les bois et les montagnes, et qui murmure à peine tant que ne le vient pas éveiller le cri des passions et de la douleur. »

L'écrivain interrogea le musicien sur son île natale. Entre Palerme et Messine, lui dit Bellini, arrêtez-vous au petit village de Bauso. Montez jusqu'au château, au mur extérieur duquel il y a deux cages, l'une vide, l'autre où blanchit depuis vingt ans une tête de mort. Pressé de raconter toute l'histoire, le Sicilien s'exécuta de bonne grâce. Pascal Bruno, qui en était le héros, fut pendu l'année même où le compositeur naissait. La geste du bandit, transmise par la tradition populaire, avait bercé son enfance. En échange de son récit, Bellini fit promettre à Dumas de lui écrire, quand il serait revenu de voyage, « bien retrempé au milieu de cette population sauvage et de cette nature pittoresque », un livret d'opéra sur Pascal Bruno. Sur le chemin du retour, en octobre 1835, dans une méchante auberge de Calabre, l'écrivain apprit que le jeune auteur de *Norma* et de *la Somnambule* venait de mourir à Paris. Il en fut bouleversé. « Je me rappelais ses beaux cheveux blonds, ses yeux si doux, sa physionomie si mélancolique ; je l'entendais me parler ce français qu'il parlait si mal avec un si charmant accent. »

On sait que Stendhal, pas plus qu'il n'assista à la soirée d'inauguration du San Carlo (qu'il relate pourtant dans *Rome, Naples et Florence* avec l'aplomb d'un témoin direct), ne dépassa jamais Naples, bien que son livre fasse mention d'un voyage à travers la Calabre. Dumas, lui, engagé par sa promesse envers Bellini, a bourlingué deux mois sur les côtes de Sicile ; et pour honorer la mémoire de son ami disparu, il a non seulement décrit en détail sa visite au village de Bauso, mais, à partir de témoignages recueillis sur place, composé un roman entier sur le bandit (*Pascal Bruno*, 1838, dont le prologue raconte l'entrevue à Paris avec Bellini). Quant aux péripéties de sa randonnée par terre et par mer, il les a consignées dans deux volumes de ses *Impressions de voyage : Le Speronare* et *le Capitaine Arena*.

Un autre motif le poussait à pèleriner dans le royaume de Naples. Son père, le général Dumas, avait pendant la campagne d'Egypte réuni les officiers d'état-major pour accuser devant eux leur chef d'ambition personnelle. Renvoyé en France par Bonaparte, il arriva à Tarente où il comptait sur l'hospitalité de Ferdinand. Le roi de Naples le fit arrêter, enfermer au château de Brindisi et empoisonner. Il revint en France, mais estropié, presque paralytique, brisé et ruiné à jamais. Son fils, resté orphelin à quatre ans, ressentit la décision du roi de Naples comme une trahison. Le thème des injustices à réparer, si important dans toute l'œuvre de Dumas, a une de ses origines dans le souvenir de l'humiliation paternelle ; l'autre étant le sentiment d'infériorité lié à son ascendance noire, à la couleur de sa peau. D'où *Georges,* ce beau roman de la vengeance, d'où *les Trois Mousquetaires,* et *Monte-Cristo.* Mais peut-être, aussi, cet attachement à Naples et aux terres du Mezzogiorno, ce désir de déambuler en homme libre et de dépenser à pleines mains son argent là où son père avait été jeté au cachot : satisfaction posthume accordée au géniteur failli par le fils déjà célèbre, revanche de la vie sur la mort. Il était bien dans le caractère de Dumas de promener sa jeunesse, sa curiosité, son exubérance, sa boulimie de toutes choses, dans les lieux mêmes où le général avait subi le déshonneur et la persécution : manière de prouver la vitalité de la famille, de ne pas laisser le dernier mot aux espions et aux sbires.

Arrivé à Rome, il apprend de l'ambassadeur de Ferdinand qu'on lui refuse le passeport pour le royaume de Naples, à cause de ses opinions républicaines. Outré, il court chez un de ses amis, élève à la villa Médicis, lui emprunte son passeport et part aussitôt pour Naples, sous le nom de Guichard, en compagnie de Jadin, un peintre paysagiste qui croquera tout au long du périple les lieux et les monuments visités, et de Milord, leur bouledogue. Ida Ferrier était aussi de l'expédition ; mais il a gommé sa maîtresse du récit de son voyage au pays des hommes.

Craignant d'être reconnu dans la capitale du royaume, Dumas s'empresse de louer sur le môle un petit navire « de la force d'un chasse-marée », coquettement peint en vert et en rouge : la *Santa Maria di Piedigrotta,* bâtiment à voiles et à rames, appelé *speronare* dans le langage maritime. Le capitaine Arena et son équipage sont siciliens, « parlant ce doux idiome de Meli qui semble un chant, et comprenant à peine la langue florentine si fière de la suprématie que lui accorde son académie de la Crusca ». Applaudissons à cette petite malice dirigée contre l'Italie des professeurs et des pédants : aujourd'hui encore, on enseigne dans l'Italie et dans le monde que le seul italien correct est le toscan, au mépris de la variété et de la richesse des autres « dialectes » égaux en force littéraire (à preuve l'œuvre de ce Meli, poète palermitain du XVIIIe siècle). Quant au plaisir que Dumas prend à braver le roi de Naples et son interdiction, il faut le mesurer à l'intensité de son ressentiment filial : chaque entrée dans un port, chaque visite à terre sera vécue inconsciemment comme une étape de la revanche due au père.

A peine embarqué, il mouille à Capri, le temps d'explorer la *grotta azzurra* découverte il y a neuf ans, et de relater l'assaut victorieux donné par le général français Lamarque en 1808 contre les troupes anglaises de Hudson Lowe qui occupaient l'île. En route vers Messine, il se fait raconter par le capitaine une histoire d'amour et de crime qu'on peut comparer, par l'emportement des caractères et par l'énergie du style, à une des « chroniques italiennes » de Stendhal. A Messine, il avise avec étonnement à la porte d'un corps de garde de gendarmerie un brigadier qui confectionne une robe de tulle rose à volants : on lui apprend que dans cette ville l'état de couturière est exercé par des hommes. A Catane, il rencontre le père de Bellini, qui lui parle avec émotion de la générosité de son fils. Le touriste consciencieux reprend l'avantage lors de l'ascension de l'Etna ou de la description des antiquités de Syracuse ; le fabulateur impénitent, dès qu'il y a un couvent à visiter, un souterrain à explorer, un coup de couteau dont il faut expliquer l'origine. La traversée de la Sicile, d'Agrigente (Girgenti à l'époque) à Palerme, donne une idée savoureuse de ce que pouvait être un voyage en 1835 : entre les brigands et les aubergistes, c'était à qui extorquerait la plus forte rançon. Dumas, cependant, ne se laisse pas aveugler par le pittoresque : il écrit des pages magnifiques sur la solitude des montagnes intérieures, et d'autres pleines d'émotion sur la misère des paysans. Le sort des enfants le bouleverse. Un soir, dans une chaumière, il leur abandonne sa part de châtaignes, l'unique nourriture de ce peuple continuellement affamé.

L'arrivée à Palerme le plonge dans un ravissement lyrique. « Les Romains l'ont occupée, les Sarrasins l'ont conquise, les Normands l'ont possédée, les Espagnols la quittent à peine, et à tous ces différents maîtres, dont elle a fini par faire ses amants, elle a souri du même sourire : molle courtisane, qui n'a jamais eu de force que pour une éternelle volupté. » Dumas est abordé à la porte de la ville par le signor Mercurio, mi-guide, mi-entremetteur. Quand un seigneur sicilien a jeté son dévolu sur une jeune fille du peuple, le signor Mercurio se charge de la lui procurer : ainsi qu'il le raconte lui-même à Dumas. L'histoire de Gelsomina occupe trente pages : c'est l'une des nouvelles les plus saisissantes qu'on ait jamais écrites sur l'Italie des intrigues et de la corruption. La jeune Gelsomina aimait le beau pêcheur Gaetano dont elle était aimée en retour : il venait chaque nuit, en attendant leur mariage, lui parler sous la fenêtre d'où elle laissait pendre chastement sa main. Le signor Mercurio commença par détacher le vaniteux Gaetano en le poussant dans les bras d'une de ses amies qu'il lui présenta comme une grande dame de Palerme. Puis il excita la jalousie de Gelsomina, en l'invitant à se venger. Mais la jeune fille, inconsolable de la trahison de son fiancé, loin de songer à lui rendre la monnaie de sa pièce, déclara son intention de prendre le voile. Le prince de G..., qui avait remarqué la jeune fille lors d'une procession, et qui avait payé grassement le signor Mercurio, s'impatienta. Alors celui-ci recourut à la solution extrême : il s'arrangea pour se faire aimer de Gelsomina, lui proposa le mariage, l'épousa et, le soir de ses noces, céda au grand seigneur sa place dans le lit. Dumas, écœuré, congédia sur-le-champ le proxénète : mais non sans avoir noté soigneusement chaque détail de son récit, qu'il nous conte avec la rapidité et le détachement d'un Mérimée.

Les curiosités et les mœurs de Palerme le fascinent : les monuments arabes et normands, les balcons de fer pansus comme des cages d'où les jeunes filles nobles enfermées au couvent assistent au spectacle de la rue, la procession de sainte Rosalie et les étranges manèges gymnastiques et chorégraphiques auxquels se livrent les porteurs de reliques, les promenades vespérales dans les jardins embaumés et, sur le *corso,* les repas où les glaces et les fruits remplacent les viandes et les poissons. De toutes les descriptions du couvent des Capucins et de ses catacombes où achèvent de se dessécher des milliers de momies alignées bien en vue contre la paroi, celle de Dumas est la plus originale. Il feint de se scandaliser qu'au lieu du culte sombre et poétique pour les trépassés on se fasse jeu ici de ces pauvres corps, qu'on les habille, qu'on les coiffe, qu'on les farde comme des mannequins. Mais il ne perd pas une nuance « de ces visages coiffés de bonnets enrubannés, de ces bras desséchés sortant d'une manche de satin bleu ou rose, pour allonger leurs doigts osseux dans des gants quatre fois trop larges, de ces pieds chaussés de souliers de taffetas et dont on aperçoit les nerfs et les os à travers des bas de soie à jour. »

Les environs reçoivent aussi sa visite : la cathédrale de Monreale, le temple de Ségeste, la villa Palagonia à Bagheria. Comme un témoignage du goût de l'époque, on notera que l'écrivain, après avoir décrit avec beaucoup de vivacité les célèbres monstres du mur d'enceinte et la collection de cornes du prince, laisse tomber ce jugement méprisant : « Palais, cour, jardin, tout cela est d'un goût détestable. Jadin ne voulut même pas compromettre son crayon jusqu'à en faire un croquis. » Le mot « baroque » était encore ignoré de la langue française, et Dumas ne mentionne au cours de son voyage en Sicile aucune façade de palais, aucun intérieur d'église de la période espagnole. Ne le blâmons pas. Il n'a pas *vu,* simplement, ce qui aujourd'hui saute à nos yeux, de même que nous ne voyons pas, peut-être, ce qui frappera la postérité.

Avant de quitter Palerme, il se rend à la *casa dei matti,* établissement des fous, maison révolutionnaire fondée par le baron Pisani, fameuse dans toute l'Europe, oubliée depuis, bien qu'elle mérite une place d'honneur dans la préhistoire de la psychiatrie. Le baron Pisani, qui fit lui-même visiter à Dumas son palais transformé en asile, fut le premier, avec Pinel en France, à traiter les fous en malades plutôt qu'en criminels, à leur ôter les chaînes et à substituer aux sévices corporels des thérapeutiques qui s'apparentent aux psychodrames modernes. Tous les pensionnaires de la *casa dei matti* sont occupés à un travail précis. Beaucoup de musique : on joue du violon et on danse. Aux murs, Dumas voit des fresques, dont l'une inspirée par l'Arioste représente le gentil paladin Astolfe allant chercher dans la lune la fiole qui contient la raison de Roland. L'écrivain s'étonne du sujet de ce tableau, dans une maison de fous. « Ne dites pas trop de mal de cette fresque, elle en a guéri dix-sept. »

Les malades les plus atteints ornent leur chambre chacun en suivant ses fantasmes. Celui qui se prend pour le fils du roi de Chine décore la sienne de dragons et de serpents peints sur des étendards de soie. Un autre, qui se croit mort, s'est fait un lit en forme de bière, dont il ne sort que drapé en fantôme. « Comment les guérissez-vous ? » demande le visiteur incrédule. Pour le fils du roi de Chine, le baron espère lui faire lire un jour sur une gazette que son père vient d'être détrôné ; pour le second, ce sera encore plus facile. « J'avancerai le jugement dernier de trois ou quatre mille ans. Une nuit, je l'éveillerai au son de la trompette, et je ferai entrer un ange qui lui ordonnera de se lever de la part de Dieu. »

Quels drames pleins de cruauté et d'humour de tels exemples auraient pu inspirer à Pirandello ! Mais Dumas n'était pas l'auteur de *Henri IV*, il était le futur auteur de romans historiques, et la folle qui frappe le plus son imagination fut une jeune femme qui avait perdu son mari le jour même de ses noces, assassiné pendant le bal par deux masques mêlés à la foule.

Quelques anecdotes complètent le séjour à Palerme : un Anglais tué par la populace parce qu'il ne s'est pas incliné au passage du colosse doré de saint Sébastien porté en procession ; un jeune homme enlevé et séquestré quinze jours par deux jolies femmes à qui il s'est trouvé empêché de faire l'aumône rituelle du carnaval ; une rixe entre les moines de deux couvents voisins ; un juge qui condamne sciemment un innocent parce que la législation interdit à un magistrat d'accuser le coupable, même s'il l'a vu de ses yeux perpétrer le meurtre ; et, absurdité presque aussi révoltante pour l'auteur du *Dictionnaire de cuisine,* un plat servi sous le nom de boudin et confectionné avec du sang de cochon, du chocolat et des concombres. Fort pertinente la remarque selon laquelle le caractère taciturne et les gestes sobres du Sicilien sont aux antipodes de la volubilité napolitaine.

Et voilà Dumas et Jadin repartis sur le *speronare* avec le capitaine Arena et son équipage que l'écrivain intègre dans son récit comme des personnages de roman, et qui acquièrent au fil des pages une épaisseur savoureuse, tel Pietro, le matelot champion de tarentelle, ou Nunzio, le pilote, devin des tempêtes. Quant à Milord, le bouledogue, il a une présence étonnante. C'est lui le héros de l'excursion aux îles Éoliennes où il manque de se brûler les pattes dans l'ascension du Stromboli et de perdre la tête devant le feu d'artifice qui jaillit du cratère. Peu s'en faut ensuite qu'une trombe n'engloutisse le navire, qui arrive à Messine, proche de Bauso. Dumas se rend dans ce village pour y apprendre dans chaque détail l'histoire de Pascal Bruno, bandit d'honneur, assassin du prince local qui avait violé sa mère et fait pendre son père. Rien n'eût manqué à cette tragédie, ni la jeune femme aimée en secret, ni l'exécution publique sur la grand-place de Palerme, pour fournir un livret à Bellini ; et on ne se consolera pas qu'après *le Pirate,* situé déjà dans les mêmes parages, le musicien de Catane soit mort avant d'avoir écrit un second opéra sicilien.

Après Bauso, le *speronare* entreprend de remonter vers Naples. Mais les vents contraires obligent les deux amis à louer des mules et à prendre la route de terre. Démêlés avec les aubergistes calabrais, avec les puces et la tambouille infâme de leurs établissements. Halte au Pizzo, le temps d'évoquer la mort pathétique de Murat.

Séjour à Cosenza, et description minutieuse du tremblement de terre qui ravage la Calabre. « Il y aurait trop à dire sur l'architecture des temples de Paestum et des choses trop difficiles à comprendre », avait écrit impudemment Stendhal d'une localité où il n'avait jamais mis les pieds. Dumas fait une relation consciencieuse de sa visite aux sanctuaires. Mais, en grand et vital voyageur, il est beaucoup moins bon dans l'évocation de ruines que lorsqu'il marchande avec son muletier, parlemente avec un gendarme, escalade un volcan, décrit une fête, attend son repas à l'auberge ou simplement jette un os à son chien.

Ensuite, quinze jours passés à Naples, à l'automne de 1835, lui suffisent pour recueillir le matériel nécessaire à la rédaction d'un nouveau volume des *Impressions de voyage, le Corricolo,* portrait le plus éblouissant jamais peint de la capitale du royaume. Corricolo : sorte de fiacre découvert sur lequel Dumas feint d'être juché pendant qu'il explore Naples. Il s'arrête partout, note tout, donne une avalanche d'informations sur les différents aspects de la ville et sur ses personnages les plus illustres ou les plus pittoresques. La Cour et le peuple, le roi et les *lazzaroni,* brigands et intrigants, chanteurs d'opéra et musiciens du port, souvenirs archéologiques et anecdotes sur les prêtres, tout défile à une allure endiablée. Il décrit le miracle de saint Janvier comme s'il y avait assisté, bien qu'on ait la preuve qu'il ne pouvait pas être à Naples ce jour-là. N'importe, sa sympathie est telle pour tout ce qui se passe dans cette ville qu'il n'a pas besoin d'être présent à un événement pour le restituer dans sa fraîcheur originelle. Les portraits de Rossini, de l'impresario Barbaja, de Masaniello, le héros de la révolte populaire de 1647, du prince doué de la faculté terrible de porter le « mauvais œil », et même de Ferdinand, le persécuteur de son père : autant de chefs-d'œuvre de verve et d'humour. Nul n'a compris comme Dumas le grouillement exubérant des rues napolitaines, la misère fastueuse des palais, la sensualité crépusculaire des églises, nul n'a réussi à communiquer avec une telle chaleur l'extraordinaire fermentation de ce monde en marge de l'Europe et de l'Histoire. Il parlait l'italien à la perfection, selon le témoignage de son ami napolitain Pier Angelo Fiorentino qui l'accompagna dans ses pérégrinations parthénopéennes.

Vingt-cinq ans après, Dumas acheta des armes en France pour le compte de Garibaldi et rejoignit à Palerme le général qui était en train de délivrer la Sicile des Bourbons. Le 7 septembre 1860, jour de l'entrée à Naples, Dumas se trouvait aux côtés du libérateur. Celui-ci le remercia de ses services en le nommant directeur du Musée archéologique et des fouilles de Pompéi. C'était, soixante ans après la félonie de Tarente, la vengeance définitive de la famille Dumas sur la dynastie bourbonienne. L'écrivain restera presque quatre ans à Naples, fastueusement installé dans la villa Chiatamone. Il travailla au cycle de *la San Felice,* peut-être son chef-d'œuvre romanesque, et en tout cas le plus grand roman jamais écrit sur Naples, à partir d'un épisode de la révolution de 1799. Mais il prit part aussi aux événements de la vie quotidienne, en alimentant les chroniques d'un journal qu'il fonda et dirigea de 1860 à 1863, *l'Indipendente.*

A feuilleter ces articles, on ne peut qu'admirer la lucidité de leur auteur, son courage et sa générosité. Il attaque le gouvernement piémontais de la nouvelle Italie, qui vient de fixer des prix alimentaires à un niveau trop élevé pour la population indigente des *bassi.* Mais il s'en prend également à la classe dirigeante napolitaine et dénonce un par un les maux qui sont devenus chroniques et plus de cent ans après sévissent avec la même virulence : insalubrité de l'habitat, vétusté des abattoirs, absurdité du système carcéral, prolifération de la mendicité, spéculation immobilière, vénalité des fonctionnaires, mafia de l'enlèvement des ordures, insécurité de la poste, carence des écoles, absence d'industries. Maniant le fouet de la satire quand il s'agit d'abus ou de crimes contre la population, Dumas tempère son ironie sur les sujets plus frivoles. Il réclame un nouveau statut pour le Conservatoire de musique, en sorte qu'on n'interdise plus aux élèves d'assister aux soirées du San Carlo sous prétexte que les mouvements des danseuses pourraient les distraire de leurs études.

Souvenirs personnels, fiction romanesque ou journalisme militant, de tous les voyageurs français Dumas est celui qui a le mieux connu et le mieux aimé l'Italie et celui qui en a le mieux parlé. Pourquoi cite-t-on de Brosses, Chateaubriand, Taine, tant d'autres et jamais lui ? Pourquoi ne réédite-t-on pas ses *Impressions de voyage,* qui n'ont pas pris une ride, comme toutes les œuvres marquées au cachet d'un fort tempérament personnel ? Il a séjourné aussi plus de quinze mois à Florence, dans les années 1840, et en a rapporté deux volumes : *Une année à Florence* et *la villa Palmieri*.

ÉMILE ZOLA À ROME

VINGT-CINQ ans après l'achèvement de l'Unité italienne, l'Italie n'avait produit aucun roman qui montrât comment, à quel prix, de petite capitale des Etats pontificaux, Rome était devenue (croyait être devenue) la tête d'une grande nation moderne. La période, dite umbertienne, des transformations, urbanistes et morales, de l'Urbs, dans le dernier quart du XIXe siècle, il faut lire Zola pour s'en faire une idée. Zola passe un mois et demi à Rome, à la fin de 1894 : le journal qu'il rapporte de ce séjour étonne par la perspicacité du regard et l'intelligence du jugement. De ce journal, il tire un gros roman, *Rome;* si plusieurs parties en semblent caduques, ou franchement mauvaises, on y retrouve néanmoins, lors des meilleurs passages, les qualités du journal, qui placent Zola, dans la grande lignée des visiteurs français en Italie, au tout premier rang après Stendhal et Dumas. Zola irrite par sa méticulosité de touriste, ses descriptions des monuments et des jardins de Rome, si scolaires qu'elles masquent les choses plutôt qu'elles ne les font voir. Mais, comme moraliste et comme sociologue, il frappe juste, et le tableau qu'il livre de Rome vaut encore aujourd'hui, presque trait pour trait. *Rome* et *Mon voyage à Rome,* sans compter parmi les chefs-d'œuvre de Zola, portent sur la Ville Eternelle un témoignage objectif, vif, bien documenté, qui n'a pas vieilli, qui peut servir d'introduction à l'étude de la société romaine, pour le voyageur du XXe siècle.

Rome, quand Zola la visite, se trouve exactement à mi-chemin de cette période qui s'étend de la chute du pouvoir temporel de la papauté à l'avènement du fascisme. On ne dira plus, lorsqu'on aura refermé *Rome,* que le fascisme fut un accident dans l'histoire d'Italie. Zola note, comme caractère le plus saillant du moment, la spéculation immobilière : partout des constructions nouvelles, des quartiers entiers, surgis du néant à la périphérie, mais restés vides et déjà croulants, car la population, dont on espérait un massif accroissement, n'a jamais existé que dans le rêve de grandeur des Romains. La mégalomanie, autant que le goût de s'enrichir, la vanité, non moins que le lucre, provoquent cette fièvre bâtisseuse, comme le comprend Zola. Il attribue au « sang d'Auguste » les ministères colossaux qu'élève le gouvernement italien. « Dès que la jeune Italie s'était emparée de Rome, elle avait cédé à cette folie atavique de la domination universelle voulant à son tour en faire la plus grande des villes, construisant des quartiers entiers pour une population qui n'était pas venue. » Bien avant Mussolini, Rome s'essoufflait à dresser le pompeux décor d'une capitale qu'elle ne réussissait pas à devenir.

Que le choix du jeune Etat italien se soit porté sur l'Urbs pour en faire sa capitale, voilà, selon Zola, l'erreur, voilà la faute. Des trois classes sociales qui composent la ville, la première, la plus ancienne, l'aristocratie dite noire parce qu'elle fournissait à la papauté sa cour, est sur le déclin. Saisissante la description du palais appelé Boccanera dans le roman, synthèse de tous les palais romains, qu'ils se nomment Farnese, Borghese ou Odescalchi. Vénérable et moisi, rendu plus misérable par les restes de grandeur qu'il affecte, le palais Boccanera, sis en la merveilleuse et lugubre via Giulia, sert de résidence à un cardinal, chef d'une famille en voie d'extinction. Les tapisseries s'effritent aux murs de salles trop grandes pour être entretenues, trop nombreuses pour être habitées. D'autant plus intraitable que le délabrement de ses finances inflige des avanies à sa morgue, le vieux cardinal, refusant toute compromission avec la monarchie usurpatrice, préférerait que le Vatican, le catholicisme s'écroulent, plutôt que de les voir pactiser avec le roi. Il représente une caste qui n'a que le choix entre la disparition et l'alliance avec un sang neuf, celui de la bourgeoisie affairiste ou celui de familles étrangères.

« Pas encore de peuple et bientôt plus d'aristocratie » : trop de misère, trop d'ignorance, le manque d'écoles, l'absence d'industries et de fabriques expliquent la carence des forces populaires, incapables d'assurer, comme dans le reste de l'Europe occidentale, le rajeunissement du corps social par un apport en hommes nouveaux. Stendhal notait déjà : « On obtiendra tout d'un ouvrier romain, excepté le travail. » Non pas, certes, qu'il soit plus paresseux qu'un autre. Mais le pauvre a meilleur compte de quémander les faveurs d'un riche, que de s'établir dans un métier. Deux gouvernements et deux corps diplomatiques suscitent une pléthore de clients. Depuis Zola, l'aristocratie a achevé de mourir, mais le peuple n'est pas encore né : sinon le sous-prolétariat des immigrés entassés dans les *borgate* sordides de la périphérie, et, selon Pasolini qui les a décrits dans ses romans et dans ses films, exclus de l'histoire, de la raison et du progrès, « tribu » de « bédouins » sans attaches avec la vie nationale.

Enfin, au temps de Zola, « entre les petits d'en bas et les puissants d'en haut, il n'existait pas encore une bourgeoisie solidement installée, forte d'une sève nouvelle, assez instruite et assez sage pour être l'éducatrice transitoire de la nation. La bourgeoisie, c'étaient les anciens domestiques, les anciens clients des princes, les fermiers qui louaient leurs terres, les intendants, notaires ou avocats, qui géraient leurs fortunes ; c'était le monde d'employés, de fonctionnaires de tous rangs et de toutes classes, de députés, de sénateurs, que le gouvernement avait amenés des provinces ; et c'était enfin la volée des faucons voraces qui s'abattaient sur Rome. » Ici encore, le diagnostic de Zola ne s'est guère démodé : aucune bourgeoisie, en cent ans, n'a réussi à s'implanter à Rome, ville minée par l'habitude de la Cour, des intrigues, des titres, des prébendes. Le Vatican et le Quirinal attirent quémandeurs et parvenus de toute sorte, qui lient leur fortune au puissant du moment. L'élite intellectuelle, il est vrai, de plus en plus se concentre à Rome : mais venue des provinces, pour trouver des emplois. Rome, depuis un siècle de liberté démocratique, n'a pas produit un grand homme. Capitale frivole et stérile. Pourquoi n'avoir pas choisi Milan ? On se le demande toujours.

Son pessimisme, Zola le justifie par un dernier argument. Les champions du *Risorgimento,* qui ont accompli l'Unité italienne, venaient du Nord. Leurs fils, installés à Rome, ont, sous l'influence amollissante du climat et des mœurs, sitôt abdiqué les vertus énergiques de leur race. En revanche, les Italiens du Midi, rompus à la chaleur et à la « volupté », se sont épanouis à Rome avec leurs pires défauts. « Le Nord avait fait l'Italie, le Midi montait à sa curée, se jetait sur elle, vivait d'elle comme d'une proie. » Zola souligne « l'antagonisme de plus en plus marqué entre le Nord et le Midi, le Nord travailleur et économe, politique et avisé, savant, tout aux grandes idées modernes ; le Midi ignorant et paresseux, tout à la joie immédiate de vivre, dans un désordre enfantin des actes, dans un éclat vide des belles paroles sonores ». Ici, on relève un mélange de vrai et de faux dans les remarques de Zola. Le vrai, c'est « l'antagonisme » entre les deux moitiés du pays ; le faux, c'est le motif que lui attribue Zola. L'écrivain français a prêté l'oreille, sans doute, aux arguments racistes des hommes du Nord, qui appellent « ignorance » et « paresse » la sorte de non-résistance des gens du Sud écrasés par la politique du grand capital piémontais et lombard. A qui la faute si la Sicile sommeille dans une misère chronique, sinon à l'Etat qui l'exploite comme un marché colonial ? Quant à « la joie immédiate de vivre », elle constitue le cliché le plus usé, le plus trivial du folklore touristique. Nul ne s'est aventuré dans les provinces de l'ancien royaume de Naples, sans être saisi par la tristesse, la gravité silencieuse des populations. On regrette que Zola, si sagace, si personnel ailleurs, ait donné crédit au lieu commun qui continue à justifier la tyrannie économique du Nord sur le Sud.

Le héros de *Rome* est un jeune prêtre français, imbu de christianisme social, venu dans l'Urbs défendre auprès de Léon XIII un de ses livres menacé par l'Index. Comment, arrivé plein de conviction dans ses idées et de courage pour les défendre, il se voit renvoyé d'un *monsignore* à l'autre, embobiné de paternes admonestations, empêché de connaître le visage de ses ennemis et ce qu'on lui reproche vraiment, forcé enfin de se soumettre à la discipline et à la tradition : voilà pour la thèse du roman, écrit pour prouver qu'il est vain d'attendre un rajeunissement d'une religion aussi liée à la volonté de puissance que peut l'être le catholicisme. Aujourd'hui, l'histoire de l'abbé Pierre Froment nous intéresse par un autre aspect : parce qu'elle montre à merveille comment un homme de caractère et d'esprit, formé dans les pays du Nord, se laisse peu à peu déposséder de son énergie, dès qu'il essaye de l'appliquer dans le milieu romain. Insensible et fatale déchéance, qui porte le cœur le mieux trempé à ne souhaiter plus rien que l'abdication, l'oubli, le sommeil. La force de l'Eglise consiste à utiliser la mollesse ambiante, à engourdir les rébellions sous le charme des sourires, la politesse des courbettes et l'indolence du ciel bleu. La volonté la plus intrépide se corrompt, s'effrite : à Rome, qui sera la ville la plus fasciste d'Italie, on ne peut que céder. Stendhal disait déjà : « Tout est décadence ici, tout est souvenir, tout est mort... Ce séjour tend à affaiblir l'âme, à la plonger dans la stupeur. » Et Chateaubriand (lettre à Mathieu Molé du 16 juillet 1803) : « L'ennui est ici dans sa capitale. » Il n'est pas jusqu'aux monuments, aux ruines, aux jardins qui, par leur beauté, leur profusion même, n'arrivent à ployer un caractère sous une langueur létale. Les descriptions zoliennes de la ville, si lassantes qu'elles soient par leur ingénuité baedekerienne (l'auteur se promenait le fameux guide à la main), trouvent peut-être leur justification esthétique dans la nécessité de communiquer au lecteur les opiacés maléfices d'un cadre trop opulent.

Attentif surtout aux conflits sociaux qui agitent la nouvelle capitale, Zola n'en observe pas moins certains traits de mœurs, qui frappent encore le voyageur du XXe siècle. C'est le journal surtout qui recueille ces observations. Ainsi, Zola note que l'adultère est non seulement toléré, mais admiré. « Beaucoup de vieux collages respectés par le monde. Si une femme rompait avec un ancien amant le monde trouverait cela très mal ; tandis qu'il ne dit rien de l'adultère lui-même : le mari pas intéressant. » Rome appartient en effet à une civilisation plus pragmatique que sentimentale, où la base du mariage n'est pas le respect mutuel, l'estime, l'amour réciproque des époux, l'envie de former un couple, mais le besoin de la sécurité, de la paix domestique. La femme épouse un père, lien qui lui donne le droit de prendre un amant. D'où la remarque de Zola sur « le mari pas intéressant ». Il aurait pu dire la même chose de l'épouse. Le mari est dissocié de l'amant, l'épouse de la maîtresse : d'un côté l'ordre social, la stabilité, la loi ; de l'autre, le plaisir et l'amour. Le mari, institution nécessaire bien plus que compagnon désirable, ne compte pas comme personne.

Mais l'amour reste-t-il possible dans une société pareille ? Sur ce point, Zola semble hésiter. Partagé entre le spectacle que ses yeux découvrent et les chimères que son imagination caresse, il renouvelle l'erreur de Stendhal, qui consiste à supposer « passionné » un tempérament reconnu pour froid. « Rarement les jeunes filles se donnent », note Zola, « du flirt seulement, avec un peu de laisser-aller parfois. » La beauté féminine, remarque-t-il encore, est « généralement sérieuse, sombre et triste ; pas d'éclat ni de gaieté ; de très grands yeux, les cheveux noirs, les traits tirés, allongés, en lignes sévères et tristes ». La femme se refuse longtemps ; une fois les derniers dons accordés, la voilà qui devient « collante ». On ne peut plus s'en débarrasser. Les liaisons s'éternisent, parce que le « fond pratique » des Romaines y trouve son compte.

« La femme ne se perd pas dans les nuages, ne rêve pas, veut la matérialité des choses, la possession : d'où sa passion vivante et charnelle, sa jalousie aussi. » L'écrivain sicilien Luigi Capuana, fondateur avec Verga du vérisme, cette séquelle du naturalisme français, explique à Zola qu'on chercherait en vain à Rome dans le cœur d'une jeune fille un amour idéal, romanesque. Elles sont « très positives, peu sensuelles même ». Excellente analyse, contenant la conclusion implicite que l'amour n'est guère plus vivant dans les liaisons que dans le mariage.

N'empêche que Zola, quand il écrit son roman, imagine, soit pour donner à l'ouvrage le piment nécessaire, soit qu'il cède à la suggestion de l'époque des Borgia, un amour romanesque, ardent, absolu. Benedetta, nièce du cardinal Boccanera, mariée de force à un jeune intrigant de la montante bourgeoisie d'affaires, mais amoureuse depuis l'enfance de son cousin, Dario Boccanera, dernier mâle du nom, s'est refusée à son époux : elle attend qu'un jugement de la cour de Rome annule son mariage (occasion pour Zola de rappeler que le divorce n'existe pas en Italie). Benedetta, cependant, a réintégré le palais de son oncle le cardinal, où habite aussi Dario. Mais, si éprise qu'elle soit de son cousin, si épris qu'il soit d'elle, elle a juré de ne se donner à lui que le jour où leur mariage aura pu être célébré. Aimer, pour elle, consiste à se garder vierge, jusqu'à l'autel. Mais elle admet que Dario, cédant à « l'ardeur » naturelle aux jeunes hommes, fasse collection de maîtresses et les affiche. Tout au plus baisse-t-elle les yeux de temps à autre en étouffant un soupir. Que pense Zola de cette comédie ? Il décrit avec impartialité une situation qui a duré jusqu'en 1968. L'honneur d'une femme réside dans sa pureté, celui d'un homme dans son dévergondage. La même société qui condamne une jeune fille assez libre pour courir l'aventure, méprise un garçon qui se priverait de ce plaisir.

Toute cette partie du roman sonne juste. Là où Zola déraille, c'est quand, abandonnant le terrain de l'étude des mœurs, il échafaude une intrigue de style Renaissance. Un curé, client d'un cardinal rival du cardinal Boccanera, fait présent à celui-ci d'un panier de figues empoisonnées. Un hasard écarte ce mets de la bouche de l'oncle ; seul le neveu y goûte, le beau Dario, dont le teint vire sitôt au terreux, tandis que Benedetta, voyant le progrès de l'agonie, se met à maudire sa virginité. « Que je le baise, et qu'il m'emporte ! » s'écrie-t-elle, en étreignant le moribond. Puis, sous les yeux ronds du prêtre français, du cardinal et de quelque autre comparse, voici la grande scène, le clou de l'ouvrage : Benedetta se met toute nue, mais oui. « Les derniers linges un à un s'en allèrent, et le ventre blanc, la gorge blanche, les cuisses blanches, s'épanouirent en une haute floraison blanche. » Elle se couche dans le lit de Dario, enlace le corps de l'aimé : trop tard, il est désormais trop faible pour consommer l'acte, et Benedetta, égarée par « la douleur de cette possession incomplète », expire au même moment que Dario, le cœur foudroyé. Impossible de séparer les cadavres : il faut les enfermer ensemble dans un cercueil unique. La scène la plus colossalement ridicule de tout le roman français, comment donc a-t-elle pu venir à l'esprit de Zola ? Faut-il y voir une réminiscence de la Rome d'Alexandre VI, à cause du rôle dévolu au poison ? Ou bien un avatar des mythes post-romantiques, qui envahirent la seconde moitié du XIXe siècle ? Ou plutôt, ne remonte-t-elle pas des profondeurs de l'inconscient zolien ? Ce ne sera pas la première fois qu'on aura vu un expérimentateur, féru de sciences exactes, se pâmer au musée des horreurs. Zola étale en quelques pages la panoplie complète des clichés : « spectacle extra-terrestre », « exaltation grandissante », « frénésie sacrée allant au-delà de la vie », « infini noir de l'inconnu », « nudité de neige et de lis », « bouche enténébrée d'un rugissement », « effrayantes et prodigieuses fiançailles dans la mort ». Qui eût cru qu'en prenant son élan de Stendhal, on pouvait tomber à pieds joints chez D'Annunzio ?

Témoignage sur une société et document sur les goûts secrets de l'auteur, *Rome* reste un ouvrage qui intéresse.

N'est-ce pas pure injustice, ou ignorance des compilateurs, si Zola se trouve exclu des anthologies d'écrivains sur Rome ? Certes, il ne décrit pas les lieux en poète, ni d'un œil personnel : rien de plus convenu que ses jardins, son Palatin, son Saint-Pierre. Mais réduire Rome à des lieux, s'extasier sur Rome parce que les jardins y sont beaux, les ruines majestueuses et les couples admirables, c'est confondre le décor et la vie. Zola, si peu de temps qu'il ait passé dans l'Urbs, ne l'a pas visitée seulement en touriste. Et tout ce qu'il a su observer à l'intérieur des maisons, de l'autre côté des façades, lui a inspiré ce livre amer, accablant et véridique. Si l'on veut connaître les épreuves qu'un séjour prolongé impose au voyageur arrivé en esthète, si l'on veut savoir pourquoi cette capitale ne réussit pas à devenir une grande ville, pourquoi la contemplation y dégénère en torpeur, l'énergie en intrigues, Zola avec sa lourde machine reste le meilleur Cicéron. Rome n'est bonne que pour des esprits fatigués ou convalescents. « Tout homme de lutte et de fièvre y doit périr d'ennui. »

MYTHES ET FIGURES

LE COUVERCLE DE SAINT-PIERRE

DE Léonard à Raphaël, de Michel-Ange à Titien ; de *la Joconde* au plafond de la chapelle Sixtine, des tombeaux des Médicis à Florence à la Chambre de la Signature au Vatican ; des premières ébauches du nouveau Saint-Pierre de Rome à l'aménagement de la place Saint-Marc à Venise : pendant le premier tiers du XVIe siècle, un foisonnement d'ouvrages sans pareils confirme la suprématie que la péninsule avait acquise au cours du *Quattrocento* dans les divers arts plastiques, peinture, sculpture, architecture, urbanisme. Le temps des génies : toute la question est de savoir s'ils se sont rencontrés par hasard ou si l'éclosion simultanée de quelques chefs-d'œuvre de l'art italien peut se rattacher à une pensée commune.

L'HÉGÉMONIE ROMAINE

Première évidence : alors que le *Quattrocento* s'est accompli presque entièrement à Florence, le nouveau siècle voit Rome prendre la tête du mouvement artistique italien. Sous l'impulsion de Jules II, pape de 1503 à 1513, puis de Léon X, pape de 1513 à 1521, l'Urbs redevient la capitale de la péninsule. L'architecte Bramante arrive à Rome en 1499, Michel-Ange en 1506, Raphaël en 1508. La promotion de Rome comme centre d'art et de culture au détriment de Florence marque l'apogée de la Renaissance. Plusieurs idées maîtresses de l'humanisme trouvent en effet leur accomplissement. D'une part la grandeur impériale de Rome est restituée dans tout son éclat ; d'autre part l'institution d'un ordre universel semble préparer la rénovation du monde. Surtout, l'hégémonie romaine signifie le double triomphe de l'Église et de l'Antiquité, et la réalisation du vieux rêve qui paraissait presque impossible : la réconciliation du monde païen et du monde chrétien. Les grandes trouvailles archéologiques ont lieu précisément dans les premières années du XVIe siècle, l'Apollon d'Antium, le Laocoon, le Torse : et pour accueillir ces vestiges du paganisme dans les collections pontificales, Jules II fait aménager le palais du Belvédère.

Le temps des génies est aussi l'ère des synthèses. Comme l'a très bien montré André Chastel, le mythe de la Renaissance s'est cristallisé à Rome sous la forme de quatre projets grandioses, auxquels architectes, peintres et sculpteurs appelés dans la capitale furent associés : le nouveau Saint-Pierre, commencé par Bramante ; le mausolée de Jules II, dessiné par Michel-Ange ; le « miroir historial », peint par Michel-Ange au plafond de la chapelle Sixtine ; enfin le « miroir doctrinal », confié au pinceau de Raphaël dans la Chambre de la Signature (1).

La première pierre de la nouvelle église type pour la chrétienté est placée le 18 avril 1506. Bramante a choisi le plan central, c'est-à-dire quatre bras d'égale longueur inscrits dans un carré. Ce plan a la préférence des humanistes, parce qu'il rappelle le Panthéon antique, suprême achèvement de l'architecture impériale, et aussi parce que la parfaite symétrie des parties, avec la coupole posée au-dessus de la croisée, est la plus propre à représenter le cosmos, dans sa double acception rationnelle et divine. Les plus belles réalisations d'architecture chrétienne de cette époque, comme le Tem-

(1) André Chastel, *Art et Humanisme à Florence au temps de Laurent le Magnifique*, p. 450-484, Presses Universitaires de France, 1961.

pietto de San Pietro in Montorio à Rome (Bramante) ou l'église de San Biagio à Montepulciano en Toscane (Antonio da Sangallo), respectent le plan central.

Destiné à être placé sous la coupole du nouveau Saint-Pierre, le tombeau de Jules II ne fut jamais terminé. Celui qu'on voit aujourd'hui dans l'église de San Pietro in Vincoli, misérablement réduit à la statue de Moïse encadrée par les deux allégories de la Vie active et de la Vie méditative, ne donne aucune idée des projets initiaux. Michel-Ange avait l'intention de superposer dans un monument autonome trois étages de statues, chaque étage correspondant à une étape de la vie intérieure de l'âme en marche vers son salut : à l'étage inférieur les Esclaves, symboles de l'erreur païenne et de la prison où se débat le corps ; à l'étage intermédiaire Moïse et saint Paul, symboles du nouveau genre de vie inauguré sous le règne de la foi ; à l'étage supérieur, le pape et la Vierge, symboles de la libération spirituelle et de la paix éternelle. Un tel monument, élevé à la manière des Triomphes antiques, aurait pu être lu comme un poème religieux, à la gloire de la religion catholique, ou, selon le schéma platonicien, comme l'image des divers degrés de l'existence humaine dans son ascension progressive vers les délices de la contemplation. Ces deux lectures, la païenne et la chrétienne, ne sont nullement contradictoires pour l'époque, et c'est en quoi la Renaissance à son apogée réalise la plénitude de l'histoire universelle.

La voûte de la chapelle Sixtine, peinte entre 1508 et 1512, fournit à Michel-Ange l'occasion de mener à bien cette audacieuse synthèse entre philosophie antique et philosophie chrétienne. Charles de Tolnay a déchiffré une fois pour toutes l'ordonnance rigoureuse qui gouverne cet ensemble unique de peintures (1). Le plafond proprement dit raconte en une suite de neuf tableaux l'histoire de la Création et du Péché, depuis la séparation de la lumière et des ténèbres jusqu'à l'ivresse de Noé. Cependant, l'ivresse de Noé est peinte au-dessus

(1) Charles de Tolnay, *Michel-Ange,* p. 46-78, Flammarion, 1970.

de l'entrée, la séparation de la lumière et des ténèbres au-dessus de l'autel, la lecture devant s'effectuer dans le sens contraire de l'ordre chronologique. Le fidèle, de la sorte, est invité à méditer d'abord sur le spectacle de la misère humaine, puis à découvrir peu à peu, à mesure qu'il remonte vers le tabernacle, la splendeur de Dieu. Mais les neuf tableaux du plafond ne constituent eux-mêmes qu'une des parties de l'ensemble, la zone supérieure d'un organisme architectonique divisé, comme le tombeau projeté pour Jules II, en trois étages bien distincts. A l'étage inférieur, dans les triangles et les lunettes, se trouvent les Ancêtres du Christ, suite de figures prostrées, accablées, peintes dans une atmosphère crépusculaire oppressante, images du désespoir humain, ou plutôt, d'après le double sens chrétien et néo-platonicien, symboles des vicissitudes de l'humanité privée de la lumière spirituelle et condamnée à traîner dans l'ombre une vie larvaire. A l'étage intermédiaire, les Sibylles et les Prophètes, qui n'appartiennent pas encore au monde de la Grâce mais qui l'entrevoient avec les yeux de l'esprit. Quant aux merveilleux Ignudi, placés aux quatre coins des tableaux, ils figurent une autre catégorie d'esprits intermédiaires, les Anges de la tradition chrétienne, métamorphosés, par la suppression des ailes et l'adjonction d'un bandeau sur le front, en Eros de la tradition platonicienne. Chez eux comme chez les Prophètes, l'agitation croît à mesure qu'ils se rapprochent de l'autel. Ainsi, les parties s'enchaînent rigoureusement les unes aux autres : l'étagement des trois zones, zone inférieure abandonnée aux ténèbres, zone médiane éclairée par le pressentiment du divin, zone supérieure illuminée par l'apparition de Dieu, constitue une première ascèse pour l'âme, au terme de laquelle commence une seconde ascèse, celle qui part des scènes de Noé et conduit à la révélation suprême du grand Etre cosmique.

Dans la chapelle Médicis de Florence, conçue par Michel-Ange comme un seul ensemble architectural et sculptural, qu'il exécute entre 1520 et 1534, on retrouve la même ambition de fondre Platon et Jésus-Christ, et la même répartition tripartite. Depuis le dallage jusqu'à coupole, voici une image synthétique de l'univers, avec la zone inférieure occupée par les quatre figures allégoriques du Jour, de la Nuit, du Crépuscule et de l'Aurore, personnifications de ce marasme sans nom qui pèse sur l'âme captive emprisonnée dans la matière, puis la zone intermédiaire, où les ducs, délivrés par la mort de leurs chaînes corporelles, sont admis à la contemplation de la vraie Vie, enfin la zone supérieure, constituée par la calotte sphérique, ciel des Idées selon Platon, ciel de la Grâce selon l'Eglise.

Raphaël complète le nouveau « miroir historial » proposé par le plafond de la chapelle Sixtine en ornant la Chambre de la Signature au Vatican, entre 1509 et 1511, d'une série de panneaux où s'affirme le nouveau « miroir doctrinal » de l'époque. L'accord humaniste du monde antique et de la spiritualité chrétienne reçoit ici son expression la plus sereïne. Au reste, n'importe laquelle des Madones peintes par Raphaël, n'importe lequel de ces visages où la langueur la plus voluptueuse est associée à l'extase la plus séraphique, suffirait à prouver que nul artiste n'était plus apte à rendre, indissolublement mêlés, le frisson de l'éros terrestre et la suavité de l'amour divin. Dans la Chambre de la Signature, il réordonne l'édifice de la Scolastique médiévale, en mettant sur un pied d'égalité absolue la Poésie, la Justice, la Philosophie et la Théologie, c'est-à-dire le Savoir des Sages et la Révélation des Initiés. En particulier, *l'Ecole d'Athènes* fait pendant au *Triomphe du saint sacrement.* Il faudrait étudier en détail le langage symbolique de chacune de ces fresques. Les deux personnages qui figurent au centre de *l'Ecole d'Athènes* sont l'un, Aristote, avec sa main tendue horizontalement, geste qui fait allusion à l'organisation du monde par l'Ethique, l'autre, Platon, avec son bras levé verticalement, geste qui illustre le devoir de quitter l'univers sensible pour se hausser jusqu'au ciel des Idées. La fresque du *Parnasse* montre, affectueusement unis, poètes grecs et latins, comme Homère, Virgile ou Sapho, et poètes italiens, comme Dante, Arioste ou

Sannazzaro. Un détail symbolise cette fraternisation euphorique des Anciens et des Modernes, aspiration suprême de la Renaissance : par un anachronisme voulu, Raphaël met dans les mains d'Apollon, le dieu qui préside à cette fête, au lieu de la lyre grecque à sept cordes, une *lira da braccio* à neuf cordes, instrument moderne inconnu de l'Antiquité.

APOGÉE OU DÉCLIN ?

Et pourtant, la plénitude des temps n'a jamais été plus près de finir qu'au moment où on la célèbre avec tant de ferveur. La mort précoce de Raphaël, à trente-sept ans, en 1520, mais surtout de très graves événements publics entraînent le naufrage du rêve humaniste. La crise religieuse, commencée en Europe avec la révolte de Luther en 1517, gagne peu à peu l'Italie et déclenche la Contre-Réforme. La crise politique, plus brutale, éclate en 1527, avec le sac de Rome par les troupes de Charles Quint et l'asservissement de la péninsule sous le joug espagnol. Du coup, le climat de confiance et d'optimisme où la Renaissance a pu s'épanouir, est ruiné. Les répercussions sur les arts se font immédiatement sentir. En architecture, la nécessité de lutter contre la Réforme en accueillant dans les églises des foules de plus en plus nombreuses explique l'abandon du plan central et de l'harmonie rationnelle qu'il symbolise. Lorsque, après de nombreux remaniements, Saint-Pierre de Rome sera enfin terminé, au début du XVIIe siècle, la croix latine à nef principale allongée aura supplanté la croix grecque à bras égaux ; et, du projet humaniste de Bramante et de Jules II, il ne restera rien, sinon un gigantesque réceptacle à pèlerins.

Le mausolée de Jules II subit la même mésaventure. Sans doute, il faut tenir compte ici du caractère singulier de Michel-Ange, de ses brusques accès d'angoisse, de ses retournements d'humeur qui lui font abandonner en route tant d'œuvres à peine ébauchées. Mais la « tragédie de la sépulture », comme il l'appelle lui-même, la réduction du projet initial au monument de 1542 qu'on voit aujourd'hui dans l'église San Pietro in Vincoli à Rome, la dispersion des Esclaves déjà exécutés (les deux plus beaux se trouvent au Louvre), le renforcement de l'élément chrétien au détriment des allusions païennes attestent aussi la mutation des temps. Comme le dit Erwin Panofsky, « le résultat final ne témoigne pas seulement d'une frustration personnelle infligée à l'artiste ; il symbolise également l'échec du système néo-platonicien dans son espoir d'aboutir à une harmonie définitive entre les tendances divergentes de la culture au lendemain du Moyen Age : un monument à " l'harmonie entre Moïse et Platon " a évolué en un monument de la Contre-Réforme (1) ».

Autre signe de cette involution désastreuse : vingt-cinq ans après avoir orné le plafond, Michel-Ange complète la chapelle Sixtine en peignant sur le mur du fond l'immense *Jugement dernier* (1536-1541). Quelle différence entre les styles de ces deux œuvres, et comme la distance qui les sépare résume le passage d'une époque sûre d'elle et de son système d'explication du monde, à une époque incertaine, hantée de sinistres présages et vouée à une défaite prochaine ! L'humanité, entraînée dans un mouvement giratoire incessant, tourne pesamment dans le vide, assujettie à une fatalité cosmique. L'optimisme, la croyance dans la liberté ont disparu. Et, en comparaison de la splendeur juvénile des corps d'Adam et des Ignudi, que dire de ces nus lourds et flasques par où l'artiste semble désavouer son ancien culte de la beauté physique ?

Partout en Italie les inquiétudes se font jour à travers un style nouveau qu'on appellera maniérisme et qui exprime le trouble des esprits, une sorte de mal du siècle. L'ancêtre, s'il y en a un, doit être désigné en la personne de Léonard de Vinci. Il n'a pas participé, lui, à l'apothéose romaine, il est resté en marge des affirmations triomphales de la Renaissance, il est mort en 1519, en France, où il avait apporté *la Joconde*, peinte au

(1) Erwin Panofsky, *Essais d'iconologie*, p. 282, Gallimard, 1967.

début du siècle à Florence. Il a marqué un peu tout le monde de son influence, par sa personnalité mystérieuse et par l'ambiguïté indéchiffrable de ses tableaux, qui ne proposent aucune réponse positive aux grands problèmes de l'époque, mais se retranchent dans un doute universel générateur d'un malaise indéfinissable.

Le premier maniérisme s'étend surtout en Toscane et dans la vallée du Pô. En Toscane, trois peintres encore peu connus aujourd'hui (et dont on peut prendre un premier aperçu dans le beau livre de Heydenreich et Passavant) imposent d'étranges visions (1) : Beccafumi aux effets de lumière sulfureux dans une pénombre inquiétante, Rosso Fiorentino aux découpages bizarres, aux tons froids et livides, Pontormo qui substitue aux portraits rassurants de l'âge classique des visages propres à déconcerter. A Parme, Parmigiano étire les formes avec une fantasmagorique élégance, tandis que Corrège, avec ses fresques évanescentes en trompe-l'œil, annonce directement l'art baroque. Enfin, si on compare le massif palais Farnèse de Rome, commencé en 1511 par Antonio da Sangallo, symbole de la solidité d'un monde gouverné par une Raison universelle, au palais du Té construit et décoré par Jules Romain à Mantoue entre 1525 et 1535, univers enchanté et bizarre de formes en liberté, on constate que, dans l'architecture aussi, le modèle de l'œuvre compacte et fermée, contenant en elle-même son sens, est abandonné pour la tentation grisante de l'aventure et du caprice, aux antipodes de l'humanisme romain.

DE DAVID A VÉNUS

Une nouvelle péripétie de la Renaissance commence avec l'ascension de Venise au ciel des beaux-arts. Cette ville dédiée jusque-là surtout au commerce et aux fêtes va profiter de l'abaissement de Rome et de Florence

(1) Ludwig H. Heydenreich et Günter Passavant, *le Temps des génies,* Gallimard, 1974.

après l'invasion espagnole pour affirmer un idéal artistique absolument indépendant du *Quattrocento*. L'architecte toscan Jacopo Sansovino, réfugié à Venise en 1527, devient l'agent le plus spectaculaire de cette éclosion. Il réorganise la place Saint-Marc, en abandonnant la vision plastique chère aux Florentins pour une vision purement luministe qui subordonne les volumes et les masses aux effets de lumière et de clair-obscur. La promotion de la lumière est le grand événement et la gloire de la culture vénitienne. Tandis que le dessin, la fermeté du contour et la prépondérance accordée aux structures caractérisent l'art de Florence, la monumentalité et le sens des ensembles l'art de Rome, l'art de Venise est fondé sur la lumière, la couleur, l'atmosphère, les effets picturaux et l'harmonie musicale, en architecture aussi bien qu'en peinture. Rien d'étonnant à cela, si on considère que le monde des pierres faisant le décor de Florence et de Rome invite aussi naturellement à la dureté et à la grandeur que le monde des eaux toujours changeantes et diversement moirées où se reflète Venise invite aux modulations nuancées.

Du dessin à la couleur, donc. Mais également : de l'homme à la femme. Venise horizontale, Venise couchée au milieu de la lagune s'oppose à Florence debout et virile. Le grand *David* érigé par Michel-Ange en 1504 place de la Seigneurie est le symbole même de l'esprit florentin, fait de courage, d'énergie et de fierté. Le corps humain célébré par les artistes du *Quattrocento,* les peintres comme les sculpteurs, est toujours un corps masculin. Michel-Ange continue et parachève avec les Esclaves du mausolée et les Ignudi de la Sixtine la tradition de Donatello et de Verrocchio, de Pollaiolo et de Signorelli. L'idéal néo-platonicien est lié à l'exaltation exclusive du nu viril. Botticelli est un des premiers à peindre à Florence des nus féminins : mais qu'on regarde *la Naissance de Vénus* ou des Trois Grâces (d'ailleurs légèrement voilées) du *Printemps,* on voit qu'il s'agit d'une Vénus encore verticale, peu sexuée et céleste, de Grâces encore androgynes, de corps chastes ayant conservé intacte une virginité toute gothique. Les vraies Vénus, charnelles, moelleuses, pulpeuses, n'apparaissent pas avant que les peintres vénitiens ne la découvrent. Et, pour mieux montrer à quel point l'idéal vertical, maigre et viril des *David* est passé de mode, ils ne représentent leurs Vénus que penchées avec mollesse ou assises avec langueur ou tout bonnement couchées, résolument, plantureusement féminines.

La première grande manifestation du culte hédoniste de la femme est le *Concert champêtre* de Giorgione (1477-1510), peint peu de temps avant la mort du maître. Deux jeunes gens habillés et deux femmes nues, ce qui a presque la valeur d'un manifeste ; et non pas deux adolescentes graciles, mais deux femmes d'amples proportions et bien dodues. A la différence des tableaux florentins ou romains peints toujours par des humanistes, celui-ci ne raconte aucune histoire, ne contient aucun symbole. Pour la première fois, le spectateur est convié à une jouissance qui n'est pas intellectuelle, mais purement sensuelle. Renoir ne peindra pas d'hymne plus charnellement ému à la beauté féminine. Giorgione laisse à son disciple Titien (né en 1485) le soin de prendre la relève. Dès 1515 Titien apporte en hommage à la nouvelle idole un tribut vibrant : *l'Amour sacré et l'Amour profane*. Certes, dans ce tableau qui représente une femme nue et une femme somptueusement habillée, Panofsky (1) croit reconnaître l'opposition, fidèle au schéma néo-platonicien, entre la Beauté temporelle, qui s'orne de charmes accessoires tels que vêtements, parures, bijoux, et la Beauté éternelle, dont la nudité marque le mépris envers les biens périssables du monde. Mais, comme le fait observer non sans malice Kenneth Clark, si on considère le tableau comme un poème et non comme un message chiffré, l'effet obtenu est absolument inverse (2). La chaleur et la sensualité rayonnent de ce corps indolemment offert, et, s'il y a une chose qu'on pense en dernier devant « cette

(1) Panofsky, *op. cit.*, p. 224.
(2) Kenneth Clark, *le Nu*, le Livre de poche Art, 1969, tome I, p. 199.

éblouissante panoplie de chair », c'est bien qu'elle puisse ouvrir la voie à des méditations spirituelles.

De David à Vénus : il ne s'agit pas seulement d'un renouvellement des thèmes, c'est toute une conception de la culture et du rôle des artistes qui bascule. La féminisation de la sensibilité engage la peinture dans une direction qu'elle va suivre pendant quatre siècles, jusqu'à l'impressionnisme y compris, et même au-delà, si on songe à Matisse. Après Michel-Ange, le nu viril disparaît presque entièrement de l'espace visuel occidental : et, en même temps qu'on abandonne le nu viril, on renonce à mettre les arts plastiques au service de spéculations intellectuelles, ce qui était le propre de la Renaissance. Le culte de la beauté féminine impose un nouveau rapport entre l'amateur et l'œuvre : la rêverie voluptueuse ; une nouvelle échelle de valeurs : les surfaces plutôt que les structures, les courbes plutôt que les angles, le flou plutôt que le dur, l'imprécis plutôt que le trait ; un nouveau domaine d'exploration : la gamme infinie des couleurs et des jeux de lumière ; un nouveau répertoire de sujets : l'opulence heureuse des paysages. Que tout concoure, désormais, à faire valoir dans leur splendeur éphémère la palpitation irisée des corps pleins.

DE PALESTRINA AUX GABRIELI

Et la musique, qu'on étudie toujours à part des autres arts et plutôt du point de vue technique, comme si elle ne reflétait pas autant que la peinture et l'architecture la vie et la culture de son temps ? Avec le décalage d'une ou plusieurs générations (Palestrina est né en 1525, Andrea Gabrieli en 1515 et son neveu Giovanni en 1557), on retrouve chez les musiciens du XVIe siècle le contraste entre l'art doctrinal romain et la sensualité inventive vénitienne.

Palestrina le Romain, maître de chapelle des papes, compléta l'œuvre des architectes et des peintres de Saint-Pierre par la cathédrale sonore de ses messes et de ses motets. *La Messe du pape Marcel,* en son bloc hiératique, exprime bien la volonté pontificale de pouvoir et d'hégémonie. (Il n'est que de comparer à cette œuvre sévère et un peu compassée l'incroyable fantaisie que pouvait se permettre en Angleterre, à la même époque, un Byrd, sur qui ne pesait pas la lourde hiérarchie de l'Eglise romaine.) Cependant, il faut nuancer. Le XIXe siècle, de Hugo à Wagner, a tellement brodé de légendes sur Palestrina qu'on a du mal, encore aujourd'hui, à considérer son œuvre en dehors de la Contre-Réforme. « Sauve la musique religieuse ! » aurait dit le pape Marcel à Pierluigi, selon une tradition dont Hans Pfitzner s'est fait l'écho dans son opéra *Palestrina* écrit en 1917. En réalité, si la carrière du compositeur et le concile de Trente se sont déroulés presque simultanément, l'œuvre de Palestrina est absolument indépendante des directives fixées par l'Eglise en matière musicale. Celle-ci prescrivit, il est vrai, la simplicité de l'écriture et l'intelligibilité du texte ; mais dans une des toutes dernières séances du Concile, quand le musicien avait déjà mis au point son style personnel. Un style simple, clair, dépouillé, qui est le fruit d'une exigence intérieure, non d'une volonté politique.

En tout cas, il existe un Palestrina intime, recueilli, un Palestrina du dedans, conjointement au Palestrina officiel, au héraut du pouvoir pontifical. Ses messes et ses motets sont tous écrits *a cappella,* c'est-à-dire pour voix seules, sans accompagnement instrumental. Une formation qui exclut le faste et la pompe. Pompe et faste seront du côté des Gabrieli, des Vénitiens, et des fanfares cuivrées dont ils feront retentir les voûtes rutilantes de Saint-Marc. Saint-Marc contre Saint-Pierre : l'éclat solennel des cuivres contre le recueillement modeste des voix. Est-ce possible ? Rome aurait donc abandonné à Venise une partie de son monopole de la grandeur et de la monumentalité ? Une écoute plus attentive corrige cette première impression : à la droiture austère de Palestrina s'oppose le chatoiement ambigu des Gabrieli. Eux aussi, comme les peintres de Venise, ont introduit la couleur dans leur art ; et, avec la couleur, tout ce qui va caractériser la sensibilité moderne : inquiétude, fièvre, nervosité, sentiment du temps qui passe, anxiété délicieuse de l'instant.

L'assurance tranquille d'être de plain-pied dans l'éternel ne suscite guère la création artistique : voilà peut-être une des raisons pour lesquelles Rome a produit elle-même très peu d'artistes, très peu d'écrivains. Aucun musicien important depuis Palestrina. Comme capitale et siège des pouvoirs, elle a pu fournir du travail à des étrangers tels que Michel-Ange, Raphaël ou Bramante. Ils s'étaient formés au-dehors, ils ont apporté avec eux à Rome leur capital de génie et d'expérience. Dieu n'est ni peintre ni musicien. La première Renaissance a eu lieu surtout en Toscane, en Ombrie et dans les petites cours de Lombardie, d'Emilie et des Marches : à distance de Rome, mais à une distance encore assez courte, marquant plutôt le respect que la volonté d'indépendance. La seconde Renaissance, celle du baroque et de l'opéra, qui sera plus musicale que plastique, et prélude plus directement à l'ère moderne, rayonne à partir de centres carrément périphériques et excentriques : Venise et Naples. Une fois soulevé le couvercle de Saint-Pierre et rejetée la tutelle de la Mère impériale.

L'OPÉRA COMME PSYCHODRAME DE LA SOCIÉTÉ ITALIENNE

LE défaut le plus courant qu'on reproche à l'opéra est l'invraisemblance psychologique. Personnages de sorcières et de traîtres, caractères tout d'une pièce, déguisements et travestis qui sautent aux yeux, situations de famille ridicules, imbroglios inextricables, retournements subits, l'unique motivation de toutes ces absurdités étant la nécessité de répartir les airs entre les différents personnages. Une autre sorte d'invraisemblance n'est pas moins vivement dénoncée : celle qui consiste à faire chanter à tue-tête un mourant, ou brailler deux amoureux clandestins à quelques mètres de ceux qui les persécutent, ou à rapprocher sur la scène plusieurs personnages en supposant qu'ils ignorent la présence les uns des autres. On trouve le comble du grotesque qu'au beau milieu de l'action, et quand il devrait au plus vite prendre une décision et l'exécuter, le chanteur se plante devant le public et le gratifie d'une confession interminable. Quant au chœur de soldats qui répètent pendant dix minutes : « Partons, partons sauver la ville » et néanmoins restent sur place, on le cite comme preuve d'une puérilité sans remède. Pour aimer l'opéra il faudrait se faire *une âme d'enfant,* et il n'est pas rare que des amateurs d'opéra eux-mêmes négligent de prendre connaissance du livret et dédaignent de s'intéresser à l'histoire qui leur est racontée : seule la musique serait belle, seule la musique mériterait attention.

Une telle opinion trahit une curieuse exigence de réalisme de la part du spectateur. Il voudrait en somme que chacun se conforme à la situation où il se trouve : le soldat de la ville assiégée devrait s'élancer sur les remparts, les amoureux traqués devraient chuchoter d'une voix inaudible. Or, quoi de plus borné, quoi de plus faux psychologiquement qu'un réalisme de ce genre ? Le soldat voudrait vouloir s'élancer au secours de sa ville, et il chante donc avec conviction : « Partons, partons » ; mais en même temps il préfère mille fois rester chez lui à l'abri du danger, et il reste donc à piétiner sur place. Les amoureux savent qu'il serait plus sage de se taire ; mais la passion déborde malgré eux sur leurs lèvres ; ou bien ils se taisent en effet, mais chacun d'eux n'en entend pas moins le chant jaillir de la bouche de l'autre. L'opéra, loin de tomber dans l'invraisemblance psychologique, rend manifestes les contradictions de la vie : sous le silence *réel* des deux amoureux poursuivis, il entend et fait entendre la clameur *psychologique,* c'est-à-dire la vérité de leur amour.

D'une manière plus générale, il faudrait montrer que certaines conventions propres à l'opéra, au lieu de nuire à l'intérêt psychologique du drame représenté, permettent à l'auteur de projeter et au spectateur de reconnaître certaines de ses obsessions les plus profondes. La première et la plus importante de ces convictions est la lenteur. La musique, inévitablement, ralentit l'action. Ce qui pourrait être dit en trois minutes demande un bon quart d'heure pour être chanté. La deuxième de ces conventions est le grossissement. La musique élimine les nuances et ne présente d'un caractère que la ligne de force. Un traître d'opéra est plus traître qu'un traître de Shakespeare. Mais c'est justement cette infériorité apparente de l'opéra qui lui assure une originalité incomparable : l'opéra met au jour les grandes pulsions instinctives du personnage, que le théâtre ne peut montrer qu'élaborées. Le théâtre est le royaume du *moi,* l'opéra le royaume du *ça.* Le personnage de théâtre est un homme déjà organisé psychiquement, le personnage d'opéra une force nue, brute, élémentaire.

L'analyse, les nuances, les subtilités psychologiques conviennent donc au théâtre autant qu'elles conviennent peu à l'opéra. Mais il serait inexact de dire que le théâtre reflète la vérité psychologique, alors que l'opéra ne la reflète pas. Ces deux genres correspondent à deux sortes de psychologie, à deux stades de l'évolution psychologique. Encore faut-il corriger cette phrase, qui laisse à penser qu'un stade serait supérieur à l'autre, que le théâtre s'occuperait de la partie la plus élevée, la plus noble de l'homme, et l'opéra de la partie la plus basse. Du point de vue psychologique, le *ça* et le *moi* présentent la même dignité, le même intérêt. Bien mieux, ils cohabitent dans le même homme, dans chaque homme, tout le long de sa vie. A aucun moment de sa vie un homme ne peut se dire qu'il a vaincu définitivement le *ça*. Cette expression n'aurait aucun sens, car c'est justement le *ça*, ses poussées, ses exigences, qui alimentent le *moi*, c'est ce chaos d'instincts qui demande à être organisé. Sans le *ça*, il n'y aurait pas de *moi*, et une personnalité résulte du conflit dialectique de ces deux partenaires. Plus le *ça* est riche, plus est riche également le *moi*. Quand je dis que l'opéra met au jour les pulsions instinctives du personnage, gardons-nous de donner à ce mot d'instinct aucune signification morale péjorative. L'opéra révèle une dimension de l'homme ignorée par le théâtre. Il la révèle grâce à ce ralentissement et à ce grossissement qui lui sont propres ; et à leur tour ce ralentissement et ce grossissement sont merveilleusement appropriés à ce qu'ils signifient : car si le *moi*, la partie organisée de l'homme, se caractérise par la variété, la mobilité, le renouvellement incessant, le *ça*, la partie élémentaire et primordiale de l'homme, se caractérise par une certaine monotonie, un certain ressassement obsessionnel. Le *ça* étant donné une fois pour toutes, constituant ce fonds d'émotions et d'angoisses formé dès la petite enfance, il serait psychologiquement faux que le personnage d'opéra présente une trop grande richesse psychologique : les opéras prétendument « subtils » sont de mauvais opéras, de même que les pièces de théâtre trop « grosses » sont de mauvaises pièces. L'opéra est peut-être le seul genre esthétique qui soit capable d'exprimer dans toute leur puissance, sauvage et compulsionnelle, les conflits, les fantasmes qui composent notre structure psychique.

Enfin, dernier argument en faveur de la vraisemblance psychologique, ces forces primitives sont celles qui ont été soumises au refoulement : il est donc normal que lorsqu'elles arrivent à s'exprimer, ce ne soit pas à travers la forme mesurée et raisonnée qui est celle du dialogue théâtral, mais à travers la forme excessive et paroxystique qui est celle de l'effusion lyrique. L'outrance de l'opéra, l'insistance parfois pénible d'un même thème, les longueurs, le besoin de recommencer *da capo* une explication, quand depuis longtemps le spectateur a compris de quoi il s'agissait, tout cela prouve la vérité profonde de l'opéra, qui ne véhicule pas des contenus intellectuels, mais des contenus émotionnels, archaïques, impossibles à contrôler, et jaillissant avec d'autant plus d'impétuosité qu'ils ont été plus vigoureusement comprimés dans l'inconscient par la censure.

A l'appui de ce qui vient d'être dit, à la fois au sujet de la répartition des deux domaines de la psychologie entre les deux grands genres dramatiques, et au sujet de l'égalité de ces deux domaines, le domaine du *ça* et le domaine du *moi*, on peut remarquer que les pays où triomphe l'opéra ne sont pas les mêmes que ceux où triomphe le théâtre. L'Italie et la Russie semblent vouées tout particulièrement à l'opéra ; la France et l'Angleterre au théâtre. C'est en France et en Angleterre qu'on prête le plus d'attention aux subtilités de la psychologie ; c'est dans ces deux pays que l'on confond, par une prétention abusive, la psychologie et la subtilité psychologique ; c'est en France aussi qu'on entend les critiques les plus péremptoires contre l'opéra (1). Pour ma part, je considère comme un singulier appauvrissement de la culture française, cette obstination à renfermer la psychologie dans les limites de l'analyse psycho-

(1) « Une sottise chargée de musique, de danses, de machines, de décorations, est une sottise magnifique, mais toujours une sottise. »

logique, ce refus de connaître que la culture d'opéra non seulement est tout aussi belle et riche que la culture de théâtre, mais tout aussi instructive sous le rapport de la connaissance psychologique de l'être humain.

Il suffit d'ailleurs, pour s'en rendre compte, de revenir à la phrase citée plus haut. Pour aimer l'opéra, il faudrait se faire *une âme d'enfant,* disent ses détracteurs. Or, c'est en partie vrai, mais ce que je conteste, c'est l'intention dénigrante contenue dans ce jugement. Ce jugement, à mon sens, est plutôt positif et flatteur. Nous avons appris aujourd'hui à reconnaître la valeur psychologique immense que renferment les contes de fées, les contes de Grimm par exemple. Le seul critique français qui ait parlé avec profondeur de Verdi, Marcel Moré (1), est également le premier qui ait réhabilité Jules Verne. Et on attend toujours les travaux qui sortiraient du ghetto de la « littérature pour l'enfance » des œuvres aussi pleines de vérité psychologique que les romans de Stevenson ou d'Alexandre Dumas. Songeons que *Moby Dick* de Melville, reconnu aujourd'hui pour un des grands romans de l'inconscient, ou *Don Quichotte* de Cervantès, considéré par la critique plus récente comme un ancêtre de Kafka, ont été longtemps traités dédaigneusement de « livres pour enfants ». Les chefs-d'œuvre de l'opéra présentent un intérêt aussi considérable, pour l'explorateur de l'inconscient, que ces chefs-d'œuvre de la littérature ; le rapprochement avec les contes de fées est particulièrement frappant, à cause du rôle important réservé aux rois, aux sorcières et aux traîtres. Il y a plus : les dessins d'enfants sont une des sources principales, aujourd'hui, de la connaissance de l'âme enfantine. Qu'est-ce qui nous frappe dans ces dessins d'enfants ? Que tout y soit grossi, simplifié, que

---

(Saint-Evremond, *Lettre sur les opéras*, 1677.) Se sont exprimés dans le même sens : Boileau (*Fragment d'un prologue d'opéra*), La Bruyère (*Des ouvrages de l'esprit*), La Fontaine (*Epître à M. Nyert*), Voltaire (*Questions sur l'Encyclopédie*). L'excessive complication des machineries de l'époque ne justifiait qu'en partie cette sévérité.

(1) Marcel Moré, *la Foudre de Dieu*, Paris, 1969.

chaque objet représenté revêté une valeur unique, absolue : l'enfant ne dessine pas une maison, avec des détails réalistes, mais toujours la même maison, qui est, dans l'absolu, *la* maison. Sur cette maison, il pose *le* soleil, rond et fort. Une grosse femme représente *la* sorcière, etc. Cette simplification n'est nullement le signe de la pauvreté de la psychologie enfantine, comme on l'a longtemps cru. Cette simplification trahit au contraire la profondeur des émotions enfantines, *le* soleil c'est *le* père, *la* maison c'est *la* mère, *la* sorcière c'est *la* mauvaise mère. Or, la simplification et le grossissement qu'on trouve dans l'opéra ont le même sens et la même origine : le roi équitable et bon n'est pas un personnage tout d'une pièce qui manque de subtilité, il est la projection du père, du père unique et uniquement bon, tel que l'enfant le voyait. De même que le roi méchant et tyrannique n'est pas une caricature grossière, il est la projection du mauvais père. L'opéra fournit ainsi l'occasion, tant à l'auteur qu'au spectateur, de reconnaître ses plus anciens fantasmes de bonheur ou d'angoisse, de revivre les uns, de se délivrer des autres, dans un immense psychodrame qui se joue en public et accomplit de la sorte son rôle cathartique. Un homme, n'importe lequel, même le plus intelligent, même le plus libre, n'arrive à progresser que s'il peut de temps à autre se purger par une régression.

Soit dit entre parenthèses, les reproches qu'on adresse aux décors d'opéra, à leur aspect conventionnel, sont justes en partie et en partie erronés. La plus grande bévue consiste à réclamer des décors plus vrais, plus réalistes, plus proches de la vérité et du réalisme des adultes. Il faudrait modifier en effet l'esthétique des décors d'opéra, mais dans le sens opposé à ce réalisme-là, en s'inspirant des dessins d'enfants, en restituant sur la scène la vérité stylisée, naïve et en même temps passionnée, qui est la seule vérité des enfants.

Examinons brièvement quelles raisons peuvent expliquer que l'Italie soit la terre d'élection de l'opéra.

Stendhal s'était posé la question dès 1824, en écrivant sa *Vie de Rossini.* Comme réponse, il invoqua « le despotisme minutieux qui depuis deux siècles enlace et étouffe le génie italien ». La censure, disait-il, a empêché le développement de la pensée écrite. « Jusqu'à ce que l'Italie ait un gouvernement modéré, comme celui dont on jouit en Toscane depuis dix-huit mois, je demande en grâce, et je puis dire en justice, qu'on ne la juge que sur cette partie de son âme qu'elle peut révéler par les beaux-arts. Aujourd'hui il n'y a que les espions ou les nigauds qui impriment. » A la fin de l'ouvrage, diagnostic encore plus tranchant : « Comment lire, dans un pays où la police intercepte les trois quarts des livres, et note ensuite sur un livre rouge les imprudents qui lisent l'autre quart ? On ne lit donc pas en Italie ; toute véritable discussion est prohibée ; et un livre, à force de déshabitude, est devenu pour les jeunes gens une corvée dont la seule apparition fait frémir. »

Comme corollaire à sa théorie, Stendhal justifiait de la sorte la place prépondérante occupée par l'amour dans l'opéra italien : « De toutes les passions généreuses, la tyrannie ne permet en Italie que l'amour... Comment des gens à qui la gloire était défendue, et qui ne voyaient dans les armes qu'un instrument d'insolence et d'oppression, auraient-ils pu trouver du charme à rêver aux sensations guerrières ? »

Cette illustre opinion attribue donc à la seule situation politique, et le développement de l'opéra au détriment des œuvres littéraires, et l'exaltation de l'amour au détriment de tous les autres sentiments. Régime policier des Bourbons à Naples, censure pontificale à Rome, occupation étrangère (espagnole puis autrichienne) à Milan et à Venise, pendant trois siècles (1). Sans sous-estimer l'importance de ce facteur, on peut se demander s'il explique vraiment tout.

Première objection : dès *Mosé* (Moïse), représenté en

(1) Même avis exprimé en 1700 par un Allemand : « La musique détourne des études sérieuses ; elle prive le pays de bien des têtes qui auraient pu s'employer à son service. Ce n'est pas sans motif que les

1818 à Naples, Rossini avait écrit un opéra politique de préférence à un opéra d'amour. Les tribulations du peuple juif à la recherche de sa délivrance étaient une claire allusion aux souffrances du peuple italien sous le joug étranger. Plus tard, en 1831 et en 1835, Bellini, le génie pourtant le plus mélodique, le plus enclin à exalter l'amour, fit une place non négligeable au sentiment patriotique dans ses deux opéras *Norma* et *I Puritani*. Enfin et surtout, on sait que le jeune Verdi, avant 1850, c'est-à-dire avant la libération et l'unification de l'Italie, dut ses premiers succès aux allusions politiques contenues dans *Nabucco, I Lombardi alla prima crociata, la Battaglia di Legnano*. Les spectateurs de ces divers opéras ne s'enthousiasmaient pas seulement pour des histoires d'amour, ils trouvaient aussi, contrairement à ce que pensait Stendhal, « du charme à rêver aux sensations guerrières » et, plus que du charme, une incitation à conquérir leur liberté. L'opéra était donc loin d'être un pur art d'évasion : il servit à exprimer les aspirations les plus sérieuses du peuple italien. D'ailleurs un des principaux prophètes et artisans du *Risorgimento*, Giuseppe Mazzini, assignait une place de choix à l'opéra dans le renouvellement moral et social de son pays (1). L'opéra, bien plus que le roman ou que la poésie, véhicula le grand mouvement d'indépendance du XIXe siècle italien.

Deuxième objection : après 1860 et le triomphe du Risorgimento, on constate que les œuvres les plus représentatives du génie italien continuent à être des opéras plutôt que des œuvres littéraires. Il faut se demander pourquoi.

L'abondance et le succès des opéras italiens est en étroit rapport avec la rareté et la médiocrité des romans

---

politiques la favorisent : ils le font par raison d'Etat. (...) L'Italie en est un exemple ; ses princes et ses ministres l'ont laissée infecter par les charlatans et les musiciens, afin de n'être pas troublés dans leurs affaires. » Cité par Romain Rolland, *Voyage musical au pays du passé*, Hachette, 1922, p. 21.

(1) Giuseppe Mazzini, *Filosofia della musica*, 1836.

et des pièces de théâtre. En dehors des *Promessi Sposi* de Manzoni, aucune œuvre littéraire n'a réussi à jouer un rôle important dans la vie intellectuelle et artistique italienne au XIXe siècle. Non seulement il n'y eut pas de très grands auteurs littéraires comme Balzac et Flaubert en France, Dickens et Hardy en Angleterre, Tolstoï et Dostoïevski en Russie, mais même le genre du roman historique « populaire », à la Hugo ou à la Dumas, fit défaut. C'est Antonio Gramsci le premier qui a attiré l'attention sur cette étrange carence de la culture italienne. « Pourquoi », demande-t-il dans un de ses cahiers de prison, « la démocratie artistique italienne a-t-elle eu une expression musicale et non littéraire ? (1) » La réponse évidemment n'est pas simple. Elle dépendrait sans doute d'une réflexion, qui n'a jamais été faite et qui ne peut être ici qu'ébauchée, sur la valeur et la fonction du mot dans la société italienne. Le mot, surtout le mot écrit, n'a guère de force en Italie, peut-être parce que, comme chacun peut le noter, ce peuple a besoin de sensations immédiates, physiques, qu'il se procure plus facilement en voyant un beau palais, une belle statue, en écoutant une belle musique. Une culture de théâtre suppose de la confiance dans les mots, dans la possibilité de faire évoluer une situation à travers l'expression verbale. De même, pour qu'il y ait roman, il faut que les personnages se parlent, il faut qu'ils trouvent qu'il y ait intérêt à se parler.

Le roman d'amour est sans doute la forme la plus typique du roman ; en tout cas, on peut vérifier ce principe en Italie, par la négative : l'amour italien ne fait pas l'objet de romans, au XIXe siècle, et c'est pourquoi cette nation n'a pas eu de romans. Mais d'où vient que l'amour italien n'a pas été peint dans des romans ? Est-ce parce que, selon la thèse stendhalienne, il serait trop vif, trop emporté, trop impatient, trop passionné pour permettre à quiconque d'en raconter l'histoire ? N'est-ce pas plutôt pour une tout autre

(1) Antonio Gramsci, *Letteratura e vita nazionale*, Einaudi, 1950, p. 69.

raison ? Une histoire d'amour, c'est-à-dire un roman, suppose l'introduction de la durée dans l'éblouissement de la première minute. En d'autres termes, les amoureux qui viennent d'être frappés par le coup de foudre n'ont le choix qu'entre deux solutions : ou se quitter pour toujours et vivre sur le souvenir de cet instant ineffable, ou se mettre à se parler, à se raconter leurs histoires et à mettre en commun leurs problèmes. Il semble que la première solution soit de loin la plus conforme au tempérament italien : du moins, c'est celle que Dante a immortalisée et fixée en modèle au seuil d'une longue tradition littéraire. Dante n'aperçut qu'en de rares occasions Béatrice, il ne lui adressa jamais la parole ; elle mourut avant qu'il n'ait pu connaître qui elle était. Cependant, elle lui inspira l'admirable *Vita nuova*, rédigée en grande partie après sa mort, et il lui rendit dans *la Divine Comédie* un culte posthume sans égal.

Maintenant, si nous quittons le terrain de la haute culture et si nous descendons dans la rue observer ce qui s'y passe tous les jours, nous aurons la surprise de constater que n'importe quel Italien, à quelque classe qu'il appartienne, éprouve beaucoup de difficulté à verbaliser son amour. Regardez un homme et une femme en Italie ; ils ne se parlent pas, ils n'ont rien à se dire. Il faut reconnaître que l'école les a dégoûtés des mots. La plupart des professeurs, même s'ils s'expriment simplement dans la vie courante, se croiraient déshonorés si, une fois installés dans leur chaire, ils n'employaient un langage rhétorique, compliqué, oraculaire et pâteux. Gramsci, écrivain nerveux et rapide, a dénoncé comme une maladie nationale ce culte du discours d'apparat. Encore Gramsci n'avait-il en vue que les dégâts causés à la prose littéraire, surtout à la prose d'essai. Les conséquences sont bien plus graves s'il est vrai que les citoyens formés par cet enseignement arrivent à la vie adulte sans disposer de l'instrument verbal. D'où, entre autres dommages, cette incommunicabilité entre époux. Mari et femme peuvent se crier des injures, ils ne s'en privent pas, ce qui est une autre façon de dévaluer les mots. Les jeunes sortent le plus souvent en bandes et même les gens d'âge mûr se rendent en *comitiva* au restaurant, comme s'ils cherchaient à éviter, grâce au bavardage collectif, l'épreuve affreuse du tête-à-tête. On serait tenté de dire que la *Vita nuova* s'est imposée non seulement comme modèle littéraire à la haute culture italienne mais comme modèle psychologique aux habitants de la péninsule. Hypothèse absurde, bien entendu : c'est Dante, au contraire, qui a codifié dans son petit livre une habitude de timidité et de silence entre les sexes déjà largement répandue à son époque.

Il est possible aussi que l'échange des mots entre les individus ne se généralise que dans une société qui ait intérêt à disposer d'un langage clair, pratique, efficace, c'est-à-dire dans une société dominée par une bourgeoisie d'affaires. La défaite de la bourgeoisie italienne, à la fin de la Renaissance, et le rétablissement des féodalités jusqu'au milieu du XIXe siècle auront précipité l'Italie dans l'atonie verbale. Le mot n'a pas de force en Italie, il n'en a sans doute jamais eu, parce que les vicissitudes historiques ont confirmé les Italiens dans l'opinion qu'il est inutile de se parler, d'articuler un discours qui fasse un sens et rejoigne un but. La grande littérature italienne est la poésie, qui ne connaît ni développement ni sens, qui est âpre, dure et nue, qui brûle comme une flamme blanche dans un désert silencieux, hors du temps. La musique d'opéra, elle, crie fort et répète : pas d'œuvres où le mot soit plus dévalorisé, mais pas d'œuvres non plus où le simple cri, la transe purement physique, apparaisse plus émouvante, plus belle, plus gorgée d'art. L'amour, dans l'opéra, ne connaît que des triomphes fulgurants ou des désastres spectaculaires.

L'examen des mots qui servent de support à la musique est néanmoins du plus haut intérêt. L'habitude de dénigrer les livrets, de leur refuser toute valeur littéraire ou psychologique, remonte loin, puisque Rossini se moquait ouvertement de la signification de ses opéras, simples prétextes, selon lui, à de jolis airs. Il aurait pu mettre en musique avec autant de plaisir, disait-il, la note de sa blanchisseuse. De son côté,

Stendhal a beaucoup contribué à discréditer le livret d'opéra. Il avait pris, dans sa jeunesse, des leçons de chant à Grenoble. « J'achetais des airs italiens, un entre autres où je lisais *Amore* ou je ne sais quoi, *nel cimento ;* je comprenais : *dans le ciment, dans le mortier*. J'adorais ces airs italiens auxquels je ne comprenais rien (1). » Plus tard, en écrivant la *Vie de Rossini,* il continua d'afficher le plus grand mépris pour le texte des opéras, bien qu'il en comprît, maintenant, le sens. « Je refais toujours, pour mon compte, les paroles d'un opéra. » C'était d'ailleurs un usage répandu en Italie que quelqu'un dans la loge donnât le *mot* des principaux airs, c'est-à-dire une indication sommaire sur l'état d'âme dominant — joie, désespoir, mélancolie, attente — du personnage en train de chanter. « Il ne faut pas avoir l'imprudence de lire le *libretto* », écrit Stendhal à propos de *l'Italiana in Algeri.* « A Vicence, je vis qu'on le parcourait la première soirée pour prendre une idée de l'action. A chaque morceau on lisait le premier vers qui nomme la passion ou la nuance de sentiment que la musique doit peindre. Jamais, durant les quarante représentations suivantes, il ne vint à l'idée de personne d'ouvrir ce petit volume couvert de papier d'or. » Certes, à cette époque, la plupart des livrets d'opéra étaient d'une médiocrité ou d'une invraisemblance déconcertante. Le premier poète d'opéra un peu sérieux du XIXe siècle fut Felice Romani, le librettiste attitré de Bellini. Verdi et Puccini, en revanche, prenaient soin de ne mettre en musique que des textes dont la valeur littéraire et dramatique fût passable. Pourtant, la mauvaise poésie n'a cessé de remplir l'opéra vériste lui aussi, et la remarque de Stendhal demeure pertinente : « Il faut être littérateur français pour s'aviser de juger un opéra par le mérite des paroles. » Seulement, ce que Stendhal n'a pas vu, c'est que tout livret, même le plus médiocre en tant qu'œuvre littéraire, est très révélateur comme document psychologique et sociologique. L'analyse stendhalienne de *l'Italiana in Algeri* reste courte,

(1) *Nel cimento :* dans l'épreuve, dans le tourment.

précisément en raison du mépris affiché pour la signification profonde, cachée du texte. Les mots ici, en dépit de leur agencement simpliste ou ridicule, sont porteurs d'une vérité précieuse.

Un problème préalable mériterait d'être considéré à part : pourquoi les sujets d'opéra italien sont-ils presque toujours étrangers ? Etrangers, ils le sont doublement. D'abord parce qu'ils s'inspirent d'une œuvre non italienne : Shakespeare et Schiller, Beaumarchais et Walter Scott, Victor Hugo et Dumas fils, Eugène Scribe et Victorien Sardou ont été les grands pourvoyeurs de l'opéra italien, et non pas Goldoni ni Alfieri ni Manzoni. Ensuite parce que l'action se déroule presque toujours en dehors de l'Italie : l'Espagne du *Barbier de Séville* et de *Don Carlo,* le Paris de *la Traviata* et de *la Bohème,* l'Egypte de *Mosé* et de *Aïda,* la Suisse de *Guillaume Tell* et de *la Sonnambula,* l'Angleterre des *Puritani* et de *Lucia di Lammermoor,* sans compter l'Amérique, le Japon et la Chine mis à l'honneur par Puccini, sont bien plus souvent représentés que l'Italie sur une scène d'opéra italien. Les grands héros d'opéra qui parlent au cœur du peuple italien sont rarement des héros italiens. Roméo et Juliette, Othello eux-mêmes ne sont revenus en Italie que rehaussés du prestige et garantis par l'autorité de Shakespeare. Quand on cherche un opéra italien qui traite un sujet italien imaginé par un auteur italien, on ne trouve guère à citer que *Cavalleria rusticana* et *Paillasse* ou des œuvres secondaires comme la *Francesca da Rimini* de Zandonai. Voilà une première indication sur les rapports particuliers que le peuple italien entretient avec sa culture : choisir de s'incarner dans des héros qui appartiennent à un autre monde, et cela précisément à l'époque où l'Italie réussissait à se libérer de l'oppression étrangère, révèle un scepticisme, une timidité, une méfiance singulière à l'égard de son propre destin.

Plus que les mots eux-mêmes, il faut étudier dans les livrets les situations dramatiques et les similitudes qu'on trouve de l'une à l'autre dans différents opéras. S'il apparaît que les situations parentales ou conjugales obéissent à des schémas répétitifs, il conviendra de dégager des modèles types. Enfin, il sera fructueux de se demander si entre la nature des voix (ténor, soprano, etc.) et la catégorie psychosociale des héros (le roi, l'amoureux, le père, la fille, etc.) on ne peut pas repérer des correspondances significatives.

Certes, le jeu des comparaisons nationales appelle bien des réserves. Cependant, puisque l'opéra est un psychodrame collectif, il n'est pas interdit de penser que certaines constantes nationales dans l'opéra trahissent certaines vérités collectives de la vie psychique d'un pays. Les deux pays où l'activité d'opéra accapare presque entièrement l'activité musicale sont l'Italie et la Russie. Il va donc être particulièrement instructif de tenter un rapprochement, d'autant plus que les différences sautent aux oreilles.

Examinons le traitement des voix masculines dans l'opéra russe et dans l'opéra italien. Les grands rôles du répertoire masculin russe sont réservés à des voix de basse : le tsar et Pimène dans *Boris Godounov,* le prince Ivan Khovanski et le grand prêtre Dossiféi dans l'autre opéra de Moussorgski, *Khovantchina.* Chez Borodine, tous les personnages principaux du *Prince Igor :* le prince lui-même, le boyard Galitski et le khan Kontchak. Même chose pour Rimski-Korsakov. Cette règle est si universellement appliquée qu'un des signes auxquels on reconnaît le caractère moins russe et le style occidentalisé des opéras de Tchaïkovski est le fait d'avoir confié des rôles principaux à des ténors, comme Lenski dans *Eugène Onéguine* ou Hermann dans *la Dame de pique.* Il convient encore de faire remarquer ceci : les personnages à voix basse, même quand ils commettent des erreurs politiques (comme Ivan Khovanski) ou quand ils se rendent coupables d'un crime (comme Boris Godounov), nous apparaissent comme revêtus de puissance et de majesté. Sans aucune équivoque possible, ce sont eux les héros. Les ténors, chez

Borodine et chez Moussorgski, jouent au contraire un rôle lamentable. Vladimir, le fils du prince Igor, prisonnier avec son père du khan Kontchak, se laisse séduire par la fille de leur vainqueur, et, tandis qu'Igor s'évade pour se remettre à la tête des armées russes, il épouse, lui, la belle Polovtsienne, au mépris de son devoir national. Dans *Boris Godounov,* le duo d'amour entre Marina et le faux Dimitri est non seulement une supercherie à fins politiques, c'est aussi, musicalement, la partie faible de l'œuvre. Dans *Khovantchina,* autant le prince Ivan Khovanski, basse, est conscient de ses prérogatives et de ses devoirs de classe, autant son fils André, ténor, dépense frivolement son temps en intrigues amoureuses. Ainsi les voix de basse, bien plus nombreuses, représentent aussi les éléments positifs, héroïques de la société.

Dans l'opéra italien, c'est exactement le contraire qui arrive. A part l'exception, importante il est vrai, de Philippe II ou de Fiesco, on ne trouve pas de grands rôles réservés à des basses. Les vrais, les seuls héros, ce sont les ténors. La plupart des opéras italiens se laissent réduire à un schéma identique : le héros, qui est un ténor, poursuit une héroïne, qui est un soprano, contrecarré par un troisième personnage, lequel, sans être une basse, possède quand même une voix de baryton, c'est-à-dire plus grave que celle du ténor. Pour les exemples, on n'a que l'embarras du choix. Donizetti : Enrico, baryton, s'oppose à ce que sa sœur, Lucia di Lammermoor, aime Edgardo, ténor. Verdi, *la Traviata :* M. Germont, baryton, met fin à la liaison entre son fils Alfredo, ténor, et Violetta. *Il Trovatore :* le comte de Luna, baryton, essaye par tous les moyens d'enlever Leonore à son amant Manrique, ténor. *Un Ballo in maschera :* l'idylle amoureuse entre Amelia et Riccardo, ténor, provoque la vengeance du mari d'Amelia, Renato, baryton. *Don Carlo :* l'infant d'Espagne, ténor, dispute Elisabeth à son père le roi Philippe II, basse. *Otello :* Iago, baryton, s'insinue entre Otello, ténor, et Desdemona. Puccini, *Tosca :* le baron Scarpia, baryton, se dresse entre Mario Cavaradossi, ténor, et Floria, sa maîtresse. *La Fanciulla del West :* les amours de Minnie et de Johnson, ténor, doivent triompher des manœuvres du shérif Rance, baryton. Et quand Mascagni, dans *Cavalleria rusticana,* doit répartir les voix des deux rivaux, la convention est tellement bien établie qu'il attribue à Turiddu, l'amant de cœur, la voix du ténor, et au mari, Alfio, celle du baryton. Le beau rôle est toujours dévolu au ténor, le vilain rôle au baryton. Ce qui faisait dire à Bernard Shaw, dans une boutade célèbre : « Un opéra, c'est un soprano et un ténor qui veulent coucher ensemble, et un baryton qui s'efforce de les en empêcher. »

Bien entendu, il faut tout de suite distinguer Verdi des autres compositeurs. Chez Verdi, comme on l'a fait remarquer justement (1), ce n'est pas le ténor, malgré les apparences, qui a le rôle dramatique principal. Les ténors verdiens sont réduits exclusivement à être des amoureux. Leur influence sur l'action ? Presque nulle. Ils subissent le destin, ils ne modifient pas les événements. Du point de vue musical, ils sont cantonnés dans le pur lyrisme, ce qui trahit leur nature intime d'êtres faibles, de jouets entre les mains de forces qui les dépassent. La voix de ténor, chez Verdi, n'est pas une voix soliste, parce que le personnage qu'il représente n'est pas un homme seul, capable d'être seul : l'inconsistance humaine du ténor se révèle à ce trait qu'il chante presque toujours en duo avec le soprano, qu'il a besoin pour être complété de trouver une réponse dans une voix féminine. Le personnage actif, le vrai moteur du drame verdien, c'est le baryton. La gamme de ses sentiments est beaucoup plus étendue. S'il lui arrive d'être amoureux, il n'est jamais dominé par l'amour. Loin d'être soumis au destin, il le plie à sa volonté, de même qu'il s'impose au plus faible ténor. Il est seul, isolé dans sa souffrance comme Rigoletto, ou dans son démonisme comme Iago. Le critique italien Massimo Mila considère qu'en donnant cette importance au baryton, Verdi a sorti l'opéra de l'unilatéralité du

(1) Paul Bekker, *Wandlungen der Oper,* Leipzig, 1934.

sentiment amoureux où l'avaient enfermé ses précurseurs, Bellini et Donizetti (1), et où l'enfermera à nouveau, peut-on ajouter, son successeur, Puccini.

Tout cela est vrai. Les barytons, et non pas les ténors, sont les acteurs de l'opéra verdien. Néanmoins, si on pousse plus loin l'analyse, on s'aperçoit que cette action s'exerce toujours dans un même sens : dans le sens de l'empêchement et de la destruction. Même chez Verdi, la situation de départ c'est toujours un amour entre le ténor et le soprano. Et l'action du baryton vient se mettre en travers de cet amour, pour le faire échouer. Alors que le spectateur de l'opéra russe est invité à mépriser le ténor, le spectateur de l'opéra italien s'identifie avec le ténor, malgré sa faiblesse ou peut-être à cause de celle-ci. Je ne vois qu'un exemple de ténor italien franchement vil et indigne de compassion, le duc de Mantoue dans *Rigoletto*. Il est temps de dégager la signification de cette différence fondamentale entre les deux écoles d'opéra.

La voix de basse est perçue immédiatement comme appartenant à un homme d'un certain âge : elle est le signe de son ancienneté, de sa majesté, de son autorité. Il n'y a d'ailleurs guère de chanteur russe à voix de basse qui ne soit pourvu d'une ample barbe, autre symbole d'autorité et de majesté. Les héros de l'opéra russe ont dépassé l'âge du premier amour : ce sont tous des pères. Ils sont des pères au sens physiologique, car ils ont engendré des fils, qui font piètre figure à côté d'eux. Mais, surtout, ils sont des pères au sens moral et philosophique, qui portent sur leurs épaules le poids de la société et de l'Etat. Le problème de l'Etat est le seul sujet de tous les grands opéras russes. Le prince Igor cherche en plein Moyen Age, avant Ivan le Terrible, à unifier la jeune nation russe sous son sceptre ; et il se heurte à l'ambition d'un autre prince, le boyard Galitski, autre basse, qui voudrait réaliser cette unité à son profit. Boris Godounov est un usurpateur qui s'efforce de légitimer sa couronne de tsar. *Khovantchina*

(1) Massimo Mila, *Giuseppe Verdi*, Bari, 1958, p. 226.

raconte la révolte désespérée d'un clan de féodaux guidés par le prince Ivan Khovanski et soutenus par le chef des Vieux croyants, le grand prêtre Dossiféi, révolte contre le despotisme croissant du tsar réformateur Pierre le Grand. Or de tels sujets seraient impossibles dans l'opéra italien, parce que, en Italie, pour les raisons historiques énoncées par Stendhal, l'Etat, la préoccupation pour l'Etat n'a jamais été au centre des intérêts populaires. Et ceux qui incarnent l'Etat, c'est-à-dire les hommes d'un certain âge, les Pères, n'auraient jamais pu être ni reconnus ni aimés comme des héros. Avec un instinct très sûr de la signification psychologique des voix de basse, Verdi a confié à une basse le rôle de Philippe II, dans son opéra le plus politique, où la préoccupation pour l'Etat a le plus de place. N'empêche que *Don Carlo* lui-même est en grande partie un opéra d'amour, parce que dans un pays longtemps en proie à des divisions territoriales, morcelé entre une pluralité de petits Etats dont aucun n'avait la puissance de devenir l'Etat, la seule ambition permise était l'amour. Et le ténor, incarnation de la jeunesse avide et tapageuse, quoi de plus naturel qu'il fût le dieu d'un peuple à qui les satisfactions plus mûres de la vie politique étaient refusées ?

Dans l'opéra russe les fils ténors apparaissent comme des gêneurs, sots et irresponsables, au milieu de l'immense engrenage politique. Dans l'opéra italien, les pères barytons apparaissent comme des destructeurs, méchants et antipathiques, de l'insatiable quête amoureuse (1). En Italie comme en Russie l'opéra est donc bien le psychodrame de la société tout entière. D'un côté une société sans Etat, sans Pères, où toute l'énergie est tournée vers les femmes. De l'autre côté une société accablée par la surabondance de l'autorité paternelle. Dans l'opéra italien, une situation triangulaire : deux hommes qui se disputent une femme. Dans l'opéra

(1) Des pères ou des frères aînés qui assument la fonction paternelle, comme Enrico dans *Lucia di Lammermoor* ou, dans *la Forza del destino*, don Carlo (baryton) qui persécute sa sœur Leonora et l'amant de celle-ci, Alvaro (ténor).

russe, une multitude de dignitaires qui se disputent l'Etat. Une autre différence frappante entre les deux écoles musicales, c'est la place accordée aux chœurs : considérable en Russie, minime en Italie. Le peuple russe commente sans cesse l'action de ses princes, parce que l'Etat intéresse la collectivité entière. L'amour au contraire n'est que l'exaltation du sentiment individuel. Quand il y a des chœurs chez Verdi, c'est presque toujours des chœurs de moines ou de prêtres, la religion étant le contrepoids naturel de l'amour humain. Un autre fait moins couramment observé, c'est l'absence de grands rôles dans l'opéra russe. Alors que dans l'opéra italien les trois personnages principaux sont constamment en scène et que le culte de la vedette fait partie du système mélodramatique italien, les personnages de l'opéra russe n'ont chacun qu'un rôle limité. Dans *le Prince Igor,* le boyard Galitski ne chante qu'au premier acte, le khan Kontchak ne chante qu'au second. Même Boris Godounov, dans l'opéra gigantesque de Moussorgski, ne chante guère en tout plus d'une demi-heure. Le théâtre Bolchoï de Moscou peut donner simultanément plusieurs représentations des grands opéras russes, les voix étant interchangeables. Quand Boris Christoff, la célèbre basse, une vedette dans le sens italien, a enregistré *Boris Godounov,* il s'est cru obligé pour donner sa mesure de cumuler trois rôles, celui du tsar, celui de Pimène et celui de Varlaam. Eh bien, cette différence elle aussi s'explique psychologiquement : quand on détient le pouvoir, ou qu'on ambitionne de s'en emparer, on n'a pas besoin de s'étaler en public, la discrétion est même de rigueur ; tandis que la liberté d'exhaler ses sentiments amoureux peut être considérée comme une sorte de compensation ironique au fait qu'on est exclu de la direction des affaires. Aux ténors les satisfactions bruyantes de la vanité ; aux basses les jouissances secrètes du pouvoir.

La comparaison de l'opéra italien et de l'opéra russe nous révèle les caractéristiques fondamentales de deux sociétés, l'opposition radicale de deux mondes. En Russie le monde des Pères, qui s'exprime psychologiquement par le mépris de la jeunesse et de l'amour et politiquement par une recherche effrénée de puissance. En Italie le monde des Fils, obsédés par le souvenir du paradis perdu de l'enfance, et cherchant avec frénésie à ressusciter cette époque dans l'amour. N'est-il pas symptomatique que Verdi, dans son opéra consacré à la grandeur et à la souffrance du sentiment paternel, *Rigoletto*, n'ait pu s'empêcher de choisir comme une image idéale du Père un bouffon, difforme et bossu, objet de la raillerie universelle ? Et pourtant Verdi, nous l'avons dit, a joué un rôle actif dans le *Risorgimento*, il s'est passionnément intéressé au problème de l'Etat et de l'unité italienne, et plusieurs de ses opéras qui exaltent le sentiment patriotique, comme *I Lombardi alla prima crociata* ou *Ernani*, lui ont valu, de son vivant, une bonne part de sa célébrité. Mais dans une œuvre plus réussie comme *Rigoletto*, là où s'est exprimé, en plus du cri de malédiction contre la tyrannie, le langage plus secret de l'inconscient, Verdi a créé une image du Père dépourvue de toute majesté, il n'a pu mettre en scène qu'un géniteur contrefait et humilié, aussi pitoyablement comique que les tuteurs bernés de Rossini. Et comme testament musical, comme dernière création de son génie, il ne nous a pas laissé un Garibaldi ou un Cavour, mais un Falstaff, ultime avatar de la virilité bafouée.

On pense immédiatement à l'œuvre d'un autre grand artiste italien, à *Conversation en Sicile* d'Elio Vittorini, un roman cette fois, mais écrit, au dire même de l'auteur, à la manière d'un opéra, avec l'intention d'envelopper la trame réaliste de l'anecdote sous l'incantation des mots, de même que la musique d'un opéra transfigure le livret. Or *Conversation en Sicile*, roman-opéra commencé en 1936 sous le choc des premières nouvelles de la guerre d'Espagne, livre gonflé de passion politique et de colère antifasciste, n'est rien d'autre que l'histoire d'un fils qui part à la recherche de sa mère dans le cœur de l'antique Sicile, et qui évoque avec sa mère la figure bouffonne et ridicule du père disparu. Rien d'autre que la réunion mythique, la fusion amoureuse du Fils et de la Mère, après que le constat de déchéance du Père a été prononcé, à l'intérieur de la Sicile qui est elle-même le symbole du royaume souterrain des Mères.

Mais ici nous devons nous éloigner de l'Italie et comprendre pourquoi les spectateurs du monde entier s'enthousiasment pour l'opéra italien. Revenons à la fameuse situation triangulaire typique. Disputer une femme à un autre homme, c'est revivre les puissantes émotions œdipiennes de l'enfance (1). Le spectateur s'identifie avec ce fils qui au mépris du danger auquel il s'expose en bravant le courroux et la vengeance du père recherche ardemment l'étreinte de sa mère, comme aux jours bienheureux où l'intime union était réalisée. Et l'échec inévitable de cette tentative, le châtiment qui la punit, la catastrophe finale qui engloutit ce rêve sublime mais insensé, remplissent l'âme du public d'une horreur où se mêle un compréhensible soulagement. Sur la scène s'est joué en trois heures le drame du désir interdit et de la répression de ce désir. Certains des opéras les plus populaires de Verdi semblent vérifier plus particulièrement ce schéma. Dans *Rigoletto*, le bouffon et sa fille vivent non pas comme un père et une fille mais à la manière isolée et recluse de deux amants, au point que toute la ville tient Gilda pour la maîtresse du vieillard. Le fait que le duc soit volage n'infirme pas notre interprétation : le donjuanisme est une forme bien connue d'attachement à la mère. Quant à Gilda, qui s'immole à la place du duc félon, son sacrifice est si étrange qu'il s'expliquerait moins par le désir d'une amante de sauver un amant parjure que par l'invincible instinct maternel. Dans *la Traviata* (l'opéra qui a bouleversé Vittorini et lui a inspiré son roman sur les Mères), Alfredo et son père s'opposent au sujet d'une courtisane, or nous savons depuis Freud que pour l'inconscient la prostituée représente la mère, la mère

(1) Plus rarement on trouve dans l'opéra italien la situation inversée, deux femmes qui se disputent un homme. Exemples dans *Norma* de Bellini et dans *Aïda*.

qui trahit le fils en appartenant au père. Dans *Don Carlo*, enfin, l'infant d'Espagne poursuit d'un amour proprement incestueux la femme de son père. Les paroles du livret ne laissent aucun doute. « *Tua madre, giusto cielo* », s'écrie Posa en recevant l'aveu de Carlo. Les amants s'appellent entre eux « *figlio* » et « *madre* ». Elisabeth, pour repousser les avances trop pressantes de son fils-amant, l'encourage avec une ironie désespérée à imiter point par point les héros de Sophocle : « Accomplis l'œuvre, / cours assassiner ton père, / et alors, de son sang souillé, / tu pourras conduire à l'autel / ta mère. » (Acte II, scène 2.)

D'une façon générale, assister à l'opéra italien, c'est se permettre une régression libératrice dans le monde fabuleux et intact du premier amour d'enfance. Et tout autant sinon plus que la situation respective des personnages qui chantent sur la scène, c'est le chant lui-même, ce sont les flots d'harmonie et les lignes sinueuses de la mélodie qui emportent l'âme dans un bercement primordial. En raison de sa fluidité et de ses cadences itératives, la musique est le lieu maternel par excellence, le bain de rajeunissement où, toutes les censures étant abolies, les forces œdipiennes trouvent leur satisfaction.

Si maintenant nous entendons par psychodrame la représentation qu'un auteur donne en public de ses conflits individuels, il paraîtrait tout indiqué de nous tourner vers une de ces œuvres les plus manifestement chargées d'intentions psychologiques, une de celles qui trouvent grâce même auprès des amateurs de musique les plus exigeants, j'ai nommé l'*Orfeo* de Monteverdi, le *Don Giovanni* de Mozart, la tétralogie de Wagner, le *Wozzeck* d'Alban Berg. Or, précisément parce que chez ces auteurs, en tout cas chez les deux derniers, l'opéra est utilisé consciemment comme un psychodrame et que la lecture en semble relativement aisée, ils présenteront moins d'intérêt pour nous qu'un musicien moins intellectuel, plus spontané, préoccupé surtout de plaire, et qui a malgré lui écrit d'étonnants psychodrames, Giacomo Puccini. Les opéras de Puccini ne sont rien d'autre que des psychodrames de la petite-bourgeoisie internationale, écrits pour le public petit-bourgeois international, par un homme qui réunissait en lui les caractéristiques du petit-bourgeois de tous les pays.

Qu'est-ce qu'un petit-bourgeois ? Un homme qui épouse le substitut de sa mère, avec lequel il ne s'entend pas et qu'il trompe avec des maîtresses occasionnelles, sans les aimer vraiment. L'objet véritable de son amour, c'est sa maison, autre substitut de la primitive cavité maternelle, mais qui a cet immense avantage sur une épouse aux humeurs changeantes d'être toujours agréable, confortable et de tout repos. Dans la biographie de Puccini, nous retrouvons ce schéma : marié à une femme autoritaire et difficile à vivre avec qui il s'était enfui au lendemain de la mort de sa mère et qu'il supporta jusqu'au bout, il n'eut aucune liaison d'amour, mais seulement de nombreuses passades, aussi superficielles que rapides, avec des femmes de rang inférieur, des domestiques de préférence, seule issue permise à son intense érotisme. Comme trait plus particulier à Puccini, on peut relever ce fait qu'il perdit son père à cinq ans et qu'il fut élevé avec ses cinq sœurs par une mère volontaire et énergique, situation qui ne put que renforcer son complexe maternel. Si les figures de pères sont rares ou mutilées chez Verdi, elles ont disparu complètement chez Puccini. Comme trait plus particulièrement italien, on peut relever l'intensité de son attachement pour sa villa de Torre del Lago : un chaînon de plus dans le mythe de la *casa,* qui va de Manzoni à Verga, de Pavese à Bassani. Les opéras de Puccini contiennent plusieurs allusions nostalgiques ou passionnées à la *casa,* au bonheur d'être enfermé douillettement dans un endroit bien clos et bien chaud : qu'on pense au rendez-vous que la Tosca donne à son amant (« *Non la sospiri la nostra casetta / che tutta ascosa nel verde ci aspetta ?* ») ou à l'étonnant trio des masques dans *Turandot.* Et le fait que la demeure de Pinkerton soit une maison japonaise en papier, à murs mobiles, n'est-il pas le signe qui annonce l'échec du bonheur domestique de Mme Butterfly ?

Avec Verdi nous nous sommes occupés surtout des personnages masculins. Avec Puccini, petit-bourgeois obsédé par les femmes parce qu'il n'a pas résolu le problème de la dissociation entre l'amour et la sexualité, le premier rang revient aux personnages féminins. Presque tous ses opéras portent le nom de l'héroïne : *Manon Lescaut, Tosca, Butterfly, Fanciulla del West, Rondine, Suor Angelica, Turandot.* Sauf *Turandot*, son dernier opéra, que nous examinerons à part, toutes les héroïnes de Puccini, si différentes soient-elles, répondent à un modèle identique. J'emprunte à l'excellent ouvrage de Mosco Carner (1) la description suivante de la typologie féminine chez Puccini. Les héroïnes du compositeur se ressemblent entre elles par trois points. 1°) Elles sont de rang inférieur, grisettes ou geishas, comme Manon Lescaut, Mimi de *la Bohème*, Mme Butterfly, ou de moralité douteuse, comme Tosca l'actrice, Minnie de la « *fanciulla del West* », tenancière de bar et escroc, Giorgetta l'adultère du *Tabarro*. Chacune, en somme, porte une faute grave, chacune gît au pied de l'autel sur lequel Puccini a placé sa mère. 2°) Grâce à cette humiliation préalable il peut les aimer, s'ingéniant même à les rendre le plus sympathiques possible, allant jusqu'à modifier les drames d'origine pour que les pécheresses vénales deviennent des anges radieux. 3°) Malgré cette idéalisation, il ne peut s'empêcher de les faire mourir, c'est-à-dire de les punir d'avoir pris dans son cœur la place de l'image maternelle. La catastrophe finale arrive pour soulager son propre sens de culpabilité. Dans l'univers puccinien, tout amour d'homme à femme revêt ainsi une forme sado-masochiste, qui trouve sa meilleure expression musicale dans le fameux *lamento,* compromis entre l'excitation fébrile et la langueur angoissée. Les opéras de Puccini alternent entre l'érotisme tendre miné par un sadisme subtil (c'est la série *Bohème, Butterfly, Rondine*) et l'agressivité féminine brutalement châtiée (c'est la série *Tosca,*

(1) Mosco Carner, *Puccini, a critical biography,* Londres, 1958. Trad. ital. *Giacomo Puccini,* Milan, 1961.

Fanciulla del West, Tabarro). En résumé, jusqu'à *Turandot*, toutes les héroïnes de Puccini sont d'un rang inférieur ou d'une moralité douteuse, et toutes payent de leur vie le privilège coupable d'avoir été aimées (1). Le complexe maternel du petit-bourgeois s'est donné son psychodrame : le fils resté attaché à sa mère ne peut aimer que des femmes qui ne la valent pas, et encore, il doit les tuer pour apaiser le sentiment de sa faute.

Avant d'examiner *Turandot*, disons un mot de *Suor Angelica*, second volet du *Trittico*, lequel est l'avant-dernier opéra de Puccini. Le personnage de Suor Angelica est celui d'une fille-mère, de noble famille, qui a pris le voile en expiation de son péché. Toujours le type, donc, de la femme équivoque et punie. Mais pour la première fois apparaît en opposition un nouveau type de femme, représenté par la tante d'Angelica, la Zia, une grande dame altière qui vient faire au couvent une scène de reproche si violente à sa nièce, que celle-ci se suicide. Pour la première fois apparaît une femme non pas « inférieure » mais au contraire « supérieure », à la fois socialement et psychologiquement. La signification de ce personnage ? La « tante » n'est que la projection de l'image maternelle, elle n'est autre que la Mère, lointaine, élevée, inaccessible et cruelle, à qui il faut offrir en holocauste la femme qu'on a osé aimer : le suicide d'Angelica symbolise cette loi implacable.

Si on excepte ce petit drame en un acte, *Turandot*, la dernière œuvre de Puccini, sa plus belle et à vrai dire un des plus beaux opéras de tout le répertoire, marque un renouvellement capital dans l'inspiration du compositeur. Je rappelle très brièvement l'argument, avant de tenter une interprétation. Le rideau se lève sur une immense place, à Pékin, dominée par les hautes murailles de la grande cité violette. Plantés dans les murs, des pieux supportent des têtes de suppliciés. La princesse Turandot, fille du vieil empereur Altoum, fait

(1) Le *happy end* de *la Fanciulla* n'étant qu'une exception qui s'explique par le désir de conquérir le public américain, pour lequel spécialement cet opéra fut écrit. *Happy end* musicalement faible et peu convaincant.

annoncer qu'elle n'épousera qu'un prince de sang royal ayant pu résoudre trois énigmes particulièrement obscures : si le prétendant succombe à cette épreuve, il sera décapité. Pendant qu'on emmène au supplice un jeune prince persan qui n'a pas pu résoudre les trois énigmes de Turandot, un autre jeune homme, perdu dans la foule, le prince Calaf, tombe en extase devant la beauté lointaine et cruelle de la princesse chinoise. Calaf est le fils du vieux Timour, un roi dépossédé, et tous deux voyagent incognito, accompagnés de Liù, une jeune esclave entièrement dévouée au service de Timour, par amour de Calaf. Calaf, n'écoutant ni les prières de son père Timour ni les supplications de Liù, décide de tenter l'épreuve des trois énigmes. Du haut d'un escalier monumental, Turandot pose les trois devinettes, auxquelles Calaf trouve chaque fois la réponse. Turandot, qui avait juré de n'appartenir à aucun homme, est désespérée. Calaf, alors, généreusement, lui propose à son tour une énigme : si avant l'aurore elle réussit à découvrir son nom, il acceptera de mourir. Turandot fait saisir et torturer Timour et Liù, pour leur arracher le secret du jeune inconnu. Liù, plutôt que de parler et de livrer celui qu'elle aime, se poignarde. Calaf, tout en reprochant sa cruauté à la princesse, la prend soudain dans ses bras et lui donne un baiser, qui a le pouvoir de transformer magiquement Turandot. Suit un grand duo d'amour, après quoi Turandot déclare publiquement qu'elle a découvert le nom du prince, et que ce nom c'est : Amour. L'opéra se termine dans la liesse générale.

Telle est la trame de cette étrange histoire, imaginée par Carlo Gozzi, revue par Schiller et transformée par Puccini lui-même. Il faut avoir assisté à une représentation de cet opéra pour en comprendre le magnifique symbolisme. La scène culminante est celle des trois énigmes, quand Turandot, habillée tout en blanc, du haut d'un escalier monumental, soumet le prétendant à l'inhumaine épreuve. Cette scène, qui a été voulue par Puccini dans tous ses détails, est une exaltation sans pareille de l'image maternelle. L'escalier, la pose figée de Turandot, sa robe blanche symbolisent matériellement la supériorité et l'inaccessibilité de la Mère idéale, vierge et lointaine. C'est vraiment la Mère-sommet, la Mère-montagne recouverte de son manteau intact de neige (1). Il est par ailleurs fort instructif de relever la transformation que Puccini a fait subir au contenu des trois énigmes. Chacune prise à part ne présente pas une signification particulière, mais la série qu'elles forment est du plus haut intérêt. Chez Gozzi les trois réponses aux trois questions étaient : Soleil, Année, Lion de Venise. Chez Schiller, trois nouvelles questions, trois nouvelles réponses : Année, Œil, Charrue. Deux séries d'abstractions, d'allégories sans mystère. Puccini a modifié une nouvelle fois les questions, pour obtenir les trois réponses suivantes : Espoir, Sang, Turandot. Il suffit de relier ces trois mots pour lire la phrase complète et combien révélatrice : Espoir du Sang de Turandot. Cette fois le sens est si transparent que je n'insiste pas. Le désir prohibé ne saurait être exprimé avec moins de détours. L'atmosphère solennelle, dramatique, d'une tension presque insupportable, où baigne cette scène colossale, le hiératisme des positions, la monotonie grandiose de la phrase chantée qui se fait entendre par trois fois, tout cela exprime admirablement, dans le registre musical et dans le registre visuel, à la fois la fixation névrotique du désir du fils sur la mère, et l'interdit qui frappe ce désir et le renvoie au-delà des choses possibles, dans la sphère supraterrestre de l'horreur sacrée.

Autour de ce binôme tragique Mère-Fils, Puccini a introduit d'autres personnages, les uns empruntés à Gozzi et à Schiller, les autres inventés de toutes pièces. Parmi les personnages empruntés, figurent les trois

(1) Vittorini s'est-il souvenu de cet escalier en écrivant *Conversation en Sicile* ? Le village où habite la mère du héros est un village de montagne, sa maison se trouve en haut de ce village, et la porte d'entrée est précédée d'un escalier : encore une mère-sommet, qu'on ne peut atteindre qu'au prix d'une triple escalade. Autres indications : la neige recouvre ces montagnes, cette mère est *una donna alta,* elle porte une écharpe rouge, couleur sang.

ministres chinois Ping, Pang et Pong, qui dérivent de la Commedia dell'Arte et égayent un peu de leur présence burlesque le sombre drame. Mais même ceux-ci, le musicien a réussi à les pucciniser. Intelligents, fourbes, serviles, ayant peur du danger, horreur de l'héroïsme, ne tenant qu'à la paix, regrettant la tranquillité de la *casa* familiale, pleins d'un humour masochiste dont ils accablent leur lâcheté, avides en même temps d'honneurs (ils sont tous les trois ministres) malgré les périls de la charge et malgré les critiques adressées au souverain, Ping, Pang et Pong sont en somme l'expression mythique, à peine stylisée, du petit-bourgeois moyen. Leur présence est essentielle dans l'opéra parce qu'elle prouve que ce drame en apparence fantastique et surnaturel projette et reflète les conflits érotiques du petit-bourgeois moyen. Autant Puccini avait besoin de la localisation extrême-orientale dans une Chine fabuleuse pour déguiser par la mise à distance l'intensité de ses fantasmes infantiles, autant il jugea nécessaire de nous rappeler, par le détail familier de ces trois masques, que l'aventure de Calaf nous concerne tous, au plus profond de nous-mêmes.

Puccini a trouvé aussi chez ses prédécesseurs les deux figures paternelles de Timour et d'Altoum, mais il les a déformées dans un sens significatif. Timour, le père de Calaf, est un père noble, viril, généreux, mais il est si vieux qu'il est presque aveugle, tombe par terre à tout bout de champ et ne peut apporter aucune aide à son fils. Quant à l'autre père, l'empereur Altoum, père de la princesse Turandot, il trahit par sa voix chevrotante une déchéance due au gâtisme. Deux figures paternelles, oui, mais deux images de l'impuissance, conforme à l'évolution de la société occidentale, laquelle a mis fin, comme on sait, au règne des pères.

Il y a encore dans *Turandot* un personnage né de l'imagination de Puccini, la petite esclave Liù, qui ne se trouve ni chez Gozzi ni chez Schiller, parce que nul autre que Puccini ne pouvait l'inventer, Liù, soumise humblement à son maître Timour et éperdument amoureuse du prince Calaf, c'est-à-dire doublement inférieure, doublement esclave, socialement et psychologiquement, réincarne Mimi et Butterfly, dernier chaînon dans la série des héroïnes pucciniennes pantelantes et humiliées. Liù sert de contrepoids indispensable à Turandot : d'un côté la mère inaccessible, de l'autre côté la grisette-geisha-esclave. Les deux pôles de la dissociation masculine : d'un côté la dévotion amoureuse pour une image transcendante hors de portée, de l'autre côté l'assouvissement sans amour d'un instinct tenu pour vil. Turandot, nous l'avons vu, fait torturer Liù et la contraint au suicide : là encore, il faut admirer la logique profonde de ce symbolisme. L'objet sexuel d'occasion doit être immolé à la Mère, c'est le rituel de la castration. Avec un déploiement de moyens somptueux et dans une atmosphère de terreur mystique, *Turandot* est bien la messe noire de l'érotisme maudit. Sacrifice de la femme utilisée à la femme vénérée, nécessité de punir l'amour par la mort, échec sado-masochiste du fils inhibé : le grand cérémonial de l'autodafé s'accomplit dans une splendeur funèbre (1).

Mais pour la première fois dans sa vie, et juste à la veille de mourir, Puccini a senti qu'il manquait dans son univers un troisième type de personnage féminin : la femme en tant qu'égale de l'homme, ni supérieure ni inférieure, objet ni d'adoration ni d'exploitation, la femme comme élément du couple, la partenaire d'une relation à deux. D'où ce finale surprenant, unique dans l'œuvre de Puccini : Turandot, conquise par l'amour de Calaf, descend tout à coup de son piédestal de marbre, et on entend un vrai duo entre les deux partenaires, un véritable échange entre une femme et un homme : régénérés par la puissance salvatrice de l'amour, ils commencent une relation qui engage leur personnalité tout entière. Puccini, comme on sait, travaillait à ce finale quand la mort le surprit. Il y avait deux ans déjà

(1) Mosco Carner établit un rapport entre l'invention des deux couples Zia-Angelica et Turandot-Liù et un épisode réellement arrivé dans la vie de Puccini : sa femme Elvira (substitut de sa mère) l'accusa de concubinage avec leur petite bonne Doria. En butte à l'acharnement jaloux de sa maîtresse, la toute jeune fille se suicida.

qu'il avait commencé à rédiger le duo et l'hymne à l'amour en tant que force non plus destructrice mais créatrice et vitale. Nous avons le témoignage, par les lettres de Puccini, de l'effort immense que lui coûta la mise en forme de ce thème si nouveau pour lui, et du sentiment d'impuissance et de désespoir qui le gagna à mesure qu'il constatait l'échec de sa tentative. En fait il est probable que même s'il avait terminé la scène finale, elle n'aurait pas été meilleure qu'elle n'est actuellement. Cette scène déçoit beaucoup, tant du point de vue musical que du point de vue dramatique. Elle est gauche, forcée, sans vérité intime. Mais qu'aurait-elle pu être d'autre, de la part d'un homme dont toute la vie amoureuse avait été si profondément dissociée ? Il ne put, même en le voulant, fondre dans un modèle unique les deux types de femme qui l'avaient depuis toujours hanté. L'échec musical du finale de *Turandot* constitue à vrai dire la meilleure preuve de la vérité psychologique de l'opéra : l'inhibition de Puccini devant l'image du couple était telle que la scène destinée à célébrer l'apothéose de l'amour entre un homme et une femme réactiva inconsciemment toutes les forces psychiques décidées à empêcher une telle fête.

NOTE SUR UN OPÉRA DE FRANCESCO CAVALLI

POURQUOI l'admirable opéra italien du XVIIIe siècle est-il tombé dans un si profond oubli ? Qui connaît les noms de Francesco Durante, de Jommelli (cité avec éloges par Balzac), de Porpora, de Traetta, de Leonardo Vinci, de Leonardo Leo, de Francesco di Majo ? Qui sait qu'on donnait à Naples ou à Venise presque autant d'opéras nouveaux, à cette époque, que sortent de nouveaux films à Paris ? Qui se souvient d'avoir lu dans Stendhal que l'abbé Speranza, maître de chapelle à Naples, obligeait ses élèves à prendre une aria de Métastase et à faire tout de suite, sur les mêmes paroles, trente airs différents ? Pourquoi la musique instrumentale de ce siècle, les Vivaldi, Corelli, Albinoni, Boccherini, sont-ils revenus si fort à la mode, et le théâtre lyrique resté dans un tel discrédit ?

Il s'agit là, non seulement d'une mutation du goût, mais d'une catastrophe de civilisation. Quelque chose, qui avait enchanté pendant deux siècles l'Italie et le monde, a disparu comme mystérieusement. On peut fixer avec précision la date du naufrage : entre 1799 et 1800, c'est-à-dire entre les péripéties de la République parthénopéenne, qui marquèrent pour Naples la fin de l'hégémonie musicale en même temps que le début du déclin économique, et l'avènement du nouveau siècle, industriel, affairiste, pratique, rapide, dédié aux nouvelles idoles appelées progrès, profit, rendement, natalité.

Quel rapport entre la fin d'un type d'opéra et l'essor du capitalisme ? L'excellent enregistrement de *la Calisto,* réalisé en Angleterre selon des critères musicologiques sûrs, apporte quelques éléments de réponse. Francesco Cavalli, successeur de Monteverdi à Venise, fit jouer cet opéra en 1651. Calisto est une nymphe, amoureuse de Diane, sa déesse. Jupiter, pour conquérir Calisto, prend l'apparence et la voix de Diane : la basse qui tient le rôle chante alors en fausset. Le stratagème réussit à merveille : la jeune Calisto succombe aux baisers de celui qu'elle prend pour une femme. Les autres personnages ne sont guère moins scandaleux : le berger Endymion, chanté à l'époque par un castrat, aujourd'hui par une haute-contre ; la vieille Linfea, une autre nymphe, chantée par un ténor mâle ; et Satirino, un petit satyre, chanté par une femme !

Le baroque, comme on le voit, avait peu de rapports avec cette gratuite exubérance d'ornements à laquelle on le réduit aujourd'hui. Le baroque, et sa manifestation suprême, l'opéra italien des XVIIe et XVIIIe siècles, poursuivait un travail souterrain de désorganisation et de subversion des certitudes les mieux établies au sujet des rôles respectifs qui reviennent aux hommes et aux femmes dans une société comme il faut. Si on pense que la bourgeoisie du XIXe siècle a fondé sa puissance sur la division du travail, sur la spécialisation de plus en plus poussée des usines, sur la ségrégation des quartiers ouvriers rejetés à la périphérie des centres urbains, si on pense que tous ces découpages successifs de l'activité humaine n'ont été possibles eux-mêmes que grâce à une distinction rigoureuse des sexes (sensible jusque dans la mode et dans le rembourrage des parties naturellement dodues de l'anatomie féminine), alors on s'explique fort bien que l'opéra baroque italien devait être vaincu. Il avait pendant deux siècles mené le combat pour sauver un peu du charme, un peu de la beauté, un peu de la folie des civilisations vouées à d'autres dieux que l'efficacité et la réussite.

Mais aujourd'hui, où la confiance dans le progrès de toutes parts s'écroule, chacun s'aperçoit que réprimer les divagantes possibilités de sa nature pour s'adapter tant bien que mal au rôle que la société lui prescrit — mène où, s'il vous plaît ? Quelle tristesse que toutes ces vies humaines à peine conscientes d'avoir été mutilées ! Le moment n'est-il pas venu de baroquiser à nouveau ?

ROSSINI À SES DÉBUTS

1813 : Rossini a tout juste vingt et un ans. *Tancredi* est son dixième opéra. Voilà la première chose à retenir : la précocité géniale de ce musicien. Parce qu'on ne le voit d'habitude que sous les traits empâtés de sa maturité bien nourrie, de sa vieillesse parisienne, occupé à étaler une truffe sur un tournedos ou à farcir de viande un rouleau de pâte (ce fut l'invention du *cannelloni*), on oublie qu'il partage avec Mozart et Schubert la gloire d'avoir écrit avant vingt-cinq ans des œuvres immortelles. Et encore, Mozart avait un père cultivé, fin connaisseur de la musique, Schubert reçut une bonne éducation musicale : tandis que le petit Gioacchino, son père jouait du cor dans les orchestres de province, sa mère fut pendant quelques années une cantatrice de deuxième ordre. Ballotté de théâtre en théâtre, de ville en ville, selon les vicissitudes des troupes ambulantes où ses parents trouvaient à s'agréger, il apprit tout par lui-même.

En 1813, il en était à son dixième opéra, mais le premier dans le genre sérieux. Jusque-là, il n'avait fait que des œuvres bouffes, dans la lignée de Pergolèse et de Cimarosa : en égalant déjà ces maîtres, sinon en les surpassant. *La Pierre de touche,* donnée en 1812 à la Scala de Milan, fut un triomphe. Pour n'être pas en reste, la Fenice de Venise, le plus beau théâtre du monde, lui commanda ce *Tancredi :* une histoire de chevalerie et d'amour, bien en rapport avec l'âge et la pétulance du jeune *maestro,* mais aussi avec les temps qui couraient. Car 1813, c'était, pour les contemporains qui ne savaient pas qu'elle finirait si tôt, le fracas et l'ivresse de l'épopée napoléonienne : sentie, en Italie du moins, comme une tempête libératrice. Les tyrans locaux avaient été balayés par les armées de la Révolution. De toute façon, la guerre n'était pas alors ce qu'elle est devenue depuis. Faite d'exploits personnels qui tenaient du duel et du tournoi, elle avait de quoi exciter l'imagination d'un jeune homme dont les seules lectures avaient été les strophes héroïques et guerrières du Tasse. Tout cela : la jeunesse du compositeur, ses bouillantes et changeantes conquêtes féminines, son apprentissage dans le style bouffe, c'est-à-dire dans la rapidité insolente et nerveuse, le bruit des armes dont résonnait l'Europe, le vent de patriotisme qui commençait à soulever l'Italie, tout cela, donc, explique que pour son coup d'essai dans *l'opera seria* il ait bousculé les conventions qui maintenaient le genre dans une manière noble et compassée. Et fait une œuvre d'une fraîcheur, d'un brio, d'un éclat à ravir quiconque n'a pas oublié qu'il a eu vingt ans lui aussi.

L'ouverture : Rossini, sans se gêner, emprunta celle de *la Pierre de touche.* Telle quelle. Quoi ? dira-t-on. Avoir si peu le respect de son art, qu'on écrive en tête d'un drame d'amour et de guerre les mêmes notes qui ont servi à introduire une simple farce, une turquerie ? C'est ici qu'éclate la modernité de Rossini. Pensons aux expériences des cinéastes russes des années 1920. A celle que Koulechov, un des maîtres d'Eisenstein, réalisa avec le gros plan d'un acteur dont le regard était volontairement inexpressif, Koulechov raccorda une fois ce gros plan au plan d'une assiette de soupe posée sur un coin de table : une seconde fois au plan d'un cadavre allongé par terre ; une troisième fois au plan d'une femme nue étendue sur un sofa. Puis il projeta les trois scènes devant des spectateurs non prévenus. Tous se récrièrent sur le talent de l'acteur, capable d'exprimer à la suite les sentiments de la faim, de la tristesse et du désir. Rossini, cent ans avant, avait inventé ce procédé :

il fit éprouver à ses auditeurs, avec les mêmes notes, une fois la gaieté et l'insouciance qui précèdent l'attente d'une comédie bien enlevée, une autre fois la gravité, la tendresse qui précèdent l'attente d'une histoire de cœur et d'épée. L'œuvre d'art n'a aucune valeur expressive par elle-même, l'effet qu'elle produit dépend du contexte dans lequel l'amateur la reçoit : voilà la grande loi découverte par la divine paresse de Rossini, et bien plus intéressante, peut-être, que les spéculations wagnériennes sur les thèmes chargés — à en couler — de sens philosophique.

Cette loi, Rossini eut d'autres occasions de l'appliquer. Pour l'ouverture du *Barbier de Séville,* par exemple, qu'il emprunta à *Elisabeth, reine d'Angleterre,* mélodrame on ne peut plus éloigné du comique : opération inverse de celle de *Tancredi.* Ou dans le finale du premier acte de ce même *Tancredi.* Rappelons brièvement la situation. Les Sarrasins assiègent Syracuse. Amenaïde, la fille d'Argirio, un des notables de la ville, est soupçonnée d'avoir écrit à Solamir, le chef des assaillants, pour lui livrer la cité. Stupeur et indignation générales, traduites par une accélération dans le rythme et une précipitation haletantes. Qui ne sont autres que le fameux *crescendo,* essayé par Rossini dans ses premières œuvres bouffes pour rendre la confusion joyeuse devant un quiproquo indémêlable, et plus tard perfectionné, avec le génie qu'on sait, dans les grands opéras comiques, *l'Italienne à Alger, le Barbier de Séville, Cendrillon.* Ici, le *crescendo* « exprime » vraiment l'horreur et le chagrin qu'inspire la trahison d'une fille, d'une amante, d'une citoyenne, aussi adéquatement qu'il saura « exprimer » dans *le Barbier* la surprise et la jubilation des comploteurs devant la déconfiture de Bartolo.

Très beau ce premier finale de *Tancredi.* D'autant plus qu'à la trépidation frénétique du *crescendo* se mêle un motif élégiaque, la plainte d'Amenaïde qui proteste de son innocence. Un *lamento,* doucement pathétique, dont les accents annoncent ceux des plus déchirantes héroïnes de Bellini ou de Donizetti, et même, au-delà, des verdiennes Elisabeth, Violetta ou Desdémone : elles aussi cherchant en vain à se disculper d'une faute qu'elles n'ont pas commise.

Pourtant, le premier opéra sérieux de Rossini, s'il triompha, ce fut à cause des airs de solistes et des duos d'amour. Avant tout, grâce à la célèbre entrée de Tancredi. Le chevalier Tancredi, autrefois exilé de Syracuse, débarque aux rivages siciliens et chante sa double joie, teintée d'amertume et de soupçons, de revoir, en même temps que son ingrate patrie, sa bien-aimée mais peut-être infidèle Amenaïde. Le récitatif *O patria* et l'air *Di tanti palpiti* permirent au compositeur d'épancher sa tendresse amoureuse non moins que ses impatiences nationalistes. En réalité, un autre air avait été prévu à cet endroit. Mais, la veille même de la première représentation, la Malanotte qui devait la chanter, capricieuse comme il convenait à une *prima donna* de l'époque, déclara qu'elle n'en voulait pas. Rossini en improvisa sur-le-champ un autre, qui fut le bon : en quinze minutes exactement, sur un coin de table du restaurant, le temps qu'il fallut au cuisinier de son auberge pour faire bouillir le riz de son dîner. D'où ce surnom d'*aria dei risi* qui est resté à ce morceau : un peu de trivialité gastronomique semblant devoir s'attacher aux inventions les plus poétiques de la muse rossinienne, par une ironie du sort qui ne déplaisait certainement pas à ce petit farceur de *maestro*. Du sérieux, oui, mais pas de la cuistrerie doctorale.

Laissons là l'anecdote, qui cache l'essentiel : à savoir la beauté, l'élan de cette *aria*. Quinze minutes pour la composer, cela ne surprend pas de la part d'un homme qui mit quatorze jours à écrire le *Barbier* et ne dut pas en employer davantage pour l'ensemble de *Tancredi*. Les paroles mêmes de *Di tanti palpiti* sont bien venues, bien mieux que ce qu'on attend d'un librettiste de cette époque. *Mi rivedrai, ti rivedro*. « Tu me reverras, je te reverrai. » Tout est dit, de la tendresse, de l'impatience, de l'anxiété après une séparation si longue. « Tu me reverras » mis avant « je te reverrai » : cette fatuité heureuse de Tancredi, cet oubli des convenances, si typiquement italiens, ravissaient Stendhal. Mais moins, évidemment, que la musique elle-même de cet air, la mélodie d'abord, et aussi l'accompagnement orchestral, entièrement nouveau pour 1813. Les vents ne se contentent pas de doubler la partie chantée, mais peignent les sentiments secrets du héros, une part de son âme qui lui échappe à lui-même. L'orchestre acquiert une existence autonome, indépendamment de la ligne vocale. C'était une sorte de révolution, pour l'opéra italien. Par sa grâce et par sa mélancolie presque mozartiennes, ce *Mi rivedrai, ti rivedro* devrait être aussi proverbial que l'*Addio* du premier acte de *Cosi fan tutte :* et proverbial, il le devint en effet, à Venise, immédiatement. Chanté à tous les coins de rues, par le grand seigneur comme par le gondolier. Au point que dans les tribunaux, les juges furent obligés d'imposer silence à l'auditoire, qui fredonnait, à l'intention des accusés, pour les conforter dans leur box : *Ti rivedro.* Ce passage n'est pas le seul à mériter une résurrection. Citons au moins la cavatine éplorée d'Amenaïde en prison, avec le si joli accompagnement de hautbois, ou le duo fièrement belliqueux entre Amenaïde et Tancredi au moment où celui-ci tire son épée : *Il vivo lampo.* Morceaux de bravoure ou de tendresse, tout, même les faiblesses, dans cet opéra, selon le jugement de Stendhal, « offre la manière de sentir d'un grand homme dans sa candeur virginale ».

Reste, pour nos contemporains, soumis aux règles d'un rationalisme indiscuté, une énigme, voire un scandale : l'emploi d'un contralto féminin dans le rôle titulaire. Est-ce là, dira-t-on, une manière naturelle de sentir, que de confier à une voix de femme le soin de chanter les émotions d'un chevalier, d'un soldat ? La Malanotte créa le rôle ; qui fut repris, tout de suite après, par Velluti, le dernier des grands castrats de l'école napolitaine. Si l'immense répertoire de l'*opera seria* du XVIIIe siècle italien est tombé aujourd'hui dans l'oubli ; si *Tancredi* a cessé d'être représenté depuis cent cinquante ans : c'est précisément au nom d'un certain bon sens, d'un certain goût de la vraisemblance choqués par la bizarrerie de ces travestissements. *Tancredi* est un des derniers exemples de subversion sexuelle dans l'opéra. Car le nouveau siècle, pour des raisons prétendues morales mais en réalité économiques, se mit à réprouver sévèrement l'aimable confusion des rôles qui avait fait les délices du XVIIIe siècle, avec l'aval et avec la collaboration des plus grands musiciens : Bach, Haendel, Gluck, Mozart, pour ne rien dire de l'école napolitaine ou vénitienne. Désormais, il fallut que les hommes fussent des hommes, les femmes des femmes : d'abord dans l'industrie, pour augmenter la production, et par conséquent dans l'opéra, fidèle reflet de la mutation sociale et économique de l'Europe et de son asservissement au capitalisme naissant.

Quelle perte irremplaçable l'art des sons a subie avec la disparition des castrats, il est inutile de le dire. Quel appauvrissement intellectuel et philosophique il s'est ensuivi pour l'opéra, on le sait moins. En faisant chanter un castrat ou un contralto féminin dans des rôles masculins, les hommes du XVIIIe siècle (en ce sens Rossini appartient bien plus au siècle de Mozart et de Cimarosa qu'à celui de Verdi et de Puccini) renouaient tout simplement avec la tradition orphique et platonicienne de l'androgynie. Ils ne leur faisaient pas chanter n'importe quels rôles masculins : mais les plus virils, ceux de rois, de capitaines, de baroudeurs, tel Tancredi. Tant il est vrai que le héros authentique, dans la plus haute tradition grecque, qu'il s'appelle Achille ou Hercule (Achille l'incomparable chef de guerre élevé en fille chez le roi Lycomède, ou Hercule, le dieu du muscle et de l'exploit, déguisé en femme et filant la laine aux pieds d'Omphale) possède les deux sexes à la fois. Il est en même temps homme et femme, en même temps adulte et enfant. Vérité profonde, dont le jeune Rossini, héritier instinctif de la tradition musicale italienne, fut sans doute inconscient en griffonnant l'*aria dei risi* sur un coin de table de son auberge, mais qui, aujourd'hui, au charme immédiat de son opéra, ajoute une sorte d'avertissement bien fait pour troubler.

DE CASANOVA À FELLINI

LA célébrité mondiale de Casanova ne l'a jamais fait admettre dans aucun des deux panthéons qui consacrent la gloire d'un écrivain : d'une part les manuels scolaires, d'autre part les histoires de la littérature. On l'a beaucoup lu, mais seulement comme un amuseur, sans le prendre au sérieux. Son nom fait sourire, il sert d'enseigne à des cabarets, mais on se garde de le prononcer en classe ou dans les ouvrages qui traitent des mouvements de pensée au XVIIIe siècle. « Il n'a, l'heureux homme, que de la sensualité, il n'a pas d'âme », comme le dit Stefan Zweig, qui résume ici l'opinion commune. « Léger comme un éphémère, vide comme une bulle de savon et empruntant son éclat au contre-jour des événements, il papillonne à travers le temps. » En fait, Casanova est resté un marginal de la culture occidentale, un méconnu. On lui refuse la place qui lui est due, ne serait-ce que pour son talent littéraire. Une telle exclusion, qui ne relève pas du jugement littéraire mais d'un mobile inconscient beaucoup plus fort et profond, vaut la peine qu'on se demande ce qui dérange autant dans son œuvre.

La réponse est simple : le goût du plaisir, du bonheur, du sexe, de l'amour. Casanova est le seul écrivain occidental qui ait échappé à l'influence de la Bible et de la conscience religieuse, le seul pour qui la Loi (ce que Zweig appelle « l'âme ») ne présente rigoureusement aucun sens. Il est à son aise dans le plaisir, privilège plus unique que rare dans une société si fortement muselée par les interdits du Surmoi. Ni le Père, ni le Pape, ni aucune des figures du Pouvoir n'existent pour lui. A cet égard il est le plus pur des Italiens, le représentant le plus parfait d'un peuple absolument païen, auquel des siècles de propagande cléricale n'ont pu ôter la passion exclusive de l'instant, de la terre, des choses pleines, immédiates et tangibles, consommées sur place, sans remords ni calculs pour le lendemain.

Il semblerait pour le moins équitable que Casanova, modèle de l'homme libre rebelle à toute contrainte, se soit acquis une place d'honneur dans le siècle des Lumières. Ses lecteurs ont retenu surtout deux épisodes de sa vie : l'effraction nocturne d'un couvent, l'évasion de la prison des Piombi. Deux prouesses accomplies au nom de la liberté, liberté sexuelle et liberté civile. Or nulle part on ne trouve le nom de Casanova associé à celui des philosophes et encyclopédistes du XVIIIe siècle, ces grands champions de la liberté. La vérité, c'est que Voltaire et ses amis concevaient la liberté dans un sens beaucoup plus restrictif que Casanova, dans un sens qui révèle leur propre imprégnation biblique et leur statut de victimes d'un refoulement millénaire. Rien d'étonnant si l'Europe, elle-même en proie aux inhibitions et à la mauvaise conscience, s'est assimilé facilement l'*Encyclopédie,* une libre pensée si peu libérée.

Un exemple, Voltaire dans le *Dictionnaire philosophique,* à l'article *Onan,* écrit que la masturbation juvénile rend fou, idiot et abrège la vie. Casanova, lui, écrit dans ses *Mémoires* qu'un homme sain et bien portant qui ne dispose pas d'une femme *doit* se masturber, sous peine de s'exposer à de grands risques pour sa santé physique et morale. L'Occident, au lieu d'écouter Casanova, a suivi Voltaire. On comprend pourquoi la jeunesse des écoles n'a pas le droit de lire les *Mémoires :* ce prétendu amuseur ferait souffler le vent de la révolution dans le monde clos de la pédagogie répressive. L'article stupide du *Dictionnaire philosophique* est responsable des tortures qui ont ravagé des millions d'adolescents et en ont fait souvent des névrosés pour la vie.

Aujourd'hui, Casanova devrait être considéré comme un précurseur des mouvements d'émancipation sexuelle. Ce que Wilhelm Reich préconise avec une certaine hargne doctrinaire, il y a longtemps que Casanova l'avait dit, avec la bonne humeur et la gaieté de ceux qui n'ont jamais pensé que le plaisir pouvait n'être pas naturel. Toutes les formes de plaisir. Il serait temps de s'apercevoir que Casanova n'était pas seulement « l'homme à femmes » — un personnage malgré tout rassurant pour la conscience bourgeoise asservie à l'idéologie de l'hétérosexualité — mais aussi un homosexuel intrépide. Il est inouï de penser que toute cette partie de son activité, pourtant si manifeste à une lecture même rapide des *Mémoires,* a été soigneusement occultée. Mais il n'est pas moins étrange de constater qu'on persiste à faire de Voltaire et des philosophes français du XVIIIe siècle des champions de la liberté, eux qui ont préparé la voie à la grande répression organisée au XIXe siècle contre toute forme de vie sexuelle qui ne tende pas à la consolidation de la famille et à la perpétuation de l'espèce.

Liberté du plaisir, sans considération ni de sexe ni d'âge (ces discriminations inventées par l'idéologie capitaliste et technocratique du rendement) et aussi gratuité, gaspillage du plaisir : voilà ce que Casanova, non pas revendique, mais s'accorde avec la plus grande tranquillité du monde. Un plaisir qui n'est domestiqué à aucune fin sociale. Mais non plus dévié vers le goût ténébreux, si fort en vogue chez certains amateurs d'érotisme, de transgresser des interdits. La haute culture occidentale, qui n'aime dans la liberté sexuelle que le fait de se sentir sacrilège, ne pardonne pas à Casanova d'être heureux sans complexes. Don Juan est devenu depuis longtemps un héros pour notre société : ce qui la fascine, c'est la bravade, le défi, l'autopunition, le rapport avec le Père et avec Dieu. Casanova est à l'opposé de Don Juan, dans la mesure où il jouit positivement de son bonheur, sans avoir besoin de le disputer à des forces qui le lui prohibent.

De nos jours, la redécouverte de Sade est liée au plaisir, non pas du plaisir, mais de la transgression. Rien n'est plus typique que l'exemple de Georges Bataille, qui passe pour un héros de l'érotisme, alors qu'il n'aime, en chrétien fidèle, que la crainte et le tremblement devant l'objet défendu.

Casanova, encore aujourd'hui, reste le seul qui ait osé vouloir le bonheur pour le bonheur, le plaisir pour le plaisir, la nature pour la nature. Quel scandale pour une société dont les modèles demeurent, en plein XXe siècle, Tristan et Iseut, Roméo et Juliette, Phèdre et Hippolyte, Rodrigue et Prouhèze, c'est-à-dire des histoires de culpabilité et de châtiment. L'unique histoire d'amour, qui est donc une histoire d'amours, c'est Casanova qui l'a écrite. Peut-être, si elle le lisait, la partie de la jeunesse qui s'est émancipée des vieux tabous le reconnaîtrait pour son ami et bienfaiteur. Jusqu'à présent, la culture officielle, qu'elle soit académique ou d'avant-garde, continue à l'ignorer : la première parce qu'il ne s'est pas soumis à la Loi, la seconde parce qu'il ne s'est pas rebellé contre la Loi. « Il papillonne à travers le temps... » ; image en effet insupportable du désir nu, pluriel, polymorphe, gai, ludique, éternellement jeune, effaçant d'un coup d'aile les barrières et les hiérarchies qui fondent la famille, la société et l'Etat.

Joueur (il gagnait sa vie au jeu ; il fonda la Loterie nationale, grâce à laquelle l'Ecole militaire put être construite), il a écrit ses *Mémoires* en se jouant, sans se prendre au sérieux, ce qui est une faute impardonnable aux yeux de tous les cuistres pour qui il faut entrer en littérature comme en religion. Casanova est pourtant un excellent ouvrier de la prose française : sa langue est vive, rapide, directe, gauchie de quelques italianismes qui la saupoudrent d'épices exotiques. J'ai toujours regretté, comme professeur d'italien, obligé de faire des cours sur des écrivains italiens, que Casanova n'ait pas rédigé ses souvenirs dans sa langue maternelle : enfin un

« roman » amusant à lire ! C'eût été le plus beau, le plus intelligent, le plus tonique ouvrage de la prose italienne. Qui d'autre parmi les « classiques » de la péninsule ose exprimer directement ce qu'il éprouve, sans prendre appui sur Rome ni diluer ses phrases selon les règles de l'éloquence cicéronienne ?

L'*Histoire de ma vie* n'est pas le seul témoignage de son activité littéraire. Ecrivain fécond, il a laissé une histoire de la Pologne, un traité de sémantique, des travaux mathématiques sur la duplication du cube, traduit *l'Iliade* en vers italiens, fourni quelques répliques au *Don Juan* de Mozart et Da Ponte, et publié un énorme roman sous le titre biscornu d'*Icosameron*. En avance de presque cent ans sur Jules Verne et la science-fiction, Casanova décrit un voyage au centre de la Terre et invente l'automobile, la télévision, le télégraphe, l'avion, les gaz asphyxiants. Et les fantasmes sexuels qu'il déploie, androgynie, inceste et amours gémellaires, confirment, s'il en était besoin, sa place éminente parmi les prophètes de la modernité.

L'ENFANCE DE CASANOVA

Casanova n'a pas toujours été Casanova. Il eut une préhistoire, une genèse, des rapports problématiques avec ses parents, des conflits avec ses éducateurs. Bref, une enfance, qui explique en grande partie ce qu'il est devenu. Sous son air désinvolte et léger, il cachait peut-être un passé grave, douloureux. En tout cas un passé. Pour trouver la consistance, l'épaisseur de ce personnage auquel Fellini reproche de n'avoir été qu'une enveloppe vide, il suffisait de s'intéresser à ses débuts. C'est ce qu'a fait Comencini, en montrant le Casanova d'avant Casanova, le Casanova des origines au lieu du Casanova des clichés.

Film doublement réaliste, doublement juste. Par les descriptions de Venise (la plus belle Venise qu'on ait vue au cinéma : la Venise pauvre et concrète, inconnue de Visconti), de l'époque, du milieu social. Mais surtout par la peinture d'une éducation. Voici la mère actrice brillante, frivole, en quête d'aventures, fâchée d'être suivie dans la rue par son petit garçon. Voici le père, trompé, résigné, malade, porté de force sur la table de trépanation où un chirurgien du beau monde l'achève en lui forant le crâne avec un vilebrequin. Giacomo n'a pas dix ans. Il regarde, il observe, il ne comprend pas, il n'est pas compris. On savait depuis *l'Incompreso,* depuis *Pinocchio,* avec quel bonheur Comencini fait bouger les enfants. Giacomo apprend, du haut de son petit observatoire familial, que les femmes incarnent la vitalité et la trahison, les hommes la faiblesse et la démission. Qu'on relise maintenant les *Mémoires* et qu'on dise si les images de ce film ne valent pas cent pages de psychanalyse. Que fera d'autre Casanova dans toute sa vie, que venger son père de la duplicité des femmes ? Et comment s'étonner qu'un enfant, qui a vu mourir son père après l'avoir vu bafouer, ait établi un lien inconscient entre l'échec sexuel et la mort, entre la virilité combative et la vie ?

L'aspect historique du film n'est pas moins remarquable. Le collège pauvre où on expédie l'orphelin, les poux, les prêtres qui font école ; puis, grâce à la protection d'un impayable sénateur à perruque et à zozotement, la vie de palais ; les débuts de prédicateur, les premiers succès dus à la jolie figure (dans la deuxième moitié du film, celle du beau Leonard Whiting, ex-Roméo de Zeffirelli) ; les premières aventures de couvent, les premières méprises d'alcôve : tout cela est drôle, bien fait, vif, sensible. La fin semble d'abord un peu légère, un peu facile. Casanova est au lit, dans un décor de bonbonnière, avec deux jeunes beautés. Est-ce la convention qui revient ? Non, si l'on pense qu'il trompe l'une avec l'autre et donne ainsi à son père une revanche longuement préparée.

Désormais, vous relirez les *Mémoires* d'un autre œil. La mort du père, par exemple, qui n'y tient que dix lignes, Comencini, inspiré par son cœur ou conseillé par sa culture psychologique, la met dans le relief nécessaire. Et ainsi de suite. Derrière l'amant, versatile et vain, qui vous agace, cherchez toujours le fils marqué et meurtri. Casanova fut cet enfant-là, vous ne l'oublierez plus. Comencini s'est attaché à écrire l'histoire d'un enfant qui a souffert, non d'un séducteur qui a réussi. Toute la différence entre son Casanova et celui des autres est là.

LE CASANOVA DE FELLINI

Il fait sept fois l'amour en trois heures de temps, ce qui correspond — la coïncidence est-elle voulue ? — aux capacités présumées de Casanova. La première fois avec M.M., la nonne, sur un îlot de la lagune vénitienne, sous l'œil de M. de Bernis, ambassadeur de France et futur cardinal, qui les observe par un trou pratiqué dans l'œil d'un poisson peint sur le mur. La deuxième fois avec Annamaria, la cousette vierge, à Venise. La troisième fois, à Paris, avec Marcolina, l'amante délurée de son frère abbé. La quatrième fois, à Paris, avec la marquise d'Urfé, vieille dingue férue de magie noire, qui cherche à se faire féconder d'un enfant mâle pour acquérir l'immortalité. La cinquième fois, à Rome, dans le palais du prince Del Brando, publiquement, devant la foule des invités : il doit prouver que ses ressources viriles sont supérieures à celles du cocher Righetto, et les deux étalons, sur deux matelas voisins, besognent à toute vitesse les deux élues choisies pour ce concours. La sixième fois, à Dresde, dans un lit clos rempli de putains. La septième fois, dans le château de Wurtemberg, avec une poupée automate.

Sept fois l'amour, et toujours de la même façon : Casanova, allongé au-dessus de la femme mais prenant appui sur ses avant-bras, va et vient avec la régularité d'un piston. Le rythme devient de plus en plus frénétique, ses yeux se font vitreux, il sue, pendant que sa partenaire roule des globes oculaires de plus en plus blancs et pousse des cris de plus en plus aigus. Peu de variantes à cette scène : dans le lit de Dresde, Casanova est couché sur le dos, ce sont les femmes qui le chevauchent. Avec la poupée, même position. La couronne d'Anubis plantée de bougies allumées qu'il porte sur la tête explique qu'avec la marquise d'Urfé, égyptomane, ses mouvements soient particulièrement précis, appliqués. Il n'est jamais nu : une sorte de corset de toile et un caleçon long le protègent en toute circonstance. Ses maîtresses aussi gardent quelque pièce de vêtement. Les corps ne se touchent jamais. Ni baisers ni caresses. Accouplements d'insectes.

Comme si ce n'était pas suffisant, Casanova ne se sépare jamais, même quand il traverse en barque la lagune démontée par la tempête, même quand il s'évade des Plombs par le toit, d'un étui noir d'où il tire, avant de faire l'amour, un oiseau de métal, animé d'un mouvement d'horlogerie : quelque chose comme un hibou, qui se dresse sur son buste érectile (*uccello,* « oiseau » en italien, signifiant déjà : pénis), déploie ses ailes (symbole de vanité) et y va d'un petit air pimpant de boîte à musique. Nous voilà donc amplement renseignés, au cas où nous n'aurions pas lu les déclarations fracassantes de Fellini : Casanova n'était qu'un pantin, un automate, incapable d'amour mais aussi de véritable érotisme, un fantoche pourvu d'une sexualité mécanique, un hibou guère plus personnel que son oiseau fétiche.

Bien. Comment se fait-il, pourtant, que ces scènes de copulation soient si drôles ? Que, pour la première fois au cinéma, on s'amuse à regarder ce qui se passe entre deux personnes sur un lit ? Est-ce à cause du contraste entre la figure lunaire de l'acteur et la perfection vrombissante de son petit moteur génital ? Ou parce que Fellini, décidé à haïr Casanova, a subi malgré lui la fascination du personnage ? Il le hait pour des motifs précis : à ses yeux, ce ne fut qu'un éternel adolescent, un immature, prisonnier à jamais du ventre de sa mère, un être vide, sans courage ni responsabilités, un *vitellone* enfariné. Bref, dit-il, « un Italien typique ». Voilà la clef du film. En tant que *figlio di mamma,* Fellini vomit Casanova. En tant qu'Italien typique, il s'identifie avec lui. La rencontre attendue de deux des figures les plus géniales de toute l'histoire italienne a donné un chef-d'œuvre, avec ce qu'il fallait d'animosité pour provoquer la stupeur et ce qu'il fallait de complicité pour éviter la caricature. Fellini peut bien essayer de bêcher, de démolir Casanova, malgré lui il l'exalte et montre enfin quel homme incomparable il fut. Chacun des griefs qu'il lui fait tourne entièrement à sa gloire.

Oiseau sexuel mécanique : mais follement amusant au lit.

Figlio di mamma : mais dans le contexte grandiose d'une Venise plus aquatique que nature, qui redouble, en quelque sorte, le placenta maternel. Fellini a reconstruit Venise à Cinecittà, sous le prétexte qu'il n'y avait pas assez d'eau dans la vraie Venise. Le film commence par une fête de l'eau sur le Grand Canal, au cours de laquelle on extrait de la vase une immense tête de femme, glauque, saluée d'interjections obscènes en dialecte vénitien : « Vulve fouteuse, raie défécatrice, vieille souterraine, vieille puante, qui nous échoit comme épouse et mère, fille et madone... » Autrement dit : la Mère béante, dévorante, adorée, destructrice. Elle réapparaîtra plus loin sous la forme d'une baleine exposée dans un Luna-Park de Londres, au fond de laquelle un montreur d'images projette sur un écran des vagins tatoués. Casanova, pour se rendre chez la nonne de l'îlot, rame sur une mer de plastique, montrée aux spectateurs comme telle : eau épaisse, gluante, gigantesque bain utérin.

Si Donald Sutherland a été choisi, de préférence à d'autres acteurs, ce n'est pas seulement parce qu'il demandait 150 millions de lires, au lieu des 400 réclamés par Gian Maria Volonté, mais surtout parce que, avec ses yeux transparents de bébé, il exprime la condition prénatale de celui qui rêve encore dans les ténèbres de la matrice. Quel autre visage au monde se serait prêté, avec cette plasticité enfantine, à changer trois cents fois de nez, trois cents fois de menton, cent vingt-six fois de maquillage ? Les métaphores liquides abondent tout au long du film, grottes, tonneaux, bougies dégoulinantes, flots d'orgues, à commencer par la couleur dominante, entre bleue et verte, d'aquarium. Lorsque Casanova, à Londres, pense à se suicider, il descend lentement dans le fleuve : et s'il renonce, à la dernière minute, à retourner prématurément dans le giron originel, c'est parce qu'il aperçoit sur la rive une géante, une super-mère, encore plus mère que l'eau boueuse de la Tamise. Cette géante, qui mesure 2,30 mètres et pèse 210 kilos, Fellini l'a trouvée en Amérique : il fallut démolir trois fauteuils de l'avion pour la transporter. Invention hyper-fellinienne, elle inspire la plus belle séquence du film. Seule femme qu'il désire sans coucher avec elle, Casanova se contente de l'épier pendant qu'elle prend son bain dans un tonneau en compagnie de deux nains à qui elle chante une mélopée vénitienne d'une mélancolie à pleurer. Moment sublime. Nino Rota, pour la musique, s'est haussé jusqu'à Satie.

Et puis, il y a la vraie mère, retrouvée à Dresde, après le spectacle d'opéra, dans le théâtre vide, seule dans sa loge, vieillie, empanachée, emplumée, reine mère sarcastique et implacable, qui se fait transporter sur le dos de son fils qu'elle recouvre ainsi entièrement, comme s'il n'était jamais sorti de son ventre. Et la dernière image du film : un rêve du vieillard Casanova. Il se revoit, jeune, à Venise, qui est prise dans les glaces. Un carrosse passe, d'où sa mère, assise sur la même banquette que le pape hilare, lui adresse une bénédiction ironique. Surgit alors aux côtés du séducteur la poupée automate du château de Wurtemberg : et tous deux, enlacés, se mettent à tourner lentement sur eux-mêmes, Casanova figé à son tour dans une rigidité de marionnette. Il y a dans cette séquence la plus forte analyse anthropologique qu'on puisse donner de l'Italie : avec de tels parents, d'une part la mère abusive, d'autre part le pape, qui symbolise le poids de l'Eglise et de l'éducation catholique, le fils, victime d'une frustration sans remède, est condamné à des amours mécaniques. Mais si Fellini a cru diminuer son héros, le résultat obtenu est diamétralement opposé : Casanova, cessant d'être un individu particulier, devient l'emblème pathétique d'une civilisation, un mythe comme don Quichotte, l'Idiot ou Joseph K.

Tantôt, il est représenté comme un bouffon, un précieux ridicule, une folle de l'Alcazar, un virtuose de la perruque et de la dentelle, tantôt, forçant la main à son dénigreur, il apparaît, les cheveux défaits, en vieille femme, ou en Christ. Toujours étrange, bizarre, lointain. Assez androgyne dans l'ensemble, mais là encore, si Fellini a cru l'abaisser en le montrant moins viril que dans la légende, il n'a fait que lui donner un mystère de plus.

Cette revanche de l'inconscient s'étend au portrait de tout le siècle. Ignorant superbement ce qu'on sait des « Lumières », Fellini nous aligne, à Paris comme à Parme, en Suisse comme en Allemagne, une série d'extravagants, de monstres, de momies, de chrysalides pétrifiées sous leurs fards et leurs bijoux : un régal pour l'œil, mais aussi, à l'insu de Fellini, un hommage à tout ce que ce siècle réputé pour avoir été « raisonnable » contient de ténébreux, de fou, de démoniaque. Peut-être pas à son insu, d'ailleurs. Car, dans le scénario original, on assistait à la rencontre de Casanova et de Marie-Thérèse, la souveraine « éclairée », de Casanova et de Voltaire, le phare de l'Europe. Ayant supprimé ces scènes, Fellini s'expose à la colère des historiens, qui l'accuseront d'avoir substitué au siècle de l'*Encyclopédie* une marmite de sorcières et d'incubes.

A voir ce qu'il a fait du ballet équivoque dansé par le seigneur Du Bois, déguisé en mante religieuse, et par l'éphèbe travesti en mante mâle, on se prend à songer comment il arrangerait le manège de Charlus-bourdon et Jupien-orchidée, lui que l'homosexualité, parce qu'elle est si naturelle au tempérament italien, irrite jusqu'à la fureur. Mais pour ce qui est d'étudier les mœurs humaines avec la lorgnette de l'entomologiste, Proust y avait déjà pensé. Un seul regret : que Fellini ait introduit dans cette scène deux castrats caricaturaux, selon le pire cliché. Quelle occasion unique il tenait là, lui l'incomparable tératologue, de nous révéler sous l'apparente incongruité les prodiges de la subversion sexuelle !

Erreur aussi d'avoir montré la masturbation (on se

masturbe beaucoup dans le film, hommes et femmes) sous son aspect misérable et dérisoire : alors que Casanova, en avance de deux siècles, fut le seul, à l'époque où Voltaire le condamnait stupidement, à recommander l'onanisme en cas de nécessité.

Au fond, ce que Fellini, comme tous les catholiques avoués ou inconscients, reproche à Casanova, c'est d'avoir été un homme libre, un homme du désir. Don Juan, on l'accepte dans la civilisation chrétienne, parce que, puritain invétéré, il a besoin de transgresser pour jouir. Casanova s'amuse en toute liberté. Voilà pourquoi il est si moderne, si peu compris encore. L'*Histoire de ma vie* devrait être le bréviaire de la jeunesse contemporaine. Fellini n'est pas le premier à le ravaler et à le punir. On l'a traité de menteur, d'imposteur. Fellini, plus intelligent, en fait un pantin, puis il le dote d'un surmoi, le Pape, et lui fourre la tête dans un sac amniotique, la Mère. Il ne s'arrête pas encore là : il le veut funèbre, combat le mythe de sa vitalité par l'air sépulcral qu'il lui prête, ce masque blafard, ce teint embaumé, sans se rendre compte qu'il grandit son personnage en le rendant familier des puissances du sombre royaume. Enfin, nous gardons l'impression d'un homme seul : seul dans la prison, seul sur le pont de Londres, seul devant l'Opéra après le départ de sa mère, seul sur la lande après la disparition de la géante, seul et outragé dans le château de Dux. Ultime revanche du personnage sur son créateur : Fellini voulait nous dire qu'il n'avait pas d'amis, pas d'attachements sincères, et le voilà qui se dressera dans notre mémoire comme un vieillard shakespearien, récitant des vers sublimes de l'Arioste, devant une petite sotte qui s'esclaffe. (Dans la version italienne, en outre, il est le seul à s'exprimer en bon italien : tous les comparses ont un fort accent étranger, ce qui contribue à isoler Casanova dans sa grandeur et son universalité.)

L'orgie et le concours de foutre dans le palais romain réduisent à d'insignifiantes gamineries les batifolages de *la Dolce Vita ;* les scènes de Luna-Park sont plus fortes que les autres films forains de Fellini ; la Saraghina pâlit à côté de la géante ; les maquillages, les grimaces, les perruques, les costumes, les truquages émerveillent sans interruption ; l'aquatique, le glacial, le macabre dérangent et envoûtent. Synthèse de *Satyricon* et d'*Amarcord,* music-hall délirant traversé d'une poésie intense, musée de cires secouées par l'électricité du génie, cour des miracles où le créateur le plus fastueux de notre temps se joue le plus époustouflant de ses psychodrames : tel est ce *Casanova,* fascinant de bout en bout, avec un sens profond sous l'exubérance des images, des trouvailles jamais vues au cinéma, et cette défaite surprenante du Grand Inquisiteur. Il croyait traîner devant le tribunal du peuple italien une marionnette creuse : il renvoie à l'admiration du monde un homme-femme, un adulte-enfant d'une suprême et fabuleuse ambiguïté.

L'UNIVERS MAGIQUE DE CARLO LEVI

DEVANT Carlo Levi, le critique se sent gauche, mal outillé et inutile. Par quels traits cerner la personnalité d'un écrivain qui échappe si manifestement à toutes les définitions courantes, dont les livres n'appartiennent à aucun genre précis, dont le goût même pour écrire semble être né plutôt du hasard d'une résidence surveillée (1) que d'une vocation profonde et qui, enfin, malgré tant de beaux livres, pourrait aussi bien les avoir écrits de manière entièrement différente, en poésie, par exemple, ou en musique, ou (comme il l'a fait d'ailleurs) en peinture, ou même en politique (comme il l'a fait aussi) ? Pourquoi Carlo Levi serait-il écrivain plutôt que peintre ou que militant politique ou que n'importe quoi d'autre ? De livre en livre, qu'il parle de la liberté (*Peur de la liberté*), de l'Italie (*Un visage qui nous ressemble*), de Rome et de Naples (*La Montre*), de la Lucanie (*Le Christ s'est arrêté à Eboli*), de la Sicile (*Les Paroles sont pierres*), de la Sardaigne (*Tout le monde est fini*), de la Russie (*L'Avenir a un cœur antique*) ou de l'Allemagne

(1) Pavese et Levi, Turinois tous les deux, l'un et l'autre antifascistes, contemporains à six ans près, furent relégués à la même époque (1935-1936), le premier en Calabre, le second en Lucanie. Le premier, qui écrivait déjà, continua à écrire, mais sans que le village où il avait échoué, ni ses habitants ni ses mœurs infléchissent en quoi que ce soit la ligne de son œuvre. Le second, qui n'avait jamais écrit, rapporta de son exil *Christ...*, tableau des habitants et des mœurs locales, livre de pure circonstance.

(*La Double Nuit des tilleuls*) (1), il poursuit une certaine idée de l'homme qui n'est rien moins que littéraire et qui déborde toutes les catégories, la littérature aussi bien que la peinture, la politique aussi bien que l'art, une certaine idée de l'homme qui déborde même ce qu'on entend d'habitude par humanité.

Dans le monde rêvé par Carlo Levi, il n'y aurait aucune des limites qui cantonnent un homme dans sa physionomie particulière, dans son corps, dans son caractère, aucune des frontières qui le réduisent à n'être que cet homme-là et font de la masse de possibles contenue dans une créature humaine le maigre bilan représenté par un individu. Toute l'œuvre de Carlo Levi s'explique à partir de cette protestation contre ce que nous appellerons, pour plus de commodité, l'homme occidental. S'il a découvert et compris le Sud de l'Italie comme personne, c'est qu'il a trouvé dans ce monde archaïque et primitif le contrepoids nécessaire à l'Europe trop humaniste et trop civilisée. S'il écrit des livres de voyage, c'est pour opposer à l'idée des nations closes l'idéal d'une planète sans lignes de démarcation. Encore ne voyage-t-il pas au hasard, mais toujours vers le Sud (Naples, la Lucanie, la Sicile, la Sardaigne) ou vers l'Est (l'Allemagne, la Russie), et non point vers le Nord-Ouest, non point vers les nations qui, telles la France, l'Angleterre, l'Amérique, posent comme règle de vie qu'on soit distinct les uns des autres. L'Allemagne l'attire à cause des grandes catastrophes qui périodiquement l'engloutissent dans un chaos crépusculaire ; la Russie, à cause des espaces démesurés où les hommes n'ont pas encore appris à se retrancher de la communauté derrière des barrières individuelles. Carlo Levi ne sait ni l'allemand ni le russe, mais estimer qu'il faut savoir la langue d'un pays pour communiquer avec les habitants de ce pays est encore une idée occidentale, trop occidentale : à côté du langage rationnel fait de mots, Carlo Levi croit à un autre langage, irrationnel,

(1) Seuls ont été traduits en français (Gallimard) : *Christ...* (Folio), *la Montre, Peur de la liberté.*

magique et beaucoup plus efficace, qui lui permet de fraterniser avec les serveuses des brasseries de Munich et avec les ouvriers à Moscou. Et cette foi dans un autre langage qui n'est pas celui des mots rejoint en lui cette quête d'un type d'homme qui ne soit pas le type de l'homme occidental, cette recherche d'un royaume sud-oriental, mythique paradis d'une vie indifférenciée, chaleureuse et béate.

Pourquoi écrire, alors ? Directeur d'un journal au lendemain de la guerre, il avoue « la répugnance, en moi vive, pour cette tâche qui consistait à traduire les choses, les faits, les images en jugements, en schémas et en mots d'ordre ; à prétendre, avec les mots, faire mouvoir les hommes » (*La Montre*). Répugnance qui s'étend à toute la littérature entendue comme activité distincte, séparée, séparante, autonome : et puisqu'il faut malgré tout écrire et non seulement des articles de journal mais des livres, on s'arrangera pour que les livres ressemblent aussi peu que possible à des livres. Par exemple, ils échapperont à toute classification par genres : Carlo Levi est à la fois essayiste, poète, romancier et voyageur, mais son œuvre ne se divise pas en livres de poèmes, en livres de voyage, en romans et en essais. Son essai *Peur de la liberté* ressemble à un poème, ses livres de voyage à des romans, *la Montre,* son seul roman, appartient aussi à la littérature de souvenirs et de voyages : et dans ce refus de se laisser enfermer par aucune définition, on retrouve le grand rêve d'une liberté sans limites (1).

La structure même des ouvrages de Carlo Levi est révélatrice. Au lieu d'être centrés sur un petit nombre de personnages dont chaque chapitre (comme c'est l'usage) approfondit l'analyse et renforce les liens réciproques, ils offrent une galerie de portraits et d'épisodes que rien d'apparent ne relie. Passe encore que les livres de voyage soient écrits sans aucun souci de construction

(1) Comme dans le choix des titres : *Le Christ s'est arrêté à Eboli, les Paroles sont pierres, Un visage qui nous ressemble, Tout le miel est fini,* phrases entières et non point étiquettes, négations implicites des titres classiques et de leur sécheresse étriquée.

(mais Carlo Levi choisit d'écrire des livres de voyage justement à cause de cette désinvolture qu'ils permettent) : ce qui est caractéristique, c'est que l'unique roman, *la Montre,* n'est pas plus concerté et bâti que le reste. Le narrateur raconte tout ce qui lui arrive pendant deux jours : il se rend à son journal, il y rencontre deux journalistes qu'il présente en détail mais il les quitte aussitôt pour aller déjeuner dans un restaurant, dont il décrit les divers clients, les garçons et l'orchestre ; il tombe sur un ami, dont il rapporte l'histoire ; il accompagne cet ami aux environs de Rome et pénètre dans plusieurs maisons dont il dépeint les habitants ; il va ensuite prendre possession de son nouveau logis, et ne manque pas de nous faire faire connaissance avec la domestique et les amies de la domestique ; plus tard il gagne la typographie de son journal et entame la conversation avec les collègues et les ouvriers ; survient une panne de courant ; il se rend au café d'en face : nouveaux visages, nouvelles présentations. En rentrant se coucher chez lui, il découvre un mort sur le palier : il redescend et c'est l'occasion de bavarder avec le gardien de l'immeuble, avec les carabiniers, avec les voisins. Enfin, appelé par un télégramme, il doit partir pour Naples : il s'embarque dans un vieux taxi surchargé (à l'époque du roman, 1946, il n'y a encore ni trains ni autobus ni voitures) et juste quand le livre allait s'achever voici de nouvelles figures, de nouvelles conversations, voici « des hommes et des femmes sur les routes du monde », voici un bandit qui les assaille et un camionneur qui les délivre, une vraie épopée de western, avec ses rebondissements et sa délicieuse dissipation.

Cette technique, plus ou moins délibérée, permet à l'auteur de ne jamais parler deux fois du même personnage (ou peu s'en faut) et de nier par conséquent qu'aucun soit plus important qu'un autre : de nier, en somme, ce qui constitue, depuis toujours, la littérature. Un roman habituel isole de la vie et ramasse dans un moment de crise un certain nombre d'individus ayant entre eux des intérêts, ou des amours, ou des haines, ou des souvenirs, ou des projets communs. Un livre de Carlo Levi, au contraire, rassemble au hasard des hommes et des femmes qui ont le minimum de points communs entre eux : si bien que l'ouvrage a le moins possible l'air d'un ouvrage, et qu'on y circule et qu'on y respire comme dans la vie, entre des épisodes et des visages qui n'ont pas plus de liens les uns avec les autres que n'en ont les épisodes et les visages de la vie.

Mais qui sont ces hommes et ces femmes et dans quelle atmosphère se meuvent-ils ? De même que la littérature de Carlo Levi échappe à la classification des genres, de même les personnages de ses livres semblent préservés des contraintes qui pèsent sur le genre humain, contraintes qui se ramènent à deux principales : l'âge et le sexe.

L'âge : le mot « temps » revient continuellement, mais jamais comme chez les autres écrivains, qui n'en parlent que pour en déplorer la fuite. Le temps de Carlo Levi est « un rythme irrégulier et infini... une image pure d'un devenir éternel... Le temps lui-même, le temps véritable d'avant les temps » (*la Montre*). Il y a le temps des montres, le temps « occidental », et il y a l'autre, le vrai temps, que peut dévoiler aussi bien la rencontre d'un chien dans un escalier nocturne (*la Montre :* « Cet endroit était lointain et inconnu à tous les hommes : un fragment totalement indifférent du monde, qui durait dans son temps incompréhensible... ») ou une promenade dans les rues de Tübingen (*la Double Nuit... :* « Les songes de plusieurs siècles stagnent sous ces toits, dans les chambres serrées, dans les ruelles antiques, où tout est intact, pleines de temps et de mémoire... »), mais que révèle surtout, dans sa splendeur immémoriale et son antique déroulement, le monde de la Lucanie, de la Sicile et de la Sardaigne, ce Sud clos dans ses rites ancestraux, immobile et soustrait, selon une formule cent fois répétée, au Temps et à l'Histoire, ce Sud où, selon une autre expression familière, « rien n'arrive », « rien n'est arrivé » et peut-être rien n'arrivera.

« Ces femmes que nous voyons marcher sur une route

écartée de Calabre portent avec elles l'enchantement mystérieux de l'ailleurs, d'un ailleurs qui n'est pas seulement celui des lieux, mais celui du temps. » (*Un visage...*) Carlo Levi a subi, semble-t-il, si fortement, d'abord pendant son séjour forcé à Gagliano, en Lucanie, puis au cours de ses innombrables voyages dans le Sud, la fascination de cet univers intemporel installé de plain-pied dans une mystérieuse et indiscutable éternité, qu'il n'est jamais tout à fait redescendu dans l'autre monde, le monde du temps et des événements. Le livre qui fait suite à *Christ...* s'intitule *la Montre* et le narrateur y raconte dès les premières pages comment il rêve d'avoir perdu la montre de gousset que lui a donnée son père, puis comment, à peine réveillé, il laisse échapper de sa main cette montre, qui tombe par terre et se casse. Rêve et action symboliques : perdre ou casser sa montre signifie se mettre hors du temps des horloges, des heures et des minutes, reprendre le fil intemporel de l'autre temps et, plus profondément encore, perdre sa propre identité et sa propre conscience, retrouver l'indifférenciation, la chaleur, la béatitude primitive d'une existence sans contraintes ni limites. Carlo Levi, dans *la Montre,* vit à Rome et se représente vivant à Rome, mais par ce subterfuge de la montre perdue et cassée, par cette négation du temps artificiel et mesuré, par cette reconquête du temps intemporel, il vit à Rome et fait vivre ses personnages à Rome comme si tout le monde habitait le Sud.

L'image de la coquille marine emplie du bruit de la mer exprime la poésie et le mystère de ce temps délivré du temps. *La Double Nuit... :* « Le dédale des rues, les dénivellations des maisons, la tortueuse minutie des passages, l'envolée des toits, la variation des couleurs conduisent dans la spire indéfinie d'une coquille qui semble ramener à l'oreille le bruit perdu de la mer du temps. » *La Montre :* « Je restai, l'oreille tendue, à écouter ce silence à peine murmurant et sentis venir de loin, du fond des rues ou du fond de la mémoire ? la secrète rumeur de la nuit, le rugissement des lions, comme l'écho de la mer dans une coquille abandonnée. »

Mais c'est surtout dans la manière dont il choisit et présente ses personnages que Carlo Levi révèle sa confuse aspiration vers un univers allégé de toute sujétion temporelle. Ses personnages n'ont pas d'âge. On pourrait dire d'eux ce qu'il dit de la foule de Naples : « C'était comme si derrière chacun de ces hommes, de ces femmes, de ces enfants, de ces vendeurs, de ces artisans, de ces vieux, derrière cette foule aérienne, mobile et légère, il y avait un autre monde, déjà tout entier vécu selon une règle éternelle et immuable de douleur sans emphase. » (*La Montre.*) Les personnages de Carlo Levi, comme les anges des cathédrales gothiques, n'ont pas d'âge propre, mais l'âge du monde infiniment lointain et reculé dont ils émergent ; ils n'ont pas d'âge sinon l'âge d'une vieillesse sans âge. Jamais de jeunes gens parmi eux, ni de gens jeunes, mais seulement des êtres affranchis de leur histoire physiologique et intronisés dans une antiquité solennelle.

Sans âge, et aussi sans sexe. Il y a un vitalisme profond et vigoureux à travers toute l'œuvre de cet écrivain, mais un vitalisme étrangement asexué. Quelles sont les grandes figures de femmes ? Giulia, la vieille gouvernante à moitié sorcière de *Christ...*, « barbare » et « solennelle » et « *antichissima* », Teresa, la vendeuse de cigarettes de *la Montre,* fagotée dans ses couvertures, Francesca Carnevale, dans *les Paroles...*, la mère du syndicaliste assassiné, toute prise par son désir grec de vengeance, « opaque comme une pierre », la vieille Sarde des environs de Cagliari, dans *Tout le miel...*, parée de bijoux comme une châsse. La plus grande épithète laudative que trouve Carlo Levi pour désigner une femme est de l'appeler : reine. Giulia s'installe dans la maison de l'exilé politique « comme une reine qui revient visiter après une absence une de ses provinces préférées ». Une femme entrevue dans la rue à Rome marche « droite, élastique et orgueilleuse, avec une allure de reine » (*la Montre*). Une vieille ivrogne commande à boire dans un café : « un ordre de sorcière-reine » (*la Montre*). Une autre femme dans un autre café porte, « comme une tige sa fleur, un impensable visage de reine » (*la Montre*). Les Italiennes du Sud « qui portent les poids sur leur tête, les fagots, les sacs de blé, les tonneaux et les jarres et les amphores de l'eau, les paniers de fruits, marchent avec l'allure de reines » (*Un visage...*). Lors de son voyage en Allemagne, l'auteur consacre quatre pages à la reine égyptienne Nefertiti contemplée au musée de Berlin. Or, on peut dire des reines qu'elles sont belles, qu'elles sont majestueuses, qu'elles sont supérieures, on peut les orner de toutes les qualités, hormis le charme érotique. Mais le charme érotique, Carlo Levi ne s'en soucie guère. Même une prostituée, chez lui, est définie par sa royauté avant de l'être par ses appas. « Il l'avait trouvée, toute blanche, grasse, moelleuse, tendre, avec le visage indifférent et les grands yeux vides des déesses, et il en avait aussitôt fait une idole, la Reine des Sirènes, une divinité terrestre et marine, le blanc corps immense de la Nature mère ; et il s'était laissé enlacer par les blancs serpents ronds des bras, serrer sur les douces montagnes blanches de la poitrine et ramener, dans un temps désiré et paradisiaque, à l'intérieur de la calme et blanche mer du giron. » (*La Montre.*) Les femmes vraiment intéressantes sont à la fois reines, déesses et mères, elles transportent avec elles une majesté bien propre à décourager les amants. A Naples, « l'ovale du visage des femmes sous les boucles des cheveux dépeignés, classique et familier en même temps, a le superbe naturel des déesses » (*la Montre*) et, dans le Sud, le pas humble des paysannes, « la légèreté d'une déesse grecque qui danse » (*Un visage...*). Quant aux femmes russes, elles se distinguent, elles, « par l'absence absolue, volontaire et presque ostentatoire, de tout érotisme, remplacé, manifestement, par d'autres volontés, d'autres idéals » (*l'Avenir...*). Carlo Levi, on le sait, est le premier à avoir démystifié, dans *Christ...*, la légende de la férocité des mœurs dans le Sud : il a très bien montré comment les paysans voient dans l'amour une force de la nature si puissante qu'aucune morale ne peut s'y opposer. Un homme et une femme, s'ils se trouvent seuls ensemble, font l'amour et doivent le faire. L'unique morale possible, c'est d'empêcher un homme et une femme de se trouver ensemble. En somme, la sexualité dans le Sud est réduite à un naturel sauvage, les hommes se livrent au coït avec la même force impulsive que les bêtes : rien de moins érotique que cette façon-là de s'aimer, et Carlo Levi, justement, a compris mieux que personne cet aspect de la sexualité dégagé de toute la part de jeu, de coquetterie, de dissimulation qui pour l'homme « occidental » représente l'essentiel de la sexualité et de l'érotisme.

Monde sans âge, monde sans sexe, monde sans contours précis, où les adjectifs qui reviennent le plus souvent expriment une vague et insaisissable réalité, « mystérieux », « obscur », « invisible », « éloigné », « éternel », « immobile », « secret », « mythique ». Monde qui à l'instar de celui qui l'a créé (*la Montre :* « J'ai un caractère continuatif, qui a de la peine à commencer les choses et de la peine à les finir »), ne commence nulle part et ne finit nulle part et participe en chacune de ses métamorphoses au tremblement du début et au frissonnement de la fin. Monde enfin sans figures distinctes, ou presque.

« Ils ne peuvent pas, dit-il des paysans de Lucanie, avoir une vraie conscience individuelle, là où tout est lié par des influences réciproques, là où chaque chose est un pouvoir qui agit insensiblement, là où n'existent pas de limites qui ne soient rompues par une magique influence. Ils vivent immergés dans un monde qui se continue sans déterminations, où l'homme ne se distingue pas de son soleil, de sa bête, de sa malaria : où ne peuvent pas exister le bonheur, que leur prêtent les littérateurs paganisants, ni l'espoir, qui restent malgré tout des sentiments individuels, mais seulement la sombre passivité d'une nature douloureuse. » (*Christ...*) S'agit-il uniquement des paysans de Lucanie et n'est-il pas permis de voir dans ce monde « qui se continue sans déterminations », dans cette absence de limites entre les individus, dans cette conception magique des rapports humains, quelque chose du grand rêve unitaire poursuivi par Carlo Levi de livre en livre et de pays en pays ?

Une page de *la Montre* prouverait assez que l'auteur de *Christ...* n'a trouvé dans le Sud que ce qu'il portait déjà en lui.

Les hommes vivent, leurs yeux brillent et se mouillent de larmes, leur cœur bat sans arrêt, le sang court dans les veines ; les pensées jaillissent ou stagnent comme des eaux immobiles ou courantes ; une pâleur, une rougeur soudaine apparaît sur leur joue — et nous savons, ou nous supposons, que tout cela existe, mais nous coupons une petite tranche de cette réalité infinie, nous en faisons une image partielle, nous lui donnons un nom, Casorin ou Moneta, nous la faisons entrer de force dans notre histoire, dans notre temps, dans nos mesures. Nous savons que tout le reste, ce que nous ne disons pas, et devons négliger, existe, et nous en sentons l'existence comme une nostalgie, une odeur de choses perdues, comme lorsque du train nous voyons les lumières s'allumer aux fenêtres des faubourgs et que nous découvrons, pendant une minute, sous la lampe, une mère qui verse la soupe dans l'assiette de ses enfants, ou une jeune fille qui s'appuie au rebord en chantant, ou un ouvrier en manches de chemise qui lit son journal sur le balcon, ou un enfant qui fait un signe de la main : vraies apparitions avec lesquelles nous voudrions nous arrêter. Qui sont-elles ? Mais le train nous emporte, et elles demeurent, immobiles dans leur geste unique, une femme qui verse la soupe, un enfant et son salut.

Ainsi, sans le vouloir, nous faisons, du flot démesuré du réel, d'une personne qui, comme nous-mêmes, et identiquement à nous-mêmes, n'a pas de limites, un sujet de nouvelle, la carte colorée d'une mosaïque dessinée au préalable, un élément d'un jeu abstrait.

Le « flot démesuré du réel », que le romancier désespère de pouvoir exprimer dans ses livres, qu'est-ce d'autre sinon le « monde qui se continue sans déterminations », où vivent spontanément les paysans du Sud ? Cette page de *la Montre* nous livre à la fois l'art poétique et l'art éthique de Carlo Levi. L'art poétique, car nous savons maintenant pourquoi l'écrivain passe de personnage en personnage, sans approfondir la connaissance d'aucun : parce qu'il ne veut pas se séparer de la « réalité infinie » en la découpant en petites tranches, parce qu'il lui importe plus de saisir, au moyen d'un perpétuel déplacement d'intérêt et grâce au clair-obscur d'adjectifs vagues comme « mystérieux », « invisible », « mythique », le « flot démesuré du réel » que chacune des figures qui le composent. L'art éthique, car l'homme replongé dans le « flot démesuré du réel » n'est autre que l'homme primitif, ou du moins l'homme sud-oriental dont nous parlions au début, l'homme qui vit dans un rapport magique avec ses semblables et avec les choses, en deçà ou au-delà de la psychologie. L'Italie telle que la voit Carlo Levi dans *Un visage...*, c'est-à-dire le pays de ses rêves, plus imaginaire que réel, répond à la double loi artistique et morale de l'écrivain : « Ce monde ne parle pas sinon dans les choses ; et les visages eux-mêmes sont choses, où l'expression coïncide avec une réalité qui dépasse les aventures et les passions individuelles, et renferme en soi la forme humaine du temps. Aucune psychologie ne s'y manifeste, mais la poésie épique populaire : il n'est de place pour le roman, là où le temps ne se brise pas dans l'abstraction individuelle du fragment. »

Il y a toutefois pour Carlo Levi un moment légitime d'émergence des figures, un moment privilégié, émouvant et fragile, le moment où, sans manifester encore une « psychologie », l'individu prend conscience de lui-même. Les paysans de Lucanie restent au seuil de cette grande découverte : tous ressemblent un peu à Giulia, la sorcière-reine de *Christ...*, qui ne voulait pas laisser faire son portrait par Carlo Levi, de peur que le tableau ne lui subtilisât une partie de son être. Peur magique éprouvée par ceux qui n'ont pas encore assez confiance en eux-mêmes pour abandonner au peintre une image qui lui donnerait un pouvoir sur eux. En Sicile, au contraire, le seuil est franchi. Les ouvriers des mines de soufre, qui autrefois refusaient de se laisser photographier, accourent devant la caméra de Levi, lequel use d'une formule saisissante pour marquer la révélation en l'homme de sa propre humanité : « Ils avaient trouvé le courage d'exister, ils n'étaient plus ennemis de leur propre image. » (*Les Paroles...*) Francesca Carnevale aussi, la mère du syndicaliste assassiné, qui accuse la mafia en discours vengeurs, a trouvé ce courage : « Les mots qu'elle emploie résonnent d'une manière nouvelle et étrange dans son dialecte : termes juridiques et politiques, la loi, la réforme, le soixante et le quarante pour cent (1), la lutte, l'organisation, les opportunistes, et ainsi de suite. Mais dans sa bouche, devant la mort, ce langage, ce conventionnel et monotone langage de parti, devient un langage héroïque, comme la première façon d'affirmer sa propre existence, le chant aride d'une fureur qui existe pour la première fois dans un monde nouveau. » (*Les Paroles...*) En Russie également, sur les visages des paysans en visite à l'Exposition d'agriculture de Moscou, la même aurore d'existence absolue s'est levée : « A l'intérieur de ces pavillons chargés d'ornements étaient exposés partout, à l'envi, les fruits de la terre et partout la foule des paysans et des soldats, mal vêtus et sérieux, attentifs et silencieux, s'arrêtaient, comme des personnes qui visitent un musée ou une bibliothèque pour apprendre et contempler. Ils viennent en groupes, des fermes les plus éloignées, à cette exposition qui est considérée vraiment comme le centre et le symbole d'un univers paysan, à la fois pour s'instruire et pour se sentir fiers d'eux-mêmes, pour parler de soi à travers ce blé, à travers ce raisin, à travers ces pommes et aussi pour visiter Moscou, et faire leurs achats et marcher dans les rues, non point comme des touristes ou des curieux, mais avec le sentiment d'être une part active dans le cœur de la ville et de la nation. » (*L'Avenir...*) Et plus loin, à Erevan, capitale de l'Arménie soviétique : « Belle ou laide, la ville se fait : maçons et architectes sont ici le centre de toute chose ; les murs s'élèvent, et les maisons et les rues, mais on dirait que le but n'est pas tellement ces murs, ces rues, ces maisons,

(1) Allusion à la lutte soutenue par Salvatore Carnevale pour faire respecter la réforme agraire et la répartition légale de la récolte entre propriétaires et cultivateurs.

que le seul fait de les élever. Tous ont compris et sentent et pensent que le travail sert en lui-même, comme élément de libération, comme idéal pratique, comme instrument pour la découverte du monde et de leur propre existence. » Quant à Rocco Scotellaro, le jeune poète de Lucanie dont Carlo Levi a exalté le caractère et les œuvres, c'est à travers la création littéraire qu'il est parvenu à cette découverte. Son autobiographie, *l'Uva puttanella,* est « le récit d'un monde nouveau qui trouve sa réalité en s'exprimant pour la première fois », et dans ses vers, il ne copie pas un vieux monde avec de vieux mots, il fait surgir une réalité qui n'avait jamais eu le droit à l'existence, conformément au génie de toute poésie authentiquement contadine, laquelle « donne leur nom et leur existence aux choses en les nommant pour la première fois ». (Préface à *l'Uva puttanella.*)

Il faut insister sur ce moment de « la première fois » chez Carlo Levi, car s'il est vrai que chaque écrivain organise son œuvre autour d'une image centrale mythique (la solitude de la prison chez Stendhal, l'impuissance de la paternité chez Balzac, la volupté de l'avilissement chez Dostoïevski, et, pour nous rapprocher de notre époque et de l'Italie, la blancheur des membres sous l'eau chez Moravia, la plainte du monde offensé chez Vittorini, l'attente de l'aube chez Pavese), l'image centrale mythique de Carlo Levi n'est autre que cet instant provisoire de la découverte de soi par des hommes qui s'étaient ignorés pendant des siècles, ce point d'équilibre entre la confusion primitive et l'éveil timide et fier de la conscience, ce mystère de la naissance et de l'avènement d'un monde nouveau. On devine l'écrivain heureux que les ouvriers de Sicile et les maçons de Russie et Francesca Carnevale et Rocco Scotellaro se soient libérés des peurs qui continuent à tenir les paysans du Sud plongés dans un marasme crépusculaire, mais plus heureux encore qu'ils ne se soient pas pour autant séparés de leur communauté et qu'ils n'aient ni le temps, ni les moyens, ni peut-être même l'idée d'acquérir une épaisseur, une autonomie psychologique. Monde véritablement parfait et presque fabuleux que celui où les hommes ont assez de dignité pour revendiquer leur qualité d'hommes opprimés par des siècles de misère et d'injustice, mais aussi assez d'accointances magiques avec les choses pour ne pas se trouver isolés dans l'odieuse « abstraction individuelle du fragment ».

Maintenant, on peut se demander où existe ce monde idéal sans âge, sans sexe, sans contours précis, et où les figures humaines ne comptent que comme pures émergences. Dans le Sud, bien entendu, et dans l'Est, et plus généralement dans cette fictive patrie sud-orientale que Levi ne cesse d'opposer tacitement à l'Occident. Temporairement, et partiellement, ce monde, semble-t-il, a aussi existé dans la Résistance. (*La Montre :* « Chacun faisait ce qu'il faisait avec naturel, dans un monde indépendant et sans compartiments étanches... Il y avait eu un moment où les hommes s'étaient sentis tous unis entre eux et avec le monde... Tout était si naturel ces jours-là, tout se tenait si bien ensemble, dans cette unité de toutes les choses... ») Mais il existe surtout, depuis toujours et pour toujours, et splendidement : dans l'enfance. Bien avant d'être le Sud, le royaume imaginaire de Carlo Levi, c'est l'enfance. Cela n'est jamais dit — et il n'y a même pas tellement d'enfants dans les livres de notre auteur — mais sans cesse et partout suggéré, et il faudrait être aveugle pour ne pas s'en rendre compte. Qui ne songe ni à l'âge ni au sexe, sinon les enfants ? Qui voit dans les femmes des mères, des reines ou des déesses, sinon les enfants ? Qui apprend à se découvrir soi-même sans pour autant rompre le magique contact avec les choses, sinon les enfants ? Qui vibre aux impressions ineffables de « la première fois », sinon les enfants ? Qui ignore le temps et navigue dans un espace démesuré, sinon les enfants ? Qui regarde les grandes personnes comme une suite d'apparitions sans liens entre elles et incompréhensibles, sinon les enfants ? Et « la terreur devant la transcendance de la confusion, la peur de l'indéfini qu'éprouve celui qui se livre à l'effort d'autocréation et de séparation, voilà ce qu'est le sacré » (*Peur de la liberté*), pour qui, sinon pour les enfants ? Et « l'obscur fond vital de chacun de nous » (*la Montre*), « la masse présente en chacun de nous, cachée dans des profondeurs plus lointaines que celles de la conscience et de la mémoire » (*Peur de la liberté*), où se trouvent-ils avec plus de fraîcheur que chez les enfants ? Il n'y a pas jusqu'à la technique narrative de Carlo Levi qui ne rappelle celle des enfants. Qui passe d'un personnage à un autre et juxtapose les épisodes sans transitions ni concaténation, sinon les enfants ? Qui se laisse balancer, sinon eux, au mol rythme de phrases alignées sans souci excessif de style, de langue ni de syntaxe ? Les livres de Carlo Levi pourraient être considérés, à la limite, comme des livres d'images, et de fait *Un visage qui nous ressemble,* un des textes les plus caractéristiques de l'auteur, n'est qu'une suite de légendes destinées à illustrer un album de photographies sur l'Italie, et *Tout le miel est fini* a commencé par n'être que l'accompagnement d'une série de photographies sur la Sardaigne (1).

Albums d'images, et aussi : contes de fées. *Christ...* est certainement le plus beau conte de fées moderne, avec de véritables fées, des sorcières et des dragons, et l'atmosphère magique et puérile où s'abolissent les frontières du réel. Il est curieux, à ce propos, de constater que l'Amérique elle-même a été sublimée par la magie. Nous disions au début que Carlo Levi ne voyage pas en Amérique ou du moins que, s'il a fait un voyage aux Etats-Unis, il n'en a point rapporté de livre, et nous indiquions les raisons de ce manque d'intérêt pour l'Amérique, pays de l'hémisphère occidental et affligé de tous les travers de l'Occident, l'individualisation, la fragmentation, l'abstraction. Or, à trois reprises, et tout à fait au hasard, semble-t-il, l'Amérique surgit : une première fois dans *Christ...*, au sujet de l'émigration, une deuxième fois dans *la Montre,* quand une vieille femme rencontrée à Rome dans un café évoque

(1) Ce livre, publié en Italie comme essai littéraire, a d'abord été édité en Allemagne sous forme de commentaire aux photographies de Janos Reismann, le photographe de *Un visage...*

ses souvenirs américains et ses échanges épistolaires avec Rose Verte (Roosevelt), une troisième fois dans *les Paroles...*, à l'occasion de la visite dans son village natal, Isnello en Sicile, du maire de New York Impellitteri. Carlo Levi s'est-il donc d'une manière ou d'une autre réconcilié avec l'Amérique de l'individualisation et de l'abstraction ? Point du tout : l'Amérique de Carlo Levi reste une Amérique enfantine et fabuleuse, l'Amérique du Far West et du Gold Rush, ou du moins, entre les deux Amériques possibles, celle de la loi et de l'effort et celle du rêve et du miracle, Carlo Levi a choisi la seconde, qui est aussi celle des paysans du Sud et celle des enfants. La New York volontaire et dure s'estompe derrière la Jérusalem céleste, Roosevelt perd son individualité abstraite d'homme d'Etat et d'homme d'Etat occidental en devenant Rose Verte, et Impellitteri, enfin, revenu visiter l'humble maison où il naquit, ressemble à s'y méprendre à Jésus-Christ en personne.

Un monde d'enfants. Quelle place y ont les hommes ? Il faut revenir sur ce problème, le problème le plus intrigant dans l'œuvre de Carlo Levi. Certes, il n'y a pas de mot qu'il répète plus souvent que celui de : hommes. Un lecteur superficiel pourrait le ranger parmi les doux humanistes contemporains, les Duhamel, les Saint-Exupéry, les Camus. Ce serait se méprendre du tout au tout. Les « hommes », dans le langage de Carlo Levi, c'est à la fois beaucoup plus et beaucoup moins que des hommes. Beaucoup plus, car ils sont des Dieux. Dans *Un visage qui nous ressemble,* qui est un portrait de l'Italie en vingt-six pages, les Dieux ne reviennent pas moins de dix-sept fois. « Il y a en eux (les Italiens) la beauté archaïque et présente d'un monde habité par les Dieux les plus antiques. » Les vieux mendiants, dans la foule de Naples, portent les signes de leur âge « comme des Dieux voyageurs, travestis, pour passer inconnus, sous de tremblantes et vétustes dépouilles » (*la Montre*). Frappé de voir, à la Pinacothèque de Munich, comment les visages, énergiquement véristes, de Schongauer, de Grien, d'Altdorfer, de Dürer, de Grünewald, reflètent exactement la liberté animalesque qu'il a observée sur les faces des buveurs de bière, Carlo Levi se dit qu'en Italie, au contraire, le « beau idéal » créé par les peintres est devenu un modèle obligatoire pour la plus humble campagnarde. « La Madone de Raphaël qui, dans un pauvre chromo, est pendue au-dessus du lit d'une paysanne italienne, la contraint, sans qu'elle le sache, à la mesure de la beauté. » (*La Double Nuit...*) Nous avons déjà compté maints pas majestueux de reine traversant l'horizon de Carlo Levi : Reines, Madones ou Dieux, il y aurait de quoi s'étonner que le démocrate et le marxiste, l'anticlérical et le sénateur communiste, ait besoin de ces sublimes patronages pour sauver le genre humain de la médiocrité, si nous ne savions, justement, que pour un œil d'enfant chaque homme est Dieu et chaque femme Reine, et que dans une conception puérile et magique du monde, les grandes personnes ont les mêmes dimensions mythiques que les paladins de France pour le public du petit théâtre de marionnettes à Palerme.

Hommes-Dieux, mais aussi : hommes-animaux, hommes-choses, hommes-plantes. Dans l'univers imaginaire de Carlo Levi, « il n'existe pas de distinction entre l'homme et l'animal, entre l'homme et la plante ; et le soleil, la pluie, la forêt, la génération et la mort, le monde entier qui nous environne ne font qu'un avec la personne qui vit comme un arbre, s'enracine dans le sol, fleurit, donne ses fruits et, le temps venu, se dessèche » (*la Montre*). « Combien de fois ai-je peint ces visages qui sont des paysages, des vallées et des montagnes, et des pierres de douleur lointaine... Il y a ici (en Italie), peut-être plus qu'ailleurs, une douceur perceptible dans chaque corps qui se sent arbre, animal, racine, soleil, et qui jouit du simple fait d'être au monde. » (*Un visage...*) Bien mieux, parmi les personnages les plus « humains » de Carlo Levi, se trouvent des animaux, le fabuleux chien Barone de *Christ...*, à la double nature de baron et de lion, et le chien rencontré dans l'escalier nocturne de *la Montre,* qui défend son maître mort avec la ferveur des pleureuses antiques, et les deux merveilleuses corneilles rapportées de Sardaigne ; et non seulement des animaux, mais quantité de choses auxquelles personne ne songe à s'adresser sauf Carlo Levi : les fleurs du plafond de sa chambre, les nuages dans le ciel de Rome, les lumières éparses dans la vallée du Neckar. Et dans ce monde unitaire où chaque homme est en rapport avec les objets et avec les animaux, et respire une plénitude harmonieuse qui innocente jusqu'à l'oisiveté, il arrive même, en de solennelles occasions, que les paroles deviennent pierres (1).

Hommes-Dieux ou hommes-plantes, mais jamais hommes-hommes. L'originalité principale de Carlo Levi, c'est que son humanisme se sépare radicalement de l'optimisme plat de ceux qui ont « confiance dans l'homme », et rejoint deux courants de poésie contradictoires, l'un très ancien et l'autre très nouveau. Le courant de poésie nouveau, c'est celui qui se manifeste, en France par exemple, dans les œuvres d'André du Bouchet. Simple coïncidence, bien entendu, mais on ne peut manquer d'être frappé par la ressemblance : la pierre, l'arbre, la branche, voilà les personnages de du Bouchet, qui rappelle à la vie les objets abandonnés dans « la chaleur vacante » et dresse contre l'homme autrefois seul privilégié la puissance des choses retrouvées. Seulement, la poésie d'André du Bouchet (ou d'Eugenio Montale en Italie) est d'une aridité, d'une sécheresse proprement terrifiante, sécheresse et aridité auxquelles l'œuvre de Carlo Levi échappe parce qu'elle s'abreuve à un autre courant de poésie, vieux comme le monde, à la source jaillissante et intarissable de l'art immémorial des troubadours et des conteurs de fables. Le poète ancien chante les Dieux et les Reines et le poète nouveau chante les pierres et les plantes, et, de cette conjonction de deux poétiques éloignées dans le temps et contradictoires dans leur contenu, naît cette

(1) Cette expression, qui a fourni le titre au livre sur la Sicile et s'explique par le monologue implacable de Francesca Carnevale contre la mafia, Carlo Levi l'avait employée une première fois dans *la Montre*, à propos d'une histoire vraie qu'il disait ne pas vouloir raconter, tant qu'il ne serait pas si vieux que les paroles lui sortent de la bouche comme des pierres.

œuvre étonnante qui n'est d'aucun temps et ne répond à aucune définition, inégale comme tout ce qui ne se distingue pas trop de la vie, parfois aussi paresseuse et pour les mêmes raisons, mais toujours magicienne et évocatrice de ce monde perdu qui est l'enfance, où les sexes n'étaient pas encore séparés, ni le moi de l'autre, ni les trois règnes de la nature entre eux, ni la fable de la réalité, ni la vie de la mort, où chaque geste était célébré avec l'emphase propitiatoire des rites, où les contrariétés, s'il en survenait, étaient aussitôt abolies dans une chaleureuse harmonie unitaire.

Brisés et divisés d'avec nous-mêmes, nous le sommes deux fois, une fois en tant qu'adultes et une autre fois en tant qu'Occidentaux, et s'il est vrai que le voyageur étranger descendu des Alpes a toujours cherché et continue à chercher en Italie une mystérieuse seconde enfance, plus vraie souvent que la première, et faite de générosité, de simplicité, mais d'abord d'un art inconnu ailleurs, l'art de se sentir en bons rapports avec les autres et avec soi-même — s'il est vrai que seule l'Italie sait rendre réels et vivants les verts paradis enfouis pour toujours dans les arcanes de la mémoire, alors il est vrai aussi qu'il n'y a pas d'écrivain plus italien que Carlo Levi, aucun qui exprime avec plus de naturel la gentillesse et la grâce et l'indolence de son pays, aucun dont la lecture puisse nous restituer avec plus d'évidence les royaumes qui dormaient au fond de nous, aucun envers qui nous ayons autant de gratitude, pour nous avoir délivrés du commerce des hommes et réappris le langage des Dieux qui est aussi celui des pierres et des arbres.

FABRIZIO CLERICI
ET L'ÉGYPTE DE MOZART

« LES Egyptiens, qui font remonter l'ancienneté de leur origine jusqu'à des temps où notre histoire n'atteint pas, disent que les dieux ont été leurs premiers rois. Ils en comptent sept : Vulcain, le Soleil, Agathodémon, Saturne, Osiris, Isis et Typhon. Par Vulcain, auquel ils n'assignent point de commencement, leurs philosophies entendaient le feu élémentaire répandu partout. »

Ainsi commence l'ouvrage de l'abbé Jean Terrasson, publié sans nom d'auteur à Paris en 1731 et intitulé : *Sethos, histoire ou vie tirée des monuments et anecdotes de l'ancienne Egypte, traduite d'un manuscrit grec*. L'abbé Terrasson était professeur de philosophie grecque et latine au Collège de France, ce qui ne l'a pas empêché de commettre cette supercherie. Jusqu'au siècle dernier, *Sethos* était fort lu dans les cercles maçonniques, et passait pour avoir une valeur documentaire très sérieuse et une autorité irréfutable en matière de mystères égyptiens. On y lisait l'histoire d'un prince d'Egypte et de son initiation, puis de son œuvre de législateur en Afrique et enfin de sa retraite dans une contemplative solitude.

L'égyptomanie de fantaisie reste un des aspects les plus curieux, les plus originaux et les plus mal connus du XVIIIe siècle. Le célèbre Cagliostro, parmi ses nombreuses charlataneries, essaya d'égyptianiser la franc-maçonnerie par l'introduction de nouveaux rites empruntés au pays des crocodiles et des pyramides.

Pour sceau, il avait un serpent dressé en S, tenant dans sa gueule une pomme et transpercé d'une flèche.

Le serpent : toutes les religions, toutes les cosmogonies commencent par s'interroger sur le serpent et sur la manière de s'en débarrasser. Le héros de l'abbé Terrasson, confronté à un redoutable reptile, se trouva assez adroit pour le prendre au piège et le rapporter vivant à Memphis, non sans avoir au préalable mesuré exactement la taille du monstre au moyen d'observations trigonométriques. On sait que Tamino, dans la première scène de *la Flûte enchantée*, poursuivi par un serpent, n'est sauvé que par la virile intervention des trois messagères de la Reine de la Nuit. En dehors du rituel maçonnique, le serpent a toujours été le symbole mythologique de l'instinct vital le plus aveugle et de la force sexuelle à l'état brut : l'ennemi, donc, de tout progrès fondé sur la raison et sur la discipline. Chacun doit tuer son propre serpent : tel est le début de toute sagesse, de toute civilisation. Fabrizio Clerici, illustrateur de Mozart, n'a pas éludé cette sorte de « scène primitive » : un des plus impressionnants dessins pour *Thamos* montre le reptile encadré dans une porte et prêt à détendre la spirale de ses anneaux pour bondir dans une pièce où ne l'attendent ni le piège du prince Sethos ni les trois Dames de Mozart, mais des oiseaux de proie au cou érigé et à l'œil dilaté.

Sethos est une des sources où puisa le librettiste de *la Flûte enchantée*. Avant Schikaneder, un autre Allemand avait lu avec soin l'abbé Terrasson : le baron Tobias-Philipp von Gebler, conseiller d'Etat à Vienne et franc-maçon notoire, auteur de nombreux drames dont nous ne connaissons plus que le titre mais qui semblent ressortir au réalisme bourgeois le plus plat : *le Ministre, le Consentement forcé, les Amis du Vieux, Doit-on aimer sa femme?* etc. Or, touché lui aussi par l'égyptomanie, ce Greuze en pantoufles chaussa les cothurnes ailés d'Isis et se transporta sur les rives du

Nil qui lui inspirèrent la seule œuvre à laquelle son nom doit d'avoir franchi les siècles : *Thamos, roi d'Egypte*.

Le jeune Mozart, qui se trouvait à Vienne en 1773 et avoir alors dix-sept ans, fut mis en contact avec Gebler par l'intermédiaire de Mesmer, autre charlatan génial, l'illustre médecin inventeur du « magnétisme animal », fluide qu'il prétendait pouvoir diriger et communiquer et dont il fit le remède à toutes les maladies. Gebler demanda à l'adolescent d'écrire pour *Thamos*, « drame héroïque », une musique de scène, soit deux chœurs et cinq entractes symphoniques. Le jeune homme, à peine rentré à Salzbourg, s'acquitta de cette tâche avec conviction, mais la pièce, même agrémentée de musique, fut un échec. Six ans plus tard, Mozart reprit et étoffa la partition de *Thamos*, en y adjoignant un solo de basse et un chœur final sur des paroles qui n'étaient pas de Gebler.

Le véritable aboutissement de *Thamos*, ce fut, en 1791, *la Flûte enchantée*. Aboutissement, parce que les principales idées et les situations qu'on retrouve dans le chef-d'œuvre maçonnique de Mozart figurent déjà dans l'ouvrage de Gebler. Même cadre : l'Egypte. Même sujet : l'opposition de la Lumière et de la Nuit. La Reine de la Nuit s'appelle Mirza, Pamina Saïs et Tamino Thamos. Sarastro apparaît sous le nom de Sethos emprunté au roman de l'abbé Terrasson. Comme dans *la Flûte enchantée*, Saïs a été enlevée à sa mère pour être élevée dans le culte de la lumière par Sethos, et elle reçoit pour époux un jeune prince initié par les prêtres du Soleil. Il n'est pas jusqu'au « doux son enchanté de la flûte » (*sanfter Flöten Zauberklang*) qu'on n'entende dans un des chœurs de *Thamos*.

Mozart tenait tant à cette œuvre de jeunesse, injustement négligée aujourd'hui, qu'il ne se contenta pas de l'augmenter six ans après le premier jet, mais lui donna en guise d'ouverture la plus belle de ses symphonies juvéniles, la symphonie en mi bémol majeur K 184, la première de ses symphonies tragiques, où l'angoisse affleure en tendres accords élégiaques sous la crânerie batailleuse de ses dix-sept ans. Au reste, il semble que ses relations avec Gebler ne se soient pas limitées à la rencontre de 1773. A la fin de 1785, l'empereur Joseph II ordonna le regroupement des huit loges maçonniques de Vienne en deux seules loges : la *Nouvelle Espérance couronnée* et la *Vraie Concorde*. Ignaz von Born, le modèle de Sarastro et un des conseillers spirituels de *la Flûte enchantée*, présida aux destinées de la *Vraie Concorde*. Mozart entra dans l'autre loge, dont le Vénérable se trouva être le baron von Gebler en personne.

Si, comme on l'a dit souvent, le fond de la doctrine maçonnique avait été la lutte du Bien contre le Mal, de la Raison contre l'Obscurantisme, du Progrès contre l'Eglise, on ne voit pas comment un argument aussi abstrait, aussi froid, aurait pu inspirer des chefs-d'œuvre tels que *Thamos* ou *la Flûte enchantée*. Il faut revenir à la lettre des livrets : les deux forces qui s'affrontent sont le Soleil et la Nuit, ce qui donne aux « mystères égyptiens » du XVIIIe siècle une dimension magique incomparable. Laissons de côté l'ennuyeuse morale et la terne raison, et élevons-nous jusqu'au plan cosmique où les puissances de l'ombre livrent un combat métaphysique contre le feu du ciel. En tout cas, nul peintre ne se serait mis à rêver autour de *Thamos, roi d'Egypte* (malgré les sortilèges d'un tel titre) si le rituel savant des Maîtres et des Apprentis ne s'était présenté à ses yeux en images, images solaires et images nocturnes, images de l'œil et images du serpent, images de la mort et images du destin.

L'ariette *An die Freude*, le premier texte maçonnique mis en musique par Mozart, fut écrite à l'âge de onze ans. Dès neuf ans, Fabrizio Clerici (1) se passionna pour l'Egypte et ses mystères, s'il est vrai que la découverte de la tombe de Tout Ankh Amon dans la Vallée des

(1) Sur ce peintre, né en 1913 à Milan et qui vit habituellement à Rome, consulter le livre fondamental de Patrick Waldberg, *Clerici*, Grafis, Bologna, 1975.

Rois marqua le début de son engouement pour les vestiges, les trésors et les énigmes du royaume des pharaons. Son premier voyage à Memphis et à Thèbes eut lieu en 1953. L'année suivante, les archéologues mettaient au jour une barque solaire exhumée d'un océan de sable. L'énorme vaisseau de trente-trois mètres apparaissait pour la première fois depuis cinq mille ans à des yeux humains. A cette époque remonte le commencement des cycles « égyptiens » de Fabrizio Clerici : cycle des barques solaires, grandes carcasses déchiquetées projetées sur le ciel vide ; cycle des temples-labyrinthes, angoissantes constructions écrasées dans le désert ; cycle d'Horus, le dieu-faucon à l'œil inexorable. Motifs, thèmes, figures empruntés à l'Egypte (une Egypte revisitée par le songe, il va sans dire : non celle des historiens et des savants ; Clerici reconnaît en Athanasius Kircher, cet orientaliste du XVIIe siècle qui déchiffra en traductions fantaisistes les hiéroglyphes, son seul maître) affluent dans les tableaux : motif du bélier (observé dans la fameuse allée de Karnak et qu'on retrouve dans les dessins pour *Thamos*) ; motif du scarabée (insigne de la sagesse chez les Egyptiens, tel celui taillé dans le granit qui garde à Louqsor le lac sacré des prêtres d'Aménophis III et de Ramsès II : dans *Thamos* aussi j'aperçois cet insecte géant, que je n'aurais garde de prendre pour un fantasme kafkaïen dérivé de *la Métamorphose*) ; motif de l'œil, qui renvoie au soleil ; et motif de l'œuf, qui renvoie aux arcanes insondables des origines, aux mystères de la création et à l'énigme de toute chose.

On sait la place qu'Horus occupait dans le panthéon égyptien : Horus le Grand, Haroêris, le faucon aux plumes bariolées. (Gaston Maspéro, à qui j'emprunte la description de l'oiseau, le qualifie d'épervier.) Il planait au plus haut des airs et embrassait de son regard fixe le champ entier de l'univers. Comme son nom assonait en calembour au terme *horou* qui désigne le visage humain, on mêla les deux sens, et on joignit à l'idée du faucon celle d'une face divine dont les deux yeux s'ouvrent tour à tour, l'un, le soleil, pour éclairer les jours, l'autre, la lune, pour illuminer les nuits. Nous voilà à nouveau en pleine cosmogonie mozartienne, et Clerici, qui a fait du faucon (ou de l'épervier ? ou du vautour ?) le thème obsessionnel de *Thamos,* a surenchéri sur le mystère en ne présentant jamais de face aucun de ses nombreux rapaces : mais toujours de profil, en sorte que nous ne sachions si c'est l'œil du soleil ou l'œil de la lune qui scrute l'immensité de l'espace. Quelle image mentale se reflète dans la prunelle pétrifiée de ces redoutables volatiles ? Sont-ils en train d'écouter les vocalises acrobatiques de la Reine de la Nuit ? Ou prêtent-ils une oreille religieuse aux graves objurgations de Sarastro ? Le soleil a une voix de basse et la nuit une voix de soprano colorature : de cela nous sommes sûrs depuis *la Flûte enchantée.* Comment chanteraient les oiseaux de Clerici s'ils consentaient à desserrer leur appendice nasal en forme de corne acérée ?

Mais la question n'est peut-être pas là : car on est frappé, en regardant les dessins pour *Thamos,* par l'espèce de neutralité météorologique qui gouverne l'univers de Fabrizio Clerici. Où prendraient place le jour et la nuit dans ce monde égal, étalé sans durée, immuable, éternel, inaccessible aux changements des saisons comme des heures ? D'où vient même la lumière, il serait difficile de le dire : de partout et de nulle part. Certes, si le faucon doit symboliser le regard, et si le regard personnifie le soleil, le reste de la mythologie égyptienne semble étranger à Clerici : en tout cas cette légende qui comparait la vie du soleil à celle de l'homme. La déesse-Orient recevait l'astre sur ses mains — au sortir du sein maternel de Nouît, la déesse-Terre — comme l'accoucheuse reçoit le nouveau-né. Elle l'entourait de soins pendant la première heure de sa vie qui était la première heure du jour. Il la quittait bientôt pour grandir et s'affermir de minute en minute : à midi, c'était un héros triomphant dont la splendeur s'épandait sur toutes les créatures. Puis ses forces l'abandonnaient peu à peu, sa gloire s'offusquait, il se courbait, il se traînait péniblement comme un vieillard appuyé sur son bâton, il s'évanouissait enfin, il plongeait à l'Occident dans la bouche de Nouît, dont il traversait le corps pendant la nuit, pour renaître d'elle au matin prochain et pour repartir sur les chemins parcourus la veille.

Les faucons de Clerici, érigés implacablement comme des siècles, n'ont été bercés ni dans cette tendresse ni dans cette ironie. Aucune nourrice ne les a tenus dans ses bras, aucune mère n'a veillé sur leur premier vol. A vrai dire, ils ignorent la croissance comme le déclin : ils existent de toute éternité, par un droit surnaturel qui les dispense de s'insérer dans le temps. Cet Horus est-il même né un jour ? N'est-ce pas lui faire injure que de lui attribuer une origine ? Deux ou trois fois, pourtant, Clerici évoque sa naissance : mais comme un événement intemporel, un surgissement hiératique sans rapport avec la fragilité d'une éclosion animale. L'œuf dont il sort n'est pas un œuf privé, mais un œuf cosmique ; ce n'est pas un petit oiseau qui vient au jour, mais un être déjà complètement formé, l'œil fixe, la prunelle déjà dilatée, les serres et le bec déjà adultes. Et, surtout, il faut noter avec quelle sévérité l'accueillent les grands rapaces dressés devant lui : aucune indulgence pour sa faiblesse, aucun attendrissement pour son enfance, car il n'a ni faiblesse ni enfance. Il n'a pas d'âge et il n'en aura jamais. Inutile d'ajouter que les faucons de Clerici ne vieillissent pas et que leur mort n'entre pas au nombre des événements concevables.

La plupart des divinités du Nil (toujours selon Gaston Maspéro), Khnoumôu, Osiris, Harshâfîtou, s'incarnaient dans un bélier : la vigueur de ces mâles et leur furie génératrice les désignaient naturellement pour figurer le Nil donneur de vie et le débordement de ses eaux. Un des béliers de Clerici est bien représenté en même temps qu'une barque, mais cette barque repose à sec sur un plancher de bois, et l'élément eau, qui est à la fois symbole nourricier et symbole affectueux, fait totalement défaut ici. Nous sommes en présence d'une Egypte d'où le Nil et sa générosité fluviale se seraient retirés, pour faire place à un désert de pierres, d'ossements et de fossiles, règne de la mort ou de la contemplation mortifère.

Et l'Egypte de Mozart ? A la façon dont il a interprété le thème bien connu des dieux mixtes à corps d'homme et à tête d'oiseau pour en tirer le personnage de Papageno, oiseau à tête d'homme, on serait tenté de croire, d'après cette inversion humoristique, que l'Egypte n'était pas seulement pour lui un lieu de culte et de vénération, mais aussi d'amusement et de farce. Dans *Thamos,* le jeune homme ne se risque pas encore à tant d'irrévérence : se contentant de rendre hommage, dans une musique soutenue et grandiose, au pays qui a été le berceau des mystères, le territoire des pharaons, le royaume d'Isis et d'Osiris.

Le chœur d'introduction est un solennel hymne au soleil : « *Schon weichet dir, Sonne, des Lichtes Feindin, die Nacht!* » « La nuit, ennemie du jour, te cède la place, ô soleil ! » chante le chœur des Prêtres et des Vierges : et autant ils font retentir de tout son éclat métallique le mot *Sonne,* autant, sur le mot *Nacht,* ils baissent la voix pianissimo, comme si le seul fait de nommer les ténèbres pouvait constituer une menace pour le règne de la lumière. Menace qui semble définitivement écartée dans les dessins de Clerici : à moins que ce que regardent si fixement les faucons dressés dans leur veille sans répit ne soit justement une boule d'ombre et de nuit prête à fondre sur leur empire, comme l'ennemi invisible à l'horizon du désert des Tartares.

La suite du chœur d'ouverture de *Thamos* nous transporte bien loin, en apparence, de l'univers de Clerici. Les Prêtres se divisent des Vierges pour chanter, seuls de leur côté, les vertus du courage militaire et du patriotisme. Puis les Vierges, à leur tour, clament leur ambition d'être « la fierté de leurs familles » et « l'orgueil de leurs époux ». Elles aspirent au « bonheur tranquille du devoir accompli ». Rassurons-nous : ce double idéal belliqueux et domestique ne pouvait être celui de Mozart. Il sent à plein nez son Gebler, l'auteur de *les Amis du Vieux* et de *Légèreté et bon cœur.* D'ailleurs, la musique dément absolument les paroles : d'une gravité religieuse et concentrée, aussi éloignée de l'ardeur soldatesque que de la mièvrerie pot-au-feu.

Reste que chez Mozart il s'agit d'hommes et de femmes et de sentiments humains, alors que chez Clerici, dans les dessins pour *Thamos,* l'élément humain a complètement disparu. Pas un visage, pas une silhouette d'homme ni de femme ne vient rompre la série des oiseaux et des béliers. Aucun anthropomorphisme non plus : ces oiseaux et ces béliers ne sont pas les porte-parole d'un message humain, comme dans les fables de La Fontaine : ils existent en deçà ou au-delà de l'humanité, dans la sphère raréfiée des espaces sidéraux.

Le deuxième chœur de *Thamos* nous rapproche peut-être d'une vérité plus mozartienne que geblerienne : toujours des Prêtres et des Vierges, mais les uns décrivent la planète comme allant « des sables brûlants de midi au bord de l'océan lointain », les autres évoquent avec ravissement « les sonneries de trompette » et « le doux son enchanté de la flûte ». Nous voilà transportés dans le double désert du sable et de l'océan, et, quant aux instruments de musique, ils nous introduisent au royaume où les sentiments humains doivent s'effacer devant la révélation de l'Infini et de l'Absolu. Il faudrait ici, en musicologue, analyser la partition : souligner, par exemple, l'usage des tonalités rituelles de mi bémol et d'ut mineur ; relever, au début du premier entracte symphonique, les trois accords solennels ascendants qui préfigurent ceux de *la Flûte enchantée ;* comparer le solo de basse du grand prêtre, non seulement à celui de Sarastro, mais aux interventions du Commandeur dans *Don Giovanni :* on s'apercevra alors que la tonalité de ré mineur, commune au grand prêtre de *Thamos* et au Commandeur, indique, au-delà de la disparité des sujets et des situations, une même volonté d'exploration cosmique dans les espaces où l'homme ne s'avance qu'avec terreur.

Mais que lisons-nous, justement, dans les paroles du

grand prêtre ? « *Ihr Kinder des Staubes, erzittert und bebet.* » « Vous, fils de poussière, tremblez et craignez. » Le douceâtre et optimiste Gebler a eu la main forcée : l'idylle ménagère qu'il promettait aux Vierges d'Isis se trouve balayée par le vent de l'Eternel. Le chœur, ressoudé pour l'occasion, reprend en conclusion de l'œuvre les mots terribles : « Nous, fils de la poussière, nous tremblons et craignons / Et courbons la tête vers le sol ; / Que notre seul effort soit de servir les dieux / Selon leur volonté. » Fabrizio Clerici n'a pas eu à solliciter Mozart pour le tirer de son côté : dans la splendeur figée d'un monde hostile et impénétrable.

Crainte et tremblement : ce n'est pas tout à fait vrai que l'homme soit absent des dessins pour *Thamos*. Des restes de momies et de sarcophages aplatis contre le sol attestent le passage des hommes sur la terre : mais comme des ombres fugitives, comme des fantasmes sans consistance, ni plus ni moins que de la poussière, qui finira par se mêler aux grains de sable dont est fait l'immense désert égyptien. L'homme, chez Clerici, a si bien servi les dieux, il a courbé sa tête si profondément vers le sol, qu'il s'est dissous en une poudre grise impalpable, dont ces dessins semblent recouverts. Il s'est aboli, il est rentré dans le mutisme et dans la nuit des origines, laissant Horus dans son triomphe solaire. Le temps a cédé la place à l'éternité, de même que, à peine les derniers accords de Mozart effacés, nous pénétrons grâce à la musique dans l'au-delà silencieux de la musique, là où règne un ciel métaphysique sans étoiles ni consolations.

LITTÉRATURE

INTRODUCTION
À LA LITTÉRATURE ITALIENNE

LA littérature italienne est d'un abord difficile. Souvent ennuyeuse, elle exige toujours un effort particulier du lecteur. Parmi les plus grands écrivains, on n'en trouve que très peu qu'on puisse prendre à livre ouvert, et lire pour le plaisir de lire, en se passant d'introductions historiques et de gloses philosophiques. Lire en Italie a toujours été une affaire grave, un peu solennelle, pour laquelle il faut se dépouiller de son habit commun et revêtir une veste de cérémonie.

Plusieurs circonstances expliquent cette singularité. D'abord, l'expression écrite n'a pas une importance primordiale en Italie, pays qui manifeste son génie dans les arts plastiques et dans la musique et accessoirement dans la littérature. Dès le XIVe siècle, à l'époque où Dante portait la littérature italienne à un point d'excellence qu'elle n'a pas rejoint depuis, la littérature était déjà seconde par rapport à la floraison des urbanistes, des architectes, des peintres et des sculpteurs. La Renaissance donna d'innombrables érudits et humanistes, mais pas un poète ou un conteur qu'on puisse comparer même de loin à un Piero della Francesca ou à un Palladio. Au XVIIe siècle et au XVIIIe siècle la littérature est en agonie, tandis que les Bernin et les Borromini, les Monteverdi et les Vivaldi affirment avec éclat l'ère baroque. Au XIXe siècle, le seul artiste qui touche le grand public n'est pas un romancier, comme Balzac, Dickens ou Tolstoï, mais un auteur d'opéras,

Verdi. Le peuple italien, pour livrer ce qu'il a à dire, recourt à d'autres moyens que les mots.

LE PROBLÈME DE LA LANGUE

C'est qu'il ne dispose guère d'un langage qu'il puisse reconnaître pour sien. Le fameux problème de la langue n'a jamais été résolu. Né, comme les autres langues romanes, du latin dégénéré, l'italien écrit est toscan par le vocabulaire, mais reste latin par la syntaxe : dès l'origine le divorce entre langue écrite et langue parlée est consommé en Italie, et jusqu'à nos jours la littérature italienne souffre de cette situation. L'italien écrit que les Italiens trouvent dans leurs livres n'est pas la même langue que celle qu'ils parlent. C'est un italien rhétorique, redondant, comme vaniteux de sa supériorité sur l'italien usuel. Le cas le plus typique est celui de Boccace : Boccace écrit des contes qui débordent de vie, d'esprit, d'astuce, où les épisodes se succèdent tambour battant, mais il les écrit dans une prose oratoire copiée sur la prose latine, et la période trop ample et trop lourde de ses phrases dilue la saveur du récit. Ce qui était vrai au XIVe siècle n'a pas cessé de l'être au XXe. Le plus « grand » philosophe, essayiste et critique de notre époque, Benedetto Croce, n'est qu'un pédant qui écrit ses livres comme des dissertations, avec des balancements oratoires qui en rendent la lecture fastidieuse toujours, souvent insupportable.

Le souvenir de la Rome antique et de ses splendeurs a été fatal pour la littérature italienne. Depuis la chute de l'Empire romain jusqu'à la formation de l'Unité italienne, en 1860, la péninsule fut la proie, sans aucune trêve ni répit appréciable, soit d'invasions, soit de guerres civiles entre républiques ou souverains rivaux, soit, le plus souvent, des deux sortes de maux en même temps. Plus d'une fois, les Italiens virent se battre sur leur sol deux armées étrangères : ainsi, au XVIe siècle, la péninsule servit de champ de bataille aux soudards de François Ier et aux lansquenets de Charles Quint. Trois siècles plus tard, Napoléon et les Autrichiens se disputèrent la plaine du Pô.

Le sentiment du malheur national, de l'infériorité politique, est une des sources d'inspiration les plus constantes de la littérature italienne. Dante et Machiavel, les deux plus grands écrivains de l'âge classique, sont hantés par le spectacle des luttes intestines et bâtissent toute leur œuvre, l'un autour de la figure de l'Empereur, l'autre autour de celle du Prince, mythes de l'impossible unité. Le seul grand roman du XIXe siècle de type européen, *les Fiancés*, de Manzoni, a pour sujet l'occupation espagnole du Milanais au XVIIe siècle. Foscolo, auteur des *Dernières Lettres de Jacopo Ortis*, le *Werther* italien, mêle à l'histoire d'un amour impossible la tragédie de l'exilé chassé de sa Vénétie natale par le traité de Campoformio.

Bien plus importantes me paraissent les conséquences indirectes, ou moins visibles, des malheurs de la patrie : un sentiment précaire de l'existence, qui expose les cœurs faibles aux tentations du marasme, qui incite les âmes fortes à l'énergie du désespoir. Faute d'une bourgeoisie solide et responsable (comme en Angleterre ou en France), ou d'une classe militaire (comme en Russie), on vit dans l'insécurité, le mécontentement et la peur. S'il y a un pays où l'on ne puisse nier que les écrivains optimistes soient les mauvais écrivains, c'est bien l'Italie. Le génie italien, contrairement à l'idée solaire qu'on s'en fait trop vite, déteste la lumière et le bonheur.

Mais depuis l'achèvement de l'Unité, au moins, la nation n'a-t-elle pas trouvé l'intégrité, l'équilibre, la santé ? Aucunement. Je ne songe point tant aux vingt années noires du fascisme, qui rendirent les écrivains à l'exil (Salvemini, Silone), à la prison (Carlo Levi, Pavese, Gramsci), au supplice (Piero Gobetti, battu à mort, Leone Ginzburg, torturé par les Allemands, Giaime Pintor, tombé dans la Résistance : trois espoirs de la pensée italienne massacrés en pleine jeunesse). Je peux même négliger le fait que pendant vingt mois, de septembre 1943 à avril 1945, les Américains d'Eisenhower et les Allemands de Kesselring mirent à feu et à sang la péninsule, depuis la Sicile jusqu'au Brenner. Mais la guerre civile, sournoise et féroce, qui oppose depuis cent ans l'Italie en deux moitiés hostiles, le Nord et le Sud, on n'en dira jamais assez les ravages.

Le Piémont, pour imposer aux anciennes provinces du royaume de Naples la démocratie libérale, un système moderne d'impôts, le service militaire et surtout une économie qui profitât au grand capital concentré dans le Nord, dut envoyer une armée de soldats et de policiers : la « guerre des brigands », entre 1860 et 1865, fit plus de victimes que les campagnes contre l'Autriche pendant la durée entière du *Risorgimento*. Aujourd'hui, si le Sud paraît soumis à l'Etat centralisateur, au gouvernement de Rome, il l'est comme un pays colonisé à la métropole : avec un sentiment de rancœur et de frustration. Est-ce un hasard si la moitié au moins des écrivains importants de ce dernier siècle proviennent des provinces les plus méridionales ? Verga, Pirandello, Carlo Levi (Piémontais d'origine, mais sudiste d'adoption), Vittorini, Brancati, plus récemment Giuseppe Tomasi di Lampedusa et Leonardo Sciascia expriment dans leur œuvre le drame de l'unité manquée, de la coexistence désastreuse entre un Nord évolué et riche et un Sud sous-développé, en proie à la faim, à la misère, à la maladie. Ils traduisent l'amertume et le découragement de populations abandonnées du pouvoir central et tentées de compenser par un orgueil stérile la conscience de leur infériorité.

Si les infortunes de la patrie ont inspiré quelques-uns de leurs plus beaux accents aux écrivains, ils ont puisé pour les exprimer dans le seul trésor resté intact parmi tant de désastres, à savoir l'intarissable réserve de belles phrases tournées et polies à l'époque glorieuse par les orateurs latins et en particulier par le plus illustre d'entre eux, Cicéron. C'est ainsi qu'un avocat, un rhéteur, un virtuose du balancement et du chantage oratoire, habitué, par son métier même, à noyer l'objet du débat dans des cadences symétriques propres à flatter l'oreille non moins qu'à endormir l'esprit, préside aux destinées de la prose italienne. S'étonnera-t-on qu'elle nous paraisse si lente, si encombrée de généralités, de pléonasmes et de chevilles, si peu moderne enfin ? Qu'un Boccace, qu'un Pétrarque, qu'un Leopardi même (dans son journal intime, si intéressant) eussent gagné à écrire plus vite, en sautant les transitions, en rompant la monotonie d'un rythme obstinément didactique ! Aujourd'hui, il est presque impossible de trouver un livre de critique littéraire, de critique d'art qui ne tombe des mains, à cause de cette prolixité, de ce verbiage pâteux.

C'est là une véritable maladie nationale. Gramsci en faisait remonter la cause à la fracture qui marqua la fin des communes libres du Moyen Age et l'avènement des principautés de la Renaissance. Tandis qu'au temps des communes la langue utilisée pour écrire fut vraiment la langue du peuple, les professionnels de la littérature que furent les humanistes auraient imposé un retour au latin et à la langue « cultivée », expression de la caste au pouvoir. Cette thèse prend le contre-pied de tout ce que Burckhardt et ses successeurs ont dit sur la Renaissance comme époque de renouveau, de splendeur, d'épanouissement. Selon Gramsci, la Renaissance fut au contraire un mouvement de réaction contre les libertés populaires qui s'étaient affirmées pendant les communes et furent définitivement déconfites par l'installation au pouvoir de la bourgeoisie d'affaires.

Quoi qu'on pense de cette thèse, on ne peut s'empêcher de constater que, dans le domaine de la culture au moins, la plupart des intellectuels, en passant du côté du pouvoir, perdirent cette fraîcheur d'inspiration qui caractérise par exemple le *Cantique des créatures* et toute la littérature franciscaine. Désormais, pour être « écrivain », il fallait se séparer du commun, monter sur les échasses de la « culture » et se draper dans un langage docte. Un même écrivain italien peut être sobre et simple dans ses lettres et ses Mémoires, et oratoire et ampoulé dans ses écrits « littéraires ». Rien n'est plus frappant, aujourd'hui en Italie, que de voir les deux registres d'expression de l'intellectuel, du professeur moyen : en tant qu'homme il s'exprime comme tout le monde, en tant qu'intellectuel ou que professeur il recourt à un langage « supérieur » inintelligible sans initiation et décourageant pour le citoyen.

Une bonne partie de la littérature italienne plus récente est ainsi le fait de professionnels qui s'adressent à d'autres professionnels : c'est la littérature italienne officielle, la littérature des « classiques », qui dégage pour tout esprit libre un ennui insupportable. Parini, Alfieri, Vincento Monti, Carducci, Pascoli, D'Annunzio, Croce, même Manzoni, même Verga : qui assure leur survie sinon d'autres professeurs ? Ce sont encore les professeurs qui affirment que le seul italien « correct » est le toscan : mais pourquoi le toscan, quand il y a beau temps que Florence a perdu son hégémonie intellectuelle et que la vitalité littéraire du pays a ses épicentres en Sicile et dans le Piémont, à Milan, à Trieste ? Déjà Goldoni écrivait ses meilleures pièces en vénitien, et depuis on ne compte plus les très bons écrivains qui ne s'expriment que dans leurs « dialectes » (en fait, des langues aussi sérieuses que le toscan) ou en infligeant à la langue officielle des incorrections riches de significations littéraires : ainsi Carlo Emilio Gadda, le maître de la contamination linguistique.

ISOLÉS ET AUTODIDACTES

Parallèlement à la littérature officielle, à la littérature triomphante, il y a toujours eu, heureusement, en Italie, une littérature d'isolés et d'humiliés. Rien de plus instructif que d'examiner le sort terrestre des écrivains qui comptent à nos yeux : tous vilipendés de leur vivant, honnis et persécutés. Dante, Machiavel, Foscolo ont gémi dans l'exil. Savonarole et Giordano Bruno ont péri sur le bûcher. Marco Polo, Benvenuto Cellini, Galilée, Campanella ont moisi en prison. Gramsci est mort dans sa geôle après onze ans d'incarcération. Quand la mise au ban n'est pas matérielle, elle est symbolique. On admire Machiavel, le seul prosateur de l'âge classique à écrire sec et nerveux comme Pascal, mais sa prose n'a pas fait école, et on s'est empressé de revenir à l'italien aulique et ampoulé. Vico, le génial philosophe napolitain, vécut dans l'obscurité la plus totale, et il fallut attendre Hegel et Michelet pour sortir son œuvre au grand jour. Italo Svevo, le romancier le plus moderne de l'Italie contemporaine, le créateur du roman psychanalytique, resta complètement inconnu en Italie jusqu'au jour où, passé la soixantaine, il fut découvert par Joyce et par Valery Larbaud. Enfin l'admirable Gramsci, s'il a des disciples politiques qui continuent son œuvre de chef de parti communiste, n'a pas fécondé une renaissance intellectuelle : on a lu, mais avec une curiosité distraite ou hargneuse, ses nombreuses réflexions littéraires éparses dans ses articles de jeunesse et dans ses cahiers de prison.

En plus des isolés et des humiliés, l'Italie a la chance de compter bon nombre d'écrivains autodidactes ou d'occasion. Autant les professionnels semblent obsédés par le souvenir de la grandeur antique et craignent de ne pas mettre assez de pompe dans leurs phrases, autant, en effet, les francs-tireurs de la littérature inventent des moyens de rendre le mouvement, la couleur, la saveur des impressions immédiates. Les prosateurs classiques italiens qu'on peut lire sans préparation, à livre ouvert, comme des auteurs modernes, sont rares, et toujours issus de l'école buissonnière : le moine anonyme des *Fioretti,* Benvenuto Cellini, orfèvre et sculpteur, qui écrit un horrible italien mais forge une langue merveilleuse. Marco Polo n'était qu'un marchand, Casanova qu'un aventurier. Le plus succulent livre de l'Italie contemporaine, *le Christ s'est arrêté à Eboli*, est l'œuvre d'un médecin et d'un peintre, devenu par hasard écrivain. La *Lettre à une maîtresse d'école* (1967), œuvre collective et anonyme des enfants de Barbiana, critique savoureuse et impitoyable des travers de l'enseignement en Italie, peut être citée comme le dernier en date de ces chefs-d'œuvre en fraude (1).

LA POÉSIE

Peut-être parce qu'il est dans la nature de tout poème de se présenter au lecteur comme un objet dur, hermétique, difficile à forcer, ou bien parce que le don d'isoler tout à coup des fragments de beauté, de suspendre le temps, de racheter les malheurs d'une vie par des extases contemplatives est inscrit dans le génie italien, on peut admirer la poésie italienne, sa ligne de crête et de feu qui va de Dante à Ungaretti, sans aucune des réticences qui retiennent devant les monuments de la prose. N'est-il pas étrange que les deux romans les plus vivants, les moins académiques, les plus romanesques soient deux romans en vers, le *Roland furieux* de l'Arioste et la *Jérusalem délivrée* du Tasse, le premier surtout, à cause des illuminations qui en constellent la trame ? Dante et ses amis de jeunesse, en premier lieu Guido Cavalcanti, donnent d'emblée à la poésie italienne son éclat, qui atteindra sa plus haute intensité dans le dernier chant du *Paradis;* et si l'on essaye de définir ce qui caractérise la poésie italienne à travers les âges, on a la surprise de pouvoir lui appliquer la phrase de Mallarmé sur l'art de rendre aux mots de la tribu leur sens plus pur, leur force toute fraîche et inouïe. Autrement dit, la poésie italienne est aussi peu encombrée de rhétorique que la prose en est étouffée. A part Pétrarque peut-être, un peu plus mélodieux, les poètes italiens tendent vers le sec, vers le nu, vers l'âpre, qu'ils obtiennent soit par une vigueur intellectuelle inaccessible à toute mollesse, comme Dante, soit par une brutalité hautaine, comme Michel-Ange, soit par un dépouillement hivernal, comme Leopardi, soit en heurtant les mots dans une bousculade rocailleuse, comme Montale, soit en les frottant pour en faire jaillir une flamme

(1) Traduction française par Michel Thurlotte, Mercure de France, 1968.

blanche, comme Ungaretti. Contrairement à l'opinion répandue, il n'y a pas de poésie moins musicale, au sens banal et édulcoré du terme, que la poésie des grands poètes italiens, et une étude thématique ferait ressortir la fréquence et l'insistance, ininterrompues au cours des siècles, des images du désert, du roc, de la blancheur solitaire et absolue.

RÉSISTANCE ET COMPROMIS

Quelques constantes qu'on retrouve à travers toute la littérature italienne donnent à la culture transalpine un ton, une physionomie particulière. Le sentiment du malheur national, de l'infériorité politique et économique, la rage ou l'humiliation devant la patrie déchirée, envahie et persécutée, alimentent un courant héroïque qui a ses trois cimes en Dante, Savonarole et Gramsci. Dante, victime des factions locales, en appelle à l'empereur, mythique Père unificateur. Savonarole, prophète de la décadence, voudrait tout détruire pour tout sauver. Gramsci, témoin de l'échec de l'Unité de 1860 et du fossé qui sépare aujourd'hui le nord et le sud de l'Italie, préconise l'alliance des ouvriers du Piémont et des paysans méridionaux contre la bourgeoisie au pouvoir.

Ces solutions, aussi héroïques qu'improbables, n'apportent aucun remède aux mille dangers qui menacent l'existence dans un pays en proie à l'insécurité et au sous-développement chronique, à la faim et à la peur ; aussi la littérature qu'on pourrait appeler de la résistance tient peu de place à côté de la littérature qu'on pourrait appeler du compromis. Dante, Savonarole et Gramsci (1) restent de splendides isolés : en Italie la grande affaire n'est pas de reconstruire le monde selon une ordonnance aussi admirable qu'utopique, la grande affaire est de s'accommoder du réel, d'apprendre à le connaître pour en prévenir les traîtrises.

(1) Et Pasolini, le dernier en date des utopistes, et qui tient de chacun des trois premiers.

Il y a la méthode empirique, celle que dicte le bon sens, le répertoire de trucs, qui permettent, non pas de dominer les événements mais d'exploiter l'occasion, de se tirer d'affaire au jour le jour. L'art, si typiquement italien, de la *combinazione*, n'a pas d'autre origine que la nécessité de manœuvrer dans l'existence entre les embûches et les mauvais coups. Boccace porte d'emblée cet art à la perfection. Faute de vivre dignement, il faut survivre. Une illustre lignée de fourbes, de séducteurs, d'entremetteurs propage cette sagesse qui est la forme dégradée du réalisme, la seule qui ne soit pas chimérique dans un pays où les caprices de la Fortune se jouent de la bonne volonté des hommes. Cellini, cet Alexandre Dumas italien, l'Arioste, le Machiavel de *la Mandragore*, Goldoni, entre autres, proposent chacun une technique de débrouillardise où la rouerie n'est que le masque de l'humilité.

Pas de plus profonds pessimistes que ces prétendus amuseurs. La *virtù*, c'est-à-dire l'énergie individuelle débarrassée de préjugés, que Machiavel recommande au dirigeant politique, n'est que l'envers, plus ambitieux, de l'*astuzia* populaire. Les hommes sont méchants, cupides, vaniteux, sots et lâches : il suffit de le savoir et d'exploiter leurs défauts pour les gouverner à son aise. Savonarole, qui a cru réformer Florence en lui proposant une idéologie, a renouvelé l'erreur de Dante : on n'est jamais assez pessimiste sur la nature humaine si on entend conduire un peuple. L'idéal, religieux ou philosophique, ne mène qu'à l'exil ou au bûcher. Tout progrès est une utopie. Avec un cynisme féroce, Machiavel s'acharne à réduire les actions des hommes à leurs mobiles les plus bas. Admirable psychologue, il formule en maximes, comme un romancier moderne, les découvertes de son expérience.

Avec Léonard de Vinci et Galilée, il appartient à l'âge d'or du positivisme italien. Léonard de Vinci scrute les mystères de la nature, Galilée ceux de l'univers. Connaître à fond les lois dont dépend notre destinée, voilà la plus haute exigence que s'impose l'intelligence réaliste, dans une époque livrée aux hasards des conquêtes, des spoliations, des tyrannies. On remarquera que les trois hérauts de la pensée moderne formulent leur sagesse sous la forme d'un cercle, d'un retour éternel. Pour Machiavel, le maximum de la réussite politique serait de revenir aux types de gouvernement dont l'excellence a été prouvée dans l'Antiquité. Léonard, plus confiant dans l'avenir de l'esprit, conçoit l'univers comme une totalité harmonieuse. Galilée établit que la sphère terrestre obéit à des révolutions circulaires. Deux siècles plus tard, Vico, qui complète leur œuvre en découvrant les lois du devenir historique, distingue trois âges dont le retour éternel assigne à l'humanité une voie étroite, un horizon limité. Parmi tant de doctrines, aucune qui propose des chances neuves. Pour ces esprits, virils mais persuadés de l'infirmité humaine, l'effort individuel ne débouche jamais sur un progrès. Par révolution, ils entendent retour obligatoire des choses, non pas libération.

LE MASOCHISME

A côté de la solution utopique (Dante), à côté de la solution réaliste (Machiavel), il existe une troisième manière de conjurer le sentiment précaire de la vie. Elle consiste à tirer une jouissance du sein même du malheur, à se délecter de ce qui fait souffrir. En plein milieu du XIVe siècle, Pétrarque inaugure, dans un petit livre aux résonances étrangement modernes, qu'il appelle son *Secretum*, le genre de la confession. A contre-courant de toute la tradition classique et humaniste qui fait un devoir à chacun de combattre ses faiblesses et d'affermir son caractère, Pétrarque revendique le droit de se garder incertain, vague et triste. S'inscrivant en faux contre l'enseignement de Cicéron, d'Epictète et de saint Augustin, il déclare qu'il est malheureux malgré lui et qu'il éprouve dans l'anxiété qui l'assaille un plaisir délicat et inconnu, dont la nouveauté même le flatte, le séduit, l'effraye. Il feint de demander à la philosophie antique et chrétienne un remède contre sa mélancolie, mais laisse en même temps deviner qu'elle lui tient bien plus à cœur qu'aucune santé morale. Tristesse douce-amère, vague à l'âme, de quel nom appeler ce domaine d'impressions féminines, musicales, indécises, délicieusement lancinantes, qui constituera le fonds à la fois de la poésie romantique et du journal intime ? Si on ne craignait l'anachronisme, il faudrait dire que Pétrarque a inventé le spleen, cette contemplation morose et exquise de sa propre infirmité, cette langueur qui naît de se savoir livré sans défense aux sensations du moment comme une feuille d'automne à la brise.

Le second relais important du masochisme en Italie, on le trouve chez Leopardi. Plusieurs motifs poussent Leopardi à choisir la souffrance comme règle de vie : des raisons extérieures, comme sa condition de provincial condamné à végéter dans un village des Marches à l'écart des voies de communication, ou la situation désastreuse de l'Italie à l'aube du XIXe siècle. Des raisons intérieures : le poète de Recanati souffre d'une maladie psychologique commune aux introvertis et aux intimistes, qui consiste à ne pouvoir vivre que dans le passé ou dans l'avenir, par les espoirs ou par les regrets, par les souvenirs ou par les illusions. Incapable de s'adapter au présent, blessé par le contact des choses, par ce qu'il appelle dans une des *Petites Œuvres morales* « l'état violent », il a besoin de se mettre à distance, d'interposer entre le monde et lui une médiation qu'il trouve dans l'éloignement, la remémoration et le ressassement des impressions d'enfance. Convaincu de l'inutilité de tout effort, il rumine des pensées de suicide et ne se sauve d'un sentiment intolérable d'échec qu'en proclamant la supériorité du nihilisme sur toutes les philosophies. Ces divers raisonnements aboutissent à un texte très étrange, *Mœurs des Italiens,* où Leopardi, élargissant à toute la nation son expérience particulière, fait un mérite à ses compatriotes de leur inaction. Comme ils possèdent le don, dit-il, de sentir plus vivement que les autres peuples la vanité des choses, ils ont bien raison de se moquer de ce qu'ils font et de vivre sans se soucier de leur honneur. « Le plus sage parti n'est-il pas de rire indistinctement et habituellement de tout et de chacun, en commençant par soi-même ?... Les Italiens rient de la vie : ils en rient bien plus, et avec plus de vérité et de conviction intime de mépris et de froideur que n'importe quelle autre nation. » On mesure le chemin parcouru depuis Machiavel : le cynisme de Machiavel était une recherche d'efficacité, celui de Leopardi n'est plus qu'une démission. Machiavel voulait exploiter les défauts des hommes pour agir sur le cours de l'Histoire, Leopardi trouve plus commode de subir les avanies du destin dont il se console en les raillant.

Cent vingt ans plus tard, Pavese invoque aussi l'autodérision pour justifier le triomphe du fascisme. « Nous obéissons seulement à la force. Puis, avec l'excuse que c'était la force, nous nous en rions. » Pavese représente une troisième étape du masochisme italien. Ce n'est plus seulement, comme Leopardi, une diffuse et romantique difficulté d'être qui l'obsède : c'est la peur de l'impuissance sexuelle. Et la vie lui pèse de manière si insupportable que tous les expédients : le refuge dans l'enfance, la création littéraire, le journal intime, se révèlent inutiles. A quarante-deux ans, il se donne volontairement la mort. Son œuvre apparaît comme le commentaire fiévreux et crispé d'une névrose d'échec. Stefano, le héros de son premier roman, *la Prison*, se laisse posséder par une femme qu'il déteste, sans oser conquérir celle qu'il convoite. Corrado, dans *la Maison sur les collines*, essaye de justifier par une crise mystique sa dérobade de l'été 1943, lors de la grande épreuve qui mobilise dans la Résistance tous les hommes de cœur. Ginia, dans *le Bel Eté*, sacrifie sa virginité et la pureté de ses sentiments à un mythe futile de la dépravation. Le petit campagnard du dernier roman, *la Lune et les feux*, se consume de larmes et de vains cris tandis que les charrettes emmènent à la fête les jeunes filles. Heureux parce que leur jeunesse les préserve des femmes, malheureux parce que leur inexpérience les en prive, et ne sachant s'ils doivent retarder ou précipiter l'épreuve, les jeunes garçons de Pavese, fascinés par la société des

« femmes entre elles » à qui ils prêtent une vie collective mystérieuse, ne quittent leur solitude que pour rencontrer, dans le choc contre le réel, un émerveillement contaminé par l'horreur.

Il est encore trop tôt pour établir que l'instinct autodestructeur a gouverné également un écrivain qu'on pourrait s'étonner de trouver à cette rubrique : Pier-Paolo Pasolini. En apparence, sa vitalité insatiable, ses engagements politiques, la virulence de ses polémiques sur la jeunesse, la police ou l'avortement (voir les *Ecrits corsaires* (1)) le désignent plutôt comme un combattant intrépide que comme une victime soumise. Il a été trouvé mort sur une plage d'Ostie, le 2 novembre 1975. Assassiné par le garçon qu'il avait « levé » à la gare de Rome, soutiennent les uns, par plusieurs personnes conjurées, affirment les autres. Crime de mœurs ou meurtre fasciste ? L'œuvre du romancier et du poète pourrait peut-être répondre à cette question. Avant d'écrire des livres et des films « durs » qui ont pour cadre la banlieue misérable de Rome, Pasolini a été l'auteur d'un roman élégiaque, *le Rêve d'une chose*, et de poèmes tendres jusqu'au sentimental : œuvres de jeunesse inspirées par le Frioul rustique et maternel de son enfance. Le provocateur et le blasphémateur des années 60/70 a commencé par être un adolescent doux et romantique dont les modèles étaient Narcisse et le Christ. Un sentiment profondément religieux a continué d'imprégner ses œuvres même quand elles sont devenues athées et iconoclastes. Et aussi un intense sentiment de culpabilité dérivé de son éducation chrétienne. Cet homosexuel militant (mais qui ne s'est jamais déclaré tel dans ses livres) n'était rien moins qu'affranchi. D'où, sans doute, cette instabilité affective qui le poussait à rechercher chaque soir un nouveau partenaire ; d'où, également, le choix de garçons connus pour être les plus cyniques et les plus dangereux de Rome. Conclura-t-on qu'un obscur besoin d'autopunition l'a guidé inconsciemment vers celui qui devait être son

(1) Flammarion, 1976.

bourreau ? Qu'au moins cette hypothèse ne soit pas écartée trop vite.

LE BONHEUR DOMESTIQUE

Enfin, à côté des trois plus grands courants de la littérature italienne, l'utopisme héroïque, le réalisme de combat et le masochisme, on distingue une quatrième tradition, plus modeste mais non moins tenace, qui s'appuie sur les valeurs domestiques. Les circonstances ayant voulu que l'Etat en Italie fût toujours impotent, fragile et dépourvu d'autorité, il en résulte que les valeurs paternelles n'ont jamais eu d'influence dans ce pays. Si Machiavel, par exemple, considère les hommes comme prisonniers de leur nature et incapables de s'améliorer, c'est qu'il n'accorde aucun crédit au pouvoir éducatif de l'école. Aujourd'hui encore, dans la péninsule — surtout dans le Sud — le percepteur et le gendarme, ces images caricaturales du Père, remplacent le professeur et le juge, les symboles absents du « bon » père. Or, en l'absence d'une autorité ferme et équitable qui institue le droit et la liberté, en l'absence des pères et de leurs représentants, le soin de protéger des embûches et d'organiser la vie revient aux mères. Mais les mères, en prenant le pouvoir, imposent leurs valeurs : non point la liberté, mais la sécurité ; non point la justice abstraite, mais la chaleur inconditionnelle du foyer.

C'est ainsi que l'idéal d'un bonheur domestique, petit-bourgeois, sentimental, protégé des grandes tempêtes, alimente un filon important du roman italien. Les héros, d'origine provinciale, dépourvus d'ambitions mais forts d'une irréprochable honnêteté, arrachés de leur maison et de leur bonheur par les vicissitudes d'une histoire hostile mais confiants dans les desseins mystérieux de la Providence, guettent, les yeux fixés sur leur clocher, le moment de retrouver la tranquille médiocrité des pénates. Incapables de vraies révoltes comme de profonds désespoirs, ils donnent l'exemple édifiant de la résignation chrétienne. *Les Fiancés,* de Manzoni, offrent le modèle le plus connu de cette sagesse d'intérieur. La chambre à coucher, loin d'être le théâtre de joutes érotiques, n'est plus que le *thalamos* nuptial, préparé par les mères, béni par le prêtre et sanctifié par la progéniture. On peut s'étonner que l'Italie, pays prétendu religieux, n'ait pas, après Manzoni, produit de romanciers catholiques dignes du nom d'écrivains. Il n'y a pas, c'est vrai, d'auteurs catholiques dans l'Italie moderne, comparables à un Péguy, à un Claudel ou à un Bernanos. Mais un catholicisme diffus, réduit à la notion de paix domestique et de sécurité familiale, un sentiment religieux qui s'inspire bien plus de la Madone et des tableaux de la Sainte Famille (père lointain et comme inexistant, mère berçante et généreuse, enfant roi) que de la figure trop abstraite du Dieu omnipotent, circulent dans le roman italien, à l'insu, le plus souvent, de l'auteur lui-même. On les retrouve chez des écrivains aussi différents que Riccardo Bacchelli ou Carlo Cassola, et des traces n'en manquent pas jusque dans l'agnostique Moravia ou le communiste Pratolini.

LES DEUX ITALIE

Je viens de citer des noms parmi les plus populaires en Italie. Hélas, à peu près les seuls qui le soient. La culture italienne est depuis l'origine une culture savante, intellectuelle, aristocratique. Le morcellement de la péninsule en petites cours, où des mécènes réunissaient autour d'eux l'élite des lettrés, entrava le développement d'une littérature populaire. Même dans les temps modernes, pour les raisons dites plus haut, l'Italie est restée pauvre en écrivains qui sachent se faire entendre en dehors d'un cercle d'initiés. Gramsci, dans *Littérature et Vie nationale,* insiste, pour le déplorer, sur le caractère « non populaire » de la littérature italienne, qui n'a rien produit de comparable au roman français, anglais ou russe du XIXe siècle. La seule littérature « populaire », c'est celle qui exalte les valeurs domestiques. Dans ce domaine comme dans beaucoup d'autres, l'exemple de Pavese est le plus curieux et le plus troublant. Pavese veut lutter contre le défaut originel de la littérature italienne : il prend ses modèles en Amérique, choisit pour personnages des paysans, des ouvriers, des travailleurs manuels, des vagabonds. La figure centrale de son univers, pourtant, c'est celle de l'homme seul, coupé du monde, inapte à vivre, jaloux de l'ardeur aux choses et du bonheur sans problèmes qu'il prête, dans son ingénuité, à l'homme du « peuple » : la figure, en somme, de l'intellectuel.

De Dante à Pavese, le chemin est plus direct qu'on ne pense. Celui des *Dialogues avec Leucô* (l'œuvre la plus chère à Pavese) qui s'intitule *la Bête sauvage,* met en scène Endymion et raconte les amours, platoniques, du berger et de la déesse Artémis. Fasciné par l'apparition nocturne de la belle intraitable, l'amoureux (un intellectuel, ce jeune homme, bien plus qu'un gardeur d'ouailles !) se prosterne à ses genoux sans rien lui demander d'autre que de l'adorer en silence. Ne reconnaît-on pas ici le thème même de la *Vita nuova ?* Le masochisme de l'adolescent qui renonce à la possession de la femme aimée, la délectation dans la contemplation distante, la joie de souffrir et d'être exclu mettent Pavese dans la tradition la plus raffinée et la plus aristocratique de la culture italienne : avant même la *Vita nuova,* cette tradition a son point de départ dans l'œuvre du premier grand poète italien, ami de jeunesse de Dante et champion du *dolce stil nuovo,* Guido Cavalcanti, qui dépeint l'amour comme un tyran cruel soumettant à son despotisme l'âme impatiente de s'immoler. Après Dante, on retrouve ce courant de mysticisme laïque dans le *canzoniere* de Pétrarque, dans les compositions funèbres du peintre Piero di Cosimo, dans les sonnets de Michel-Ange, dans les madrigaux des musiciens baroques Gesualdo da Venosa et Monteverdi *(lasciatemi morire),* dans les élégies de Leopardi. On a trop tendance, à l'étranger, à insister sur l'Italie sanguine et optimiste, expansive et oratoire, l'Italie de Véronèse et de Bernin, de Manzoni et de Verdi, de

Carducci et de D'Annunzio. C'est oublier l'autre Italie, secrète et crispée, contemplative et orgueilleuse, dont la plainte sourde retentit d'âge en âge, l'Italie hautaine, renfermée, dédaigneuse de sentiments aussi vulgaires que la soif du bonheur ou le désir de succès.

LE PROBLÈME DU ROMAN

Peu de romans, en Italie, on le sait. Excepté les laborieux *Fiancés* de Manzoni — qui ne sont guère populaires qu'en Italie, sans qu'on puisse incriminer les difficultés de la traduction — et l'admirable *Conscience de Zeno* de Svevo — mais y a-t-il Italien plus isolé dans son pays que ce Triestin, si proche de la tradition intimiste mittel-européenne ? — on citerait difficilement un grand roman transalpin. Le génie italien s'exprime en œuvres courtes : l'opuscule de cent ou cent vingt pages paraît la mesure qui lui convient le mieux. Les *Fioretti,* la *Vita nuova* de Dante, le *Secretum* de Pétrarque, *le Prince* de Machiavel, les *Dernières Lettres de Jacopo Ortis* de Foscolo, *Agostino* de Moravia. Pavese intitule « romans » des textes qui ne dépassent pas quelques dizaines de feuillets. Depuis Boccace, la nouvelle est restée en honneur. Que valent les romans d'un Verga, d'un Pirandello, à côté de leurs nouvelles? Moravia, méchant romancier (à part son coup d'essai, *les Indifférents*) excelle dans le récit bref. Dino Buzzati écrit des contes fantastiques dans la foulée de Poe, Gogol ou Kafka. Les mêmes raisons sociologiques, sans doute, qui expliquent le caractère non populaire de la littérature italienne, rendent compte de la rareté des romans : le morcellement du pays, la persistance et la force des traditions locales, l'absence de capitale et, conséquemment, d'un public assez homogène pour exiger une forme nationale d'expression, la pluralité des histoires provinciales qui freine la constitution d'une histoire collective, voilà des motifs suffisants pour entraver un genre littéraire qui n'a pu s'épanouir en Angleterre, en France ou en Russie que parce que les conditions s'y prêtaient.

Mais, au-delà des raisons sociologiques, ne peut-on en trouver de moins évidentes, de plus liées à l'histoire intérieure du tempérament italien ? L'art du roman suppose le sens du développement, la capacité de mûrir : la différence entre une nouvelle et un roman réside dans l'introduction de la durée. Un roman d'amour, c'est l'art de faire vivre dans le temps l'illumination de la première découverte. L'histoire d'un couple constitue le modèle parfait du roman d'amour, du roman : il s'agit de concilier le temps-extase et le temps-durée, d'observer, de décrire comment l'expérience transforme la stupeur initiale. Or on remarque qu'il n'y a pas de couples dans la littérature italienne, pas d'histoires de couples : l'amour en Italie est toujours isolé dans l'extase. Brûlant avec l'intensité d'un début absolu, il se révèle incapable de se modifier dans une durée, de s'enrichir par l'expérience, de mûrir sous l'effet du temps. Il se consume sur lui-même, avec une ardeur souvent admirable. Mais peut-on l'appeler amour ? Dissocié de la sexualité, du temps, de l'élément périssable qui fait la grandeur et le pathétique d'une aventure humaine, l'amour italien semble un feu destructeur qui n'a pas d'autre prix que la clarté de sa flamme. S'il faut indiquer l'origine de cette conception mutilée de l'amour, c'est encore à Dante qu'on doit remonter, à cette curieuse *Vita nuova,* histoire d'une passion qui tire son éclat de la mise à distance, de l'exclusion de la femme.

Entre Dante et Béatrice, rencontrée une première fois à neuf ans, une seconde et ultime fois neuf ans plus tard, de quel amour s'agit-il ? On y discerne trois éléments : le mutisme obstiné de la jeune fille, les obstacles infranchissables qui séparent les deux partenaires, la purification morale imposée à l'homme. Où est le rapport, où est le dialogue, entre Dante et Béatrice ? Le salut qu'elle envoie au poète, quand ils ont dix-huit ans, constitue leur seul échange. Sept ans plus tard, elle meurt, sans lui avoir jamais adressé la parole, ni reçu de lui la moindre confidence. Mais si elle avait vécu, aurait-elle inspiré la *Vita nuova,* rédigée dans sa plus grande partie après la mort de la *gentilissima?* Aurait-elle plus tard servi de guide et de lumière à Dante pour écrire *la Divine Comédie?* Aurait-elle seulement intéressé le poète? C'est par sa qualité d'absente qu'elle l'a fasciné. Il avoue n'avoir vu Béatrice qu'en de très rares occasions et de loin, entourée d'autres femmes ; et même, un jour où il ne s'attendait pas à la rencontrer, sa seule issue fut de s'évanouir.

Mais il y a plus. La *Vita nuova* porte les traces de deux arts d'aimer successifs et contradictoires. Dante a d'abord espéré trouver chez Béatrice la réciprocité de son amour. Il lui a fait une cour en règle, selon les usages du temps. Le plus important de ces usages voulait que fût tenue secrète l'identité de la femme aimée. Dante a donc feint d'écrire pour une autre les poèmes qu'il adressait à Béatrice. Mais il passa la mesure et Béatrice, s'estimant trahie, refusa de lui renouveler une seconde fois son salut. Dante décide alors d'avouer franchement son amour ; mais avec le résultat de s'attirer les moqueries des compagnes de Béatrice, sans obtenir le pardon de celle-ci.

Brusquement il comprend qu'il a fait fausse route ; que l'espoir de trouver la réciprocité de son amour chez Béatrice est une faute de tactique, qui l'expose sans cesse aux rebuffades et aux humiliations : le seul art d'aimer satisfaisant serait celui qui, au lieu de tenir compte des sentiments de la femme, les ignorerait purement et simplement. Dante prend donc le parti de se limiter à « ce qui ne peut venir à lui manquer », c'est-à-dire la louange, l'exaltation de Béatrice. Nul ne peut l'empêcher de célébrer les mérites de l'aimée, pas même la mort de celle-ci. Bien au contraire, la mort de Béatrice donne son libre essor à une ferveur qui, refusant de prendre en considération la nature, les goûts, les sentiments et jusqu'à la présence de *l'autre,* se nourrit de sa seule combustion intérieure.

L'amour-échange, l'aventure, imparfaite et menacée, de deux êtres humains qui cherchent à se comprendre, il semble que le génie de Dante l'a discrédité, en Italie, une fois pour toutes. Archétype de l'éros dissocié, la

Vita nuova s'impose comme modèle psychologique à la culture italienne. La séparation de l'homme et de la femme devient la condition de leur amour. Les *promessi sposi* manzoniens sont un couple de chastes fiancés. La passion de Jacopo Ortis pour Thérèse se réduit à un seul furtif baiser. Zeno aime une des sœurs Malfenti et en épouse une autre. Les amants de Pavese ne savent s'arracher à la contemplation passive de leurs maîtresses que pour les assassiner sauvagement. Les Siciliens de Brancati, éperdument amoureux de jeunes filles auxquelles ils n'osent pas adresser la parole, exhalent leur fougue érotique avec des prostituées. Mara et Bube, les *promessi sposi* de Cassola, doivent attendre quatorze ans avant d'avoir le droit de vivre ensemble. Micol, la jeune fille mystérieuse du *Jardin des Finzi-Contini* de Bassani, échappe à son adorateur. Enfin, chez Elsa Morante, l'amour n'est jamais un rapport de réciprocité, mais la prosternation éperdue d'esclaves aux pieds de leurs maîtres.

LE MYTHE DE L'ENFANCE

Au refus du temps, de la sexualité, de l'âge adulte, correspond l'exaltation de l'enfance. Le mythe du paradis perdu commence avec Leopardi, dont la vie s'est comme arrêtée à dix-sept ans, sans autre possibilité de développement que celle, tout intérieure, de remonter le cours des années à la recherche des premiers souvenirs. Au XXe siècle, apparaissent les héros enfants : dix ans pour Dino de *la Maison sur les collines* et Cinto de *la Lune et les feux,* treize ans pour le proustien narrateur du *Jardin des Finzi-Contini,* quatorze ans pour les garçons des deux chefs-d'œuvre de Moravia (Agostino du récit homonyme et Luca de *la Désobéissance*) et pour Arturo, le héros du très beau roman d'Elsa Morante *l'Ile d'Arthur.* Héros enfants, mais surtout mythe de l'enfance : toute la destinée est fixée dans les premières années de la vie. Aux héros adultes, il ne reste qu'à entreprendre le pèlerinage aux sources, comme le protagoniste de *Conversation en Sicile* de Vittorini, celui de *Chronique familiale* de Pratolini, celui du *Guépard* de Lampedusa.

Certes, le thème subit d'importantes variations. Pour Lampedusa, le retour à l'enfance signifie refus de l'histoire, de la révolution, du progrès : le prince Salina quitte Palerme, foyer de la rébellion antibourbonienne, pour Donnafugata, siège d'une éternité immobile et réactionnaire. Pour Vittorini, autre Sicilien, le retour à l'enfance signifie exactement le contraire : non pas régression complaisante à un passé historique condamné, mais plongée dans la nudité de la matrice en vue d'une renaissance de l'homme. Pavese célèbre l'irresponsabilité heureuse du jeune garçon à qui son âge épargne le heurt mortifiant du réel. Moravia et Elsa Morante décrivent, l'un en clinicien, l'autre en poète, le trauma du passage de l'enfance à l'adolescence. Mais tous ces écrivains, si différents soient-ils, conçoivent l'épreuve de la vie comme un désenchantement. On ne devient pas un homme : on est précipité dans l'âge adulte à la suite d'une mystérieuse effraction qui profane à jamais un bonheur dont aucune conquête virile ne saurait donner l'équivalent. Pasolini, pour sauver ses *ragazzi di vita* de la déchéance adulte, les fait mourir au seuil de l'adolescence.

L'Italie, pays encore agricole, à peine engagé dans l'ère industrielle, apparaît tout entière, à travers sa culture, comme un pays enfant. Enfantine, ou primitive, c'est dans les terres du Sud qu'il faut aller, pour la surprendre intacte. *Humilem Italiam,* telle que Carlo Levi la découvrit dans un village de Lucanie, telle que Pasolini l'a chantée (1), l'Italie des paysans, préexistante à la conquête d'Enée, immuable à travers les siècles, recouverte par les invasions successives mais jamais étouffée. Une Italie sans histoire parce qu'elle n'évolue pas dans le temps mais demeure, hors de la durée, figée dans une éternité immobile. L'Italie de

(1) *L'Umile Italia* s'intitule un poème du recueil *les Cendres de Gramsci.*

l'histoire, des lois, de l'Etat, cherche non sans peine à implanter le modèle européen et occidental de civilisation, dans cette terre réfractaire au progrès, fidèle aux origines. Réfractaire également à certaines acquisitions de la culture moderne. On aurait tort de s'étonner de l'extraordinaire répugnance que manifestent les écrivains italiens pour la psychologie et sa version plus récente la psychanalyse. A part le *Zibaldone* de Leopardi (qui est plus un cahier de notes qu'un vrai journal intime) et le *Métier de vivre* de Pavese (seul journal d'introspection), on ne trouve en Italie aucune œuvre d'auto-analyse ; le roman psychologique y est pour ainsi dire inexistant ; quant à la psychanalyse, elle n'a pénétré que très lentement en Italie, et par ses marches les plus excentriques, Trieste et Venise. L'hostilité de l'Eglise, combinée à celle de Benedetto Croce et à celle du fascisme, n'explique pas tout entière cette hostilité envers Freud, qui n'est pas seulement un refus intellectuel. Il y a quelque chose dans le tempérament italien qui se dérobe à l'analyse et au regard sur soi. L'Italien est mythologue, non psychologue, et ce trait imprègne toute la littérature, qui n'est pas tournée vers la vie et la connaissance de la vie, mais vers un âge d'or impossible à atteindre, sinon par l'illumination, le fragment, la stupeur extatique.

ITALO SVEVO

On se sent ridicule d'emboucher la trompette pour un écrivain que James Joyce et Valery Larbaud saluèrent il y a un demi-siècle déjà comme un des romanciers les plus originaux de son temps, et qui occupe en Italie (mais ce n'est pas une comparaison) une place aussi importante que Proust en France ou Kafka pour la littérature allemande. Cependant, même en Italie, qui le connaît en dehors des *happy few?* Trois volumes d'inédits, la réédition de son chef-d'œuvre en livre de poche, enfin la magistrale étude de Mario Fusco viennent à point nommé nous faire honte de notre ignorance sur un auteur pourtant si proche de nous par la modernité éclatante de son œuvre (1).

Evidemment, avec une vie aussi plate, aussi terne, on ressemble aussi peu que possible à l'image attendue de l'artiste. Employé de banque pendant vingt ans, puis représentant de commerce pour l'usine de vernis sous-marins qui appartenait à son beau-père, Italo Svevo fut un serviteur fidèle de la bourgeoisie moyenne d'affaires, bon mari, économe de ses sous, respectueux des lois, ennemi du tapage, col cassé et cravate sombre, visage insignifiant. Deux romans publiés en 1892 et 1898, aux

(1) Italo Svevo : *Une vie* (Gallimard) — *Ecrits intimes* (Gallimard) — *Court voyage sentimental* et autres récits (Gallimard) — *La Conscience de Zeno* (Folio) — Mario Fusco : *Italo Svevo, conscience et réalité* (Gallimard, 1973). Les éditions du Seuil ont publié *Senilità* et un autre recueil de nouvelles, *le Bon Vieux et la Belle Enfant.*

titres rébarbatifs, *Une vie* et *Senilità.* Puis, devant l'insuccès total de ses livres (pas un seul article sur *Senilità !*), un silence de vingt-cinq ans, occupé par le commerce des vernis. « Le joueur de football vaincu est tout à fait respectable. L'homme de lettres embobiné dans l'échec est suprêmement ridicule. » En 1923, *la Conscience de Zeno,* qui attira l'attention de la critique mondiale. Cinq ans après, ayant repris courage pour recommencer à écrire, il mourait des suites d'un banal accident de voiture.

Et pourtant, sous cette morne carrière de lampiste, quelle folle équipée solitaire ! Le seul fait d'être né à Trieste le mettait au cœur d'insolubles contradictions. Trieste, capitale philistine des grandes banques et des compagnies d'assurances. Trieste, carrefour de Slaves, de Germains et de Latins, possession austro-hongroise jusqu'en 1918. Cet écrivain de langue italienne né en 1861 passa presque toute sa vie comme sujet autrichien, au milieu de gens pour qui la littérature était une lubie de fainéants. De son vrai nom Ettore Schmitz, juif, il choisit le pseudonyme d'Italo Svevo pour marquer sa double appartenance aux races italienne et allemande. Aussi écartelé entre plusieurs cultures que Kafka à Prague, il n'avait pas besoin de quitter sa ville natale, comme Joyce, pour se sentir exilé dans son propre pays.

Mais ce n'est là que le début de ses aventures. Vers 1910, il rencontra la psychanalyse, Trieste étant le relais naturel entre Vienne et l'Italie. Il entreprit de traduire le livre de Freud sur les rêves. Sur ces entrefaites, ayant besoin d'apprendre l'anglais pour le commerce des vernis, le hasard lui envoya un jeune professeur irlandais venu enseigner à la Berlitz School de Trieste. C'était James Joyce en personne, qui lut émerveillé *Senilità,* redonna à Svevo le goût de la littérature et emprunta à son ami italien plusieurs des traits qui lui servirent à composer Leopold Bloom, l'immortel Juif errant d'*Ulysse.* L'honnête commerçant de vernis, à l'insu de ses concitoyens, était devenu un héros de l'analyse intérieure et de la plongée dans l'inconscient. Il est vrai que c'étaient des vernis sous-marins, et Svevo, largement pourvu d'humour, put voir dans cette circonstance un clin d'œil ironique du destin.

Zeno doit beaucoup à Freud et à Joyce, mais les deux premiers romans, écrits bien avant ces rencontres décisives, donnent déjà toute la mesure de Svevo. *Une vie,* qu'on publie pour la première fois en français, raconte l'histoire d'un petit employé de banque paralysé par son sentiment d'infériorité. Ayant réussi à séduire la fille de son patron, Alfonso Nitti est sur le point de l'obtenir en mariage. Mais au lieu de forcer la victoire, il s'enfuit, rejoint le village de son enfance et aide sa vieille mère à mourir. En apparence, ce portrait d'un raté assorti à une description minutieuse des milieux de la banque pourrait passer pour un simple surgeon péninsulaire du naturalisme européen. L'étude des maladies de la volonté était alors à la mode. En réalité Svevo, par un pressentiment génial de la psychanalyse, décrivait sans le savoir la force des passions inconscientes. Alfonso Nitti n'est pas un Frédéric Moreau attardé, c'est un Œdipe villageois qui échoue auprès des femmes par attachement infantile à sa mère.

Le héros (anti-héros plutôt, précurseur de Charlot et de Buster Keaton, autre signe de la modernité svévienne) de *Senilità* est encore un rêveur, un inadapté, un vaincu. Svevo appelle « sénilité » cette vocation à l'impuissance. S'il avait intitulé son livre *Adolescence,* gageons que les lecteurs seraient plus nombreux. Emilio Brentani n'a pas plus de trente-cinq ans. Il courtise une belle fille, Angiolina, qui le trompe effrontément avec des hommes à la virilité plus robuste. Il le sait, mais en éprouve, avec de furieux accès de jalousie, une étrange délectation. Pourquoi cette complaisance dans la défaite ? Là encore, freudien avant la lettre, Svevo a décrit presque cliniquement un cas d'immaturité affective. Comme l'explique très bien Mario Fusco, Angiolina, tour à tour amante généreuse et diablesse perfide, représente, pour l'inconscient d'Emilio, les deux faces de sa mère, la « bonne » mère qui protège et la « mauvaise » mère qui se refuse. Et c'est parce qu'il n'a pas surmonté la phase œdipienne de ses relations avec ses parents qu'il s'incline aussi docilement devant ses rivaux, en qui il vénère à son insu l'image formidable du père.

Quant à Zeno, c'est un des personnages les plus savoureux de toute la littérature contemporaine. Sous forme de compte rendu écrit pour son psychanalyste, il raconte l'échec de sa vie. Lâchement, paresseusement, au gré d'une mémoire capricieuse qui brouille le temps réel, déniche des souvenirs interdits et oublie des pans entiers d'existence pour s'attacher à des détails ridicules. Par exemple, la manie de fumer et les innombrables serments de la « dernière cigarette ». Ce combat en apparence anodin révèle toute la vie familiale, affective et même sexuelle du héros. Le génie comique de Svevo consiste justement à montrer qu'il n'y a pas besoin de grandes épreuves pour vivre de grandes aventures. Zeno, au chevet de son père mourant, oublie d'appeler le médecin : ce trait insignifiant suffit à établir l'ambiguïté des sentiments filiaux, le drame de la jalousie primitive et de la haine refoulée. Quand il veut se marier, il épouse, entre les quatre sœurs, celle qu'il n'aime pas. Aux funérailles de son meilleur ami, il se trompe d'enterrement et suit le cortège d'un inconnu.

Entre les premiers romans et *la Conscience de Zeno*, le pas est immense. Les premiers héros de Svevo se sentaient inadaptés au réel surtout en raison de leur modeste rang social. Zeno, lui, souffre d'un mal plus profond qui n'a rien à voir avec l'injustice du système capitaliste. Il manque la plupart de ses actes parce que des motivations inconscientes viennent continuellement se mettre en travers de ses projets. Nul mieux que Svevo n'a su décrire ces guet-apens humoristiques où la volonté la plus fermement établie se prend les pieds avec fracas. Equivalent moderne de *Don Quichotte*, pendant romanesque de la *Psychopathologie de la vie quotidienne* de Freud, le roman dépeint merveilleusement ce double narquois qui nous accompagne en secret tout au long de notre vie, se moquant de nos prétentions à être adultes et s'amusant à nous prouver l'éternelle duplicité de notre cœur.

ALBERTO SAVINIO

En notre époque pourtant fervente de commémorations, nul n'a songé à fêter en 1977 le centenaire de la naissance d'Isadora Duncan. Le hasard de la publication en français d'un livre italien vieux de trente-six ans (1) rend un hommage réparateur à la mémoire de la danseuse américaine. Hasard ironique, car nul plus qu'Alberto Savinio ne répugnait à la rhétorique des anniversaires. Né en Grèce de parents italiens, tel son frère plus fameux mais non pas plus génial Giorgio De Chirico, il se présentait plaisamment comme le fruit de l'union d'une sirène ligure et d'un centaure toscan. Et si, au début de sa biographie d'Isadora, il vante le privilège d'être né à l'ombre du Parthénon, le lecteur, à qui vingt lignes plus bas on dit que les temples grecs offrent aujourd'hui au ciel « leurs caries illustres », sait tout de suite à quoi s'en tenir au sujet de cet écrivain bizarre, lunatique et irrévérencieux.

Seule une famille de Los Angeles, comme celle des Duncan, pouvait à la fin du XIXe siècle idéaliser encore comme la patrie de la Beauté et de l'Art cette Hellade avachie par plusieurs siècles de domination turque, pendant laquelle de molles sphères humaines à figure de pachas avaient tangué sur leurs babouches en gondole. Mais, avec leur foi candide de pionniers, Isadora, sa sœur et ses frères, légère tribu volatile, survivants de

(1) *Hommes, racontez-vous*, Gallimard, 1978.

l'âge ornithologique du monde, entreprirent de ressusciter les tuniques, les pieds nus et les chorégraphies de l'époque de Phidias et de Sophocle. Les voici embarqués pour l'Europe, dans un cargo qui transporte un chargement de bœufs. Malmenés par la tempête, les quadrupèdes arrachés aux verts pâturages du Middle West et destinés aux estomacs londoniens emplissaient les cales de mugissements lugubres non moins que d'une puanteur nauséabonde. Mais Isadora, penchée sur l'écoutille, fondait de pitié culturelle pour ceux en qui ses lectures grecques reconnaissaient les enveloppes de Jupiter métamorphosé selon son habitude et multiplié en bovins.

Tragique fut le destin de la danseuse, dont les deux enfants périrent noyés dans la Seine et qui mourut elle-même étranglée par son écharpe moins aérienne qu'elle ne pensait ; mais comique par le constant décalage entre l'enthousiasme éthéré de ses aspirations et la trivialité de ses expériences. A Londres, elle s'exhibe devant des ladies qui la dévisagent derrière leurs face-à-main en déglutissant des confitures. A Paris, elle échappe à grand-peine à la ferveur labiale de ses admirateurs et au déchaînement plus que labial du grand Pan Auguste Rodin. En Grèce, elle découvre les fûts de colonnes doriques mais aussi les punaises de l'Hellade, homériques elles aussi à leur façon, « que les Grecs appellent anglaises pour certaines affinités de couleur avec les vieux uniformes rouges de l'infanterie de marine britannique ». Et, partout, le scandale de danser pieds nus, de troubler la paix des familles avec l'audace des gymnopédies, après vingt siècles pendant lesquels les pieds des jeunes gens comme des dames les plus vaporeuses s'étaient tenus, « silencieux et réservés, dans leurs enveloppes de box-calf ou de vachette, seuls avec leurs durillons, leurs œils-de-perdrix et leurs doigts se chevauchant ».

La plume grinçante, l'œil sarcastique, Savinio aligne ainsi les vacheries. D'où vient qu'il nous touche autant, que son portrait de l'Icarienne Terpsichore nourrie au *corned-beef* soit aussi émouvant ? Du fait qu'il s'implique lui-même dans la raillerie, qu'il n'oublie jamais son propre destin d'Italo-Grec héritier de deux grandes civilisations aujourd'hui déchues, et, plus généralement, son sort mortel d'être vivant, guetté à chaque coin de rue par la blême camarde. A tous les motifs d'être amer et de persifler l'agitation des bipèdes, ajoutons le sentiment d'être injustement méconnu dans son pays et hors de son pays, bien que Savinio, immense écrivain international, l'un des plus importants en Europe de sa génération, de surcroît peintre (valant bien son frère) et auteur de quatre opéras, soit le dernier assurément sur lequel il convienne de verser des larmes de crocodile en déplorant le conformisme routinier, non seulement de la foule, mais de ceux chargés de la guider. Le Petit Larousse, le Petit Robert, en ignorant le nom de Savinio, ce géant, confirment bien leur vocation au nanisme.

Dès 1910, à Paris, il avait rencontré Apollinaire, Satie, Picasso, et c'est à lui que Breton rendra cette justice d'avoir été à la tête du surréalisme. Mais, plein d'aversion pour tout ce qui est pape ou évêques, il n'aurait pu être, dans ce Vatican sans humour d'où pleuvaient les excommunications, que le grand moutardier, maître de condiments incongrus et des pieds de nez espiègles. Va-t-il rendre visite à Apollinaire, il remarque d'abord à quel point la sonnette du riche, qui vibre lointaine et inquiète dans la profondeur des appartements, diffère de celle du pauvre, qui retentit immédiate et joyeuse, tel le carillon champêtre dans l'atelier du poète bohème. Lequel, apprend-on, redoutait la foudre au plus haut point, tout comme Caligula. Nous ne saurons guère plus sur le père de la modernité que deux ou trois détails de ce genre. Et c'est cela, d'ailleurs, que Savinio entendait par surréalité : l'accumulation, chère à Stendhal aussi, de petits faits vrais, pris dans les ordres d'idées les plus hétéroclites.

Parmi les quinze biographies ou profils rassemblés dans *Hommes, racontez-vous*, plus qu'un Verdi ou un Jules Verne, figures trop imposantes que notre auteur s'agace lui-même d'égratigner sans résultat, des personnages plus secrets, plus subtils, fournissent à sa verve musarde et encyclopédique une matière première capiteuse. Les quatorze pages sur Stradivarius, le célèbre luthier de Crémone, donnent l'exemple le plus parfait de sa manière. Quelle joie, d'abord, pour le profond étymologiste qu'il était, de découvrir que « viole » et « violon » descendent d'un verbe latin signifiant « gambader comme un veau ». Un des rares portraits du musicien nous le montre le regard perdu au loin, rêveur. Quant à la bouche entrouverte, d'où on pourrait conclure qu'il a été peint en train de chanter, « elle est pour nous indice de végétations adénoïdes ». A Crémone, à la place de son atelier, siège maintenant une académie de billard : occasion de brosser une pochade réaliste des vaillants caramboleurs en manches de chemise, un cigare toscan au travers de la bouche. Pour remonter ensuite sur les cimes de la méditation littéraire, avec une page étonnante sur la douleur des violons inactifs qui dorment dans leurs écrins, loin de l'épaule et de la main qui les faisaient chanter.

Versatile, déconcertant, d'une diabolique dextérité langagière qui ne sent jamais son laboratoire, toujours drôle, souvent mélancolique et poignant, le génie de Savinio échappe à toutes les étiquettes. Comment classer un écrivain aussi à l'aise dans la satire que dans la spéculation métaphysique, et qui mêle sans cesse à ses recherches d'érudit les souvenirs personnels d'une vie riche en anecdotes ? Le voici, à un dîner de magistrats à Paris, plongeant sa cuiller dans une crème renversée en forme de pneu d'automobile ; reniflant, à Salzbourg, dans la foule des mélomanes sortant de l'opéra, les veinures sinueuses d'Arpège mélangées aux relents de transpiration axillaire. Et puis, s'élevant d'un bond au-dessus de cette veine grotesque, le voici qui interroge, dans un étourdissant raccourci, les mystères de la nuit et de la mort tels qu'ils apparurent à Nostradamus, au cours d'une existence déchirée (leitmotiv savinien) entre les aspirations célestes et les douleurs terrestres. L'astrologue provençal eut une vieillesse errante et désolée : « réduit à l'état d'un fantôme qui n'aurait pas réussi à se défaire de sa dépouille mortelle et la traînait derrière lui comme le Highlander sa cornemuse dégonflée ; ou comme saint Barthélemy portait sa propre peau sur le bras pliée à la façon d'un pardessus mi-saison ».

L'œuvre de Savinio commence à peine à être connue ; *Hommes, racontez-vous,* n'a été que le troisième de ses livres à être traduit (excellemment, par Sandra Ducrot), après un recueil de nouvelles et l'éblouissant essai sur Maupassant (1). Contrairement au vœu habituel, souhaitons que ce transvasement posthume d'une langue dans l'autre continue à se faire très lentement. A écrivain-sorcier, précautions alchimiques.

(1) *Toute la vie* et *Maupassant et « l'autre »* (Gallimard).

CARLO EMILIO GADDA

POUR un livre pareil, autant parler tout de suite de la traduction (1). C'était une gageure que de transposer dans une langue depuis longtemps codifiée, où les dialectes font figure de curiosités périphériques et les expressions argotiques d'amusements pour super-lettrés, un ouvrage dont la force et la saveur résident tout entières dans la compénétration, l'amalgame, le pastis de dialectes et d'argots sentis comme la vraie langue vivante, la *vox populi* authentique. Cette gageure, Louis Bonalumi l'a tenue brillamment. L'éblouissante jonglerie verbale et orthographique qu'il nous propose donne aussi peu que possible l'impression de jeu, de gratuit. Par exemple, la lecture « moelleuse, chaude » que tel *dottore* fait de certain testament, devient tout naturellement « perchuajive, efficachement orchestrée » ; le motif misogyne se traduit dans un raccourci énergique : « ceffames ! » ; et y a-t-il lieu de s'étonner si le commissaire encore à moitié endormi suspend sa chemise de nuit « à ain croché » ? La meilleure critique de *l'Affreux Pastis* serait un examen technique et philologique des moyens mis en œuvre par le traducteur pour arracher à la langue française des sons, des phonèmes, des vocables proprement inouïs.

L'épluchage du titre, à lui seul, fera comprendre la complexité et le sens de l'ouvrage. *Quer* (déformation

(1) *L'Affreux Pastis de la rue des Merles*, Seuil, 1963.

dialectale du démonstratif *quel* = ce) *pasticciaccio* (pasticcio, « imbroglio, gâchis », mot de la langue officielle, mais comiquement alourdi par le suffixe) *brutto* (épithète en rejet, intention stylistique) *de Via Merulana* (omission de l'article ; via Merulana : rue très connue de Rome, mais dont le nom, dérivé du latin *merula* = merle, n'évoque pas plus cet oiseau à un Romain d'aujourd'hui qu'un Parisien prenant la rue de Bellechasse ne pense au clos giboyeux qu'elle traversait jadis). Comment rendre cet éventail d'allusions ? En particulier *pasticciaccio* est un piège : traduire par quelque chose comme « cette sacrée sale affaire » aurait mis l'accent sur le côté policier du livre, qui existe (et comment donc ! une comtesse vénitienne volée de ses bijoux et, dans l'appartement d'en face, une femme égorgée), mais seulement comme prétexte à une enquête philologiquement rocambolesque sur la société romaine et para-romaine, sur les couches qui la composent (ou la décomposent), sur les stratifications de langages qui s'embobinent l'un dans l'autre : le napolitain des policiers, le vénitien de la comtesse, l'argot des « filles », le « classique » de l'auteur, truffé de dialecte romain et de trouvailles *sui generis*. Ajoutez à ce pudding étonnant quelques raffinements de haute école, comme des citations du latin ou de Tolstoï, des pastiches des littératures les plus nobles, ou des ribambelles de termes savants que son métier d'ingénieur a pu fournir à Gadda.

Tout lui est bon (citons encore : le jeu de mots, l'onomatopée, la périphrase, qui transforme le petit vin blanc de Frascati en « spiritualité albine à 15° ») pour démantibuler « la langue de l'usage petit-bourgeois, ponctuelle, misérablement apodictique, gracile, décolorée »...

Bien entendu, cette fureur de Gadda contre les mots et les tournures d'usage exprime tout autre chose qu'un tranquille passe-temps de philologue. Des mots on remonte à la bouche et qui dit bouche dit lèvres, dit bave, dit repaire de désirs impudiques. L'Urbs semble agitée, en ce mois de mars 1927 où se déroule l'histoire, d'une folie érotique et génésique qui culmine en la personne de Liliane Balducci, désespérée d'être stérile et entourée de pseudo-nièces qu'elle adopte « plovisoilement », « dans toute la sincérité d'un espoir ». Folie qui bifurque tantôt dans la pompe imbécile de Mussolini, qualifié de Ganache en chef et de Magna Merda, tantôt dans les rêves lubriques des motards. Il n'y a pas jusqu'aux choses dont elle ne s'empare, des godasses du Révérend Père (« elles priapaient bellement hors d'la robe comme deux machins défendus »), aux bijoux (« globules, épingles et cornouilles »), somptueusement décrits dans leurs rotondités symboliques, et aux légumes, regorgeant de tumescente splendeur.

Rabelais ? Joyce ? Céline ? Queneau ? Tous ces noms (j'y ajouterais celui d'Audiberti) ont été rapprochés de celui de cet étrange auteur qui mène depuis un demi-siècle, à peu près isolé mais salué de génie par toute l'intelligentsia, son combat fantastique, dirigé moins contre la bourgeoisie (prise plus ouvertement pour cible dans les autres livres de Gadda, surtout la petite bourgeoisie milanaise) que contre une sorte de stupidité universelle, incarnée en particulier par l'idée fixe de la parturition. Dans les têtes s'agite un magma de convenances et de prudences, linguistiques et morales, un salmigondis de boursouflures, d'infatuations et de paranoïas misérables.

Œuvre fastueuse, baroque, macaronique, *l'Affreux Pastis* échappe à toutes les définitions comme à toutes les comparaisons. Acrobatie farcesque ? Rumination d'érudit ? Casse-tête chinois ? Satire sociale ? Rêverie jérômeboschienne sur la vanité de tout ? Livre d'humeur ? Livre de passion ? Livre de poésie ? Quelque chose d'unique, en tout cas, d'important, de fort. Bref, pour parler comme Gadda, un grand machin.

La vogue du néo-réalisme en Italie et hors d'Italie a longtemps relégué dans l'ombre un écrivain de première grandeur, un solitaire, un extravagant, qui, en plein fascisme (il est mort en 1973 à quatre-vingts ans), tandis que les Vittorini, les Pavese, les Moravia luttaient contre la dictature en renouvelant le contenu du roman italien, entreprit par la seule subversion du langage de ridiculiser le régime, la bourgeoisie qui le soutenait et la grandiloquence dans laquelle il se pavanait. En ce sens, Gadda peut être comparé à Flaubert, comme Mussolini à Napoléon III, bien qu'on le rapproche plus souvent de Joyce, de Borgès, ou de Céline, à cause de la virtuosité sans pareille de ses manipulations langagières.

La Connaissance de la douleur (1), malgré le titre élégiaque, se présente comme un livre composite, baroque, turbulent, « hénaurme », garni de farces et attrapes, bourré de pétards incendiaires, qui explosent dans la traduction en feux d'artifice mirobolants grâce au travail admirable (je pèse le mot) de Louis Bonalumi et François Wahl (lequel a écrit aussi une postface illuminante, où il étale une non superfétatoire panoplie de clefs). Nous sommes dans un pays imaginaire d'Amérique du Sud, le Maradagal, où il n'est pas difficile de reconnaître la Lombardie, de même que Milan se laisse deviner sous le nom cossu de Pastrufazio, de même que les villas liberty champêtres désignent les résidences subalpines des lacs, de même que le croconsuelo gras et piquant « avec de riches moisissures d'un vert sourd dans l'ignominie des crevasses » renvoie paraphoniquement au gorgonzola.

Tout est autobiographique dans ce livre, dont le héros, ingénieur comme Gadda, semble bien le double de l'auteur, sous la dénomination ironiquement hyperbolique de Gonzalo Pirobutirro d'Eltino, hidalgo névrotique en lutte contre le monde entier non moins que contre lui-même, avec la mélancolie impuissante d'un Hamlet et le démentiel entêtement d'un don Quichotte. Il habite une villa isolée, pour laquelle il refuse la protection que lui offre une compagnie de vigiles nocturnes (allusion au refus opposé par Gadda lui-même à la « sécurité » offerte aux Italiens par le régime fasciste). Gonzalo vit avec sa mère, contre laquelle il se

(1) Seuil, 1974.

déchaîne avec une paranoïaque virulence, parce qu'il lui reproche d'avoir sacrifié à l'ambition de conserver cette villa bâtie autrefois par le père le maigre avoir familial et jusqu'à la santé de ses enfants, réduits à la misère et à la faim (thème lui aussi autobiographique). Le roman se termine sur l'assassinat de la mère, sans qu'on puisse savoir s'il s'agit d'un matricide, ou d'une vengeance fasciste, ou d'un crime de vagabonds, ou, tout simplement — éclatement de l'autobiographie vers l'imaginaire — d'un fantasme de l'auteur.

La mère, de même que la villa jalousement aimée/follement détestée, ne sont pour Gonzalo que les figures d'un mal universel qui a nom : famille, propriété, classe moyenne lombarde, bourgeoisie — et, plus encore, le moi, à commencer par le sien, le moi centre de toutes les infatuations, de toutes les impostures, de toutes les vulgarités. Moi, toi : « Les pronoms sont les poux de la pensée », et surtout je, « le plus abject des pronoms ». « La grosse asperge du Je : pimpant : en érection, empanaché d'attributs en tous genres : violacé, emplumé, bandé et turgescent : comme un dindon : dans une roue de diplômes ingénieuriaux, de titres équestres : saturé de gloires familiales : plus chargé de quincaillerie et de coquilles de moules qu'un griot... » (Un griot ? Le texte dit en vérité : « Un roi nègre », et on peut s'étonner de la pudibonderie des traducteurs soucieux de blanchir leur auteur du soupçon de racisme.)

Remarquons la non commune ponctuation, l'usage de ces deux points qui hachurent le discours, brisent la continuité et rendent ainsi compte de la folie du héros pour qui le monde se présente en petits bouts écartés. Il faudrait énumérer tous les procédés de Gadda, dont le plus juteux est le pastiche, c'est-à-dire le déguisement burlesque de la réalité sous des oripeaux empruntés aux cultures les plus hétérogènes : pour démythifier les objets et les êtres, pour les piétiner dans leur radicale nullité, pour tourner en dérision l'importance qu'ils se donnent, Gadda emprunte tantôt les tournures nobles de la tradition compassée italienne (Manzoni, Leopardi), tantôt la précision du langage scientifique (il est ingénieur), tantôt le vocabulaire de la psychanalyse (il l'a pratiquée), tantôt le style de la satire carnavalesque (Rabelais n'est pas loin), tantôt celui du roman familial bourgeois, tantôt celui de la chanson de geste, sans compter les allusions philosophiques (Leibniz, Hume, Bergson) ou les références à Shakespeare, le tout avec une verve infatigable, une boulimie illimitée, qui trahissent un mélange de haine et d'amour pour la vie, de curiosité et d'horreur pour les choses.

Mélange inextricable, qui lie cet écrivain à ce qu'il déteste le plus et le condamne, tel un Prométhée fasciné par son propre vautour, à souffrir sans mesure et sans fin d'un tourment dont il se délecte. Par exemple, quand sonne l'heure de midi, il arrive à rendre dans une même phrase l'obscénité des cloches secouées dans l'espace et la gourmandise du mangeur alléché par son prochain repas : « Renversées dans l'hébétude et l'impudeur, elles exhibaient tour à tour leurs battants, tels de pesants pistils en folie... Ivres de son, elles se balancèrent longtemps avant d'évacuer la gloire — *gloria, gloria* — dont elles étaient repues : pour semer tout à coup la retentissante annonciation d'un petit peu de *puchero*. Et de *chiquoréa* coupée menu, assaisonnée à l'huile de linette. »

Exercice de haute voltige, macaronique divertissement de superlettré, génial pudding, règlement de comptes géant avec la bêtise humaine, concoction exhilarante de l'universel savoir, mais aussi macération autodestructrice, tragédie et vertige d'une descente aux gouffres sans fond du non moins universel néant, *la Connaissance de la douleur* fera connaître un des tempéraments littéraires les plus époustouflants du siècle.

LE MYTHE DE L'AMÉRIQUE CHEZ LES INTELLECTUELS ITALIENS PENDANT LA PÉRIODE FASCISTE

On ne se propose pas, ici, d'étudier le mythe populaire de l'Amérique, tel que tant d'Italiens l'ont vécu, les émigrants, les candidats à l'émigration, les familles des émigrés, les pauvres et les déshérités du Sud — le mythe de l'Eldorado, de la richesse facile, du bonheur à portée de main. On ne se propose pas non plus d'examiner quelle influence les écrivains américains ont pu exercer sur la génération d'écrivains italiens qui, à partir des années 30, désenlisèrent la littérature de leur pays du marais provincial et académique où elle s'engloutissait tout doucement. Le but de cette étude est de fixer l'image que les intellectuels italiens se sont faite des Etats-Unis à travers la littérature des Etats-Unis, à un moment particulier et dramatique de l'histoire d'Italie.

L'Amérique fut un prétexte, un laboratoire, presque une invention. « Là-bas nous nous sommes cherchés et trouvés nous-mêmes », dira Pavese après coup. « La culture américaine nous permit de voir se dérouler comme sur un écran gigantesque notre propre drame. » Et Giaime Pintor : « Cette Amérique n'a pas besoin de Colomb, c'est une découverte à l'intérieur de nous-mêmes, c'est la terre vers laquelle nous tendons avec l'espoir et la confiance des premiers émigrants et de quiconque est prêt à défendre, quitte à souffrir et à se tromper, la dignité de la condition humaine. »

Le mythe dura une vingtaine d'années mais ne

coïncida pas avec les vingt ans du régime fasciste. Né huit ans après la marche sur Rome, il survécut de sept ans à la chute de Mussolini. En 1930, plusieurs américanistes, de profession ou d'occasion, sont à l'œuvre : Carlo Linati, Emilio Cecchi, Mario Praz. Nous les trouverons au travail pendant toute la période qui nous intéresse. Mais, qu'ils soient amateurs, comme Cecchi, ou professeurs, comme Praz, ils représentent la vieille génération. Erudits plutôt que militants, ils émettent leurs verdicts du haut d'une conception hégémonique de la culture européenne. Ils éprouvent soit de l'indulgence quand l'Amérique peut sembler la fille de l'Europe, soit du mépris pour la « barbarie » américaine (1). Le mythe proprement dit ne commence que dans les années 30, avec les essais de Pavese et de Vittorini.

On relèvera tout de suite que les tenants de la suprématie culturelle européenne, les adversaires du mythe, proviennent des deux plus antiques forteresses de la culture italienne, Cecchi de Florence et Praz de Rome. Les créateurs du mythe, en revanche, proviennent de régions périphériques : Pavese du Piémont et Vittorini de la Sicile. Pavese note dans son *Journal* (5 mars 1948) : « Les extrêmes échappent, Sicile et Piémont, qui ne furent pas fascistes et se firent barbares et découvrirent outre-mer — Vittorini et Pavese. »

Vittorini n'est pas seulement sicilien : fils d'un cheminot, c'est aussi un autodidacte. Né en 1908, il entre en 1930 au journal *la Nazione* de Florence comme correcteur d'épreuves. C'est là qu'il apprend l'anglais, de nuit, en traduisant *Robinson Crusoé* avec l'aide d'un dictionnaire, mot à mot. Pour lui, donc, aucun héritage littéraire, et, s'il faut tout apprendre en partant de zéro, pourquoi ne pas apprendre tout de suite ce qu'il y a de

(1) Emilio Cecchi (1884-1966), critique littéraire, essayiste et auteur raffiné de « proses d'art » aujourd'hui datées. Mario Praz (né en 1896), historien de la littérature anglaise, essayiste très original, et surtout auteur de *la Chair, la Mort et le Diable,* ouvrage fondamental sur le goût érotique dans les littératures romantiques et post-romantiques européennes. Un classique (1930), traduit tardivement en français (Denoël, 1977).

plus neuf, de plus moderne ? Sicilien et autodidacte, c'est-à-dire deux fois étranger à la « culture » et à la « tradition » au nom desquelles un Cecchi condamne l'Amérique ; spectateur de la misère et de l'analphabétisme de son île natale tenue en constant mépris par les Romains et par les Italiens du Nord ; témoin en outre des avantages que l'émigration aux Etats-Unis rapporte à des centaines de milliers de ses compatriotes : comment Vittorini pourrait-il s'empêcher de transférer sur New York et l'Amérique toute la charge affective et passionnelle qu'il ne peut investir ni dans Rome, ni dans Florence, ni dans l'humanisme apolitique et désengagé des « héritiers » ? « Nouvel homme » typique, Vittorini se reconnaît dans les Américains bien mieux que dans les intellectuels de la péninsule.

En premier lieu, à cause de l'origine sociale des écrivains américains : loin de sortir de la haute bourgeoisie, comme en Europe, ils ont dû exercer souvent des métiers manuels et respirer cette « odeur de cuisine » que Cecchi juge incompatible avec la pratique de la culture. Caldwell a été tour à tour valet de ferme et scieur en long, garçon de café et cuisinier de gare. Steinbeck, valet de ferme et marin, éleveur de truites et maçon.

En second lieu, les intellectuels de la péninsule se sont enfermés dans une tour d'ivoire, et avec eux la classe dirigeante italienne tout entière a failli à sa mission. Le garçon de Syracuse ne sait-il pas que les personnes « cultivées » de Rome, de Florence et de Milan traitent la Sicile de terre « barbare » ? Ne sait-il pas que la haute culture de l'Italie centrale et septentrionale ne s'est jamais préoccupée de donner des professeurs et des écoles au Mezzogiorno sous-développé ? Ne sent-il pas comme un drame l'échec de l'Unité italienne, la fracture entre un Nord prospère et instruit et un Sud misérable et analphabète ? Mensonge, pour lui, que la supériorité de la culture « classique », de la tradition « humaniste ». D'où l'espoir mythique d'une autre patrie, plus accueillante pour ceux qui ne sont pas nés nantis.

Quant à Pavese, né en 1908 dans un village du

Piémont, élevé à Turin, éduqué dans le meilleur lycée de la ville, pourvu d'un solide bagage classique, rien n'aurait manqué à ce typique représentant de l'antifascisme culturel pour pouvoir se considérer comme un « héritier ». Diplômé grâce à une étude sur Walt Whitman, il se prépare à la carrière universitaire, dont seules les vicissitudes politiques le détournent. Toutefois, la coupure avec la génération précédente est nette : loin de se trouver à l'aise dans la culture et dans la tradition européennes, Pavese y suffoque. Il y suffoque parce que le fascisme a stérilisé et fossilisé en Italie cette culture et cette tradition, mais aussi et peut-être d'abord parce que l'Europe, même sans fascisme, ne lui semble plus pouvoir répondre aux nouveaux problèmes qui se posent à l'homme moderne.

Un essai de psychanalyse du mythe pourrait ne pas être inutile ici. Pavese ne fait jamais mention, à propos de *Moby Dick* qu'il traduit et introduit en Italie, du fait que ce roman de huit cents pages ne contient pas un seul personnage féminin. Peut-être ne l'a-t-il pas même noté ? Le seul livre de Melville qu'il n'aime pas est aussi le seul où des femmes occupent une place importante : *Pierre or the Ambiguities*. Mais a-t-il fait le rapprochement ? Quand il analyse *Dark Laughter*, de Sherwood Anderson, il souligne que le héros, Bruce Dudley, abandonne Chicago par désir de retrouver les lieux de son enfance, la campagne, les nègres, l'insouciance heureuse du Mississippi. Pavese projette ici une préoccupation avouée d'autant plus volontiers qu'elle correspond à un très avouable problème personnel, et, en même temps, à un problème national italien. Né à la campagne et se trouvant mal à l'aise à Turin, Pavese, de même qu'il n'arrive pas à concilier en lui les deux modes d'existence, se dit que la littérature italienne ne deviendra vraiment moderne qu'en dépassant l'antinomie entre province et nation, entre dialectes locaux et langue officielle.

Mais derrière cette préoccupation légitime, il faut en voir une autre, qui échappe sans doute à Pavese parce que inconsciemment il n'a pas intérêt à la reconnaître.

Les nègres et la douceur du Mississippi résolvent, au moins provisoirement, le problème sexuel. Vivre sous les étoiles est merveilleux, parce qu'on peut ainsi oublier les devoirs qui incombent à la virilité. Nous faisons allusion ici à un autre problème personnel de Pavese, à une difficulté cette fois peu avouable. Ce n'est un mystère pour personne que l'impuissance sexuelle de l'auteur du *Métier de vivre*.

Les carences de sa virilité peuvent expliquer pourquoi il ne parle jamais des choses américaines sans un tremblement dans la voix assez peu commun dans le domaine de la critique littéraire. Incapable de satisfaire une femme, paralysé par la peur du fiasco, mais citoyen d'un pays où la conquête des femmes est le leitmotiv non seulement de la culture mais du folklore et où le fiasco est un thème familier de comédie ; blessé continuellement par l'exubérance des instincts italiens — l'instinct vital et l'instinct érotique — le timide, inhibé, ombrageux Pavese choisit comme patrie idéale une terre où les rapports entre hommes et femmes ont quelque chose, pense-t-il, de plus contenu et de plus chaste. L'Amérique puritaine, où l'amour ne s'exprime pas en chansons faciles et vulgaires. De Cooper à Hemingway, le héros américain est un héros sans femme, qui se garde de l'acte sexuel comme du péché par excellence, et les grands couples de la littérature américaine sont des couples masculins : Ismael et Queequeg chez Melville, Huck et Jim chez Mark Twain, George et Lennie chez Steinbeck, Gatsby et Nick chez Fitzgerald. A noter que Faulkner n'a jamais plu à Pavese, peut-être parce qu'il trouvait chez cet écrivain une vision trop brutale du sexe.

Vittorini et Pavese sont dépassés, en enthousiasme, par un plus jeune collègue, le Sarde Giaime Pintor (un autre « périphérique »), qui célèbre l'Amérique, toute l'Amérique, sans distinction entre un auteur et un autre. Né en 1919, c'est un germaniste de talent. Déchiré entre l'admiration pour l'Allemagne romantique et l'horreur pour l'Allemagne hitlérienne, il exalte les Etats-Unis comme la terre idéale où, libérée des idéologies nébuleuses qui précipitent l'Europe dans la ruine, la concrète vitalité de l'homme nouveau s'affirme. Pintor, qui devait mourir à vingt-quatre ans dans la Résistance, n'écrivit qu'une seule fois sur l'Amérique. Mais cet article suffit à liquider le « musée des horreurs » de Cecchi, Cecchi, en accord avec les hommes de sa génération et de son milieu, voyant l'Amérique comme un appendice alcoolisé de l'Europe, comme un avatar corrompu de l'humanité. Pintor renverse les termes : c'est l'Europe qui est malade, et c'est l'Amérique la terre du « salut ». Ni Pavese ni Vittorini n'avaient osé en affirmer autant : avec Pintor, en 1943, la parabole du mythe s'accomplit.

Artisans et opposants du mythe s'affrontent sur trois grands problèmes. Premier problème : les romans américains sont-ils de dérivation européenne ou appartiennent-ils à une culture autochtone ?

Question capitale, car une fois prouvé que l'Europe, même de loin, influence l'Amérique, le mythe s'écroulera à l'instant. La nouvelle génération s'efforce donc d'établir que la culture américaine est absolument indépendante. Tandis que Praz et Cecchi repèrent tous les indices qui permettent d'affirmer la filiation, Vittorini et Pavese provoquent une querelle entre anciens et modernes.

Vittorini, directeur du *Politecnico* après guerre, répond à un lecteur qui lui demande pourquoi au lieu de s'occuper une fois de plus de la littérature américaine il ne prend pas pour sujet la littérature italienne. « La littérature américaine est la seule qui coïncide, depuis sa naissance, avec l'époque moderne et se puisse appeler complètement moderne. Toutes les autres littératures conservent, même dans leurs aspects contemporains, un caractère humaniste et médiéval. Ecrire sur ces littératures, c'est écrire aussi sur l'humanisme et sur le Moyen Age, tandis qu'en écrivant sur la littérature américaine on écrit seulement sur l'époque moderne et on peut isoler la modernité en elle-même, la cueillir comme telle, l'étudier comme telle. »

De Melville, Pavese fait le champion de la culture américaine autochtone : non seulement parce que *Moby Dick* représente une sorte de fusion, et donc de dépassement, de deux autres Américains, Edgar Poe (pour les effets calculés de terreur) et Hawthorne (pour les analyses morales de pécheurs rebelles à Dieu), mais surtout à cause de sa volonté de fonder une nouvelle tradition. « A cette époque en Amérique, ou plus précisément en Nouvelle-Angleterre, la stabilité nationale alors atteinte aiguisait le désir d'une culture propre, d'une tradition. Ce qui sera le problème chronique des Etats-Unis, et suscitera encore aujourd'hui tant de mépris en Europe envers ces *parvenus* de la culture, est au contraire le signe de la noblesse de leur effort et de leur destin. »

« Car avoir une tradition est moins que rien, c'est seulement en la cherchant qu'on peut la vivre », ajoute Pavese en ayant soin d'isoler cette phrase dans un paragraphe à part. L'intention polémique est claire : contre le fascisme qui se glorifie de l'héritage romain, mais aussi contre les américanistes de l'ancienne génération qui, sans être fascistes, ou bien dénient toute culture à l'Amérique, ou bien ne lui reconnaissent qu'une culture importée, dérivée de l'Europe.

Deuxième problème : la querelle du réalisme. Les romans américains sont-ils des documents ou des œuvres d'art ?

Une autre manière de mettre en doute l'importance et l'originalité des romanciers américains consiste à ravaler leurs livres au rang de documents. Mario Praz, qui ne reconnaît pas la moindre dignité esthétique aux procédés techniques de Dos Passos, déclare que le seul mérite de tout ce confus éclectisme est de reproduire le pittoresque des divers dialectes. Pour la nouvelle génération, au contraire, il s'agit de souligner le caractère absolu, la valeur poétique des romans américains, indépendamment de l'intérêt de leur contenu. Certains auteurs ne se prêtent pas à la démonstration : Pavese est d'accord avec Praz pour subordonner, chez Theodore Dreiser, l'artiste au sociologue. Mais tandis que Praz, dans un article de 1929, ne trouve à louer en Sinclair Lewis que la sincérité avec laquelle les problèmes sociaux sont traités, Pavese, dans les années qui suivent, se sert justement de Sinclair Lewis pour soutenir la thèse contraire, à savoir que même dans les romans où le contenu est le plus évident, il ne faut pas confondre la matière dont use l'écrivain avec la synthèse poétique qui seule compte. *Babbitt* réaliste ? Quelle erreur, puisque tous les détails, tous les épisodes, tous les personnages du roman étant vus en fonction du personnage de Babbitt, par les yeux de Babbitt, la prétendue objectivité du livre est le résultat d'un travail de re-création. « Réalisme si peu réaliste et si plein, en revanche, de poésie, que, si on enlève un moment la figure de Babbitt, on peut voir à quel point tous les fragments du réalisme en question ne disent plus rien en eux-mêmes ; à quel point ils ne reflètent plus aucune réalité sinon celle du protagoniste manquant. »

Une telle distinction entre ce qui est « matière » et ce qui est « poésie », si elle remonte à l'esthétique de Benedetto Croce, annonce aussi la théorie pavésienne du personnage, conçu comme nœud et prisme de la réalité romanesque. Le paradoxe est de vouloir appliquer une semblable distinction à un auteur aussi manifestement unidimensionnel que Sinclair Lewis. Au reste, un peu plus tard, Pavese se rétracte : Lewis a un intérêt seulement documentaire, ses romans décrivent une profession ou un milieu, sa langue n'a que le mérite de la couleur locale.

Comme il a compris d'avoir suivi une fausse route en cherchant à tirer une signification absolue d'œuvres trop étroitement naturalistes, Pavese désormais renonce à s'occuper de ce genre de livres ; il les exclut du mythe. Chez les auteurs élus, les faits doivent compter moins que la construction symbolique : voir les grands classiques du siècle dernier ou, chez les modernes, Gertrude Stein et Sherwood Anderson.

Dans un écrit consacré au livre de Matthiesen, *American Renaissance,* Pavese précise de quelle manière les grands classiques américains ne cherchent pas à refléter la réalité, mais à investir de lumière spirituelle la vie quotidienne, pour en révéler la profonde nature symbolique. Le réalisme américain, qui tend à « nommer les choses pour en libérer la charge explosive spirituelle » et à retrouver une « seconde réalité » derrière les apparences, s'oppose au naturalisme français et à son programme de « tranches de vie ». En fait, Pavese s'intéresse peu à ce que les romanciers américains lui disent de l'Amérique, si peu qu'il définit leur esthétique en formules qui s'appliqueraient bien mieux à ses propres tentatives : dépeindre non des pensées mais l'esprit en train de penser, voir dans les choses un « vivier de symboles », attendre que « de chaque objet, avidement absorbé et possédé par les sens, rayonne comme un halo d'insolite spiritualité ».

L'Amérique et sa littérature ne sont « réalistes » que pour la vieille génération, qui en profite pour les traiter avec mépris. Vittorini, comme Pavese, demande à l'Amérique un tout autre enseignement que la « réalité ». Dans *Americana,* copieuse anthologie commentée (1942), il assigne à Theodore Dreiser et à son école un rang très modeste. « Le vérisme a montré, en voulant être la *vérité,* le *vrai processus psychologique* par le moyen duquel les hommes réagissent aux choses réelles de la vie quotidienne. Voilà ce qu'il a montré ; quelque chose qui n'apporte rien de nouveau pour la conscience humaine. » James Cain, Steinbeck et James Farrell sont traités, avec un certain mépris, de « néoréalistes », et Vittorini leur oppose Caldwell et Saroyan, les « lyriques du roman ». Même Faulkner n'arrive pas toujours à transfigurer le réel : par exemple, le forfait commis par Popeye dans *Sanctuary* s'annule dans la justification naturaliste qui en atténue l'atrocité. Et Hemingway n'évite pas toujours les erreurs. Par exemple, dans *The Sun also rises,* il donne des explications naturalistes et n'atteint pas au symbole. Mais le Faulkner et (surtout) l'Hemingway meilleurs, et aussi

Saroyan, réussissent à découvrir l'envers des choses, la réalité mystérieuse qui se cache sous les mots. Il faut se reporter à la préface écrite après coup, en 1947, par Vittorini à son roman de jeunesse *l'Œillet rouge :* c'est là qu'il révèle la clef de son esthétique et explique la portée de l'enseignement des Américains.

Dans un opéra, dit Vittorini, la musique transforme les données réelles de l'histoire en symboles d'une réalité supérieure. Pourquoi le roman ne devrait-il pas se libérer également de ses limitations réalistes ? De même que l'opéra restitue sous forme de musique la matière qui n'est pas musique à l'origine, pourquoi le roman ne devrait-il pas traduire en équivalents poétiques les faits qu'il utilise ? La signification d'une œuvre d'art n'est pas dans les mots mais au-delà des mots : le romancier doit introduire dans ses livres un élément musical qui lui permette de transfigurer l'existence quotidienne et de donner un sens à la réalité. Vittorini rejoint presque textuellement les positions de Pavese, même si les exemples qu'il invoque ne sont pas les mêmes. A la place de Melville et de Sherwood Anderson, Vittorini met Hemingway et Saroyan. Les cadences, les répétitions, chez Hemingway et Saroyan, ont le pouvoir de transmuer les éléments de l'histoire en autant d'allusions à une réalité supérieure.

Troisième problème : la querelle philosophique. Faut-il préserver « l'humanisme » ou doit-on le sacrifier à « l'homme nouveau » ?

Le mythe de l'Amérique jeune, vierge, primitive, permet aux uns de condamner une décadence, une inculture qui signifie la fin de l'humanisme, aux autres de célébrer un renouvellement, une renaissance des valeurs humaines oblitérées en Europe. Vittorini fait de la « légende de l'homme nouveau » le leitmotiv de son commentaire à l'anthologie *Americana.* Pintor salue dans l'Amérique de Saroyan la naissance de la « nouvelle légende », et Pavese, pour expliquer la mode des romans américains à partir des années 30, leur reconnaît le mérite glorieux d'avoir créé « une nouvelle légende de l'homme ».

Mais qu'entendent-ils tous par « homme », par « nouvelle légende de l'homme » ? Il faut dire qu'ils ne se sont jamais expliqués avec clarté sur ce point, et qu'aucune notion précise ne semble remplir ces grands mots un peu vagues. Quand Cecchi et Praz défendent ce qu'ils appellent « humanisme », on sait parfaitement ce qu'ils ont à l'esprit : ils défendent une tradition, un héritage, qui est à moitié littéraire et à moitié social, ils défendent un ensemble d'habitudes et de privilèges reçus avec la naissance et typiques d'une certaine classe, ils défendent enfin les institutions qui représentent cette classe, l'école, l'Université, les académies, les bibliothèques. Quand Pavese, Vittorini et Pintor célèbrent « la nouvelle légende de l'homme », nous devinons sans peine qu'ils s'opposent à cette tradition, à ces privilèges, à ces institutions : mais pour avancer quelle idée de l'homme, quel type d'homme, pour importer d'Amérique quelle nouvelle conception de l'homme ? Une certaine confusion règne dans leur esprit, et l'homme tel qu'ils le conçoivent semble se définir avant tout par des qualités négatives, par ce qu'il ne doit pas être.

L'homme nouveau ne doit pas être un surhomme. Pavese a soin de préciser que les rebelles, les vagabonds de Sinclair Lewis ne sont pas en soi des héros mais des créatures mesquines, des fantoches. Au sujet de Theodore Dreiser, il écrit : « Ce n'est pas un hasard si l'Amérique, le pays mythique de l'homme arrivé par lui-même, de l'arriviste sans scrupules, n'a pas encore versé dans l'exaltation dionysiaque et antisociale du surhomme, telle qu'on l'a vue en Europe. Résultat naturel de cet état d'esprit — transformation du zèle puritain, plus ancien — diffusé maintenant en Amérique sous forme d'intérêt social, de responsabilité, de *service*. » Pintor vante, en l'opposant à la rhétorique allemande dérivée de Nietzsche, la concrète vitalité américaine. Derrière Nietzsche et le surhomme, c'est toute l'emphase fasciste, le culte de l'homme fort, la religion du chef qui sont visés. L'homme nouveau doit être un homme moyen, frère de tous les hommes.

Il est probable que Pavese et Vittorini versent chacun

ses problèmes personnels dans le moule de l'homme nouveau. Pour Pavese, partagé entre Turin et les collines de son enfance, le problème est celui des rapports entre la ville et la campagne : contrairement à l'homme de l'humanisme, qui ne doute pas de la supériorité des villes et de la civilisation urbaine, l'homme nouveau est celui qui fuit les grandes agglomérations et recherche une vie plus simple, au contact de la nature. Pour Vittorini, le problème est celui du Mezzogiorno, des minorités opprimées. Pavese, donc, prend ses modèles chez les vagabonds de Sinclair Lewis, les fuyards de Sherwood Anderson (et surévalue ces deux écrivains), tandis que Vittorini se reconnaît dans les pauvres Blancs du Sud de Caldwell, les Arméniens de Saroyan, les Italo-Américains de John Fante (et surévalue, à son tour, ces trois écrivains).

Mais, au-delà de ces cas particuliers, on peut conjecturer que Pavese et Vittorini entendent par « hommes nouveaux » ceux qui dans le passé n'avaient pas droit de cité dans la littérature : les ouvriers et les paysans, les chômeurs, les dévoyés, les assassins, les victimes et les épaves du déterminisme économique. Pas d'ouvriers-héros à la Zola, ni de voyous romantiques : seulement la misérable plèbe broyée dans les engrenages du système capitaliste, à laquelle il faut restituer sa dignité humaine ou au moins faire prendre conscience de sa dignité.

Dans le roman bourgeois, on ne montre que des hommes qui ont les occasions, le goût et les moyens intellectuels de s'analyser. Pour comprendre et apprécier pleinement de tels hommes, il faut être soi-même à un bon niveau de culture. Le roman américain révèle une autre variété d'hommes : ceux qui ne savent ni lire ni écrire, incapables d'observer et de comprendre ce qui se passe à l'intérieur d'eux-mêmes, mais non pas moins hommes pour autant, et peut-être encore plus hommes, dans la mesure où, privés du moyen exorcisant de l'analyse, ils souffrent plus à fond leurs passions et supportent plus cruellement leurs besoins.

L'homme nouveau, que Pavese et Vittorini découvrent en Amérique et introduisent dans la culture italienne, sous les traits de Talino (personnage de *Paesi tuoi,* le premier roman de Pavese) et de l'aiguiseur de couteaux (personnage de *Conversazione in Sicilia,* le chef-d'œuvre de Vittorini), n'est autre, en fin de compte, que l'homme universel, l'homme qui peut être compris de tous, sans limitation de classe sociale, de condition économique ou de culture, l'homme dont l'humanité exclut ce qui n'est pas fondamental, élémentaire et commun à tout le monde. Avec cette conséquence que, pour rester fidèles à ce parti pris de lisibilité, les artisans du mythe excluent le difficile et obscur Faulkner.

Aucun autre Américain n'a été autant lu et étudié qu'Hemingway. Pourquoi ? Parce que Hemingway connaît l'Italie, parce qu'il l'aime et la choisit pour théâtre de plusieurs de ses romans ? Non pas qu'il l'ait embellie : la description qu'il fait de l'armée de Caporetto en déroute est un des motifs qui permettent à la censure fasciste d'interdire *Farewell to Arms.* Après la chute du fascisme, la critique nationaliste continue à bouder Hemingway. N'empêche que cet auteur qui s'occupe d'eux, même d'une manière peu flatteuse pour leur « honneur », intéresse particulièrement les Italiens.

On devine facilement les réserves que ses livres inspirent à Mario Praz : en apparence, rien de plus contraire au baroquisme érudit du professeur romain que la rude apologie de la vie sportive, de la chasse et de la guerre (encore qu'un goût commun de la mort puisse servir de lien). Praz ne manque pas de se moquer du pugiliste inculte et barbare « pour qui les coups de poing et les ruisseaux de sang peuvent sembler des valeurs hautement humaines ». N'empêche qu'il accepte volontiers de se servir de cet athlète quand il sent le besoin de régler certains comptes avec l'Italie, avec ce qu'il dénonce comme un défaut national italien, c'est-à-dire la tendance au conformisme sentimental et petit-bourgeois. Aucun autre critique n'a jamais eu le courage d'indiquer les limites, non seulement d'un fort courant de la littérature italienne, mais de toute la littérature de la péninsule, aussi nettement que Mario Praz dans un article publié d'ailleurs dans une revue américaine (1).

Le roman italien, dit Praz, a toujours été et continue à être imprégné d'une atmosphère Biedermeier. Le monde Biedermeier (du nom du maître d'école allemand qui publia vers 1850 des poèmes à la gloire de la vie domestique) est fait de sens commun et de saines habitudes, de moralisme bourgeois et d'amour du foyer. « Tout amateur étranger de littérature italienne connaît au moins deux livres du XIXe siècle : *les Fiancés* (de Manzoni) et *Grand Cœur* (de De Amicis) : le premier avec son éthique sensée, traditionnelle, et son humour tranquille, le second avec son sentimentalisme parfois pleurnichard, sont de typiques produits bourgeois ou Biedermeier. Si on considère la littérature italienne dans son ensemble, son génie le plus représentatif n'est pas Dante mais l'Arioste, " Ludovico de la tranquillité " : le poète bourgeois dont la vie pauvre en événements culmina dans la construction de sa petite maison à Ferrare — *parva sed apta mihi* —, qui n'avait pas de " message " mais se délectait dans une fantasmagorie d'aventures imaginaires, tempérant le surnaturel avec l'humoristique, et réduisant le monde à un niveau doré d'harmonie et de sens commun ; un conteur d'histoires qui pouvaient plaire également au courtisan et au gondolier. »

Quant aux romans contemporains, Praz les définit ainsi : « Livres dont les meilleures parties traitent de l'enfance du protagoniste qui s'est déroulée dans quelque petite ville à l'écart du monde moderne ; simples histoires de déboires familiaux avec une mère au premier plan ; évocation nostalgique et mélancolique de rues et de places préservées du trafic d'aujourd'hui, d'expériences plus ou moins tristes que le souvenir auréole de beauté. »

L'Hemingway proposé comme antidote n'est pas l'Hemingway sanguin, brutal, alcoolique et déchaîné de

(1) « Hemingway in Italy », *Partisan Review*, 1943.

la légende : Praz choisit avec soin, dans le modèle, les traits qui lui servent pour son propos et il trace ainsi, de l'écrivain américain, un portrait qui est le moins conventionnel possible. Puisque le goût italien se porte surtout vers les choses communes et simples, personne d'autre n'enseigne mieux qu'Hemingway à les voir, ces choses, et à en jouir : derrière ses grandes expéditions un peu tartarinesques en Afrique, et ses bruyantes rodomontades tauromachiques et militaires, Hemingway, par son attention sèche aux menus détails, par la rapidité de son style qui reflète les impressions nues, n'est autre qu'un primitif de la vie, mais un primitif au bon sens du mot, dans la lignée d'Homère et de Flaubert, qui sait exprimer à partir des sensations les plus élémentaires une poésie forte et directe, sans illusions romantiques comme sans attendrissements petits-bourgeois.

Une polémique d'un autre genre, et qui entraîne toute l'intelligentsia italienne à prendre parti pour ou contre Hemingway, commence après la Libération. Vittorini fonde le journal *Politecnico,* qui joue un peu le même rôle que *les Temps modernes* en France, à cette différence près que Vittorini est membre du parti communiste. Mais son journal représente l'aile libérale du parti, et on y discute librement, en particulier de l'Amérique. Les polémiques relatives à Hemingway se concentrent sur deux questions principales : doit-on condamner Hemingway à cause de ses idées politiques ou doit-on le récupérer parce que son art est révolutionnaire ? Faut-il le considérer comme un auteur décadent ou, au contraire, comme un auteur d'avant-garde ?

La première attaque vient du côté communiste : Mario Alicata, intellectuel orthodoxe du Parti, reproche âprement à Vittorini d'accorder tant de place dans son journal à un « petit écrivain impressionniste ». Vittorini réplique immédiatement, en établissant une distinction de principe entre « les devoirs culturels » et « les devoirs politiques » d'un romancier. Politiquement, Hemingway a pu se tromper : mais c'est son droit. Il faut juger les écrivains par ce qu'ils apportent de neuf à la culture, et ils peuvent apporter quelque chose de neuf à la culture et aux hommes de toutes les conditions, même s'ils ont des idées réactionnaires en tête.

« L'erreur principale est de croire le *Politecnico* communiste parce qu'il est dirigé par un communiste. Avec notre invitation à renouveler la culture italienne, nous n'avons pas exprimé une exigence de communistes qui arrange politiquement le parti communiste ; mais nous avons exprimé une exigence historique de la culture italienne elle-même, et peu importe si elle arrange ou n'arrange pas politiquement tel parti ou tel autre. Notre travail ne peut certes pas ignorer le marxisme, puisque aucun travail culturel ne peut l'ignorer. Mais c'est un travail de marxistes et de non-marxistes à la fois, et le plan sur lequel il se déroule ne peut pas, donc, être marxiste, sinon dans la mesure où le marxisme est positif même pour les non-marxistes, comme il arrive que le christianisme soit positif même pour qui ne croit pas dans le Christ. »

Quelque temps plus tard, Vittorini publie sa fameuse lettre à Togliatti où, avec une clairvoyance et une générosité admirables, l'écrivain expose au secrétaire du P.C.I. sa notion des rapports entre la culture et la politique, sa philosophie de l'engagement. Là encore, Hemingway, et avec lui Steinbeck, Caldwell, Dos Passos, Richard Wright et James Farrell illustrent la démonstration. Ces écrivains ne sont pas communistes ou ne le sont plus, mais leur œuvre continue à être d'importance révolutionnaire, bien plus que celle d'écrivains ralliés au communisme, comme Howard Fast ou Albert Maltz. « C'est sur sa compétence, et non pas sur sa plus ou moins accidentelle incompétence politique, qu'on doit juger un écrivain. » Les communistes italiens ont tort de rejeter en bloc Hemingway, dont « l'œuvre contient, en termes concrets, tant des problèmes pour lesquels et en raison desquels l'homme a besoin d'une transformation révolutionnaire du monde ». Certes, « l'homme d'Hemingway est encore un type de surhomme », mais, de toute façon, il appartient à d'autres écrivains, encore meilleurs que lui, de réduire ou d'annuler l'importance concrète et révolutionnaire des œuvres d'Hemingway : on ne fait qu'humilier et rabaisser la culture en appliquant des critères politiques au génie créateur.

La publication, en 1950, de *Across the River and into the Trees* remet le feu aux poudres. Ce colonel yankee qui vient mourir à Venise, Vitorrini essaye de le sauver en le comparant à l'Ivan Ilitch de Tolstoï, mais de toute part on l'accable, avec de mauvaises raisons comme Cecchi, qui lui reproche ses lapsus d'italien, ou avec de meilleures raisons comme Moravia, à qui le sentimentalisme crépusculaire du livre rappelle Kipling et D'Annunzio. Et onze ans plus tard, lors de la mort d'Hemingway, c'est encore D'Annunzio qui sert, avec Malraux et Lawrence, de point de référence à Moravia pour reléguer l'œuvre du romancier américain parmi les témoignages du vitalisme irrationnel, décadent, creux et vide du XXe siècle. Même dans son enfer, Hemingway reste la pierre d'achoppement. Considéré d'abord comme un maître d'énergie et de santé, échantillon du « nouvel homme » que Praz oppose à la médiocrité petite-bourgeoise et Vittorini au fascisme, on l'identifie pour finir avec D'Annunzio, avec la partie de la culture italienne qui semble la plus morte (1).

Voyons maintenant le déclin et la mort du mythe. Il commence à vaciller après la Libération, et il faudrait être ingénu pour s'étonner que l'Amérique cesse de sembler un paradis au moment même où l'accès n'y est plus interdit, où on peut la connaître telle qu'elle est et où il n'est plus nécessaire de faire circuler plus ou moins clandestinement ses livres ni de disputer à la censure le droit de les traduire et de les imprimer.

L'illusion américaine, dans l'euphorie de la Libération, dure un ou deux ans. En 1947, nul doute qu'elle soit retombée, de même qu'a fait long feu l'alliance des

(1) Mais l'influence vivifiante d'Hemingway se retrouve dans le grand roman posthume de l'écrivain piémontais Beppe Fenoglio (1922-1963) : *Il Partigiano Johnny,* traduit en français par Gilles de Van sous le titre *la Guerre sur les collines* (Gallimard, 1974).

partis catholique, socialiste et communiste. Pavese ne trouve plus de romans américains dignes d'être introduits en Italie. Il le dit tout nettement : « Les temps sont finis où nous découvrions l'Amérique... On peut prévoir que pendant plusieurs dizaines d'années rien de ce peuple ne nous viendra plus de semblable aux noms et aux révélations qui enthousiasmèrent notre jeunesse d'avant-guerre... Tous les nouveaux écrivains ont perdu cette miraculeuse spontanéité expressive, ce sens natif de la terre et du réel, cette sagesse crue... Il nous semble en somme qu'aujourd'hui après la guerre et l'occupation, après avoir vagabondé et bavardé longtemps parmi nous, les jeunes Américains ont subi un processus intérieur d'européisation et perdu une grande part de cette exotique et tragique franchise qui était leur destin. »

Mais s'agit-il seulement des « nouveaux écrivains » et des séquelles de la guerre ? La même année 1947, Vittorini interrompt son discours sur l'Amérique, *Brève histoire de la littérature américaine,* arrêtée à l'époque des pionniers. C'est qu'il s'aperçoit alors que la « nouvelle légende », célébrée avec tant d'enthousiasme dans le commentaire à *Americana,* est morte, morte enfant. Saroyan et Caldwell n'ont fait que se répéter mécaniquement. Même déception au sujet des plus jeunes, que ce soit Norman Mailer ou Saul Bellow, Truman Capote ou Flannery O'Connors.

Ni Pavese ni Vittorini, qui n'ont jamais mis les pieds aux Etats-Unis et qui ne s'y rendront jamais, ne continuent à s'occuper de littérature américaine après 1947. Les causes politiques de ce désenchantement sont les plus évidentes. Le mythe de l'Amérique repose depuis le début sur un paradoxe : conséquente avec elle-même, jamais la gauche intellectuelle italienne n'eût choisi les Etats-Unis capitalistes comme terre d'exil. Elle les a choisis par solidarité sentimentale avec les émigrés de Sicile et de Calabre, et par réaction contre les injures de la propagande fasciste à l'adresse de la judéo-ploutocratie de New York. Au lendemain de la Libération, il est normal que la contradiction éclate :

d'une part la gauche marxiste retrouve sa vraie patrie, la Russie soviétique, d'autre part les Etats-Unis se révèlent pour ce qu'ils sont : une puissance d'argent, à buts impérialistes. Le début de la guerre froide, la chute du rideau de fer montrent à chacun qu'il faut choisir entre l'Est et l'Ouest : et comme le cœur, en ces années, est à l'Est, on a tendance à noircir l'Ouest. Ce grand bruit de réarmement, ce tumulte de croisade antisoviétique, qu'on entend gronder là-bas, n'est-ce pas le signe avant-coureur d'un nouveau fascisme ? Pavese, constatant le déclin de la culture américaine, se pose la question dans les colonnes de *l'Unità,* le quotidien du P.C.I. « Il nous semble que la culture américaine a perdu son magistère, cette fureur ingénue et sagace qui la mettait à l'avant-garde de notre monde intellectuel. Et on ne peut pas ne pas noter que cela coïncide avec la fin, ou la suspension de sa lutte antifasciste... Sans un fascisme auquel s'opposer, sans une pensée progressiste à incarner, même l'Amérique, en dépit de tous les gratte-ciel, voitures et soldats qu'elle peut produire, ne sera plus à l'avant-garde d'aucune culture. Sans une pensée et sans une lutte progressistes, elle risquera de se donner elle-même à un fascisme, et peut-être bien au nom de ses meilleures traditions. »

Les causes philosophiques de cette désillusion ne sont pas moins importantes. Depuis sa naissance, le mythe repose sur une seconde contradiction, et celle-là aussi explose après la guerre. La nouvelle légende de l'homme, telle que Pavese et Vittorini ont cru la trouver en Amérique, est une légende optimiste, qui célèbre la dignité de l'homme, la victoire de la « pureté » sur la « corruption », victoire chèrement acquise et sans cesse remise en question, mais le combat contre les forces qui étouffent et aliènent l'homme est en lui-même le meilleur témoignage de la renaissance de l'homme, de la confiance que l'homme reprend en lui-même après des siècles d'oppression.

Or, après la guerre, tout le monde s'aperçoit que le plus grand écrivain américain moderne est Faulkner, et que, si Faulkner enseigne quelque chose, c'est une vision totalement nihiliste de l'homme. En Europe se diffuse l'existentialisme, philosophie du pessimisme, surtout sous l'influence de Sartre, lequel indique justement en Faulkner le sombre démystificateur de toutes les consolations. En Italie aussi on s'aperçoit que l'homme libéré de l'humanisme bourgeois n'est pas du tout un homme qui cesse d'être aliéné, n'est pas du tout un homme fier de sa dignité d'homme, mais une victime plongée dans les ténèbres et dans le désespoir. L'utopie américaine de Vittorini et de Pavese se révèle pour ce qu'elle est : l'exagération rhétorique d'un optimisme sentimental. Vittorini réagit non seulement en abandonnant les Etats-Unis, mais même en renonçant à écrire. Et quant à Pavese, il vit les derniers sursauts d'une chimère moribonde.

Nous avons dit que l'Amérique lui offrait l'image d'une terre puritaine et chaste, où l'instinct sexuel a un rôle moins important qu'en Italie, où les hommes peuvent abandonner leurs femmes sans en être obsédés, où des romans de huit cents pages peuvent se passer de personnage féminin. Si Pavese déteste *Sanctuary*, qu'il définit comme « un trop ambitieux roman policier » (1), n'est-ce pas parce que Faulkner y décrit une Amérique en proie à une bestialité sexuelle bien plus répugnante et perverse que l'inoffensif gallisme italien ? Pavese aspire à un amour privé d'érotisme ; il croit qu'un semblable amour est possible aux Etats-Unis, et voilà pourquoi, mû inconsciemment par ce désir et par cette conviction, il s'éprend d'une actrice américaine, Constance Dowling, pendant un séjour à Rome en janvier 1950. L'histoire de cet amour funeste est trop connue pour qu'il soit besoin de la raconter ici. Pavese, moqué et bafoué, supplie Constance de l'épouser : elle repart pour les Etats-Unis sans même lui répondre. « On ne se tue pas pour l'amour d'*une* femme, écrit-il alors dans son journal. On se tue parce qu'un amour, n'importe quel amour, nous révèle dans notre nudité, dans notre

(1) A l'inverse de Malraux, qui saluait dans ce même roman « l'immixtion de la tragédie grecque dans le roman policier ».

misère, dans notre infirmité, dans notre néant. » Traduisons : je ne me tue pas pour Constance, parce que Constance m'a lâché. Je me tue parce que, avec Constance, c'est l'Amérique qui me lâche. Me lâche mon utopie d'un monde où l'impuissance ne serait pas considérée comme une tare. Sans doute, la note du *Journal* se prête à d'autres commentaires, mais le suicide de Pavese contient aussi, comme signification, et non des moindres, la fin définitive du mythe américain.

Il serait aussi inutile de regretter le chaos héroïque des années 30 que de se réjouir parce qu'on dispose aujourd'hui, en Italie comme ailleurs, d'une méthode historique pour apprécier à leur juste valeur les écrivains américains. Ce qu'il faut comprendre, c'est que l'esprit des temps a changé. La première génération d'américanistes — les Cecchi, les Praz — s'était servie de l'Amérique pour illustrer une certaine conception de l'homme. La seconde génération — les Pavese, les Vittorini, les Pintor — s'en servit pour illustrer une conception opposée. Il était inévitable que le dernier mot restât à une troisième génération, celle des historiens et des professeurs, lesquels étudient les choses comme elles sont et non pas d'après des préjugés idéologiques. Guido Piovene publie en 1953 *De America,* un reportage d'une remarquable impartialité. On ne se passionne plus pour ou contre l'Amérique, on cherche à la comprendre et on arrive, peut-être, à la connaître.

PAVESE POÈTE

PLUS connu comme romancier et comme auteur d'un noir et bouleversant journal intime (*le Métier de vivre*), Pavese s'est voulu d'abord poète. Le premier livre qu'il publie, en 1936, est un recueil de poèmes : *Travailler fatigue.* Recueil de poèmes, encore, le dernier texte qu'il laisse sur sa table avant de se tuer, en 1950 : *la Mort viendra et elle aura tes yeux.* Si le reste de son œuvre est narratif ou critique, le travail poétique occupe les deux pôles extrêmes de son activité littéraire.

Dans *Travailler fatigue,* le jeune Pavese (il est né en 1908 et le premier des poèmes date de 1930) se raconte en une sorte d'autobiographie stylisée, bien que, comme tous les écrivains de son âge, il pense avant tout innover techniquement, faire œuvre de théoricien. Sans négliger l'aspect expérimental, on reconnaîtra d'abord, dans ces pièces au rythme clair et monotone, les éléments d'une mythologie personnelle. Pavese a été élevé dans les collines piémontaises, au cœur d'une région particulièrement rustique et sauvage : les *Langhe,* vallées étroites et difficiles d'accès, encore tout imprégnées d'une antique civilisation paysanne. La découverte de la grande ville, Turin, métropole tumultueuse et brillante, fut pour le jeune homme un choc, dont il ne s'est jamais bien relevé. D'autre part, en plus de ce conflit géographique, de ce déchirement entre deux espaces incompatibles, l'espace archaïque de la campagne et l'espace urbain de la modernité, il traverse, au moment de ses premiers essais littéraires, une crise d'âge, il vit le drame de l'entrée dans l'univers adulte et du nécessaire arrachement au « paradis » de l'enfance. Pavese ne s'est jamais guéri, ni de l'effroi du petit campagnard jeté dans les rues de la grande ville ni de l'angoisse de l'enfant confronté avec les tâches de la maturité. Jamais il n'a pu s'adapter au monde où il devait vivre, et, de cette incapacité existentielle qui le poussera au suicide, *Travailler fatigue* nous donne comme un journal tendu et crispé, sous l'apparente sérénité des poèmes.

Deux personnages principaux : la colline et la rue. La colline, c'est l'élément plein, rond, terrestre, maternel. Pavese la place au début du poème, dont elle devient comme le noyau générateur. « Un soir nous marchons le long d'une colline. » « La colline s'étend sous la pluie qui l'imprègne en silence. » Ces collines sont très peu qualifiées : « nues », « insensibles », « incultes », elles n'ont que la couleur du ciel ou de la terre : blanc, noir, vert, jaune. Pavese, dans la postface, parle de l'intérêt qu'il éprouve pour la peinture. Le style de ces collines évoquerait, à supposer qu'il les connaisse, les derniers tableaux de Cézanne, les Sainte-Victoire squelettiques et blêmes. Le poème *Dépaysement* contient une profession de foi anti-impressionniste : « Je vois seulement des collines et pour moi, proches ou lointaines, / elles remplissent ciel et terre de leurs flancs fermement dessinés. / Mais les miennes sont âpres et striées de vignobles / qui poussent avec peine sur un sol calciné. Mon ami les accepte / mais il veut les vêtir de fleurs et de fruits sauvages / pour y découvrir, en riant, des filles plus nues que les fruits. / Ce n'est pas nécessaire : un sourire ne manque pas à mes rêves les plus âpres. »

Pas d'équivoque possible : le songe à la Renoir, ornemental et sensuel, de son ami, déplaît à Pavese. Les plantes maigres, vignes, fougères, qui poussent sur ses collines, ne doivent pas être considérées comme des éléments décoratifs, ni ses collines comme des lieux de plaisance ou de détente. Elles n'ont d'autre fonction que de former un volume, un bloc d'espace, qui présente au regard un fragment d'univers concentré.

Les poèmes de la rue alternent avec les poèmes de la ville. « Chaque rue s'ouvre en grand, on dirait une porte. » « Ce vent nous lave, qui arrive du fond des rues/ouvertes à la nuit. » Pavese, pour suggérer l'atmosphère de la ville, ne retient que les rues, les boulevards, les enfilades. Ce monde géométrique (suggéré en partie, sans doute, par la topographie si particulière de Turin, par ce quadrillage en grandes percées rectilignes) fait songer au premier De Chirico. La rue de Pavese n'est jamais un prétexte à description : ou bien, vide, déserte, elle joue le rôle presque abstrait de structure de l'espace. Ou bien s'y meuvent des personnages, femmes, ouvriers, enfants, qu'aucun trait individuel ne distingue, et dont la valeur pittoresque est nulle. Ils n'ont d'autre fonction que de se promener sans fin à travers la ville, de parcourir d'un bout à l'autre les boulevards interminables. Simples points de repère, ils ne servent qu'à jalonner la dimension spatiale et à construire la perspective.

Pavese avait six ans quand son père est mort : événement dont il n'a jamais parlé, dont il n'a pas mesuré les conséquences ni les retentissements intérieurs, mais qui semble avoir installé en lui un vide, dont il multiplie dans ses poèmes les figures. Les hommes et les femmes de *Travailler fatigue* aiment regarder par une fenêtre. « La fenêtre qui donne sur la rue est un gouffre/toujours vide. » Elle permet à l'observateur d'assister passivement au spectacle de la vie. Autres attitudes trahissant une sorte d'instinct démissionnaire : le silence, la solitude, l'immobilité. « Un peu de silence suffit et les choses s'immobilisent/à leur place réelle, pareilles à mon corps immobile. » Certaines conduites de disponibilité, telles que la paresse et le vagabondage, certains actes de fuite, comme fumer, boire, accusent un mal de vivre analogue. « Nous sommes nés pour errer au hasard à travers ces collines, / sans femmes, et garder nos mains derrière le dos. » « Pendant vingt ans il s'est baladé par le monde. » « La nuit, / on finit par aller s'enfermer dans le fond d'un bistrot, / perdus dans la fumée, et on boit. »

L'éclairage dans lequel baignent la plupart de ces poèmes est lui-même révélateur : lumière nocturne, lunaire ou aurorale, qui engage moins à l'action ou à la découverte qu'à la rêverie et à la méditation. « Rien ne peut déranger le matin et tout peut arriver. » L'aube, image d'une disponibilité où « tout peut arriver » mais où rien n'engage vraiment : à ce thème se rattache celui du jeune âge, de l'adolescence, de l'aube de la vie. « L'enfant marche dans la rue. Il ne court pas les filles/ mais ne joue plus par terre. » Les filles, les femmes, la terre : voilà les obstacles réels, que le jeune garçon, toujours en train de se sauver, élude, par la grâce de son âge. Comme y échappent les hommes seuls, les contemplatifs, les vagabonds, les buveurs, les fumeurs, tous ceux à qui Pavese s'identifie et qui incarnent sa fondamentale incapacité de s'insérer dans le monde.

Le plus curieux, c'est qu'au lieu d'accepter sa condition de « poète », de se désengager totalement sous le couvert de « l'écriture », il reste fasciné par tout ce qu'il voit de fort et de violent autour de lui : les corps humains, dans leur nudité « terrifiante » ; les femmes, incompréhensibles dans leur opacité, mères ou putains à qui il fait payer cher, par le sadisme ou par l'assassinat, leur irréductible altérité ; les ouvriers, choisis parmi les professions exigeant un travail de force : cantonniers, sablonniers. Et encore : des êtres en marge de la loi physique ou morale, ermites, mendiants, ivrognes. Etrange comédie humaine, tachée de sang, déracinée malgré les références au Piémont archaïque des collines, misogyne malgré la fascination qu'exercent les femmes sur ces enfants, ces errants, ces impuissants. La *Maternité* de Pavese ne ressemble guère aux Madones transmises par plusieurs siècles d'iconographie : c'est plutôt un matricide, sanglant et vindicatif. « Il y a eu une femme, / une femme au corps ferme, qui sur chacun des fils / a répandu son sang et qui est morte au troisième. »

Une postface, *le Métier de poète,* ainsi que des pages de journal publiées sous le titre de *Secretum professionale* nous renseignent sur le travail expérimental, théorique et technique, de Pavese. Son idée maîtresse consiste à faire « de chaque poème un récit », c'est-à-dire à créer une poésie narrative, en réaction contre la poésie lyrico-musicale de D'Annunzio ; une poésie virile, en réaction contre les déliquescences exsangues des *crepuscolari* (pendants italiens des post-symbolistes français) ; enfin une poésie largement intelligible, en réaction contre l'obscurité des hermétiques tels que Montale ou Ungaretti. D'où sa technique si particulière : non pas le vers libre à la Whitman, qui l'exposerait au danger de la déclamation oratoire, ni le vers traditionnel italien, impropre à être employé avec la même simplicité que la prose, mais une sorte de compromis, qui rappelle l'hexamètre ou le pentamètre classiques. Modèle quasiment prosaïque, qui serait à mettre en relation avec la persistance dans la Haute-Italie d'un substrat celtique et avec le goût épico-narratif des Celtes, goût étranger au génie italien. Selon le critique musical Massimo Mila, ami d'enfance de l'écrivain, « la fonction poétique de Pavese semble aujourd'hui singulièrement proche de celle des nouveaux musiciens italiens, de Casella à Petrassi, de Busoni à Dallapiccola, de Malipiero à Nono, engagés dans une double tâche : conquérir d'une part les positions de la culture européenne contemporaine, récupérer d'autre part les positions d'une antique civilisation instrumentale italienne, oblitérée pendant l'invasion de l'opéra au XIXe siècle ».

L'histoire des idées et le désir de jouer un rôle dans la culture de son temps n'expliquent peut-être pas tout entière l'entreprise « celtique » de Pavese : ne peut-on penser qu'elle s'intègre dans l'effort général et souvent inconscient de l'écrivain, pour découvrir une sorte d'anti-Italie ? C'est l'époque où il traduit Melville, Sherwood Anderson, Joyce, Dos Passos. Les manifestations exubérantes de l'instinct national — profusion torrentielle de l'opéra, certes, mais d'abord exhibition casanovienne de la sexualité — ne blessent-elles pas à tout moment un homme que sa vitalité chiche tient à l'écart des prouesses physiques ? Il cherche où il peut une autre patrie, plus sévère, moins sensuelle, propre à ce qu'il appelle, dans *le Métier de poète,* une « virilité misogyne ». Il aspire à trouver un refuge allogène, qu'il soit celte ou américain. Créer une poésie narrative lui rapporte le même bénéfice qu'explorer les Etats-Unis : il met « à distance » l'injurieuse pléthore italienne.

L'aspect « objectif » de *Travailler fatigue* est inséparable de l'aspect « narratif ». L'objet constitue l'unité de mesure de la poétique pavésienne — l'objet élémentaire, primordial, la colline, la pierre, l'arbre — l'élément lui-même : la terre, l'eau, le ciel, et encore : le soleil, la lune, la nuit. Le rapport du mot à l'objet est aussi direct que possible. Ayant à le définir, Pavese emploie les termes de « immédiateté adorée », « adhérence serrée, jalouse, passionnée à l'objet ». Toute la beauté de *Travailler fatigue* tient en effet à l'ardeur du regard. Le heurt des sens contre l'opacité des choses : voilà le message poétique de Pavese. Il ne peut que nommer, par une tension ininterrompue du langage, la réalité extérieure, hommes ou choses, comme si un rien devait suffire à lui en faire perdre le contact. Sans doute n'adopte-t-il une technique si intransigeante de « l'adhérence » que parce qu'il craint, à tout moment, que sa prise ne lui échappe. La proclamation si passionnée d'une objectivité si exclusive montre seulement que ce rapport équilibré entre l'homme et le monde, qu'on appelle rapport objectif, fait défaut au poète.

Ne le sait-il pas lui-même ? Les réflexions enregistrées dans le *Secretum professionale* éclairent les doutes de Pavese, qui oscille entre le désir de se plonger dans la vie et le désir contraire de s'en retirer. Le 24 novembre 1935, il déclare se rallier à une « contemplation inquiète des choses ». Mais il s'aperçoit, le 5 décembre suivant, qu'un de ses sujets préférés est « la réduction de toutes les expériences sensorielles en équivalents du sexe ». Et d'ajouter : « Comment s'accorderont cette malice sexuelle et l'inquiétude contemplative ? » Le sexe représente ici l'archétype des valeurs fortes, irréductibles, l'archétype de la réalité que son trop-plein rend insaisissable. La contemplation représente l'extrême opposé, la mise à distance des choses, la fuite hors de la réalité. De quelque côté qu'on étudie les premiers vers de Pavese, on y trouve les indices de ses troubles d'adaptation, indépendamment des aventures et des mésaventures amoureuses du jeune homme, et en particulier du refus qu'il a essuyé de la femme désignée dans certains poèmes par sa voix « rauque ». Le 16 octobre 1935, il s'accuse d'avoir jusqu'à présent révélé « une tendance à célébrer dans la vie plutôt les facultés de jouissance statique que les facultés actives de renouvellement ».

Le livre fini, il note, dans son journal, le 22 avril 1936 : « J'ai ignoré le mot pensé. Mes mots n'ont été que des sensations. Mes portraits ont été des tableaux, non des drames. Je me suis fixé sur certaines figures et je les ai tellement ruminées et contemplées que j'en ai donné une transfiguration satisfaisante. J'ai réduit le monde à une banale galerie de gestes de force ou de plaisir. Il y a le spectacle de la vie dans ces pages, non pas la vie. Tout est à recommencer. »

« Le spectacle de la vie, non pas la vie » : quel meilleur jugement que celui du poète lui-même sur son œuvre ? Il aurait pu ajouter : malgré le naturalisme apparent, le vrai sujet de *Travailler fatigue* est l'absence et la mort. Mais interrogeons-nous d'abord sur le sens de ce titre : Pour Pavese, élevé par une mère seule, portée à d'autant plus de rigueur envers son fils que l'exiguïté de son budget la rend plus austère, l'identification entre la vie et le travail, le travail ingrat qui fatigue, c'est-à-dire la mère qui se fatigue au travail (vie = mère), n'est-elle pas inévitable ? La mort, confondue avec l'image du père disparu et regretté, étincelle dans la nuit comme une étoile magique. Ce n'est pas tant travailler qui fatigue, que vivre. Vivre, quelle usure inutile : la seule manière d'exister qui ne soit pas absurde est d'attendre la mort.

La colline, la rue ou la fenêtre sont les figures de cette expectative. En face d'une colline, au bout d'une rue, devant une fenêtre, le poète suspend son souffle et attend : la poésie est le lieu de l'attente, rien d'autre que ce lieu. La volonté initiale de « narration » a cédé la place à une stupeur extatique. « Tout peut arriver », se plaît à répéter le poète embusqué, sûr maintenant que l'événement ne le touchera pas de plein fouet. Auparavant, *rien* n'aurait pu arriver, car le poète, mêlé de trop près aux choses et aux gens, eût simplement refusé de voir, d'entendre, de respirer. Pavese est de ceux qui n'ouvrent les yeux que dans le noir, ou sous la lueur de l'aube, quand le monde est vide et que celui que tout contact blesse n'a point à redouter le choc d'une présence inconnue. *Travailler fatigue* est l'aveu d'une intime capitulation. Il faut se mettre *à distance* des choses pour arriver à entrer en rapport avec elles. Colline, rue, fenêtre, aube. Mais aussi : solitude, silence, immobilité. Et si jamais quelque être ou objet surgit sur le champ du regard, Pavese recourt à une technique hypnotique de la contemplation, qui fige l'intrus dans un brouillard flottant et permet de ne plus le voir.

Cette poésie d'esquive et d'exorcisme est aussi, paradoxalement, une poésie de choc, hantée par des figures de la violence : le dieu-bouc éventreur de chèvres, l'assassin, le massacre politique, le voleur de fruits dans la nuit, l'ivrogne, le manœuvre, hirsute et puant. Qu'est-ce à dire ? Est-il juste de voir ici, comme on n'a pas manqué de le faire, le dessein d'une poésie politique, d'une poésie « engagée », réponse implicite à la dictature fasciste ?

Il faut, je crois, interpréter cette introduction — neuve, en effet, dans la poésie italienne — de prolétaires, de déclassés, de réprouvés, non pas comme un désir d' « aller vers le peuple », mais d'après l'ensemble de rapports, fuyants et terrifiés, du poète avec le réel. L'univers vide, indéfiniment disponible, de *Travailler fatigue,* comment pourrait-il se peupler de ce que la nature, une femme, des fleurs offrent de simple et de beau ? Une présence, pour y être admise, doit y faire irruption. Les seules fleurs qui peuvent y pousser sont de sang et de feu. Celui qui entre par effraction dans la demeure du solitaire ne le dérange pas vraiment : il est le thème d'un spectacle qui reste étranger au spectateur, lequel, une fois de plus, subit, attend, regarde, sans participer.

Les femmes, en particulier, entrent « en force » dans les poèmes misogynes (il faudrait dire plutôt : asexués) du jeune Pavese. Les femmes, moins présentes que trop présentes, uniquement et trop *là*. Mais leur plus grand triomphe — donner la vie — marque aussi la fin dramatique de leur règne, par la mort. Du reste les poèmes de *Travailler fatigue* où « quelque chose » arrive montrent tous la même courbe : la montée de l'événement (grossesse, assassinat, acte sexuel, épreuve quelconque de force), terrible, suffocante, insupportable (on soupçonne, là encore, que le poète ferme les yeux pour ne pas voir), suivie d'une sorte de retombée, d'affaissement, comparable à la déflagration qui libère une charge explosive. La femme en couches meurt, l'ivrogne roule dans le fossé, les amants épuisés s'assoupissent (ou s'entre-tuent), l'ouvrier exténué erre comme un somnambule. Et le poète qui, de loin, avait assisté à ce déferlement d'énergies, constate, apaisé, justifié, qu'elles étaient inutiles.

La deuxième édition de *Travailler fatigue,* publiée en 1943, avec l'ajout de plusieurs poèmes écrits jusqu'en 1940, n'apporte pas de nouveautés notables ; sinon la découverte de la mer, qui remonte au séjour en résidence surveillée en Calabre, à la suite du démantèlement par la police d'un réseau antifasciste à Turin. La mer, masse d'eau stérile, représente, pour le terrien Pavese, l'unité cézannienne de mesure et de référence extensible à tout le monde créé. Jamais le sentiment de la solitude et de l'inutilité de vivre n'a revêtu une expression plus poignante. « Il n'est chose plus amère que l'aube d'un jour / où rien n'arrivera. Il n'est chose plus amère / que l'inutilité. »

Il faut attendre 1945 et le groupe de poèmes intitulé *la Terre et la Mort* pour surprendre un Pavese radicalement différent. Remords élégiaque de n'avoir pas participé à la Résistance et retour aux sources mythologiques de la civilisation méditerranéenne donnent à ces vers au rythme court et dansant une saveur absolument inédite de chansons agrestes. Le même caractère se retrouve dans les ultimes pièces de *la Mort viendra et elle aura tes yeux,* elles aussi bâties sur le mètre iambique, avec une virtuosité pleine de grâce. L'amour malheureux pour Constance Dowling, une actrice américaine rencontrée en 1950 à Rome, inspire ces cantilènes à la musicalité douce mais facile. Ces deux groupes de vers ont fait la gloire de Pavese poète. Ils ont été mis en musique, gravés en disques, chantés comme du Prévert ou de l'Eluard, alors que *Travailler fatigue* n'a jamais intéressé que les lettrés. Sans contester leur réussite ni bouder une des rares expériences poétiques italiennes devenue véritablement populaire, on admettra sans peine que les poèmes puritains et austères de la première manière l'emportent en originalité et en force.

L'involution est patente. Dans ces vers, qui s'enchaînent avec la fraîcheur surannée de rengaines et le charme alangui des valses lentes d'autrefois, il semble que Pavese non seulement oublie, mais renie toute l'époque de *Travailler fatigue,* le dur labeur de régénérer la poésie par des œuvres sévères et contrôlées. Les romances de 1945 et 1950 marquent un retour pur et simple, d'une part au sensualisme aimablement mélodieux de D'Annunzio (« La pluie tombera encore / sur tes doux pavés, / une pluie légère / comme un souffle ou un pas »), d'autre part à la ritournelle, à la chansonnette, à ce café-concert dont Pavese, dans sa jeunesse, était si grand amateur. « Tu es la vie et la mort. » « Ton pas léger / a rouvert la douleur. »

Si Pavese s'est tué quelques mois après avoir écrit ces vers, c'est, bien sûr, parce que, abandonné par Constance, dans des circonstances atrocement humiliantes, il n'a pas trouvé la force de surmonter cette crise ; mais c'est aussi, peut-être, parce que, dans son travail d'écrivain, il s'est aperçu qu'il était en pleine régression. D'Annunzio et la chansonnette : valait-il la peine d'avoir écrit toute son œuvre, de poète, de romancier et d'essayiste, pour aboutir là ? Pavese, qui avait cherché à se démarquer du tempérament national italien, qui s'était fait celte, américain, qui avait choisi une sorte d'exil intérieur pour se boucher les oreilles au *bel canto* sentimental de ses compatriotes, se découvrit tout à coup plus italien, plus national, plus « banal » qu'aucun d'eux. L'association de la femme à la terre, au sang et à la mort, l'érotisme vaguement panique et dolent qui gémit dans les derniers poèmes, sont en effet un lieu commun de la poésie et de la culture italiennes. Même un Pasolini n'a pas entièrement échappé à la tentation du madrigal rustique et plaintif. Encore une fois, le talent, la sincérité de l'auteur de *la Mort viendra et elle aura tes yeux* ne sont pas en cause. Mais, pour un homme qui avait construit son œuvre comme une forteresse à la limite du désert, il a dû être amer de constater que, désirant plaire à la femme aimée, il l'invoquait, non différemment de n'importe quel bon élève du Parnasse, sous les noms de « nuage », « hirondelle », « visage de printemps ».

Pour nous, le grand poète est ailleurs. Il est dommage que l'éclat du suicide ait illuminé rétrospectivement des œuvres mineures, intéressantes surtout comme témoignages d'une crise sentimentale suivie d'une dépression nerveuse ; et que le vrai travail poétique de Pavese soit resté un peu dans l'ombre. *Travailler fatigue* était un des livres auxquels il tenait le plus : à juste titre, car les beautés altières qu'on y découvre à chaque page, le stoïcisme viril qui l'imprègne de bout en bout, la manière si pleine de représenter le vide, l'art si intense des silences et des pauses assurent à ce recueil une place unique dans la poésie italienne et européenne, à mi-chemin entre l'hermétisme des uns et le populisme des autres ; œuvre suspendue entre le réel et l'irréel, rêve éveillé, mélange de feu et de glace, exemple inimité de stupeur extatique et de hiératisme passionné.

ALBERTO MORAVIA

ENTRÒ CARLA (« Carla entra ») : le choix et l'ordre de ces deux premiers mots de son premier livre, publié en 1929, résument l'œuvre entière de Moravia. Tout le monde a reconnu l'attaque célèbre des *Indifférents*. Mais, parmi les innombrables gloses provoquées par ce roman, qui reste son meilleur, personne ne s'est jamais avisé qu'en mettant le verbe en tête (*entrò*), le jeune auteur de vingt-deux ans installait la primauté de l'action, à une époque où celle-ci commencerait bientôt à déserter le roman ; ni qu'en faisant agir d'abord un personnage féminin (*Carla*), Moravia indiquait le rôle prépondérant des femmes dans la société italienne.

Sur la première de ces affirmations, on sera sans doute d'accord, alors que la seconde fera bondir. J'admire Moravia d'être resté, jusqu'à présent, fidèle au primat de l'action dans le récit. Le sujet des *Indifférents* était pourtant le refus de l'action et la difficulté d'agir : sujet qui apparente ce roman à la *Nausée* de Sartre, parue neuf ans plus tard. Sartre et Moravia ont en commun cette conviction que l'existence a quelque chose de dégoûtant ; conviction qui aurait dû aboutir, dans la logique d'un flaubertisme exacerbé, à l'impossibilité de continuer à écrire des romans. Sartre en effet s'est arrêté bientôt. Il est intéressant de se demander pourquoi Moravia a réussi à surmonter la contradiction.

A l'horreur sartrienne de la nature (« Les arbres flottaient. Un jaillissement vers le ciel ? Un affalement plutôt », etc.) Moravia oppose la vision de « feuillages arrondis » (*Agostino*), de « verdure gonflée et immobile » (*Retour à la mer*). C'est en observant une racine dans un jardin public qu'Antoine Roquentin a la révélation de sa « nausée ». On se souvient, au contraire, des corps nus des jeunes nageurs comparés, dans *Agostino*, à « de blanches ramifications de plantes » affleurant vers la lumière. Regarder les autres manger donne des haut-le-cœur à Roquentin : la nourriture, chez Moravia, est signe de santé, de gourmandise, de robustesse. Enfin, tout ce qui a trait au corps et au sexe est répugnant chez Sartre (la bouche comparée à un « bifteck cru », le vagin à « une grosse fleur de chair mouillée », qui a « des clapotis et des bâillements velus »). Moravia aussi utilise l'image de la fleur, mais en renversant le symbole : « Il eut la sensation comme d'une fleur secrète... qui s'ouvrait à quelque chose qui était le soleil pour l'obscure nuit charnelle. » (« Il » : le mari de *Lune de miel, soleil de fiel,* qui étreint, pour la première fois, son épouse.)

Cette triple confiance dans la nature, dans le corps et dans le sexe se retrouve tout au long de l'œuvre de Moravia, la sauvant de la stérilité et de l'abstraction. Même quand il décrit la solitude, l'amertume, l'ennui, l'aliénation (les sujets de tous ses romans), il encadre ces thèmes « négatifs » dans un décor « positif ». C'est ce que j'appellerais son « italianité » : ce sens d'un rapport affectueux avec le monde, cette qualité indéfinissable de perception et de sensualité, qui est peut-être due autant à la beauté naturelle des paysages italiens, des femmes et des hommes italiens, qu'à la générosité foncière de l'œil qui sait regarder, de la main qui sait palper. Giorgione, peignant une femme isolée et peureuse dans *la Tempête,* ne peut s'empêcher de rendre un hommage vibrant à la splendeur d'une campagne dorée. De même Moravia, dont le thème principal est la malédiction de l'homme moderne, retrouve le geste catholique de bénir le créateur invisible des arbres, des fruits, des corps. Comment expliquer autrement qu'il soit un des rares grands écrivains d'aujourd'hui dont la fécondité ne s'est jamais démentie, qui raconte des histoires alors qu'il n'est pas plus dupe que Pirandello de l'illusion des choses racontées, et qui, enfin, réussit à faire de vrais romans sur des sujets d'anti-romans ?

Un autre motif d'étonnement, pour l'observateur étranger, est de voir, dans la fresque romanesque la plus considérable de l'Italie contemporaine, tout le pouvoir dévolu aux femmes. Mères, elles gouvernent les fils (*Agostino, la Désobéissance*), les filles (*la Provinciale*) ; épouses, elles règnent sur les maris (*L'Amour conjugal, le Mépris*) ; prostituées, elles dominent leurs clients (*la Belle Romaine*) ; amantes, elles disposent comme elles veulent de leur compagnon (*l'Amant malheureux*). Leur pouvoir peut être fait aussi d'une certaine attitude de fuite, d'une façon de se mettre à distance, de se laisser posséder physiquement tout en restant inaccessibles mentalement : telles la Cecilia de *l'Ennui* ou la Baba de *l'Attention.* Rien d'étonnant si, dans un des derniers romans, *Moi et Lui,* l'homme et son prestige phallique se trouvent réduits à une dimension comique, traités à la manière de Boccace et de Brancati. Or, Moravia, en tant qu'homme de combat et de liberté, est sans doute convaincu de la situation « inférieure » de la femme en Italie et de la nécessité de la cause féministe. Mais, en tant qu'italien, viscéralement et « catholiquement » italien, il donne à voir dans ses livres ce que n'importe quel voyageur soupçonne immédiatement : à savoir que, si le statut juridique et social de la femme italienne peut paraître choquant, c'est elle, grande Mère Méditerranée issue de la terrestre Cérès et de la céleste Madone, qui tient l'homme sous sa botte, ne serait-ce que parce qu'elle « le met au monde, le fait cocu et l'enterre », selon un proverbe russe particulièrement approprié pour résumer l'œuvre de Moravia.

J'ai longtemps pensé que l'apport le plus original de cet écrivain était d'avoir exploité la psychanalyse et sauvé ainsi le roman du naturalisme. Cette affirmation est peut-être valable pour son premier roman. Pourquoi Michel, le protagoniste des *Indifférents,* n'arrive-t-il pas à agir contre l'amant de sa mère, l'ignoble Leo ? Une première fois il lui jette à la tête un cendrier, mais sans l'atteindre ; une autre fois il essaye de le gifler, mais sans y réussir ; enfin il lui tire dessus, mais, par un oubli caractéristique, il a omis de charger le revolver. La critique traditionnelle, historique ou marxiste, explique cette apathie, cette incapacité d'agir, par la situation historique de la bourgeoisie italienne en 1929. Michel, fils de cette bourgeoisie qui vient d'abdiquer devant le fascisme, se sent privé de toute justification. La classe dont il fait partie a failli à sa mission, et lui-même ne peut que passer en étranger dans un monde devenu méprisable. Mais cette analyse sociologique de « *l'indifferenza* » ne nous dit pas pourquoi Michel éprouve précisément à l'égard de Leo, l'amant de sa mère, ce mélange ambigu d'agressivité et de passivité. Le secret de cette ambivalence ne s'expliquerait-il pas, pour le héros de Moravia comme pour le prince danois de Shakespeare, par la nature de la tâche à remplir ? Comment Michel pourrait-il punir Leo ? Celui-ci a pris la place que le jeune homme, inconsciemment, voudrait lui-même occuper auprès de sa mère. Cette suite d'actes manqués — le cendrier qui passe à côté du but, la gifle interceptée, le revolver non chargé — exprime le dédoublement du personnage en une partie consciente, qui est hostile à Leo, et une partie inconsciente, qui est complice de Leo. En somme, « *l'indifferenza* » apparaît comme une réaction de compromis, le seul moyen possible de concilier, d'équilibrer dans une sorte de neutralité aboulique, le désir de tuer l'heureux rival œdipien et le désir contraire de se prosterner en admiration devant lui.

Pourtant, Michel n'est pas l'Hamlet de notre siècle. Moravia ne fait aucune mention de son père. L'ombre du géniteur ne pèse pas sur le destin du jeune homme. Il manque à ce roman un élément essentiel pour qu'on puisse le rattacher à la psychologie des profondeurs. Aucune plongée dans le passé infantile de Michel : il vit dans le présent, uniquement dans le présent. Il souffre de son inaction, mais pourquoi en souffre-t-il ? Parce qu'il ne se sent pas en accord avec les stéréotypes de son milieu. Les autres agiraient, se dit-il, dans toutes les occasions où il reste passif et veule. Un fils « conventionnel » jetterait à la porte l'amant de sa mère : lui, non, il assiste fasciné à la tragi-comédie de l'adultère. Voilà la clef de sa conduite et de son malaise : l'inadaptation aux clichés en vigueur, à la morale de l'honneur et de la vengeance, au code familial de la bourgeoisie fasciste. Freud au fond n'intéresse pas tellement Moravia. Ce qu'il a pressenti, dès l'époque des *Indifférents,* c'est l'influence des lieux communs sur le destin individuel. Et ce qu'il montre dans le reste de son œuvre, ce qu'il dénonce, surtout depuis les années 60 et l'expansion économique de l'Italie, c'est la pression aliénante des médias et de la publicité sur le comportement de chacun.

Depuis une vingtaine d'années ses livres font le procès de cet asservissement des esprits, de ce fascisme culturel qui ne menace pas seulement l'Italie. Impossible d'être soi-même, dans un monde dominé par les monopoles, où l'individu est manipulé par la presse, le cinéma, la télévision. Si Moravia a pu croire jadis dans les vertus de la psychanalyse, il sait aujourd'hui qu'elle est devenue une technique policière, un moyen de « normaliser » les dissidents et de faire rentrer les contestataires dans le troupeau. Une amusante nouvelle des années 70, *Mon Ange,* raconte les efforts d'une mère pour se mettre à la page (toujours l'obsession de la mode) et remplacer l'ancien amour maternel, ce « sentiment confus fait d'attachement charnel et d'ignorance crasse », par un véritable « rapport mère-fils » fondé sur la discussion loyale du complexe d'Œdipe. Tentative dérisoire et bouffonne, qui donne lieu à une fort jolie satire, non moins qu'à une espèce d'autocritique désabusée : puisque l'un des premiers écrivains à avoir démasqué sous l'innocence apparente des relations entre mère et fils le jeu subtil des pulsions incestueuses, c'est précisément Moravia, dans son admirable récit *Agostino.* Mais le même sujet qui pouvait fournir en 1945 un chef-d'œuvre de psychologie sociale et sexuelle est devenu la tarte à la crème des nigauds. La société de consommation a accaparé l'inconscient lui-même, elle en a fait un produit qu'elle lance sur le marché et impose à la clientèle, ni plus ni moins qu'une marque de dentifrice.

Automatisation progressive et conformisme galopant : l'analyse de Moravia rejoint celle de Pasolini. Mais là où le pamphlétaire s'est déchaîné avec une virulence lyrique, le romancier oppose contre l'oppression de ce siècle la robuste sérénité de sa prose. La société industrielle est en train de libérer l'humanité de ses préjugés moraux et de ses tabous sexuels, mais pour mieux la broyer sous le rouleau compresseur de la mode, de l'imitation, de la série. Et d'abord du langage médiocre et planifiant des médias. Par la force et la beauté de leur style, les livres de Moravia sont le meilleur témoignage que la vraie dignité de l'homme est dans la manière dont il parle.

ELSA MORANTE

APRÈS quelques nouvelles insignifiantes, Elsa Morante débuta en 1948 par un chef-d'œuvre, *Mensonge et sortilège,* livre prodigieux mais si déconcertant que la critique italienne n'a jamais su le traiter qu'avec le dédain mêlé obligatoirement à l'éloge d'un roman « féminin ». 1948 : il faut dire que l'après-guerre italien, voué, comme en France, aux polémiques sur l'engagement et sur le réalisme, était aussi peu fait que possible pour accueillir un ouvrage aussi insolemment désengagé et aussi passionnément poétique que *Mensonge et sortilège,* épopée plutôt que roman, ou mieux encore construction fabuleuse et *cavalleresca,* dont le modèle, s'il faut en chercher un à tout prix, ne peut être trouvé que dans l'Arioste et dans la tradition épique des paladins, vivace jusqu'à nos jours dans le théâtre des marionnettes siciliennes.

Un roman d'amour, un des plus beaux romans d'amour de la littérature contemporaine : voilà la première formule qui s'impose, si on essaye de définir cette masse énorme d'épisodes en apparence disparates, mais dont on finit par s'apercevoir qu'ils sont construits avec la rigueur d'une architecture symphonique. Rosaria, jeune personne de mœurs légères, aime Francesco, bâtard de campagne, lequel aime Anna, fille pauvre de la ville, laquelle aime Edoardo, riche héritier, lequel n'aime que lui-même. Chacun de ces amours obéit à des lois identiques : d'abord il isole celui qui en est le héros et le martyr dans le cercle d'un monde entièrement subjectif, clos et insulaire. Ensuite il règne en souverain absolu sur le cœur qui l'héberge. Enfin, conséquence inéluctable des deux premières lois, il tourne à la monomanie et condamne ses victimes aux lugubres ressassements de la folie. Etant à la fois *sortilège,* qui transporte ses élus dans le septième ciel, et *mensonge,* tant les félicités qu'il procure s'acquièrent au mépris de toute vérité, il conduit ceux qu'il subjugue dans « les vapeurs lunaires et vagabondes » du dérangement mental. Si Rosaria, qui se trouve en bas de la chaîne d'amour, s'en tire encore grâce à la générosité bon enfant de son cœur plébéien, à mesure qu'on remonte vers le foyer d'incandescence, le vaniteux Edoardo serti dans les nobles murs de son palais, la passion se fait plus trépidante et plus exclusive, au point de renoncer à un objet extérieur à elle-même et de se concentrer, comme dans le cas du jeune hobereau, sur son propre diamant narcissique.

Comme tous les grands romans, celui-ci crée sa propre langue. Il faudrait relever toutes les fois que reviennent les adjectifs hyperboliques comme « splendide », « magnifique », « héroïque » ; toutes les fois que, pour désigner l'homme aimé, sa dévote l'appelle « roi » et « empereur », se considérant elle-même comme une « esclave », tandis que l'amoureux pare sa belle des qualificatifs de « princesse » ou « magicienne ». Voici quelques exemples qui feront mieux comprendre ce que les personnages de *Mensonge et sortilège* entendent par amour. « Oh, s'écrie l'un d'eux, plaisir de livrer ses trésors à la personne qui les exalte ! » Un autre voudrait réduire son épouse imaginaire à « une sorte de prêtresse dont le seul devoir serait d'adorer ses beautés à lui, l'époux ». L'amour physique, rare dans ce roman, étant donné la disproportion entre la tête et le corps, est assimilé à un envol vers l'Empyrée, dont on se réveille « morts et déjà glorieux au Ciel ». Il faudrait aussi relever toutes les fois que reviennent les thèmes de la fête, ou des prodiges, ou des bijoux, ou du chanteur d'opéra, ainsi que tous les autres symboles qui font d'une vie dédiée à l'amour une fantasmagorie enchantée.

Une fantasmagorie, mais non moins un rite. Roman d'amour, *Mensonge et sortilège* est aussi un roman religieux. Le plus bel épisode me semble celui qui, sous le titre *le Cousinage,* raconte les amours, incandescentes, blanches et cruelles, d'Anna et de son cousin Edoardo. Anna éprouve pour le beau jeune homme les transports d'une cuisinière pour son prince ; et lui, tout en commençant par glorifier sa cousine et à la couvrir de pierreries comme une Madone byzantine, ne fait qu'assouvir un caprice de son égoïsme enfantin. Comme une de ces idoles barbares qui imposaient des sacrifices humains à leurs fidèles, il persécute la jeune fille au point de l'enchaîner davantage par la profondeur même de son humiliation. L'amour n'est jamais chez Elsa Morante un rapport de réciprocité, mais la protestation éperdue d'esclaves aux pieds de maîtres et de dieux dont la générosité se mesure à la férocité des sévices qu'ils infligent.

A ce point de l'analyse, on serait tenté de donner raison aux réticences de la critique italienne envers l'esthétisme parfois appuyé de ce livre, si l'on ne se rendait bientôt compte que la ferveur idolâtrique des divers amants renvoie moins à des références littéraires (l'Arioste, la poésie chevaleresque) quelque peu suspectes en raison de leur anachronisme, qu'à une expérience bien enracinée dans le cœur de tout mortel. Chacun des personnages d'Elsa Morante s'est trouvé lié, pendant son enfance, à un de ses parents, par un attachement aussi emphatique que naturel : Edoardo à sa mère Concetta, Anna à son père Teodoro, Francesco à son père Nicola, Elisa, la jeune fille narratrice de tout ce récit, à sa mère Anna. Et de fait, il semble que le grand sujet de cet écrivain singulier soit l'idéalisation du père ou de la mère dans un cœur juvénile. Par exemple, la petite Anna ne voit pas en Teodoro, son père, le vil et délabré ivrogne qu'il est effectivement, mais un grand seigneur acharné à vouloir sa déchéance, « un de ces fanatiques qui alimentent le feu dans lequel ils veulent être consumés ». Elisa contemple sa mère comme une Notre-Dame parée de ses bijoux. Auprès de son père, Francesco se sent aussi fort que sous l'aile d'un archange victorieux. Et ainsi de suite : les héros morantiens, une fois devenus adultes et transpercés d'amour, ne savent que reproduire en face de la personne aimée l'émerveillement extatique et aveugle qu'ils éprouvèrent enfants pour le parent empereur et dieu. L'infantilisme idéalisateur, qui est à la base de la psychologie morantienne, explique le rêve oriental qui assiège tous les personnages. Francesco, entre autres, épris d'Anna. « Il eût voulu être riche pour la parer comme une favorite, et il caressait l'idée de la protéger, de la cacher aux yeux d'autrui et de travailler pour qu'elle ignore, dans son cœur enfantin, toute fatigue et toute difficulté. De la faire fleurir et s'épanouir dans l'oisiveté et le faste, dans un palais dont il serait lui-même le maître jaloux. »

Elsa Morante a donné avec son second roman, *l'Ile d'Arthur,* publié en 1957, un prolongement significatif à *Mensonge et sortilège.* L'île (le symbole insulaire se trouve matérialisé cette fois) est Procida, entre Naples et Ischia, heureusement ignorée des touristes ; et Arthur, un jeune sauvage de quinze ans, félin qui a pour cache une vétuste, immense et magique construction, dressée à l'écart du village. Stevenson ne l'eût pas désavoué. Livré aux fantasmes de son imagination, il se construit une vie héroïque où toute faiblesse lui est interdite. Gloire, Orgueil et Dédain sont les compagnons ordinaires de son âme et de ses jeux. Il voue à son père, qui délaisse l'île pour de fréquents et mystérieux voyages, une admiration sans bornes, et à sa belle-mère, à peine plus âgée que lui, créature simplette et soumise (merveilleux portrait de la jeune *mamma* napolitaine), un mépris écrasant. Comment ce mépris se change en amour ; comment Arthur découvre que son père, en fait de périples inouïs, courtise de mauvais garçons qui l'exploitent ; comment enfin cette île, si belle, si pure, si heureuse aux yeux d'Arthur enfant, devient un lieu de souffrance et de cauchemar pour Arthur adolescent : voilà le mouvement dramatique du livre, moins symphonique et plus linéaire que *Mensonge et sortilège*. Alors que *Mensonge et sortilège* raconte la première phase, idéalisante, du développement psychique de l'enfant, *l'Ile d'Arthur* décrit l'étape suivante, le moment crucial et amer de la désacralisation (1).

On relève entre les deux chefs-d'œuvre d'Elsa Morante une différence non négligeable d'atmosphère. Les personnages de *l'Ile d'Arthur*, au lieu d'être coupés du monde, du cosmos, par leurs préoccupations intérieures, sont intimement mêlés aux événements de l'univers, saisons, battements de la mer, cris des oiseaux, soleil, fraîcheur des soirs, rochers, ombres, lumières. Cette dimension homérique manque à *Mensonge et sortilège*, mais l'énergie toute stendhalienne (2) d'Arthur trempe déjà l'âme de la jeune Elisa. *L'Ile d'Arthur*, plutôt qu'un roman psychologique, est un livre, un livre à reprendre au hasard, à feuilleter, un livre de Nature, un livre de Beauté. Il ne souffre d'aucun des deux défauts qui se peuvent reprocher à ce genre de littérature. D'abord aucune trace de symbolisme, d'esthétisme. La multiplicité des significations ne vient que de la profusion de la nature elle-même. Si le père d'Arthur, ce héros, ce preux, mordu un jour par une méduse, se laisse « vaincre par une horreur qui le fait pâlir jusqu'aux lèvres » devant son fils terrifié, et si, au même instant, dans le grand silence qui est tombé sur la plage, un cri de mouette déchire l'air comme une plainte funèbre, il ne faut admirer là aucun hermétisme des correspondances, mais simplement l'ouverture simultanée à plusieurs ordres de sensations, dont la somme aboutit à une perception complète, harmonieuse, poétique de l'univers.

Ensuite ce livre, ruisselant de poésie et de beauté,

(1) Cf. aussi la longue nouvelle *le Châle andalou* (1953). Un jeune garçon, épris avec passion de sa mère, la découvre un jour dans sa pauvre vérité de danseuse déchue.

(2) Elsa Morante, en se faisant elle-même garçon, en se mettant au centre du monde avec les yeux du *ragazzo* Arthur, n'a pas accompli une moindre prouesse que Stendhal, lorsqu'il se métamorphosait en *ragazza* pour dépeindre l'univers de Lamiel.

n'exploite jamais la veine facile et périmée du frisson, de l'extase, du mystère à bon marché. Les traits sont fermes et le contenu, limpide. Aucune de ces allusions gratuites à un au-delà qui baignerait la réalité présente, procédé qui infecte le roman dit « poétique ». Elsa Morante a fait du mystère naturel du monde le protagoniste de son histoire, et non pas un alibi commode pour justifier une petite intrigue. Même sûreté de main que dans *Mensonge et sortilège*, même refus du clair-obscur vague, même acuité dans les contours.

Si les complexes de la petite enfance et leur prolongement dans l'âge adulte justifient du point de vue du réalisme analytique un livre comme *Mensonge et sortilège*, l'enracinement sociologique du roman légitime une seconde fois l'idolâtrie passionnée des héros. *Mensonge et sortilège* se passe dans une petite ville du Sud qui reste mythique dans la mesure où son nom demeure tu, mais qui est bien réelle par son climat et par ses mœurs. En particulier par l'éducation qu'on donne aux garçons. On sait que le *mammismo* n'est que l'exagération funeste du sentiment maternel, exagération qui pousse les mères du Sud à épargner toute contrariété à leurs fils, à les servir dans leurs moindres lubies, à les aduler mieux que des rois, à fausser pour la vie leurs possibilités d'adaptation au réel. L'égocentrisme forcené d'Edoardo et sa prédisposition à recevoir en dieu les hommages d'une femme-esclave ne font que reproduire une situation à laquelle sa mère, donna Concetta, l'a dès le berceau habitué. Les rapports de la mère et du fils forment la clef de voûte de l'ouvrage entier. Jamais peut-être on n'a dépeint aussi bien de quelle sollicitude dévastatrice une génitrice méridionale arrive à corrompre le cœur de son garçon. D'abord jalouse des maîtresses d'Edoardo, Concetta en devient bientôt fière. « Elle apprit à considérer les femmes aimées par Edoardo comme de gracieuses victimes brûlées en l'honneur de celui-ci ; et au lieu d'en avoir de la jalousie, elle se mit à apprécier en son for intérieur ce tribut, toujours renouvelé, accordé à l'autel de son bien-aimé. Plus les victimes étaient belles et plus grande était sa fierté ; plus leur flamme était ardente et plus douloureuse serait leur agonie quand elles seraient abandonnées, et donc plus grande sa fierté. »

Fils gâté, fils pourri par sa mère, quoi d'étonnant si Edoardo envisage son mariage comme un vasselage tyrannique imposé à l'épouse ? « Une fois que nous serons mariés, je pourrai aller me promener, me rendre à des réceptions, à des fêtes, et voyager à travers le monde, mais toi, il faudra que tu restes à m'attendre, enfermée à la maison. Avant de sortir, je collerai des bandes de papier aux fenêtres et aux portes, et j'écrirai dessus ma signature, afin de m'assurer à mon retour que tu es restée enfermée et que tu ne t'es même pas mise à la fenêtre... En outre, je ne veux pas que tu restes belle, car ta beauté serait un calvaire pour moi ! Une épouse ne doit pas être belle : elle doit être sainte. Jusqu'au moment où tu seras vieille, tu seras toujours ou enceinte ou en train de nourrir un enfant... Alors que moi, je serai toujours aussi maigre et léger que maintenant où j'ai dix-huit ans et demi, et je volerai et vagabonderai à travers le monde... J'aurai aussi des maîtresses, mais mon véritable amour, ce sera toi. Ne crois pas que, lorsque tu seras grosse et vieillie, je t'aimerai moins ; au contraire, je t'aimerai davantage, car chaque fois que je te regarderai, je penserai que c'est moi qui t'ai rendue aussi laide, toi qui étais si belle quand tu étais jeune fille. Plus que ta beauté, cette laideur sera à moi, et pour cette raison elle me fera devenir fou d'amour. »

Eh bien, de même que le rêve de Madone byzantine de Francesco est une imitation du rapport filial initial, de même le rêve de souillon ménagère d'Edoardo exprime, à peine outré par l'exagération mythologique, un état d'esprit répandu abondamment dans le Sud. Et, certes, on s'en voudrait d'apporter un aussi plat certificat de réalisme à une œuvre aussi magnifiquement inspirée si, une fois de plus, il n'était nécessaire de défendre Elsa Morante du soupçon d'esthétisme, de gratuité et de loufoquerie infantile. Radicalement coupé de l'histoire par son parti pris d'insularité poétique et d'extrémisme romantique, *Mensonge et sortilège* n'en est pas moins un roman doublement enraciné dans un temps et dans un lieu, le temps de l'enfance idolâtre et le Sud des jalousies archaïques.

Tandis que le premier livre d'Elsa Morante décrit l'effort d'une poignée de « héros » pour s'accrocher aux privilèges de leur enfance, *l'Ile d'Arthur,* deuxième volet du diptyque, raconte l'apprentissage déchirant de la vie. Que signifie, pour Arthur, passer de l'âge puéril à l'adolescence, sinon s'arracher au monde imaginaire du Père paladin et sultan, et entrer dans un autre monde où il ne trouvera plus personne à admirer en bloc, dans la ferveur et l'ingénuité d'une idolâtrie absolue ? Arrachement symbolisé, à la fin du livre, par l'abandon de Procida, du Paradis insulaire, la décision désespérée de se mêler à l'univers faux et trouble des adultes.

Et que signifie l'homosexualité du père d'Arthur ? Rien d'autre qu'une nostalgie poignante d'un royaume perdu où ni le temps, ni la douleur, ni la mort n'aurait cours, temps, douleur et mort étant apparus sur la terre avec la présence des femmes : « Sans les femmes, l'existence serait une jeunesse éternelle ; un jardin ! On serait beau, libre et insouciant, et *s'aimer* voudrait dire seulement : *se révéler, l'un à l'autre, toute la beauté qu'on a.* L'amour serait un ravissement désintéressé, une gloire parfaite : comme se regarder dans le miroir ; il serait... une cruauté naturelle et sans remords, comme une chasse merveilleuse dans un bois royal. Le véritable amour est ainsi : il n'a aucun but et aucune raison et ne se soumet à aucun pouvoir qui n'est pas la grâce humaine. L'amour des femmes, au contraire, est un esclave du destin, qui travaille pour perpétuer la mort et la honte. »

La misogynie du père jaillit de la même source qui alimente les rêveries héroïques du fils. La grande réussite de l'écrivain est d'avoir fondu deux motifs aussi différents dans un chant à l'unisson. Protester contre la vie, qui est décadence, amertume, dépérissement, n'est pas moins dans la logique d'un adolescent obligé de renoncer à ses songes, que dans celle d'un homme attaché puérilement à un idéal impossible. L'un et l'autre vivent à fond leur mythe, le fils comme un moment de son histoire, une pause avant l'apprentissage de la maturité, le père avec tout le sérieux et le pathétique de ce que le sens commun appelle un raté. A travers sa prédilection pour ce personnage de l'homme-enfant, du « raté », Elsa Morante ressuscite, tant dans *Mensonge et sortilège* que dans *l'Ile d'Arthur*, une des plus anciennes fonctions du génie romanesque, illustrée par *Don Quichotte, Robinson Crusoé* ou *l'Idiot* : faire vivre plausiblement à des personnages un mythe qui est la négation de la vie.

GIORGIO BASSANI

QUI, même parmi les fervents amoureux de l'Italie, peut se vanter de connaître Ferrare ? C'est pourtant, après Venise, la ville la plus fascinante du Nord. Les Este y entretinrent au XVe siècle une cour somptueuse et raffinée, rivale de celle des Gonzague à Mantoue. La cité reçut de ses princes une ordonnance géométrique. Le même style, à la fois monumental et hallucinatoire, marqua les œuvres des peintres : Cosme Tura, le plus grand, qui voyait les têtes en forme d'œuf gris et les corps comme des cuirasses, au fond d'antres fuligineux ; Francesco del Cossa, Ercole dei Roberti, ordonnateurs, au palais Schifanoia, de pompes ésotériques. Après eux, ce fut la décadence, pour plus de quatre siècles. Mais si Ferrare possède aujourd'hui en Giorgio Bassani son écrivain, elle avait déjà retrouvé depuis longtemps ses peintres : Giorgio De Chirico, Carlo Carrà, qui ne choisirent point par hasard l'ombre du château en brique rouge des Este pour y dresser les terrifiantes créatures de leur rêve « métaphysique ». Bassani, sans doute, échappe à la tradition ferraraise. Il est, comme le cinéaste Antonioni (lui aussi originaire de Ferrare, dont il a montré les environs dans *le Cri*), un observateur plutôt qu'un visionnaire. On reconnaît pourtant les attaches de l'auteur à quelques détails qui reviennent avec insistance et font figure de symboles sous cette plume minutieusement réaliste. Le brouillard qui flotte, estompant les contours. Ou l'horloge, qui égrène ses coups dans la nuit, lentement, au milieu du silence. N'est-ce pas la même que Giorgio De Chirico a peinte naguère, ronde et absurde dans un mur blanc et vide, au fond d'une place déserte ?

Moins ambitieuse, l'entreprise de Bassani n'en est que plus méritoire. Pour la première fois, un artiste de Ferrare s'intéresse à ce qui se passe dans Ferrare : les allées et venues des gens, leurs soucis, leurs misères, leurs espoirs. Comment se marient-ils ? Comment font-ils carrière ? Tout de suite, Bassani est fixé. Ce sont des provinciaux. Leur drame, ce n'est pas de manquer d'argent ou d'aimer qui ne les aime pas, c'est d'être de la province. On sait que toute l'Italie en est là. Bassani, né en 1916, appartient à cette génération d'écrivains qui, de Pavese à Moravia et à Carlo Cassola, explorent chacun une région différente, conscients des limites qu'une localisation trop étroite impose à leurs œuvres, mais aussi de l'avantage qu'il peut y avoir à montrer dans le marasme des provinces une variante du fameux ennui moderne.

Lida Mantovani, la plus moravienne des nouvelles de Bassani, est l'histoire d'une petite ouvrière qui a raté le mariage d'amour (mariage bourgeois en plus) et vivote entre sa vieille mère et le voisin compatissant qu'elle a fini par épouser. Les moments importants de sa vie ont été d'attendre les visites de son amant, puis les retours de son mari. Luisa Brondi, dans *Promenade avant dîner*, passe toutes ses soirées à épier l'arrivée de sa sœur cadette. Pino Barilari, le pharmacien de *Nuit 43*, a pour unique occupation de surveiller ce qui se passe dans la rue. Sans compter les oisifs assis aux terrasses des cafés. Il n'y a rien à faire en province, c'est connu. Bassani développe tant et plus ce thème. Il avoue là ses affinités avec un Henry James, avec un Tchekhov. La dernière des *Histoires de Ferrare, En exil*, où l'on voit le narrateur stupéfait, après trente ans d'absence, de retrouver sous les traits d'un gros paysan mou le jeune homme qui lui faisait si brillante impression autrefois, n'évoque-t-elle pas aussi le dernier chapitre de *l'Education sentimentale ?*

Ferrare, et uniquement Ferrare : voilà son monde (1). Ceint étroitement de bastions et de remparts dont la description parfois laborieuse entretient l'obsession d'une vie recluse. Une topographie limitée : corso Giovecca, corso Roma, via Piangipane, via Mazzini, via Gorgadello, piazza Porta Reno, piazza Santa Maria in Vado, le château, la cathédrale, le théâtre, l'ancien ghetto et toujours, à l'ombre des murs de la ville, les sentiers qui tracent les confins. La proximité de la campagne, loin d'ouvrir un espoir d'évasion, rappelle que la ville s'est arrêtée trop tôt dans son développement. Au lieu des petits potagers étiolés ou de l'herbe sale foulée par les amants du dimanche, que n'y a-t-il, au moins, des faubourgs modernes ! Le cercle est bien clos : la mort elle-même ne donne pas au provincial une angoisse féconde, mais la préoccupation mesquine de sa place au cimetière, du bois dont son cercueil sera fait. Et s'il se déplace, l'été, sur les plages de l'Adriatique, Cesenatico, Marina di Cervia, Rimini ou Riccione, c'est moins pour contempler la mer que pour disputer à ses voisins la chaise longue ou l'ombrelle.

Etrange humanité que celle-là ! Qu'il soit le plus grand avocat de sa ville, comme le député Bottecchiari (on le retrouve de nouvelle en nouvelle, selon le procédé balzacien), ou le plus humble relieur, qu'il ait un cabinet d'oto-rhino-laryngologie ou une échoppe de savetier, le Ferrarais n'échappe pas au regard des autres, aux commentaires, aux cancans. Aucune promotion sociale ne le dispense de passer par les mêmes rues, devant les mêmes cafés, de soumettre à l'approbation ou au persiflage de la ville son horaire, ses habitudes, ses fréquentations. Si l'on va au cinéma, c'est moins pour voir le film que pour s'assurer que les lunettes d'or du célèbre docteur Fadigati brillent dans la pénombre. Les mères veillent sur leurs filles, les sœurs aînées sur leurs cadettes, moins par amour que par souci des

(1) Que ce soit dans les *Histoires de Ferrare* (1956-1960), traduites en français sous le titre *les Lunettes d'or* (Gallimard, 1962), son chef-d'œuvre, ou dans le roman plus ambitieux *le Jardin des Finzi-Contini* (1962).

convenances. La peur du scandale ! elle mine, elle corrompt les rapports. Elle force Elie Corcos, un médecin promis au plus brillant avenir, à moisir sur place, flanqué d'une médiocre épouse (*Promenade avant dîner*) ; elle ruine la carrière du docteur Fadigati ; elle amène les fascites au pouvoir, empêche les démocrates de s'organiser ; elle ne permet au juif rescapé de Buchenwald qu'une révolte puérile (*Rue Mazzini : in memoriam*). Insinuante comme la brume, l'opinion arpente les trottoirs, rôde sous les arcades, stagne derrière les fenêtres ; elle s'allonge même sur les plages, la paupière hypocritement baissée. Mussolini ? Pour réussir, il n'a qu'à mettre les commères et les badauds de son côté. Les estivantes de Riccione peuvent affirmer qu'il vient tous les week-ends de Rome voir sa femme, « d'une seule traite », au volant de sa voiture ; qu'il est « si simple, si humain » ; qu'il enlève son chapeau en les croisant ; et qu'il a pleuré quand il a reçu le télégramme lui annonçant l'assassinat de son ami Dollfuss, tellement que « les larmes lui sillonnaient les joues ». Que redouter lorsqu'on s'est conduit publiquement de la sorte ? Tout est permis, pourvu qu'on soit respectable. Les gens n'existent pas en eux-mêmes mais par ce qu'on en dit.

Faire la « psychologie » du provincial serait un contresens. Bassani s'en garde bien. Même de ses « héros », Lida Mantovani, Clelia Trotti, Geo Josz, Athos Fadigati, il se défend d'interpréter la pensée ou les sentiments. Il ne fouille pas la réalité, il transcrit l'apparence. Il rapporte souvent au style indirect ce qui leur passe par la tête, pour souligner le côté vague, inconsistant de leurs rêveries. La composition des nouvelles est révélatrice : presque toujours, et surtout s'il va être question d'une histoire sanglante (*Nuit 43*) ou pathétique (*les Lunettes d'or*), le récit commence par un compte rendu des va-et-vient de la foule. Le personnage principal, c'est elle, Bassani excelle à mélanger les témoignages, à comparer les points de vue. Les souvenirs, les calomnies, les hypothèses composent, malaxés ensemble, le limon gras où s'enlisent le courage, la passion, le génie. Si le docteur Fadigati succombe, c'est moins à son « vice » qu'à la stupide curiosité de la ville. Les fusillés de 43 sont autant de victimes de la peur collective que des assassins fascistes. Avec une méticulosité cruelle, Bassani orchestre tous les bruits qui circulent. D'où l'abondance, qui pourrait fatiguer le lecteur, des parenthèses et des indices. D'où la fréquence des retours en arrière, des retouches à ce qui vient d'être dit, des résumés de la situation (« il est de fait que... », « à croire que... », « bref », « par exemple », « à moins que... », etc.). D'où la longueur, la sinuosité de la phrase, son manque absolu de rythme. Le style de Bassani n'est pas exhaustif à la manière de celui de Proust, il reproduit, dans sa profusion inutile, le caquet des bourgeois.

La toute-puissance de ces termites aux mandibules infatigables, voilà le drame de l'Italie, la cause de la dictature mussolinienne et de la persécution raciale. Bassani ne cesse de revenir sur ce passé qui le hante. Mais quoi ! Ni les progrès du socialisme depuis les débuts du siècle, ni l'héroïsme des combattants de la Résistance ne seraient capables de donner aujourd'hui un nouveau visage à la province italienne ?

Le socialisme : voyez Clelia Trotti, la militante, l'institutrice pétrie d'idéal, mise par le régime fasciste en résidence surveillée. Bruno Lattes, le jeune juif qui ose lui rendre des visites, à la veille de la guerre, est le premier à se rendre compte que « le monde meilleur, la société plus civilisée, plus honnête, dont Clelia Trotti était à la fois un témoignage et une épave » ne verraient jamais le jour. N'importe : Clelia ne cesse de faire des projets, de prodiguer des conseils, de rêver au triomphe final de la cause. Mais le moyen d'être dupe ? C'est la vieille fille qui croit dans l'avenir, qui s'exalte, et le jeune homme, Bruno, qui est conscient de l'aspect dérisoire de cette foi. Trois avocats socialistes sont dépeints comme « dévorés du désir d'agir ». N'est-on pas dans le même climat de comédie ironique que dans les nouvelles où Tchekhov met sur les lèvres de personnages notoirement incapables des déclarations enflammées sur le prochain renouveau de la Russie ?

Quant à l'espoir suscité par le travail clandestin des patriotes antifascistes ou l'héroïsme des Résistants tombés sous les balles allemandes, il a fait long feu. *Nuit 43,* la plus remarquable de ces nouvelles avec *les Lunettes d'or* (il faut commencer le livre par ces deux-là), raconte, avec un luxe typique d'ambages et d'ambiguïtés, le massacre de onze citoyens ferrarais, fusillés en représailles de l'assassinat d'un haut dignitaire fasciste, une nuit de décembre 1943, devant le fossé qui entoure le château. Le récit est conduit de manière à laisser l'impression que ce carnage a été absurde, que les victimes ont été choisies par hasard, que la population de la ville, au courant de ce qui se préparait, n'a pas songé une seconde à intervenir, qu'elle a fermé au contraire les yeux sur les coupables présumés, trop aise que leur fureur homicide ait trouvé des boucs émissaires. Même après la guerre, quand le procès aura lieu, celui que tout le monde soupçonne sera acquitté, parce que l'unique témoin du massacre, le pharmacien Pino Barilari, perpétuellement aux aguets derrière sa fenêtre qui fait face au château, ne voudra pas reconnaître qu'il a vu, en même temps que les assassins, dans le petit jour de l'aube, à l'autre bout de la place, sa femme : ce serait avouer qu'elle revenait d'une aventure, qu'elle le trompe. L'horrible s'estompe dans le ridicule. Tous les procédés sont bons à Bassani pour dégonfler le mythe de la Résistance : elle a existé, oui, mais pas autant qu'on a prétendu, et, surtout, elle a été le fait d'un très petit nombre — quelques intellectuels — ses effets ont été nuls sur l'esprit, le cœur et le destin de la nation. Les ouvriers n'y ont pas pris part (il s'en trouvait un, Felloni, parmi les Onze, mais parce qu'une patrouille l'avait ramassé dans la rue tandis qu'il se rendait, « sans se douter de rien », à son travail) ; les communistes l'ont exploitée effrontément (lors des funérailles de Clelia Trotti, en 1946, la municipalité communiste de Ferrare a fait venir du fond des campagnes d'ignares matrones qu'elle a habillées de rouge et plantées autour du cercueil).

Pour bien comprendre le sens et la portée de *Nuit 43,* il faut se rappeler que trois des plus importants écrivains de l'après-guerre, Pavese, Vittorini et Calvino — Bassani est le cadet des deux premiers, et l'aîné du troisième — ont fait de ce mythe de la Résistance le levain de leur œuvre. Chacun, sans doute, y a coulé ses préoccupations personnelles : Pavese la hantise du sang et de la mort, Vittorini la haine de la violence et de l'injustice, Calvino le goût du jeu et de l'aventure. Mais tous les trois, le premier dans le registre lyrique, le deuxième dans le registre épique, le troisième dans le registre ludique, se sont servis des « années noires » pour bâtir une mythologie de la rédemption : dans « le bain de sang » l'Italie se serait rachetée de ses fautes et de ses crimes passés. Dix ans après, Bassani suggère qu'il n'en est rien ; que la Résistance a été une illusion, l'éveil de la conscience démocratique une utopie, la fin du provincialisme une chimère. Une petite phrase, qu'on lit au début de *Clelia Trotti,* est significative. Un spectateur averti qui aurait assisté aux funérailles de la vieille militante en 1946 se serait vite aperçu, dit Bassani, « combien trompeuse était l'impression première d'un retour magique à l'atmosphère de 1945 ». Notez bien les mots : « magique » (allusion aux mythologies) et « trompeur » (désormais le mensonge est flagrant). Rien n'a changé, rien ne changera jamais à Ferrare, malgré les discours et les promesses. Bassani rappelle Tchekhov, soit. Mais Tchekhov écrivait avant la Révolution ; son ironie n'était pas tout entière négative ; elle tendait seulement à mettre en garde contre l'abus des paroles et des programmes. Bassani écrit après la Révolution, après l'échec de la Révolution. L'Italie avait une chance, en 1945, de se donner des structures mentales et sociales neuves ; elle l'a gâchée, Bassani est le témoin et le chroniqueur des grandes espérances évanouies. La cendre a recouvert la flamme. Dans une grisaille voulue, il enregistre le désenchantement de sa génération.

Le provincial moisira donc toujours. Pourtant, il lui reste un moyen de se rendre intéressant pour les autres et pour lui-même : c'est de croire qu'il est une victime, que son sort eût été différent sans un concours de circonstances injustes à son égard. Pourquoi, par exemple, a-t-on décidé au siècle dernier de faire de Bologne le nœud ferroviaire du nord de l'Italie ? Ferrare n'a cessé de décliner depuis cette « résolution fatale ». Les quarante-cinq kilomètres de chemin de fer qu'il faut parcourir entre les deux villes — tous les jours pour les étudiants qui se rendent à l'Université — symbolisent, dans *les Lunettes d'or,* la disgrâce d'une population condamnée au bannissement perpétuel. Reclus, le Ferrarais est aussi un exclu. Si la conviction qu'il est « à part » ne le sauvera pas de l'ennui, elle le préservera au moins de la petitesse. Elle mettra sur son visage plat le masque de la douleur. Elle lui rendra une dignité, un style.

Le juif, traditionnellement tenu à l'écart, est l'image même du proscrit : désespéré mais fier. Girolamo Camaioli, Geo Josz, Bruno Lattes, Elia Corcos, le narrateur des *Lunettes d'or* ou celui du *Jardin des Finzi-Contini* : les juifs sont les vrais héros de Bassani, à la fois torturés de se sentir inférieurs à leurs amis catholiques et puisant dans le sentiment de leur différence une humiliation exaltée. « Les voici, les échantillons, les prototypes de la race ! » se dit Bruno (d'un couple de jeunes gens blonds). Plus que beaux, ils lui semblent merveilleux, inaccessibles. Leur sang est meilleur que le sien, leur âme meilleure que la sienne ! Un ruban rouge noue les cheveux de la jeune fille. Et, aux yeux de Bruno, la faible lumière qui flotte paraît se ramasser tout entière sur ce ruban.

Le chef-d'œuvre de Bassani, *les Lunettes d'or,* est le récit d'une double mise au ban : celle des israélites (nous sommes en 1938 ; les lois raciales se préparent en Italie ; le narrateur et son père, juifs, sentent grandir autour d'eux la gêne et bientôt l'hostilité) et celle du docteur Fadigati (amoureux sur le tard d'un voyou qui le berne, il est acculé au suicide par la réprobation publique). L'histoire d'un homme rejoint l'histoire d'une race. L'homosexuel et le juif prennent ensemble le chemin de l'exil.

Si on la compare aux littératures française, allemande ou anglaise, la littérature italienne porte un témoignage insignifiant sur l'homosexualité. Que trouverait-on dans le passé, hormis une allusion, d'ailleurs obscure, de Dante contre les sodomites, et les fragments de quelques Grands de la Renaissance, Michel-Ange ou Cellini ? Et de nos jours ? Vasco Pratolini a introduit dans son roman *le Quartier* un pédéraste : mais ce Gino n'a guère d'autre utilité dans le livre que d'accuser la préférence de l'écrivain pour ses personnages « sains » de cœur et de mœurs. Moravia a mis au début du *Conformiste* une scène d'inversion : mais c'est pour expliquer que l'enfant qui en a été la victime, il ne faut pas s'étonner de le voir devenir un fasciste ultra, prêt à assassiner les ennemis du régime — s'il est vrai, comme le soutient l'auteur, que les aberrations politiques ont pour origine des égarements sexuels. Enfin, autant Pasolini a été peu dissimulé dans sa vie, autant dans ses livres les épisodes d'homosexualité se réduisent à quelques anecdotes pittoresques. Jamais rien de tragique autour de ce thème. Les écrivains refusent de prendre au sérieux l'homophobie, qui fait pourtant autant de victimes en Italie que partout ailleurs.

Dans ce domaine encore, Bassani innove. Il voit dans la passion d'Athos Fadigati moins une façon d'aimer qu'un moyen de se détruire. Ce qui compte pour le docteur, ce ne sont pas les récompenses qu'il faut attendre de son amant — et qu'il n'obtient pas — mais les preuves de lâcheté, de corruption et de folie qu'il accumule contre lui-même. Le délabrement progressif de ses facultés mentales et professionnelles le fascine plus, dirait-on, que le charme du jeune homme : autrement il ne se laisserait pas ridiculiser en public et dépouiller en secret. Cependant, qu'on pense à *la Mort à Venise,* et aussitôt on situera Bassani. Thomas Mann a symbolisé dans le penchant homosexuel de son héros l'appel du néant et de la mort. Gustave Aschenbach agonise seul, victime comme Phèdre d'une tragédie sacrée. Sa déchéance est intérieure, absolue. Fadigati, au contraire, ne s'avilit que par rapport aux bourgeois qui l'observent, le raillent et enfin le punissent en désertant son cabinet. Ce n'est pas son « vice » qui l'atteint le plus, mais les rumeurs qu'on colporte. L'Allemand a écrit le drame de la dégradation, l'Italien celui du déclassement. Cela dit, on n'oubliera pas de sitôt les pas étouffés du docteur dans le brouillard, ni l'éclat de ses lunettes dans la pénombre des cinémas.

NATALIA GINZBURG

AU lieu d'exprimer, comme autrefois, les choses et les sentiments, les mots les masquent, les offusquent, les dénaturent. Le langage n'arrive plus à rendre compte de la réalité. Cette constatation, qui commande la plupart des entreprises littéraires de notre siècle, est aussi à la base des recherches de Natalia Ginzburg. Mais tandis que la découverte du divorce entre les mots et les choses provoque les écrivains à défier, à tordre et à pulvériser le langage, Natalia Ginzburg se contente, plus discrètement, de montrer sa déchéance par des histoires, en général courtes, où les phrases que les personnages échangent, oiseuses et stéréotypées, contrastent avec la gravité des événements qu'ils subissent.

La romancière naquit à Palerme en 1916, d'un père juif triestin et d'une mère protestante milanaise. De l'un, il semble qu'elle ait hérité le sens de la vie, l'humour, la générosité. De l'autre, la rigueur et la modestie. Qualités contradictoires, qu'elle a su mettre en harmonie dans son art. Elevée à Turin, où son père enseignait l'anatomie — Turin était alors la capitale de l'antifascisme et le professeur d'anatomie un adversaire du dictateur — la fillette grandit dans le culte de la liberté et l'horreur de la violence. Un de ses frères, qui introduisait en Italie des tracts clandestins, fut pris à la frontière : il se jeta dans le fleuve qui sépare l'Italie de la Suisse et gagna la rive étrangère à la nage sous les balles des carabiniers. Il se réfugia à Paris. La fille du peintre Modigliani fut pendant quelque temps sa femme. La sœur de Natalia se maria avec Adriano Olivetti, le fameux industriel des machines à écrire. Elle-même épousa Leone Ginzburg, Russe d'Odessa naturalisé italien, critique littéraire, essayiste politique et l'un des chefs de la Résistance à Turin. Les amis de Ginzburg s'appelaient Pavese, Carlo Levi, Giulio Einaudi. C'est peut-être dans la compagnie de ces jeunes hommes que Natalia apprit à se défier des mots : les fanfaronnades du régime mussolinien invitaient les intellectuels au silence et à l'action.

Elle écrivit son premier roman en 1941, dans les Abruzzes, où son mari avait été déporté. *La Route qui conduit à la ville* est un roman bref, une longue nouvelle. Si l'on n'appliquait pas l'épithète de « tchékhovien » à n'importe quel récit un peu gris, un peu plat, je dirais que Natalia Ginzburg est l'auteur qui fait le plus penser à Tchekhov. Enfant, elle regrettait que Turin ne fût pas Saint-Pétersbourg, que la Neva ne coulât point entre les quais à la place du Pô. Quand elle commença à écrire, elle s'attacha aux détails que pouvaient avoir en commun Saint-Pétersbourg et Turin : la brume, les charrettes, les flaques d'eau, les tas de neige, les bancs dans les jardins publics, le silence des espaces blancs.

Dans *la Route qui conduit à la ville,* les thèmes de son imagination et les traits de son art sont déjà fixés. Une jeune fille raconte à la première personne son aventure provinciale. Elle a aimé un jeune homme, n'a pas su le lui dire. Un autre jeune homme l'a engrossée, qu'elle n'aimait pas. Ses parents lui ordonnèrent d'épouser le séducteur. Elle quitta le village pour attendre son bébé dans une ferme isolée, chez une tante. L'ami de cœur mourut. La naissance, l'amour et la mort, voilà les protagonistes. Natalia Ginzburg fait toujours une place importante aux bébés : dans le ventre de leur mère ou dans les premières années de leur vie. L'*infans :* celui qui ne parle pas encore. Il a plus d'existence que ceux qui parlent trop, c'est-à-dire les parents. Entre les bébés et les parents, les jeunes gens, filles ou garçons, tâtonnent à la recherche de mots justes, mais l'événement les surprend avant qu'ils ne les aient découverts. Le monologue intérieur reproduit ces tâtonnements avec une grâce, un tremblé, un tact incomparables.

Peu de temps après, un drame bouleversa la vie de Natalia Ginzburg. Les Allemands arrêtèrent son mari, l'enfermèrent dans la prison romaine de Regina Cœli, le torturèrent. On le trouva mort dans sa cellule, le matin du 5 février 1944. La mâchoire fracassée, il avait eu la force de dire à un ami : « Nous ne devrons pas, dans l'avenir, garder de la haine contre les Allemands. » Il laissait trois enfants.

Natalia Ginzburg travailla après la guerre dans les bureaux de Giulio Einaudi, qui était devenu un grand éditeur. Elle termina en 1947 son deuxième récit long, *C'est arrivé ainsi.* Rien n'y transparaît de la blessure récente, sinon une âpreté nouvelle, le refus des mots poussé jusqu'au crime. Une jeune femme raconte comment, pourquoi elle a tué son mari. Il mentait, il reprenait une ancienne maîtresse en disant qu'il partait pour des voyages d'affaires. La jeune femme raconte sa vie, faite de menus moments dont la somme est une tragédie. L'humanité de Simenon, avec la technique de Gertrude Stein.

Natalia Ginzburg publia encore deux récits longs, *Valentino* et *Sagittaire,* deux romans, *Nos années d'hier* et *les Voix du soir,* quelques nouvelles, un livre d'essais et de réflexions morales (qui contient le plus beau portrait qu'on ait fait de Pavese). Dans *Nos années d'hier,* le jeune homme Ippolito se tue, sur le banc d'un jardin public, quand l'Italie entre en guerre aux côtés de l'Allemagne hitlérienne. Jamais suicide n'a été montré avec moins de phrases, avec moins d'explications, avec moins de références au monde intérieur du suicidé. « Sur le banc, assis, Ippolito était mort. » Dans *les Voix du soir,* le jeune Tommasino et la jeune fille Elsa rompent leurs fiançailles : une catastrophe pour Elsa, qui perd sa dernière chance.

« Comme tu es tranquille ! dis-je, tu ne pleures pas, tu dis ces choses tout tranquillement !

— Et moi, dit-il, que ferai-je ?
— Tu feras comme tu as toujours fait, dis-je.
— Et toi, dit-il, toi, que feras-tu ?
— Moi aussi, dis-je, je ferai comme j'ai toujours fait.
— Comme nous sommes tranquilles ! dit-il. Comme nous sommes froids, calmes, tranquilles ! »

Les livres de Natalia Ginzburg s'ordonnent autour d'une péripétie dramatique — une séduction dans *la Route qui conduit à la ville,* un meurtre dans *C'est arrivé ainsi,* l'échec conjugal d'un homosexuel dans *Valentino,* une escroquerie aux dépens d'une pauvre femme dans *Sagittaire,* un suicide dans *Nos années d'hier,* une rupture dans *les Voix du soir* — mais la péripétie n'écrase pas l'histoire, non, au contraire, elle arrive quand on ne s'y attendait pas, ou plutôt, on découvre qu'elle était toujours là, masquée par les mots et les phrases, prête à démentir les mots et les phrases, aux aguets derrière les vaines tentatives de communication.

Natalia Ginzburg trouve sa mesure, plutôt que dans le roman, dans le récit long. Quatre-vingts ou cent pages, ce genre qui a donné des chefs-d'œuvre partout sauf en France : *Benito Cereno* de Melville, *le Bonheur conjugal* de Tolstoï, *Tonio Kröger* de Thomas Mann, *Agostino* de Moravia. S'il fallait indiquer des œuvres auxquelles rattacher les quatre récits longs de Natalia Ginzburg, ce seraient *l'Histoire ennuyeuse* ou *Ma Femme* de Tchekhov, les *Trois Vies* de Gertrude Stein. *Valentino* reçut le prix Viareggio en 1957.

En 1963, l'autre grand prix littéraire italien, le Strega, récompensa *les Mots de la tribu* (1). La romancière avait écrit dans *les Mots de la tribu* son autobiographie. Encore un monologue intérieur, qui ne rompt pas avec les ouvrages de fiction, mais les prolonge, les amplifie et les couronne. Natalia Ginzburg raconte son enfance et son adolescence : un père fantasque et bourru, une mère plaintive et optimiste, trois frères de tempérament riche et opposé, des amis promis à la gloire, comme

(1) *Lessico familiare,* traduit en français sous ce titre (Grasset, 1966).

Olivetti, Einaudi, Ginzburg, Carlo Levi, Pavese ! Turin, l'antifascisme, les arrestations, la guerre, la déportation, l'assassinat d'un mari aimé. A part l'évident intérêt documentaire, à part l'évocation si sobre et si émouvante de ce petit milieu piémontais qui sauva l'honneur de l'Italie pendant les années noires, *les Mots de la tribu* apportent une contribution neuve au fameux problème du langage.

Les « mots de la tribu » ce sont les phrases toutes faites, les formules ressassées, que la fillette entendit de la bouche de son père et de sa mère, qu'elle utilisa avec ses frères : ces phrases, ces formules qui constituent sans doute, non seulement le vocabulaire propre à chaque famille, mais le système d'explication du monde que les parents inculquent à leurs enfants. Tandis que les parents parlent et résument le monde en quelques jugements lapidaires, les enfants découvrent la résistance de la vie qui ne se laisse pas réduire en mots et leur oppose les énigmes meurtrissantes de l'amour, de l'action politique, de la guerre, de la mort.

La crise du langage se ramène ainsi pour Natalia Ginzburg à la crise des générations. Ceux qui manipulent les mots — les parents — n'ont plus qu'une vague connaissance des épreuves réelles de la vie. Ceux qui affrontent ces épreuves — les enfants, les jeunes gens — doivent d'abord se défendre des phrases mécaniques de leurs parents. Sans haine, d'ailleurs, car c'est le destin commun que de trouver le moyen de dire les choses seulement après qu'on ne les ressent plus. Le comique des mots contraste avec le tragique des événements : d'où le mélange d'humour, de pudeur et d'angoisse qui caractérise les rapports humains.

Leone Ginzburg, auteur d'une thèse sur Maupassant, avait traduit en italien et préfacé Pouchkine (*la Dame de pique*), Gogol (*Tarass Boulba*), Tourgueniev (*Une nichée de gentilshommes*), Tolstoï (*Anna Karenine*). Il préparait un livre sur Dostoïevski. Natalia Ginzburg vit maintenant à Rome, veuve de Gabriele Baldini, professeur de littérature anglaise à l'Université, le meilleur connaisseur de Shakespeare en Italie. Elle a traduit elle-même *le Silence de la mer* et *Du côté de chez Swann.* C'est dire la position européenne de Natalia Ginzburg, le réseau de relations internationales qui l'ont aidée à se définir. Peu de femmes écrivains se peuvent comparer à elle aujourd'hui, dans son pays et dans les autres, pour la finesse de la sensibilité, la justesse du ton et l'art de rendre par petites touches égales l'expérience douce-amère de la vie.

TOMMASO LANDOLFI

TROUBLE, romantique, nocturne : telles sont les épithètes qui reviennent sous la plume des commentateurs, et en particulier du plus enthousiaste d'entre eux, André Pieyre de Mandiargues, pour qualifier l'univers et l'art de Tommaso Landolfi, le plus secret des écrivains italiens. Né en 1908, mort en 1979, auteur d'une douzaine de livres, dédaigné par la critique de son propre pays, à peine connu dans le nôtre, il échappe à toutes les écoles, à toutes les classifications. *La Femme de Gogol* et *la Muette*, deux volumes anthologiques de nouvelles (1) révèlent un auteur raffiné, hautain, d'une subtilité mystérieuse, plus proche des conteurs russes, allemands ou américains du XXe siècle que d'aucun Latin.

De ces récits où le rêve se mêle étroitement au réel, on serait tenté de dire qu'ils ressortissent au genre fantastique. Pourtant, il ne s'agit que d'histoires d'amour et de mort, dont les héros, trop passionnés pour se contenter d'une possession imparfaite, recherchent la satisfaction dans le crime. Gogol (dont on sait qu'il fut chaste toute sa vie) est présenté comme l'inventeur, le fabricant et l'amant d'une poupée de caoutchouc, grandeur nature et couleur chair, pourvue de tous les organes (y compris les génitaux), gonflable à volonté (par une pompe introduite dans l'anus) et plus

(1) Gallimard, 1970.

femme en un mot que beaucoup de créatures de la terre. Tellement femme que Gogol, un jour, saisi d'une crise de tendresse extatique, la fait éclater puis en jette les morceaux dans le feu.

Si *la Femme de Gogol* est la plus étonnante, la plus spectaculaire de ces nouvelles, celle qui donne son titre au second recueil, *la Muette,* nous paraît la plus belle, la plus émouvante. Un homme qui vient d'assassiner une fillette de quinze ans, au surplus muette, raconte comment ont grandi conjointement en lui les pulsions érotiques et les pulsions meurtrières, jusqu'au crime final ressenti comme délivrance et transfiguration. En tout point admirable, l'art avec lequel Landolfi a décrit le progrès de cette folie amoureuse, l'épanouissement de cette fleur de mort. Nous entrons dans les pensées les plus secrètes du criminel, nous partageons avec lui ce mélange de ravissement et d'horreur qui le subjugua depuis le jour où il aperçut la nymphette et comprit de quelle nature était le sang qu'elle devrait verser.

Le titre, en italien, regorge d'ambiguïtés que le français appauvrit. Car *la muta*, c'est bien sûr cette jeune « muette » retranchée dans le silence éternel, victime soumise du rite sanglant. Mais c'est aussi « la meute » des instincts meurtriers qui prennent l'assassin à la gorge, et encore « l'attelage » de deux êtres disparates sous le joug du destin, et enfin « la mue » qui transforme un quinquagénaire en paranoïaque homicide.

Partout, dans ces deux livres, éclate en accents maldororiens un chant sauvage de malédiction de la vie. En somme, il faudrait dire que Landolfi, bien plus qu'un écrivain fantastique, est un écrivain dionysiaque : ne se lassant pas de célébrer l'irruption dans le gris quotidien d'une flamme très haute et très pure qui tue ce qu'elle illumine.

DEUX REPÈRES POUR UNE HISTOIRE DE LA CULTURE HOMOSEXUELLE EN ITALIE

DEUX livres parus récemment en Italie, d'inégale valeur littéraire, intéressent l'historien des mœurs par les circonstances de leur publication.

En 1977 paraissait un roman inédit de Luigi Settembrini, *I Neoplatonici.* Settembrini (1813-1876) est un nom illustre dans la péninsule. Ce patriote napolitain, héros et conspirateur du *Risorgimento,* passa dix ans de sa vie dans les prisons bourboniennes. Parmi ses manuscrits conservés à la Bibliothèque nationale de Naples, figurait celui des *Neoplatonici :* bien connu des érudits locaux, en particulier de Benedetto Croce, qui empêcha de le publier. Settembrini non seulement symbolisait le courage civique et la grandeur nationale : ce Père de la patrie avait été aussi un père de famille exemplaire. Ses souvenirs de prison faisaient partie des livres qu'on étudiait dans les classes. Toutes ces raisons incitèrent pendant un siècle ceux qui avaient connaissance du manuscrit à le laisser enfoui dans les coffres de la Bibliothèque nationale. Mais enfin l'Italie oratoire, paternaliste et mensongère de la culture officielle a cédé à l'Italie radicale de la contestation et de la liberté : et le roman intensément pédérastique du Héros-au-dessus-de-tout-soupçon a été divulgué.

Certes il ne s'agit pas d'un chef-d'œuvre. Présenté comme un récit traduit du grec et attribué à un certain Aristeo de Mégare, le texte de Settembrini a toutes les grâces un peu molles et les complaisances littéraires d'un pastiche. Mais nul ne peut douter en le lisant que les amours rien moins que platoniques des deux jeunes Calliclès et Doro aient agité d'émotions plus que littéraires celui qui les racontait du fond de sa prison, entre deux lettres d'époux fidèle envoyées à sa femme.

Comme aucun des deux garçons, écrit-il dans son style impavidement élégant, ne réussissait à entrer « entre les belles pommes » de l'autre, ils avisèrent un vase d'huile blonde pour oindre de cette substance émolliente « la clef et la serrure ». (*Chiave,* « la clef », beaucoup plus expressif en italien, puisque de ce mot est dérivé le verbe argotique *chiavare,* « enfiler, foutre ».) Ayant réussi de cette façon à « jouir du premier fruit de leur amour », les deux amants grimpèrent sur la colline, entrèrent dans le temple de Pallas à qui est consacré l'olivier, et remercièrent la déesse de leur avoir suggéré d'utiliser l'huile, dont se servent également les savants pour alimenter leur lampe pendant leurs veilles studieuses. Cette dernière réflexion, qui unit ironiquement le trivial de la luxure et la noblesse de la « culture », aura sans doute indigné au plus haut point ceux à qui l'hétérosexualité semble un attribut indispensable du patriotisme.

Le roman de Settembrini abonde en digressions sur la supériorité de l'amour homosexuel. Le terme d' « homosexuel » ne se trouve pas, évidemment, dans son manuscrit. Lui qui parlait crûment de la clef et de la serrure ne se fût pas embarrassé de périphrases si le mot avait existé. « Néoplatoniciens » n'est pas une mauvaise trouvaille pour désigner ceux que le persistant goût hellénisant appelle aujourd'hui, dans certains cercles, des « arcadiens ». Settembrini, professeur d'université et expert en littérature grecque, traduisit en prison Lucien de Samosate. A propos des amours de Jupiter et de Ganymède il proposa, au lieu de « pédéraste », le joli néologisme de *fanciullaio* (de *fanciullo,* « enfant », sur le modèle *latte-lattaio,* « lait-laitier »). Nous qui en sommes encore à hésiter entre « pédéraste » et « pédophile » !

Si le livre paraît à certains endroits un peu ampoulé et

mièvre, c'est que son auteur n'était pas indemne de toute autorépression. Il envoya ce manuscrit à sa femme, en protestant qu'il ne s'agissait que d'une traduction. « Si j'écrivais de ma propre plume, je me garderais bien de ces ordures. » Pieux mensonge, qui nous serre le cœur. Il est certain que Settembrini aurait laissé un récit d'une tout autre trempe s'il avait osé parler à la première personne, sans les voiles de la fiction grecque. Les artifices auxquels il a recouru étaient un moyen de protection nécessaire pour détourner les soupçons et déguiser en « littérature » l'impossible confession.

Ses deux héros, que le philosophe Codros a initiés aux pratiques homosexuelles collectives, puis qui ont partagé ensemble les faveurs d'une prostituée, finissent l'un et l'autre par se marier. « Et chacun d'eux aima et honora sa femme. » Fin édifiante, destinée à l'épouse. Voltaire comme Freud auraient vu dans ce triomphe de la monogamie la confirmation de leurs thèses sur l'homosexualité comme rite juvénile de transition. Pourtant, Settembrini est plus hardi, plus vrai et plus émouvant que tous les philosophes des Lumières et tous les docteurs du sexe. Car la phrase que je viens de citer n'est pas tout à fait la dernière. Il y en a une autre, qui clôt le livre. « Néanmoins, ils s'aimèrent toujours entre eux, et jusque dans leur vieillesse, lorsqu'ils se trouvaient de temps en temps par quelque hasard dans le même lit, ils mêlaient leurs pieds et s'embrassaient comme dans les premières années de leur jeunesse. »

Détail qui paraît « dégoûtant » au préfacier du roman (parce que seuls les jeunes, du fait de leur « innocence physique et psychologique », auraient le droit de « se retrouver dans un lit »), mais qui est, au contraire, le sceau d'authenticité posé sur ce texte et la victoire du courage (l'autre courage : pas celui seulement d'aller en prison) sur les conventions et les préjugés.

Le second cas marque également un recul de la répression homophobe en Italie. En 1975 paraissait un court roman, singulier à plus d'un titre. L'auteur était mort depuis dix-huit ans. Un écrivain célèbre, mais en tant que poète : Umberto Saba (1883-1957), un des plus grands poètes du siècle, fils de cette étrange ville de Trieste qui avait déjà donné Svevo à l'Italie. Nul ne se doutait que Saba eût écrit un roman ; et encore moins que ce roman, à l'indiscutable saveur autobiographique (le protagoniste a seize ans en 1898), pût se révéler comme un chef-d'œuvre de la littérature homosexuelle.

Voici donc cet *Ernesto,* maintenant traduit en français (1). « Ce récit est tout imprégné de maternité, a confessé l'auteur. J'ai eu moi-même, pendant que je l'écrivais, la nette impression d'être enceinte. » Et encore, dans une autre lettre qui accompagne l'édition italienne : « Un poème est une érection ; un roman est un accouchement. » Commencé à soixante-dix ans, resté inachevé, *Ernesto* raconte l'éducation, plus sexuelle que sentimentale, d'un jeune garçon de Trieste à la fin du siècle dernier.

Employé comme stagiaire dans une maison de commerce (le commerce, ce despote qui tyrannisait le port de l'Autriche-Hongrie), Ernesto cède de bon cœur, avec la crânerie innocente de l'adolescence, aux avances du journalier qui décharge les charrettes dans les magasins de l'entreprise. L'acte de sodomie a lieu, précis et décrit sans ambages, sur des sacs de farine, de celle marquée double zéro, la qualité la plus blanche et la plus fine et pour cette raison stockée dans un coin obscur de l'entrepôt, les commandes des boulangeries ne se portant que rarement sur ce produit de luxe.

« Savez pas ce qui me plairait tant de vous faire ? » demande l'homme (qui parle en dialecte). Et Ernesto de répondre tranquillement : « Me la mettre au cul », à la stupeur du manœuvre, moins libre malgré ses manières franches et directes que ce jeune homme totalement ingénu. Le « style » d'Ernesto : « une façon d'aller au cœur des choses, d'atteindre le noyau incandescent de la vie, en dépassant résistances et inhibitions, sans péri-

(1) Par Jean-Marie Roche, Seuil.

phrases ni détours en paroles inutiles ; qu'il s'agît de choses jugées basses et vulgaires, voire interdites, ou d'autres jugées sublimes : les situant — comme fait la nature — toutes sur le même plan. » La seule peur du garçon est que l'acte proposé par l'homme ne lui cause quelque douleur physique ; appréhension qu'apaise le journalier en lui apportant la seconde fois, non pas de l'huile d'olive comme dans le roman de Settembrini, mais un suppositoire de beurre de cacao.

Il faudrait tout citer de l'histoire d'Ernesto : ses rapports avec sa mère, si tendres et touchants dans leur rauque maladresse ; avec sa tante riche ; avec l'argent ; sa première barbe chez le coiffeur ; comment il se désaltère à une fontaine publique. Chacun de ses gestes est empreint d'une grâce naturelle et juste. Pour nous en tenir à sa trajectoire sexuelle, disons qu'après quelques expériences avec l'homme il en tente une avec une prostituée : passant au travers de cette nouvelle aventure avec son imperturbable candeur de primitif. Quand il avoue l'affaire des sacs de farine à sa mère, il est tout étonné qu'elle réagisse aussi placidement ; et plus surpris encore lorsque, ayant raconté également la visite à la putain, cette deuxième confession, par laquelle il croyait se laver de la première, blesse bien plus profondément le cœur jaloux de sa mère.

La femme après l'homme : est-ce que Saba, à la suite de Voltaire, tolérait l'homosexualité comme une étape de l'adolescence ? Est-ce que lui aussi, qui avait pratiqué Freud, donnait raison à la théorie évolutionniste de la psychanalyse et, par là même, à la société répressive qui admet la « déviance » juvénile mais pourchasse le choix homosexuel adulte ? Pas du tout, et pas plus que Settembrini, car le dernier chapitre, malheureusement interrompu au bout de quelques pages, conte un nouveau tournant de la vie d'Ernesto : la découverte éblouie, lors du concert donné par un grand violoniste qu'il vénère, d'un jeune garçon de son âge, l'intimidant Ilio ; puis le début de leur amitié, fondée sur la pratique commune du violon mais aussi sur l'admiration mutuelle de leur jeunesse et de leur beauté. Aurore d'un grand amour, assurément ; et si le plaisir sexuel a été le seul lien entre Ernesto et le journalier, on peut parier qu'ici l'ardeur réciproque des deux adolescents ne restera pas longtemps platonique et que la communion spirituelle trouvera son accomplissement dans l'intimité des corps. Ilio ne demeurera pas indéfiniment celui qu'Ernesto dans son imagination enflammée compare au fils du pâtissier de Bagdad dans les *Mille et Une Nuits :* un enfant qui agrée le présent d'un gâteau ou d'un sorbet, mais refuse les caresses du donateur et lui intime, en l'éloignant d'un geste : « Restez tranquille à votre place. Contentez-vous de me regarder et de me servir. »

Il y a dans ce petit livre initiatique l'audace piquante de Colette et la profondeur mystérieuse de *Tonio Kröger,* l'union de la clarté latine, du charme slave et de la gravité germanique. Trieste, au carrefour de trois mondes, n'était pas seulement le port de l'Autriche-Hongrie, mais son prolongement marin naturel. La Vienne nocturne de Musil et de Hofmannsthal palpite dans ces pages cristallines où tout est dit sans gêne, avec l'assurance paisible du grand âge. La discrétion d'Umberto Saba ne l'a pas empêché de mettre en radieuse lumière un thème que l'Occident culpabilisé confine presque toujours dans le domaine tragique.

PIER PAOLO PASOLINI

De 1949 à 1977 (la dernière étant posthume, oui), Pier Paolo Pasolini, assassiné le 2 novembre 1975, a été la cible de quelque trente-trois procédures judiciaires. De quoi ne l'a-t-on pas accusé ! Obscénité d'abord : ses livres, ses films étaient régulièrement saisis. Mais encore : agression à un pompiste, vol de manuscrit, calomnie des plages calabraises, propagande antinationale, outrage à la religion d'Etat. Ses accusateurs ? La droite classique, bien sûr, l'Eglise, la démocratie chrétienne, mais aussi : le parti communiste, et même la gauche extra-parlementaire, qui ne lui a pas pardonné d'avoir écrit qu'il préférait les flics, enfants du peuple, aux révolutionnaires de 68 et après, fils de bourgeois.

Il semblait être né pour scandaliser ; n'hésitant pas à écrire une épigramme féroce contre le pape Pie XII, coupable d'ignorer dans quels taudis s'entassaient des familles entières à deux cents mètres des lambris dorés du Vatican ; mais s'en prenant également aux cheveux longs et aux blue-jeans des garçons, polémiquant avec fureur contre la légalisation de l'avortement, déplorant acerbement le nouveau laxisme sexuel. Il se mettait à dos les partis politiques, déçus de ne pouvoir l'embrigader, et déconcertait jusqu'à ses amis, dont tous ne lui ont pas témoigné de son vivant la même affection zélée qu'ils lui manifestent aujourd'hui. Dissident par excellence, Pasolini a heurté tous les pouvoirs. Un psychiatre déclara devant le tribunal que c'était « un sujet aux instincts profondément tarés, avec de graves sources d'insécurité », et il s'est même trouvé un père jésuite qui, au lendemain de sa mort, jouant sur les trois lettres de son prénom et de son nom, a barbouillé les murs de Rome de l'inscription : Pig Pig Pig.

Il était tentant dans ces conditions de récrire toute la vie de Pasolini comme une longue persécution ininterrompue ; et de voir dans son meurtre (commis, on le sait, sur une plage d'Ostie, par un jeune prostitué qu'il avait dragué à la gare), non pas un banal fait divers, mais un complot sciemment ourdi. Pelosi (l'homicide) n'aurait été que l'instrument d'une conjuration ; fasciste, il va sans dire. Et certes, bien des détails consignés dans la version officielle de l'assassinat restent étranges ; on s'explique mal que l'écrivain, robuste, râblé, sportif, adepte du football, se soit laissé piétiner et lacérer par un éphèbe, lequel sortit indemne de la rixe. En outre, cette justice sommaire rendue sur une plage déserte par une nuit froide de novembre a tout l'air d'une vengeance accomplie par quelques tueurs au nom de la société italienne exaspérée contre l'insolence de son prophète.

Pourtant, et malgré le sérieux de la documentation réunie par les amis de Pasolini (1), cette thèse ne convainc pas entièrement, dans la mesure où elle tente une réhabilitation de caractère hagiographique (est-ce « salir sa mémoire » que de présenter son meurtre comme une simple affaire de mœurs, comme le dit Félix Guattari qu'on ne savait pas si bégueule ?), transforme l'écrivain en victime fortuite de son bourreau et méconnaît les pulsions masochistes et suicidaires de l'auteur d'*Accattone*. La contribution la plus intéressante de ce dossier est le long récit de la jeunesse de Pasolini, avant son arrivée à Rome. Ici on entre vraiment dans le secret de sa destinée. Pasolini était instituteur dans une petite école du Frioul, le pays de son enfance, le pays de sa mère. Surpris un jour avec de jeunes garçons dans un

(1) *Pasolini : Chronique judiciaire, persécution, exécution,* par un collectif sous la direction de Laura Betti, Seghers, 1979.

rapport qui n'était pas purement pédagogique, il eut beau protester en disant qu'il avait tenté une expérience littéraire à partir d'un roman de Gide, on l'expulsa de son école. Le parti communiste, dont il était membre, prononça son exclusion. Il s'enfuit de son village, avec sa mère, et gagna Rome. Il avait vingt-sept ans. Tel fut le premier des trente-trois procès, la « scène primitive », qui l'a marqué à vie. Non seulement il avait tout perdu ; métier, parti, maison, lieux d'enfance, mais en débarquant à Rome dans la banlieue sordide des émigrés et des sous-prolétaires il eut l'impression d'avoir été chassé du paradis.

D'où sa radicale mutation psychologique, et la nouvelle figure qu'il se donna, celle qui est entrée dans la légende : bagarreur aux mâchoires serrées et au regard fixe, romancier et cinéaste des voyous, contempteur de la société italienne, spécialiste de la provocation et du scandale. En réalité c'était un tendre et un doux, comme le montrent les poèmes écrits avant le départ pour Rome et réunis avec des compositions ultérieures sous le titre *la Nouvelle Jeunesse* (1). Il n'y est question que de Narcisses en extase, de gracieuses pâmoisons d'adolescents. Les rythmes sont brefs et dansants, on y sent l'influence de Rimbaud, de Machado, de Sandro Penna, cet immense poète italien. Pasolini évoque un Frioul rustique, archaïque, d'autant plus mythologisé que la langue employée est le dialecte, par hommage à sa mère et par vague désir de ressusciter une sorte d'éden paysan. Autre sujet de surprise ; la fréquence du motif religieux. La mère assimilée à la Vierge et le poète qui s'identifie au Christ dialoguent en ritournelles élégiaques.

C'est une opinion répandue que Pasolini est bien meilleur poète que romancier ou cinéaste. En attendant l'édition complète de son œuvre poétique (quelque mille pages dont n'a paru chez Gallimard qu'une anthologie misérablement tronquée), ce recueil, aux beaux accents intimistes, nous révèle la face cachée de son cœur, avant

(1) Traduit par Philippe Di Meo, les Lettres nouvelles, 1979.

que le trauma de 1949 ne change ce François d'Assise en Savonarole, avant que la découverte de Rome et de l'enfer suburbain ne lui fasse troquer la lyre de Verlaine contre le fouet de Luther.

SANDRO PENNA

Réservé, solitaire, bien que ses lieux d'élection soient l'autobus, ou le train, emplis de « mordante jeunesse populacière », comme eût dit Colette, jamais, en tout cas, la sotte et discriminante automobile. Délicat, rêveur, bien que ses personnages, mécaniciens en salopette, recrues en permission, fils de concierges, rôdeurs de gares, parcourent la ville à bicyclette ou se cachent dans le coin obscur des cinémas. Amateur de beauté et de sexe, bien qu'un seul regard, un contact furtif suffisent le plus souvent à son extase. Possédé de l'amour le plus haut et le plus exigeant, comme l'indique le titre d'un de ses recueils, *Croce e delizia,* bien que ni *la Traviata* ni Verdi ne soient les meilleures clés pour entrer dans le sanctuaire de Sandro Penna, dont les poèmes ne sont pas plus ouverts aux femmes que les cafés du Sud italien aux filles d'Amphitrite.

Une simplicité extrême, une attention presque religieuse à la grâce des jeunes garçons, une singularité scandaleuse jointe à l'horreur du scandale, la surprise chaque jour renouvelée d'être ce qu'il est, de sentir comme il sent, la stupeur de se retrouver malgré lui du côté des tragiques, des maudits : de cet équilibre fragile est fait le génie de ce poète, dont l'œuvre tient en deux volumes, *Tutte le poesie* (1970), *Stranezze* (1976), et qui est mort le 20 janvier 1977, à soixante et onze ans, dans sa maison-casbah de Rome.

Il était né à Pérouse, et, de l'Ombrie peut-être, tenait

ce doux mysticisme qui identifie le bien avec le plaisir, le sourire de Dieu avec le tressaillement du cœur.

Sapho au masculin : je ne saurais mieux le présenter que par cette première définition approximative. On trouvera chez lui, évidemment, moins de colonnes grecques que d'édifices à plus triviale destination (mais portant, tout de même, le nom d'un empereur romain). Sapho, il l'est par ses rythmes brefs, ses ellipses, ses silences, ses pudeurs syntaxiques. Par la concision strophique de ses délires contrôlés. Par l'intensité retenue de son cri, par sa manière de se perdre, de se reprendre et de s'égarer encore, de tomber foudroyé au détour d'une rue, par son besoin d'animaliser la joie et de purifier la luxure. Sobre entre les sobres, maître de l'épigramme lyrique, il condense en quatre vers, en deux vers quelquefois, l'éclat fugitif de ses illuminations : un soldat qui s'étire dans un train à l'aube, un nageur qui d'un bond se laisse tomber dans la mer. Nul détail érotique : mais le frémissement ininterrompu de l'excitation amoureuse.

Dire l'interdit : tels furent la gloire et le tourment de ce poète. Mais attention : aucune culpabilité, ni religieuse ni morale, n'a jamais pesé sur lui. Il était de la race des seigneurs, non de celle des esclaves. Ce serait se méprendre complètement que de le croire en lutte avec lui-même et aux prises avec les affres de l'autorépression. A une époque où il était encore beaucoup plus difficile qu'aujourd'hui de s'accepter pour ce qu'on était, Sandro Penna a été, sans la moindre mauvaise conscience, avec le courage de l'honnêteté et l'allégresse tranquille que donne le sentiment d'être dans la vérité, un poète homosexuel, exclusivement homosexuel. N'éprouvant ni le besoin, comme Verlaine (avec qui, cependant, il eût pu dire : « Mes amants n'appartiennent pas aux classes riches : / Ce sont des ouvriers faubouriens ou ruraux »), de donner le change par des poèmes alternatifs en l'honneur de l'autre sexe, ni l'envie, comme Cocteau, d'aiguiser son désir (ou de le masquer par prudence) avec des tarabiscotages précieux.

Penna s'avance à visage découvert, le cœur nu et purifié de tout ce qui n'est pas l'amour des garçons. Il n'a qu'un seul prédécesseur en poésie : le Grec d'Alexandrie Constantin Cavafy. Mais, comme Cavafy justement, la réprobation sociale le rejetait parmi les parias. Et, plus grave encore que la réprobation sociale, la persécution légale, à cause de ses instincts nettement pédophiles. Ainsi, on ne surprendra jamais Sandro Penna à pleurer, à verser les lâches larmes du remords sur un plaisir qu'il sait pur, naturel et légitime. Mais il arrive que la peur brille dans son regard, et qu'il doive se contenter d'une impression visuelle à la place d'un acte illicite, et qu'il tremble de honte d'être pris pour un voleur, lui le droit, le juste par excellence.

Pasolini affirmait que, de tous les poètes italiens, c'était lui qui méritait le prix Nobel. On sait que, par réaction contre l'abondance rhétorique d'un Carducci, d'un D'Annunzio, les grands poètes de ce siècle, un Ungaretti, un Montale, ont recouru à la concision la plus abstruse, à l'hermétisme le plus hautain. C'était, peut-être, trahir une seconde fois la poésie, l'enlever au peuple pour la confier aux initiés. Avec Penna, la poésie est redevenue la voix du peuple : non seulement parce que le marin dans la tasse ou l'apprenti graisseux peuvent s'y reconnaître. Parce que le seul point commun, le seul trait d'union entre les hommes, est la droiture d'un sentiment vrai, qui n'a pas besoin de circonvolutions savantes pour toucher le cœur.

« Amour, amour/gai déshonneur » : en ces deux vers se résume toute la poésie de Sandro Penna. La soif inextinguible d'amour, rendue par la répétition ; l'euphorie intérieure du rôdeur gai (et gay) ; l'amertume baudelairienne de l'albatros méprisé, humilié ; la parfaite intelligibilité d'un art aussi simple que de la prose. Les Anciens vénéraient en chaque mendiant un hôte sacré, qui aurait pu être un dieu, descendu incognito sur la terre. Sandro Penna — autre trait de sa parenté avec les Grecs — est ce mendiant. Dans les pauvres habits d'une métrique sans recherche, avec les mots de tous les jours, le voilà qui s'avance, montré du doigt par la foule, humble client des transports en commun. Dans son regard brille l'étincelle divine, écoutez-le, c'est lui le messager de la bonne nouvelle, le monde peut encore être sauvé.

SICILITUDE

Y A-T-IL UNE CULTURE SICILIENNE ?

L'IMPECCABLE historien de la Méditerranée, Fernand Braudel, rappelait, dans un livre récent, comment beaucoup des arbres et des fruits qu'on associe étroitement à l'Italie et surtout au Mezzogiorno italien sont en réalité des importations étrangères. Cactus, agaves, aloès, figuiers de Barbarie viennent d'Amérique ; les eucalyptus, d'Australie ; les cyprès, de Perse ; la tomate, du Pérou ; l'aubergine, des Indes ; le piment, de Guyane ; le maïs, du Mexique ; les orangers, les citronniers, les mandariniers, de l'Afrique, d'où est arrivé aussi, avec la domination arabe du haut Moyen Age, l'usage du sucre et de ses dérivés culinaires, sans parler des tapis, de la soie, du coton, de la pêche duveteuse et de la translucide grenade. Trois seules productions végétales peuvent se dire grecques et siciliennes : le blé, l'olivier et la vigne. Lesquels forment encore, sous la forme du *companatico* composé de pain imbibé d'huile et accompagné d'un peu de vin, le repas minimal du manœuvre agricole.

Il est donc difficile de suivre Giuseppe Antonio Borgese, quand il affirme que le plus grand « drame » de la Sicile fut le heurt avec l'Afrique, une première fois dans l'Antiquité sous les bannières de Carthage, une seconde fois au Moyen Age sous les enseignes de l'Islam (1). De cette deuxième invasion orientale, en particulier, Borgese dit qu'elle sépara l'île du continent comme aucune révolution géologique n'avait pu le faire ; et cette phrase doit être comprise dans le sens d'une déploration amère, d'un constat de défaite. « Notre monde » (la civilisation occidentale) a été vaincu par la « barbarie » africaine. Heureusement, les rois normands brisèrent l'influence musulmane et rétablirent le contact avec l'Italie. « Dès lors la Sicile fut définitivement Europe ; et sa vocation européenne se réalisa, d'abord dans la langue et dans la foi, puis dans la lutte politique et dans la construction unitaire de l'Italie. »

Ce texte date de 1933 ; et certes, il est impossible de soupçonner le grand Borgese de la moindre complaisance pour l'idéologie fasciste. Tout au long du XIXe siècle, la célébration de l' « italianité » de la Sicile et l'exaltation du tronc commun gréco-latin en ont abusé bien d'autres, qui n'étaient que des humanistes ingénus ; ni bornés ni sectaires ; même s'ils ignoraient qu'en dégustant la *caponata,* un des plats nationaux siciliens, où entrent l'aubergine, la tomate et le sucre, ils rendaient involontairement hommage à trois continents extra-européens, l'Asie, l'Amérique et l'Afrique. Aujourd'hui, où l'Europe et la civilisation occidentale nous paraissent non seulement d'une importance très relative par rapport au reste du monde mais coupables des sanglants péchés de l'oppression nazie (pour ne rien dire de crimes colonialistes de l'Espagne, du Portugal, de l'Angleterre, de la France, de la Belgique et de l'Italie), nous aurions tendance à aimer et à étudier la Sicile précisément à cause de cette munificence incroyable de l'Histoire qui l'imprégna si tôt et si durablement d'influences non européennes. Et s'il fallait regretter quelque chose, ce serait plutôt le repli de la Sicile sur

(1) Giuseppe Antonio Borgese (1882-1952), romancier et essayiste palermitain de grande classe, auteur de *Rubè* (1921), date importante dans l'histoire du roman italien. Voir l'étude publiée dans *les Nouvelles littéraires* (16 mars 1978) par Jean-Noël Schifano, le plus brillant des jeunes italianistes français.

l'Europe, le rejet de la pénétration musulmane, le dévouement à l' « italianité », la poursuite, naïve et infructueuse, d'un rêve unitaire dont tout le monde admet la duperie et l'échec. On s'étonne d'ailleurs que les partisans les plus euphoriques de la Sicile « italienne » — et Borgese en premier — vantent les résultats artistiques de la domination musulmane, le style arabo-normand de Monreale, de Cefalù, de la chapelle Palatine, de la Zisa, de Saint-Jean-des-Ermites, sans s'arrêter une minute à l'idée que la fusion de l'Orient et de l'Occident ait pu donner dans d'autres domaines que les beaux-arts un essor vigoureux et original à la civilisation sicilienne — et aurait pu continuer à le donner, sans la rupture du XIe siècle avec l'Islam.

Par bonheur, la rupture n'a été d'abord que politique. Sous les rois normands, l'Islam n'a pas cessé d'étendre sa bénéfique influence, comme en témoigne le récit fait par Ibn Hamdis de son voyage en Sicile à la fin du XIIe siècle. Bien que ce pays soit enveloppé « dans les ténèbres de l'incrédulité » (comme cette façon toute naturelle de renverser la perspective chrétienne eût plu à Voltaire !), le voyageur loue la libéralité du roi Guillaume, dont le chef des cuisines est musulman, ainsi que ses serviteurs eunuques, vizirs et chambellans. L'ordonnance des lois, le cérémonial, la pompe de la cour reflètent l'idéal musulman. Ibn Hamdis s'émerveille de la fécondité des campagnes et de la richesse des cultures. Il admire la splendeur des villes et l'excellence des hôpitaux, non moins que la gentillesse des habitants. Quitte à se répéter, avec un effort d'autopersuasion tout à fait amusant : Dieu nous préserve de nous laisser tenter par la religion des infidèles ! Ce refrain prend une couleur carrément ironique, chaque fois que le voyageur, sur le point de reconnaître une supériorité aux chrétiens, se souvient de la foi due à Mahomet. Guillaume a embelli son royaume de mille commodités agréables ? « Dieu les anéantisse ! » Il possède dans ses palais des salles magnifiques ? « Puissent-ils ne plus être habités par lui ! » On ne pourrait voir ailleurs autant de richesses ? « Que Dieu envoie à cette île des jours meilleurs ! » Ibn Hamdis estime que l'église dite « dell'Antiocheno » est le monument le plus insigne jamais édifié. « En haut s'ouvrent des fenêtres en belle ordonnance, avec des vitres dorées qui aveuglent la vue par l'éclat de leurs rayons et éveillent dans l'âme une suggestion dont Dieu nous tienne éloignés. »

Telle était cette heureuse époque, où l'incompatibilité entre religions, entre cultures, se réduisait à ces ritournelles humoristiques qui n'empêchaient nullement le respect et l'admiration réciproques. L'intolérance aveugle et bête, avec ses conséquences désastreuses, aussi bien sur le plan moral et intellectuel que sur le plan économique, s'est appesantie plus tard, et venant d'où ? sinon de l'Inquisition, c'est-à-dire, par la voie détournée de l'Espagne, de Rome elle-même. C'est-à-dire de cette mère Italie si peu digne d'avoir une telle fille, de cette Europe qui ne s'intéresse à la Sicile que pour la dépouiller et l'opprimer. Il faut lire, en contraste cruel avec le récit délicieux et parfumé d'Ibn Hamdis, l'étude d'Isidoro La Lumia consacrée aux Juifs siciliens. La thèse que tout le mal est tombé du dehors sur la Sicile, par la volonté de rois étrangers, alors que sous les princes normands la concorde et l'harmonie régnaient à Palerme, est sans doute exagérée, puisque les Roger, les Guillaume n'étaient pas moins allogènes que les souverains espagnols. Mais combien plus perspicace que tous les thuriféraires de la Sicile « italienne » nous semble La Lumia, dans son récit du début de la persécution juive et dans le procès qu'il intente à l'Europe catholique.

Cinquante-sept communautés juives étaient implantées en Sicile à la fin du XVe siècle ; cent mille habitants à peu près, soit un dixième de la population ; qui jouissaient d'une tolérance relative, limitée seulement par l'obligation de mettre un insigne rouge sur les vêtements et à l'entrée des boutiques. Le 30 novembre 1469, les noces de Ferdinand d'Aragon et d'Isabelle de Castille scellèrent l'unité espagnole et assurèrent l'hégémonie européenne au trône de Madrid. A Palerme, pour fêter dignement celui qui était aussi le souverain de l'île, quatre cents jeunes juifs, habillés de soie musulmane, suivirent en dansant la procession des chrétiens. Ils ignoraient, remarque La Lumia, sous quels auspices funestes s'ouvrait pour eux la nouvelle monarchie. Car Ferdinand, autant pour renforcer son autorité que pour remplir ses caisses, mû non moins par la cupidité que par le fanatisme, ne fut pas long à caresser le projet de bannir les juifs de ses territoires (si ce beau mot de « caresser » peut être employé pour un complot aussi infâme). La communauté hébraïque espagnole, sentant venir le danger, chercha à éviter le désastre en prenant le monarque « par le seul côté où il fût accessible » : c'est-à-dire en lui proposant un don spontané de trente mille ducats. Le roi et la reine, siégeant dans la salle de leur palais, hésitaient avant d'accepter l'offre du messager. Alors la porte s'ouvrit, et Torquemada en personne, le Grand Inquisiteur légendaire, s'avança devant les souverains. Il écarta les pans de son manteau, en sortit un crucifix, qu'il brandit en s'écriant : « Judas Iscariote vendit son maître pour trente pièces de monnaie. Vous voudriez le vendre pour trente mille ? » Il jeta le crucifix sur la table et tourna le dos. Isabelle, épouvantée, resta sans voix. Ferdinand, le 31 mars 1492, signa à Grenade l'édit qui expulsait les juifs de tous ses domaines.

Formidable, cette apparition de Torquemada. On se croirait au troisième acte de *Don Carlo,* quand le Grand Inquisiteur vient rappeler Philippe II à la raison d'Etat. Sauf que l'Etat espagnol, en se privant de la communauté hébraïque, préparait sans le savoir son propre déclin. En Sicile, comme le note La Lumia, les commerces demeurèrent prostrés et anéantis. Des quartiers entiers dans les villes furent désertés, des maisons et des fabriques tombèrent en ruine. Un grand vide se fit dans la circulation monétaire — pour ne rien dire de la blessure morale infligée à une terre où l'Orient et l'Occident avaient fusionné si longtemps. Nombre de Juifs espagnols, comme on sait, émigrèrent dans des pays plus accueillants. Le grand afflux aux Pays-Bas de ces commerçants et de ces banquiers avisés marqua le début de la prospérité d'Amsterdam. A Palerme, le départ des juifs donna lieu à une manifestation grandiose et touchante, qui aurait pu fournir à Verdi non seulement une scène d'opéra, mais un finale. « C'était un peuple entier qui se défaisait dans l'exil ; un autre peuple, avec lequel il avait partagé une vie de plusieurs siècles, muet, consterné, en larmes, se pressait sur le rivage, sur les murailles entourant la cité, sur les balcons et sur les toits des édifices voisins, pour donner et recevoir le dernier salut. » Il ne manque même pas à ce tableau la touche vériste du réalisme policier. « Les sbires du fisc étaient là, à profaner, de leur présence odieuse, de leurs enquêtes et de leurs perquisitions inhumaines, ces moments solennels. » Voilà le prix que la Sicile eut à payer à l'Europe, pour être admise dans le club occidental.

La suite de l'histoire est trop connue pour être racontée, même par allusions. Dans le dialogue qu'il imagine entre un Sicilien et un Napolitain, trois siècles et demi plus tard, Tocqueville semble rendre Naples responsable du déclin et de l'abaissement de la Sicile. Le futur historien politique des Etats-Unis et de la Révolution française n'avait encore que vingt-deux ans. On admire avec quelle sûreté de coup d'œil le jeune homme note les méfaits de la grande propriété et combien amèrement il déplore l'abandon des latifundia. Sur un seul point nous ne serons pas d'accord avec lui : lorsqu'il fait dire au Napolitain : « Vous brillâtes jadis par les arts et les dons de l'esprit, mais à présent les simples commodités de la vie vous sont étrangères ; et quel pays au monde est plus ignorant que la Sicile ? » Le voyage de Tocqueville remonte à 1827. Or, pour donner une idée de ce que le don créateur était capable de produire en Sicile, même sous l'oppression napolitaine, observons que, la même année, le Catanais Vincenzo Bellini faisait représenter à la Scala de Milan le premier de ses chefs-d'œuvre, *le Pirate,* et qu'en 1830 le Palermitain Michele Palmieri di Micciché publiait à Paris les *Pensées et souvenirs historiques et contemporains,* analyse pertinente et piquante des mœurs et des institutions du royaume de Naples, rédigée par surcroît en un français presque toujours excellent.

Nous pouvons ainsi distinguer deux traits permanents dans la culture sicilienne : d'abord sa vitalité ininterrompue, malgré toutes les dominations étrangères, qu'elle soit grecque, romaine, musulmane, espagnole, napolitaine ou piémontaise ; en deuxième lieu son manque d'audience internationale (dans le long intervalle en tout cas qui sépare Empédocle de Verga), l'obscurité relative où ses porte-parole ont toujours végété. Bellini a été illustre, mais on ne le considérait pas comme Sicilien ; de même qu'il a fallu attendre les analyses de Gramsci pour rendre Pirandello à la sicilitude. D'où cette conclusion qui s'impose : les maîtres venus du dehors n'ont jamais réussi à étouffer les aptitudes intellectuelles du peuple sicilien, mais ils ont empêché la diffusion et le rayonnement de sa culture, au point d'induire en erreur même un Tocqueville.

Le *.hesaurus* publié aujourd'hui (1) tend précisément à réparer cette injustice. Voici tantôt des échantillons variés et savoureux d'une des branches de la littérature où depuis tout temps excellent les Siciliens, c'est-à-dire l'érudition historique, la chronique d'archives ; tantôt des portraits critiques d'hommes insignes par leur œuvre, qu'il s'agisse du peintre Antonello da Messina, du sculpteur baroque Serpotta, du poète Meli, du romancier Brancati. Ouvrons au hasard les *Avertissements chrétiens* d'Argisto Giuffredi, truffés de conseils judicieux sur le mariage et sur la conduite à tenir en général dans la vie, règles de prudence et de sagesse qui n'épargnèrent à leur auteur ni la torture ni la prison, où il mourut, sans doute victime du Saint Office, comme son contemporain Antonio Veneziano. Je tombe sur cette remarque si sensée, et qui serait si précieuse à

(1) Par l'éditeur de Palerme Sellerio, le plus remarquable des nombreux éditeurs siciliens. Ce « thesaurus » (*Delle Cose di Sicilia*) est une anthologie en quatre volumes de textes historiques ou littéraires relatifs à la Sicile.

suivre, pour tout le monde aujourd'hui, et pas seulement en Sicile : « Ne prenez pas femme avant l'âge de trente ans. » Un peu plus loin, sur cette exhortation pleine de poésie et d'humour, placée dans la bouche d'une vieille femme, laquelle met en garde son interlocuteur contre les amours adultères, toujours à éviter à cause des complications fâcheuses, mais pas toujours évitables à cause de la fragilité humaine. En quel cas, dit la vieille, tâchez au moins de ne jamais vous rendre dans la maison de votre maîtresse. « Mon fils, garde-toi bien d'aller chez autrui ; par le Christ, fais en sorte que la femme se déplace elle-même ; car si elle te donne toutes les grâces de son corps, elle peut bien te donner également ses pieds. » Que vient faire le Christ dans cette admonestation ? Rien assurément. L'esprit baroque sicilien triomphe ici, dès l'aurore du XVIIe siècle. L'Europe, grâce à ses prêtres et à ses agents du fisc, s'est annexé la Sicile ; mais la Sicile, par son imagination malicieuse, sicilianise aussitôt tout ce qu'elle doit subir de l'Europe ; et se fabrique un évangile, un code d'honneur, une vision du monde à sa façon.

On a souvent cherché à représenter la mythologique Trinacrie dans une figure symbolique : tantôt sous les traits de Cérès errant à la recherche de Proserpine, tantôt en Vulcain activant ses forges dans les profondeurs de l'Etna. Il me semble qu'on trouverait une image du destin de l'île, beaucoup plus originale et spécifique que ces stéréotypes allogènes, dans les héroïnes d'un des plus grands génies autochtones : je veux dire, une fois de plus, Vincenzo Bellini. Qu'elle s'appelle Norma, atrocement trahie et délaissée, ou Béatrice, clamant en vain son innocence, ou Amina, fantôme somnambule, ou Elvire, Imogène, à qui seule la folie permet de supporter une situation existentielle sans issue, c'est toujours une silhouette de victime, une ombre tragique en proie à une noire fatalité. Les hommes abusent d'elle, l'exploitent, la trompent, l'abandonnent. Elle cache en elle-même le secret de sa noblesse, de sa pureté ; son trésor est invisible aux yeux des amants sans cœur qui ne la courtisent que pour ses beautés extérieures ; comme aujourd'hui les touristes ne visitent de la Sicile que ses plages et ses monuments, sans soupçonner quelle vitalité créatrice palpite derrière ses volets clos.

LA TERRE DU SOUPÇON

RECOMMANDÉ par le vice-roi, et reçu pour cette raison avec des égards particuliers par les moines du couvent de San Martino, Goethe raconte que l'abbé en personne vint le saluer au dessert. Et Pitré, commentant ce passage : « Le silence sur le nom de l'abbé excite la curiosité de l'historien (1). »

Un avocat du barreau de Palerme avait été chargé par le gouvernement français d'enquêter sur les origines de Joseph Balsamo, dit Cagliostro. Grâce à cet avocat, Goethe put avoir des informations inédites sur le fameux imposteur. Il fit même la connaissance de sa sœur et de sa mère. Et Pitré : « Qui peut avoir été à Palerme l'avocat chargé par le gouvernement de France d'enquêter sur les origines de Cagliostro ? »

Que le lecteur de Pitré ne s'attende pas à des révélations sensationnelles de noms illustres. Quand il aura appris que l'abbé du monastère de San Martino s'appelait don Filippo Benedetto De Cordova, et que l'avocat du gouvernement français était un certain baron Antonio Bivona, il pourra s'étonner que Pitré se soit mis en peine de rappeler à notre mémoire des personnages aussi modestes. De même que nous laisse passablement intrigués le soin qu'il prend à rectifier la localisation de

(1) Giuseppe Pitré, ethnologue palermitain (1841-1916), organisa à Palerme le merveilleux Musée du folklore sicilien et publia en vingt-cinq volumes une *Bibliothèque des traditions populaires siciliennes.* Le séjour de Goethe lui inspira un petit ouvrage : *Goethe in Palermo.*

l'hôtel où Goethe est descendu pendant son séjour à Palerme. Dix pages d'enquête minutieuse pour établir que s'il a vu passer sous sa fenêtre un malfaiteur sortant de prison, cet hôtel ne pouvait pas se trouver près de la porta Felice, comme on l'affirme, mais via di Porto Salvo, en face d'une des entrées du pénitencier. Pourquoi, continue Pitré, Goethe a-t-il passé sous silence le nom de la propriétaire de l'hôtel, Mme Montaigne ? Et le nom de la famille qui hébergea le poète allemand à Agrigente ? Et le nom du consul qui lui servit de guide à Messine ?

Chaque fois qu'il le peut, Pitré remplit les lacunes laissées par le grand voyageur. Avec une sorte d'exultation quand il y parvient ; avec une sorte de désespoir quand sa propre enquête se révèle infructueuse. Exultation et désespoir qui dépassent de loin les sentiments que peut dicter à un érudit le souci de l'exactitude historique. La passion qui anime l'opuscule de Pitré sur le voyage de Goethe en Sicile et qui le rend si vivant pour le lecteur d'aujourd'hui est un bon témoignage sur une manifestation très curieuse de *sicilitude* (pour reprendre le mot forgé par Leonardo Sciascia, lequel se sera sûrement diverti de trouver des allusions à Joseph Hager et à l'abbé Vella, falsificateur du code de San Martino et personnage de son roman historique *le Conseil d'Egypte*, et en général aura pu apprécier l'esprit de détective qui s'affirme dans ces pages à la saveur parfois policière). Pour nous, lecteur de la fin du XXe siècle, ce ne sont pas tellement les précisions supplémentaires ajoutées par Pitré au récit de Goethe qui nous retiennent ; ni les rectifications apportées aux erreurs ou aux oublis du poète ; ni même ce qu'un Sicilien du début de ce siècle pouvait penser des impressions laissées par un voyageur allemand de la fin du XVIIIe siècle.

Si cet opuscule nous apprend quelque chose de neuf et d'excitant, c'est bien sur un aspect bizarre et névrotique du caractère sicilien. Demandons-nous ce qu'un homme comme Pitré, savant de réputation bien établie, donc fort éloigné de l'incertitude existentielle qui guette le paysan encore prisonnier d'une conception magique de la vie, demandons-nous ce qu'un tel homme attendait d'abord de la relation de voyage de Goethe. La réponse ne manque pas de stupéfier : il attendait de dire le nom exact de personnages inintéressants en eux-mêmes. Ce qui signifie : le sentiment de sa propre identité est si précaire chez le Sicilien, même chez le Sicilien cultivé et savant, qu'il a besoin de se sentir confirmé dans son existence par l'attestation d'un témoin autorisé. Pitré ressent comme une offense personnelle l'omission du nom de l'abbé de San Martino, l'omission du nom de l'avocat du gouvernement français : comme si, faute d'avoir été cités, ils s'étaient évanouis à jamais dans la nuit de la non-existence ; et comme si lui, Pitré, se voyait menacé du même sort ; et voyait en même temps la Sicile tout entière prête à basculer dans les ténèbres d'une nuit compacte et définitive. Dans son esprit, un voyageur aussi important que Goethe avait un seul service à rendre aux Siciliens : les nommer, les appeler par leurs noms, afin de leur permettre de croire à leur propre identité et de croire à la réalité de la Sicile. Telle est en effet la Sicile, terre qui s'inquiète de n'être qu'une pure illusion, un fantasme flottant sur la mer, sans consistance et sans histoire. Et tel est un aspect de la *sicilitude* des Siciliens : la peur de se volatiliser comme des fantasmes ; l'angoisse de n'être pas reconnus comme des hommes, comme des personnes individuelles ayant une identité particulière ; le besoin pathétique de quêter des preuves de leur passage sur la terre ; et le soupçon, toujours recommencé, d'être spoliés de leur destin.

Qui suis-je ? Suis-je même sûr d'être quelqu'un ? Eternelle, anxieuse question, qui agite les personnages de Pirandello, comme ceux de Brancati, comme ceux de Vittorini. Il est très instructif de constater qu'elle n'est pas étrangère aux savants eux-mêmes : et ainsi on peut affirmer que le petit livre de Pitré relève, dans son genre précis, réfléchi et érudit, de la même inspiration qu'on trouve à l'origine de tous les monuments durables de la littérature sicilienne.

Autant Pitré nourrit de rancœur contre Goethe pour

avoir manqué à son devoir de confirmateur d'existence, autant il lui manifeste de gratitude pour s'être intéressé aux pierres, à la minéralogie de l'île, ainsi qu'à la « plante primitive », *l'Urpflanze,* modèle mythique de toutes les plantes possibles, dont l'idée lui serait venue dans les somptueux jardins de la villa Giulia de Palerme. Cette réaction de Pitré semblerait assez étrange, si elle ne s'accordait parfaitement au jugement qu'il porte sur la grotte de Santa-Rosalia : il félicite Goethe d'avoir loué la simplicité du culte dédié à la sainte protectrice de Palerme. Dans la religion comme dans les pierres et dans les plantes, Goethe a su voir l'aspect « primitif », c'est-à-dire solide et sécurisant, de la Sicile ; l'aspect qui, justement, peut soustraire les Siciliens au sentiment vertigineux de leur non-existence. Lorsque Pitré rend grâce au poète allemand d'avoir compris le caractère simple, robuste et pour ainsi dire minéral de la dévotion à Santa Rosalia, nous devinons qu'il pousse lui-même un soupir de soulagement : voilà, dans la nudité de ce sanctuaire et dans l'harmonie dépouillée du simulacre de la sainte, une raison enfin de cesser de douter sur soi-même. La religion « touche » sentimentalement le cœur dans la mesure où sa représentante se laisse « toucher » matériellement, concrètement.

Dans ces conditions, il faut réfléchir un peu avant d'accabler Pitré parce qu'il approuve sans réserve le dégoût exprimé par Goethe devant les statues, pour nous sublimes, de la villa Palagonia. Cette décoration qui aurait pu faire les « délices » des visiteurs, et qui provoque seulement en eux la « nausée », déclare notre érudit, d'habitude plus modeste pour avancer une appréciation en matière esthétique. « Des hommes avec des têtes de femmes, des femmes avec des têtes d'hommes, des chevaux avec des pattes de chiens... » La répulsion de Goethe, élevé à l'école de Winckelmann, s'explique très bien par le goût néo-classique alors à son apogée. Celle de Pitré, plus d'un siècle plus tard, répond à d'autres motifs : et, plus précisément, à cet aspect de la *sicilitude* déjà mentionné. Des hommes-femmes, des femmes-hommes, des chevaux-chiens : le génie baroque de la Sicile exprime magnifiquement le vertige existentiel dont chaque Sicilien, un jour ou l'autre, devient la proie. Qui suis-je ? Suis-je un homme ? Suis-je une femme ? Un cheval n'est-il pas aussi un chien ? Le pseudo-comte de Cagliostro, le magicien, l'imposteur, l'homme aux pseudonymes et aux métamorphoses, est lui aussi une émanation typique de cet âge baroque et de cette névrose sicilienne ; rien d'étonnant que Pitré, à la suite de Goethe, s'interroge sur le mystère de ce Joseph Balsamo, avec un mélange significatif de curiosité et d'antipathie. Pour les « monstres » de Palagonia, reste seule l'antipathie ; violente, haineuse. Parce qu'ils lui présentent bien en face ce qu'il fuit le plus en lui-même : un état civil bouleversé et incohérent, une image tourmentée et délirante de la condition humaine.

Dans l'opuscule de Pitré nous retrouvons ainsi, affrontées dans un combat qui durera sans doute aussi longtemps que la Sicile elle-même, les deux tentations permanentes du génie insulaire : se laisser aller à la volupté de se perdre, jusqu'à la confusion des sexes et des espèces, dans une sorte d'égarement existentiel paranoïaque — figures de Palagonia qui ont « la bouche sur le front et le nez au nombril » ; et se reprendre, se ressaisir, se sauver par l'enquête érudite et la minutie d'archives — le travail « positif » de Pitré. Quant à nous, étrangers du XXe siècle — s'il m'est permis de conclure par une remarque personnelle — aimerions-nous tellement la Sicile, si elle ne se livrait, encore aujourd'hui sous nos yeux, à cette lutte trépidante de la folie et de la raison ?

MICHELE PALMIERI DI MICCICHÉ

MICHELE PALMIERI naquit le 3 novembre 1779 à Termini Imerese, près Palerme. De sa mère, donna Rosalia Morillo e Guccione, fille du baron don Ferdinando di Trabonella, on ne sait rien. Son père, en revanche, occupe une place de premier plan dans les souvenirs de Michele : nous verrons même que l'ombre du père n'a cessé de planer sur le destin du fils et qu'il n'est pas jusqu'aux choix politiques de Michele Palmieri qui n'aient été déterminés par le fantôme du formidable don Placido Palmieri, baron de Micciché.

La famille des Palmieri di Micciché était originaire de Caltanissetta, et le fief de Micciché, d'où elle tirait son nom, se trouvait en plein cœur de l'île. Placido Palmieri fonda en 1790 dans son fief — une immense étendue désertique de collines brûlées — un village, auquel il donna le nom de Villalba — ce même Villalba qui est devenu célèbre lors de la Seconde Guerre mondiale pour avoir été la résidence du capomafia Calogero Vizzini. Don Placido Palmieri peupla la nouvelle bourgade et fit prospérer l'agriculture dans la région, tant et si bien que le roi Ferdinand lui conféra en 1813 le titre de marquis de Villalba.

Voilà la seule lumière d'intelligence qu'on puisse mettre au crédit du personnage. Pour tout le reste, il nous apparaît comme un tyran orgueilleux et cruel. Il possédait une fortune considérable, puisqu'il disposait de vingt-quatre domestiques, d'une dizaine de chevaux et de quatre domiciles : à Caltanissetta, le palais de via Cassarello ; à Villalba, le château ; à Termini, le palais de via Badia ; à Palerme enfin, le palais Comitini de via Maqueda. Il aurait pu facilement assurer à ses sept enfants une position confortable mais, renchérissant sur la loi en vigueur, qui voulait que le patrimoine revînt entièrement au fils aîné, le marquis de Villalba réservait ses largesses, ses soins et son amour à son premier-né, Niccolò. Les autres enfants manquaient souvent, non seulement du superflu, mais du strict nécessaire. Michele, qui n'était que le quatrième fils, se plaint de la pauvreté à laquelle sa jeunesse fut contrainte. Il ne recevait, ainsi que les autres cadets, Ferdinando, Vincenzo et Rodrigo, qu'un pécule mensuel de vingt-cinq lires, qui devait, dans l'esprit du père, leur suffire pour « s'habiller décemment, s'amuser, payer les billets au théâtre, faire des cadeaux à leurs maîtresses, donner des pourboires aux domestiques de celles-ci ». Il ne s'agissait plus d'enfants, donc, mais bien de jeunes gens, jetés dans le milieu riche et oisif de Palerme sans avoir les moyens de soutenir leur rang, exclus des plaisirs par le despotisme borné de leur père. Un seul moyen d'y prendre part : en tentant la chance au jeu, en se couvrant de dettes. Le jeu de hasard fut durant toute sa vie la faiblesse, le drame et la ruine de Michele Palmieri : expédient financier, certes, pour subvenir à ses besoins, mais aussi moyen psychologique d'affirmer sa personnalité contre l'autorité paternelle.

« Je n'ai que rarement — écrit-il — dîné à la table de mon père, parce qu'il faisait comme Dieu, qui prive de sa présence le pécheur ; et comme il ne me donnait aucun argent, ma pauvre mère avait l'extrême bonté de me faire dîner dans les chambres des domestiques. » Plusieurs épisodes nous montrent que le marquis de Villalba poussait l'orgueil de son nom jusqu'aux confins de la folie. Par exemple, il s'opposait à la construction de routes dans les campagnes. « Tout le commerce à dos de mulet ! Les voies carrossables ne serviraient qu'aux voleurs ! » Fort de ce principe, le marquis Placido, chaque fois qu'il se rendait de Palerme à Villalba, devait descendre de voiture une lieue avant le village, et terminer le voyage à cheval, car il s'était refusé à faire élargir le sentier d'accès, qui passait par une gorge très étroite. Arrivé à Villalba, le marquis, selon l'usage féodal, était accueilli par tous ses vassaux, dans le vacarme des pétards et des coups de fusil tirés en signe d'hommage et de réjouissance. Cependant, il restait tourmenté du désir de faire son entrée, non plus à cheval mais, majestueusement, au fond de son carrosse blasonné. Ce désir contredisant sa volonté de ne pas construire de routes, il résolut de passer outre à la contradiction et de nier, comme tous les despotes, la résistance des choses. Il fit atteler à sa voiture un mulet et deux chevaux anglais et ordonna à son cocher de monter en cet équipage jusqu'à Villalba. Devant l'entrée de la gorge, le cocher arrêta la voiture, faisant remarquer à son maître qu'il était impossible de passer. « Imbécile, rétorqua le marquis, fouette tes chevaux et passe au grand galop, l'élan qu'ils communiqueront à la voiture la fera passer, c'est moi qui t'en réponds. » Le cocher obéit, fouetta les bêtes, et l'équipage se fracassa contre les rochers. Les chevaux anglais et le mulet furent broyés, la voiture mise en pièces, le cocher et le marquis blessés. Les enfants virent revenir le lendemain à Palerme, sur un char tiré par des bœufs, les débris du carrosse.

Michele Palmieri nous apprend encore que son père se prit un beau jour de passion pour les objets de cristal et remplit ses palais de lustres, de chandeliers, de tables, d'horloges en cristal. Le cristal : cette matière pure et froide n'est-elle pas le meilleur symbole de l'orgueil du marquis, de sa morgue stérile ? Inutile d'ajouter que les enfants, sans le sou, affamés et indignés des folles dépenses de leur père, mutilaient en secret les objets de cristal : pour ne pas se sentir châtrés, ils châtraient à leur tour les emblèmes de la souveraineté paternelle.

Aristocrate hautain et stupide, Placido Palmieri nous apparaît comme le type psychologique du *mauvais père*. Il exigeait que ses fils cadets, déjà grands et pourvus de maîtresses, rentrassent au palais de via Maqueda pour minuit. Les fils tournaient l'interdiction en soudoyant le concierge. Un soir, le père, ayant eu vent du stratagème, ferma lui-même la porte du palais et emporta la clef. Les jeunes gens rentrèrent à trois heures du matin, par une nuit d'hiver glaciale. Ils frappent. Le portier leur déclare qu'il n'a pas la clef. Ils courent chez un maçon voisin, qui leur ouvre et leur prête une échelle, qu'ils appuient contre le large balcon du palais. Sur ce balcon, qui court le long de la façade, donnent les chambres à coucher. Les jeunes gens comptent frapper à la fenêtre de leur sœur. Michele monte en tête, suivi de Ferdinando. Mais il se trompe de fenêtre, et c'est le père qui leur apparaît, armé d'une canne, « grandi par les ténèbres de la nuit, comme le génie de la vengeance ». Les garçons battent en retraite à toute vitesse mais Ferdinando, perdant l'équilibre, fait une chute qui lui fracasse une jambe. Cet incident, s'ajoutant aux privations et aux déboires de son adolescence, acheva d'ôter la raison au jeune homme. « Il est là — commente son frère Michele — estropié d'abord, puis fou, victime déchirante de la partialité paternelle, exemple parlant et terrible des résultats de la sublime institution du droit d'aînesse. »

Que les fils aient une terreur mortelle de leur père, on le comprendra sans peine si l'on sait que la loi permettait aux géniteurs de faire enfermer à leur guise, et selon le plus parfait arbitraire, leurs enfants derrière les murs de la sinistre Quinta Casa, mi-couvent, mi-prison. Avant l'épisode du balcon, Ferdinando, dont son père était follement jaloux à cause d'une femme, avait langui deux ans et demi dans cette geôle. Un autre frère de Michele, Vincenzo, tâta aussi de la Quinta Casa. Quant à Michele, il y échappa de justesse, dans les circonstances suivantes. A court d'argent, le jeune homme s'était rendu, à dos de mulet, jusqu'à Villalba, où il préleva dans les immenses réserves de son père quelques sacs de froment pour les vendre. « Cet attentat inédit à ses possessions, au dire de mon père, demandait un exemple : il s'adressa donc au chevalier Paternò, président de la Grande Cour, qui avait aussi la haute direction de ce délicieux purgatoire qu'est la Quinta Casa. » La « Cinquième Maison » était un des six couvents (d'où son nom) que les jésuites possédaient à Palerme. « On y enfermait les voleurs et les voleuses, et les fils de voleurs dont on voulait faire de bons Siciliens ; les mauvais sujets, les banqueroutiers, les ravisseurs de femmes et les femmes qui se laissaient ravir ; et en outre on permettait aux pères mécontents de confier leurs garçons à la tendre surveillance du père Girolamo ; et leurs filles à la maternelle sollicitude de donna Virginia. » Tels étaient les noms des deux « corpulents et athlétiques personnages » qui distribuaient aux cadets poursuivis par la haine de leur père « vingt, trente ou quarante coups de nerf de bœuf par semaine, sur une partie du corps que la pudeur m'empêche de nommer. »

Michele Palmieri, lui, demanda une entrevue au président Paternò et lui expliqua que s'il avait volé quelques sacs de blé, c'était parce que son père lui refusait le nécessaire. Paternò libéra le jeune homme. Cet épisode acheva, sans nul doute, de former en Michele Palmieri une conception du monde, une « philosophie », qui l'accompagna sa vie durant. Certes, l'auteur des *Pensées et souvenirs* est un tempérament trop impulsif, trop extraverti, pour avoir eu conscience des principes qui régirent en secret sa conduite ; mais ces principes n'en étaient pas moins cachés au fond de toutes ses actions, de ses opinions, de ses jugements. Il ne cessa de poursuivre de son ressentiment les *mauvais pères,* les figures évocatrices du vrai père détesté, et s'attacha au contraire avec un enthousiasme souvent naïf à des personnages qui jouèrent à ses yeux le rôle d'un père idéal. Premier de ces *bons pères,* de ces pères libéraux, le président Paternò — doublement père, à cause de sa fonction et à cause de son patronyme. Inversement, les directeurs-correcteurs de la Quinta Casa, Girolamo et Virginia, sont décrits comme « corpulents et athlétiques » : la grande taille, on le sait, étant un attribut dont l'enfant revêt son père. Les hommes gros et forts réveillèrent toujours la haine de Michele, comme si leur aspect physique les avait identifiés à la figure originelle du mauvais père. Le jeune homme vit un jour de la fenêtre de sa chambre, dans une cour d'école, « un très grand et vigoureux moine » brandir « une énorme férule » sur un enfant de sept ans ; et, mû par l'antique colère du fils opprimé, il se précipita pour arracher l'enfant à son tortionnaire. Peu s'en fallut que le téméraire ne fût lapidé par les moines accourus. La haine contre « le père-géant », comme il appelle le pion à la férule, lui avait fait braver la mort.

Bagarreur, Michele Palmieri le fut à tout propos. Il livra à vingt ans son premier duel, suivi d'une infinité d'autres. « A cette époque je me battais non seulement pour moi, mais aussi pour mes parents, pour mes amis, pour mes amies, pour les amis de mes amis, pour des enfants, pour des vieillards, pour les domestiques de notre maison, pour une chanteuse, et même pour un cheval ou un chien. » Comment ne pas voir, dans cette fureur belliqueuse, le désir d'affirmer une virilité compromise par les prépotences du marquis ? Il est d'ailleurs significatif que Michele ait choisi pour ses deux premiers adversaires, d'abord le comte F. L., officier de cavalerie, muni d'un superbe et long sabre, puis encore un officier, un certain Formica, capitaine des hussards. A travers ses personnages, symboles de l'autorité militaire, le jeune Michele ne visait-il pas toute forme de pouvoir exercé par un plus fort sur un plus faible ?

La renommée qu'il s'acquit par ses duels lui valut plusieurs arrestations, mais aussi les faveurs du grand monde et l'amitié de la princesse de Belmonte, française d'origine. La princesse lui donna une lettre de recommandation pour Marie-Caroline, la reine de Naples, et il débarqua, vers la fin de l'année 1805, dans la capitale parthénopéenne, pour s'engager contre les troupes du général Masséna et de Joseph Bonaparte qui envahissaient la Campanie. « Le meilleur cœur et la plus mauvaise tête qui existât dans les deux royaumes » : c'est ainsi que la princesse avait défini son protégé. Il n'eut pas le temps de rejoindre son régiment : le roi Ferdinand, le 23 janvier 1806, s'enfuyait pour la seconde fois en Sicile, et Michele Palmieri assista à l'entrée triomphale de Joseph Bonaparte dans Naples. Il loua une barque pour retourner à Palerme mais, jeté par la tempête sur la plage de Paestum, il tomba aux mains de brigands qui manquèrent l'assassiner (ce qui ne l'empêcha pas, plus tard, de rendre un vibrant hommage au banditisme méridional).

Revenu enfin à Palerme, il fut le témoin indigné du second exil de la cour. Le roi et ses courtisans napolitains, bien qu'ils fussent débarqués en fuyards, se conduisaient comme des vainqueurs et traitaient avec mépris la noblesse et la population siciliennes. Sous le juste courroux de Michele Palmieri, on peut lire, une fois de plus, la déception et l'amertume contre le roi Ferdinand, nouvel avatar du mauvais père. Au lieu d'apporter en Sicile la chaleur, l'affection et la générosité du bon pasteur, il se conduisit en despote égoïste et frivole. C'est sans doute pourquoi Michele Palmieri devint anglais de cœur : les Anglais occupaient alors — en alliés — la Sicile, pour la défense d'une attaque française. Palmieri adopta les idées libérales anglaises : choix politique, sans doute, mais derrière lequel se cache le désir de changer de patrie (de père).

Sous la direction d'un général anglais, on monta une expédition pour reprendre Naples. Le marquis de Villalba ayant refusé à son fils les moyens nécessaires pour l'achat de l'uniforme, de l'équipement et des armes, Michele Palmieri dut recourir à la générosité de ses amis. Pendant la traversée, de Palerme à Naples, il occupa son temps à jouer avec sept ou huit gentilshommes, le comte Statella, un prince Ruffo, le chevalier d'Afflitto, le marquis de Donnaperla, le duc de Campobello, tous fort riches. Favorisé par une chance extraordinaire, Palmieri ne cessa de gagner, accumulant jusqu'à quatre cents fèves, qui représentaient plus de dix mille livres. Soudain, sans pouvoir s'expliquer son geste, il s'empara de ces fèves et les jeta par-dessus bord dans la mer. Nous avancerons deux explications : le jeu n'était pas pour Palmieri une manière de gagner de l'argent mais bien, comme nous l'avons déjà dit, une occasion d'affirmer sa personnalité. En second lieu, bien qu'il cherchât dans le jeu un moyen de s'affranchir de son père, il restait, beaucoup plus qu'il ne le croyait lui-même, lié aux interdits paternels : en sorte que, délivré par sa victoire au jeu de la pauvreté imposée par son père, il ne put longtemps supporter cette infidélité. En jetant ses gains par-dessus bord, c'est-à-dire en rentrant dans la sujétion filiale, il apaisa un sentiment inconscient de culpabilité.

L'expédition échoua et Palmieri, de retour à Palerme, observa les funestes effets du séjour en Sicile du roi Ferdinand. La Cour épuisait les finances du pays, cependant que toutes les charges lucratives étaient réservées aux Napolitains. Le conflit entre le monarque et le Parlement sicilien paraissait inévitable. Le roi demandait sans cesse de l'argent au Parlement, qui le lui refusait, pour ne pas réduire le peuple à la misère par de nouveaux impôts. En février 1811, Ferdinand établit par décret une taxe d'un pour cent sur toutes les opérations commerciales, en violation des lois de l'Etat. Une quarantaine de nobles rédigèrent une protestation. Le roi fit arrêter les meneurs, les princes de Castelnuovo, de Belmonte, d'Aci, de Villafranca et le duc d'Angiò. C'était un coup d'Etat. L'Angleterre, qui avait intérêt à maintenir la tranquillité publique en Sicile, où elle abritait sa flotte, intervint alors. Elle envoya à Palerme, avec pleins pouvoirs, lord Bentink, qui éloigna le roi de la capitale, élimina la reine des affaires politiques, libéra les cinq nobles libéraux dont trois furent nommés ministres et enfin, rénovant l'antique constitution sicilienne d'après le modèle anglais, divisa le Parlement en deux branches, une Chambre des communes et une Chambre des pairs. 1812 reste ainsi pour la Sicile une date historique.

Pour Michele Palmieri, un épisode de sa vie privée facilita encore l'identification de lord Bentink à l'archétype du *bon père* idéal. Bagarreur comme toujours, Palmieri provoqua un soir au théâtre des spectateurs qui sifflaient un chanteur de ses amis. Il distribua les invectives et les horions avec une telle vigueur qu'on dut baisser le rideau et interrompre la représentation. On mit le trublion aux arrêts et il eût moisi en prison, si lord et lady Bentink, ses « anges tutélaires », comme il les appelle, n'étaient intervenus en sa faveur. Hélas, l'anglomanie de Palmieri reçut un coup fatal en 1814, quand les Anglais, désormais sûrs de la victoire sur Napoléon, abandonnèrent la Sicile à la réaction despotique de Ferdinand. Palmieri reprocha aux Anglais d'avoir tenu ce raisonnement hypocrite : « Les Siciliens ne sont pas assez mûrs pour la liberté ; ils préfèrent l'absolutisme. » Les jugements très sévères de Palmieri sur l'Angleterre trahissent sa grande déception : il ne pardonne pas aux Anglais d'avoir rendu la Sicile au roi Ferdinand, au *mauvais père*, renonçant eux-mêmes à la mission que le jeune homme leur avait ingénument assignée.

En 1820, une révolution éclata en Sicile, sous l'impulsion des libéraux qui entendaient moins s'élever contre le roi de Naples qu'affirmer l'indépendance de la nation sicilienne. La Sicile orientale resta fidèle au roi, tandis que Palerme se déclarait pour la révolution. Michele Palmieri, est-il besoin de le dire ? s'engagea dans l'armée d'indépendance. Ici encore, nous pensons qu'il obéit à des motifs psychologiques inconscients bien plus qu'à des idées politiques. Un fils qui supporte mal la tyrannie de son père n'est-il pas toujours enclin à briser, après la tyrannie privée du milieu familial, la tyrannie publique du souverain abusif ? Avant Palmieri, déjà, Mirabeau, enfant battu par son père, avait donné l'exemple de l'aristocrate qui se rebelle contre le monarque. Palmieri, qui commença par provoquer des directeurs d'école et des officiers, devait finir par s'insurger contre l'autorité suprême. De la bagarre à la révolution, son destin était tout tracé. Avec un bataillon dont il avait le commandement, il renforça les troupes du prince de San Cataldo dans l'assaut de Caltanissetta. Mais l'armée napolitaine, sous les ordres du général Florestano Pepe, eut bientôt raison des insurgés. Le prince de San Cataldo se réfugia en Angleterre et les autres libéraux, proscrits du royaume, durent s'exiler. Avec son frère Rodrigo, Michele Palmieri arriva en décembre 1820 à Paris, où il devait rester vingt-cinq ans.

Si l'exil mit fin à la carrière politique et mondaine de Palmieri, il fit de lui un écrivain. Loin de la Sicile, au contact d'une société plus mûre, il repassa en esprit les épisodes marquants de sa jeunesse et décida d'en tirer un bilan, une leçon. Abandonnant l'épée pour la plume, il rédigea en français les *Pensées et souvenirs historiques et contemporains,* qui parurent en deux volumes, à Paris, en 1830, le premier avant, le second après la révolution de Juillet. Ouvrage qui n'a rien perdu, à nos yeux, ni de sa fraîcheur, ni de sa vivacité. On voit un Sicilien, originaire d'une des grandes familles patriciennes de l'île, juger et critiquer l'aristocratie sicilienne, grâce à la distance que lui donne l'éloignement. « Qu'est-ce que la noblesse sans l'illustration personnelle ? C'est un vieil habit de cour dont le drap est râpé et la dorure ternie, ou bien une décrépite qui a des prétentions malgré ses fausses dents, son fard et ses rides. » Ne fallait-il pas beaucoup de lucidité, et de courage, à un fils de famille sicilien, pour écrire ces lignes en 1830 ? Outre le croquis du roi Ferdinand et de sa nullité égoïste, certains portraits de nobles siciliens éclairent d'une lumière implacable cette classe qui avait trahi sa mission historique. Le comte de Caltanissetta, raconte Palmieri, commandait un régiment de cavalerie dans l'armée chargée de défendre Naples, en 1799, contre les troupes françaises du général Championnet. Le comte, sans attendre l'ennemi, fit faire demi-tour à son cheval et rentra ventre à terre à Naples, abandonnant dans sa hâte son chapeau, sa perruque et une de ses bottes. Tout cela ne serait rien, ajoute Palmieri, si la réputation du comte était sortie ternie de l'incident : mais, bien au contraire, et quoique sa fuite fût de notoriété publique, le comte poursuivit à Palerme une brillante carrière politique et mondaine. Chargé d'emplois et d'honneurs, il devint préfet de police de la capitale sicilienne. Son père (un prince) et son frère (un duc) avaient immortalisé son exploit en faisant peindre un tableau qu'ils conservaient dans leur palais, bien exposé à la vue : on apercevait au premier plan le comte galopant sur un beau cheval anglais ; un peu plus loin, une de ses bottes ; encore plus loin, son chapeau et sa perruque ; et, tout au fond, l'avant-garde française à laquelle le comte tournait le dos. De retour à Palerme, ce valeureux cavalier défraya la chronique par ses conquêtes galantes. Il invitait les maris à souper, feignait au cours du repas une indisposition, qui lui permettait de s'éclipser et de courir en cachette chez l'épouse adultère. Un dernier trait achève de peindre le personnage. Se piquant d'être un grand violoniste, il avait imaginé un stratagème pour établir sa réputation. Après avoir enduit de matière grasse l'archet, il se mettait au balcon de son palais, qui donnait sur la promenade principale de Palerme, et là, devant la foule de piétons et de carrosses qui montaient et descendaient l'avenue, il agitait les bras et frottait avec feu les cordes de son violon, d'où nul son ne sortait. Derrière lui, caché par le volet, le meilleur violoniste de l'époque jouait des airs merveilleux : la ville, extasiée, ne tarissait pas de louanges sur le talent du comte, qui devint ainsi, par le mélange de Casanova et de Paganini, la coqueluche de Palerme.

Les *Pensées et souvenirs* fourmillent d'anecdotes savoureuses qui, à elles seules, suffiraient pour qu'on tire cet ouvrage de l'oubli où il est injustement tombé. Michele Palmieri connut à Paris Stendhal, qu'il rencontra chez la célèbre Giuditta Pasta. Comme Stendhal, Palmieri déteste l'hypocrisie, la fausse gravité, l'ignorance prétentieuse. Il voit dans les courtisans et dans les prêtres les deux plus grands ennemis du genre humain. Si son livre reste, à notre avis, d'une force et d'une actualité étonnantes, c'est moins à cause des anecdotes que parce que l'auteur sait en dégager une leçon. Lui-même, dans sa modestie, ne se croyait pas plus qu'un conteur ; il se révèle, en fait, comme un moraliste et comme un sociologue, et les réflexions que lui inspirent les choses et les mœurs de Sicile ne nous paraissent nullement caduques aujourd'hui.

Sur un point surtout, il se montre d'une clairvoyance et d'une fermeté admirables : tous les maux de la Sicile, selon lui, proviennent du manque d'instruction et du manque d'institutions. « Mon éducation a été celle de la quasi-totalité des gens de noble condition de mon pays, c'est-à-dire incomplète ou, pour dire la vérité, nulle », déclare-t-il en guise de préface aux *Pensées et souvenirs*, pour s'excuser de la difficulté qu'il éprouve à composer un livre. « La plus crasse ignorance domine dans toute la Sicile. » L'éducation est confiée aux prêtres, qui sont « d'une ignorance impossible à décrire » et abrutissent les enfants de coups de fouet et de bâton. Michele Palmieri se souvient d'un curé qui, dans le château de son père, disait *Dominus vobiscus* au lieu de *Dominus vobiscum*, afin, proclamait-il, d'accorder l'adjectif au substantif. « J'aurais voulu être né en France, y avoir reçu une bonne éducation... » Le problème de l'école est ainsi, pour notre auteur, le problème capital d'où dépend l'avenir de la Sicile et du Mezzogiorno italien. Par exemple, explique-t-il dans une page qu'on peut citer comme un modèle d'analyse sociologique, l'opinion courante affirme que les Méridionaux manquent de courage et que l'état de servitude où végètent les populations du royaume des Deux-Siciles résulte de leur indolence. Or, s'il est vrai que les Méridionaux sont incapables de se battre pour la liberté ou pour la patrie, ce n'est aucunement faute de vaillance. Voyez, dit Palmieri, avec quelle vigueur ils se sont défendus contre les Français en 1799, lorsqu'ils ont cru attaquées leurs maisons, leurs femmes, leur religion. Chaque fois que leur intérêt personnel est en jeu, ils font preuve de courage ; le malheur est que, dépourvus d'instruction, ils sont incapables de s'émouvoir pour quelque chose qui ne les touche pas dans leur vie quotidienne physique. « Le courage, qui est au fond de leur cœur, ne se réveille que dans les cas où les seuls intérêts qui les touchent sont attaqués. Parlez-leur patrie, liberté, ils resteront impassibles ; ils ne savent seulement pas ce que vous voulez dire... Il ne s'agit donc plus, en leur donnant de l'instruction d'abord et puis des institutions, qu'à leur donner des intérêts autres que ceux qu'ils connaissent. » Palmieri étend d'ailleurs au reste de l'Italie son analyse : « Depuis que je vis, je n'entends dire que : moi je suis Romain, moi je suis Napolitain, moi je suis Lombard, moi je suis Toscan, moi je suis Piémontais, moi je suis Sicilien ; et jamais : moi je suis *Italien.* » Se proclamer italien, ce serait s'élever de la notion concrète de la province à la notion abstraite de la patrie ; de même que vouloir vivre en hommes libres, se délivrer du despotisme et de la corruption, ce serait s'élever de la notion concrète de la famille, de la sécurité personnelle, à la notion abstraite de la liberté, du bien public. De la diffusion des idées abstraites et universelles par l'enseignement dépend donc le destin historique du Mezzogiorno : le diagnostic s'est révélé juste, et aujourd'hui encore, il faudrait rappeler à tous ceux qui accusent les Méridionaux de « fatalisme » et de « passivité », qu'un peuple privé d'écoles et de professeurs suffisants borne nécessairement ses intérêts au cercle étroit des préoccupations matérielles.

De l'idée qu'il est indispensable de créer des écoles, Palmieri en vient naturellement à celle qu'il faut doter la Sicile d'institutions. Là encore, il part d'une expérience autobiographique : un pays où les pères ont licence d'envoyer les fils en prison sans aucune forme de procès est un pays condamné à la tyrannie. Des tribunaux, des magistrats intègres, des pouvoirs publics en qui l'on puisse se fier : voilà les conditions qui transformeront les sujets en citoyens. Comme Palmieri voyait juste ! Ne sait-on pas, aujourd'hui, que le succès de la lutte contre la mafia dépend de l'implantation d'une police et d'une justice efficaces ? S'élevant contre Montesquieu et sa théorie des climats, Palmieri ne cesse de répéter que « l'éducation et les institutions sont seules capables de faire les hommes tels qu'ils sont ». Il adjure les gouvernements : « Donnez de bonnes institutions, si vous voulez avoir des hommes, si vous voulez que les peuples soient affectionnés à leur pays et à leurs princes. C'est le seul moyen de produire le bien-être et le bonheur des gouvernants et des gouvernés. Si vous ne le faites pas, à la place d'hommes vous aurez des fantoches qui chantent et qui rient. » On méditera avec profit, nous semble-t-il, cette interprétation, originale et pénétrante, du rire sicilien : ce rire, toujours sarcastique et grinçant, qui n'est pas l'expression de la gaieté et du bonheur, mais trahit au contraire le secret désespoir d'un peuple contraint de se venger par l'autodérision des vexations qu'il doit subir. Ce rire dont les échos amers retentissent dans l'œuvre des humoristes siciliens, de Pirandello à Brancati, de Lampedusa à Leonardo Sciascia.

Sur un autre point encore, Palmieri se montre un moraliste et un sociologue d'une remarquable perspicacité. « L'amour est tout en Sicile », remarque-t-il. Mais alors que, d'un esprit plus conventionnel, on pourrait s'attendre à l'éloge de la capacité érotique des Méridionaux, Palmieri interprète le casanovisme des jeunes Siciliens comme une preuve du retard intellectuel et social de la malheureuse île. « Dans les pays où il n'est donné aucun développement quelconque aux facultés morales, où l'on défend à la pensée intellectuelle de s'occuper de ce qui intéresse le plus les hommes, le cœur et le physique prennent nécessairement la place de celles-là. » L'amour devient ainsi la préoccupation exclusive de tous les instants, la pensée habituelle de chaque heure du jour et de la nuit ; et Palmieri de raconter avec humour comment sa propre jeunesse fut obsédée par l'idée de la femme. Bien avant Brancati, il a démythifié la légende de l'homme du Sud héros de la virilité. Les hommes du Sud courent après toutes les femmes, c'est vrai ; mais parce qu'ils sont incapables de se concentrer sur une pensée plus sérieuse. Leurs exhibitions érotiques sont bien moins le signe d'une supériorité virile que d'un infantilisme impossible à dépasser. Jugement qui rejoint certaines réflexions de Stendhal, sauf quand celui-ci prête foi au mythe « romantique » de la passion méridionale, du surhomme qui méprise tout ce que ne lui inspire pas son cœur.

Les *Pensées et souvenirs* furent écrits, nous l'avons dit, en français, et il nous reste à dire un mot de la qualité de la langue et du style. Après toutes les déclarations de l'auteur sur son ignorance, son manque de préparation, ses difficultés pour écrire, on est stupéfait de le voir manier avec tant d'aisance une plume trempée dans une encre d'adoption. Le français de Palmieri est le plus souvent excellent ; si nous avons relevé les quelques erreurs qu'il commit, ce n'est point pour rabaisser son mérite, mais au contraire pour souligner la qualité de l'ensemble. Commençons par les vétilles : Palmieri écrit *apitoyé* et *éclopé* avec deux p, *stigmatiser* avec un y, *râpé* sans accent circonflexe. Il met *hydre* au masculin. Il introduit quelques italianismes : *mettre dedans* pour « emprisonner », *facteurs* (de *fattori*) pour « fermiers », *évoquer à soi* pour « ramener à soi ». Il invente certains mots qui n'appartiennent à aucune des deux langues : *commotion* pour « émeute », *compasser* pour « mettre de l'ordre ». Deux ou trois tournures restent gauches ou incorrectes : *il faisait bon voir, le soir du bal* pour « c'était amusant de voir... », *la société m'impose* pour « m'en impose », *c'est dans l'existence des prêtres que se trouve le pourquoi le Mexique a tant de peine à se constituer* pour « c'est dans l'existence des prêtres que se trouve la raison pour quoi... » Nous croyons avoir établi ainsi la liste à peu près complète des erreurs de Palmieri : on admire qu'elles soient si peu nombreuses. D'autant plus qu'il use d'une syntaxe souvent complexe et difficile à manier, recourant à des propositions subjonctives sans achopper dans les mille pièges de leur emploi. Il sait qu'on met le subjonctif après la tournure concessive « si... que... » mais de préférence l'indicatif après « tout.. que... ». Enfin, une remarque qu'il met au bas d'une page prouve quel sens subtil il possède de la langue (ou plutôt des deux langues) : le mot *strascico,* dit-il, est intraduisible en français : « Il exprime le bruit d'une robe qui se traîne sur le pavé ou sur le plancher. » Le style de Palmieri, vif et coloré, rend son ouvrage d'une lecture facile et amusante.

Le premier volume avait été écrit à Genève (dont le gouvernement protestant fit une forte impression sur Palmieri) juste avant les journées de Juillet, le second fut rédigé à Paris, juste après la révolution, lors de l'avènement de Louis-Philippe. Les sentiments de

Michele Palmieri pour Louis-Philippe passèrent par les mêmes alternances de ferveur et d'antipathie que ses sentiments pour lord Bentink, et pour les mêmes raisons : le fils du marquis de Villalba (lequel était mort en 1818) continuait, à cinquante ans passés, à se chercher un *bon père*. Déçu par lord Bentink et par les Anglais, il avait changé une deuxième fois de patrie, remplacé l'anglomanie par la francomanie, et voici qu'il croyait trouver, dans la personne de Louis-Philippe, un bon roi, un bon père, d'autant plus proche de son cœur qu'il avait épousé une princesse italienne, Maria Amalia, fille du roi Ferdinand, et maintenant reine des Français.

Michele Palmieri avait connu Louis-Philippe, alors duc d'Orléans, quand celui-ci vivait à Palerme, exilé. Le Parlement de Sicile, lors des fiançailles du duc avec la princesse Maria Amalia, avait décidé de quintupler la dot qu'il était l'usage d'accorder aux princesses royales en de telles circonstances : et il semble que Michele Palmieri soit intervenu en personne auprès de plusieurs membres du Parlement pour vaincre leur répugnance à gratifier le jeune couple d'une faveur si exceptionnelle. Pour cette raison, et aussi parce que Louis-Philippe passait pour un prince libéral, Michele Palmieri et, avec lui, le petit groupe de proscrits siciliens qui se trouvaient à Paris, pensèrent que le roi des Français épouserait la cause de l'Unité italienne contre l'Autriche et la papauté. Ces espoirs, on le sait, furent vite déçus ; non seulement le gouvernement français abandonna l'Italie à la réaction austro-papale, mais la presse officielle attaqua les émigrés italiens. Michele Palmieri répliqua dans un opuscule, *Le Duc d'Orléans et les émigrés français en Sicile, ou les Italiens justifiés,* où il reprocha à Louis-Philippe son ingratitude, à la politique française sa duplicité : le gouvernement, pour se débarrasser des exilés italiens, les encourageait à rentrer en Italie, les exposant par là même aux persécutions. Palmieri réfutait, une fois de plus, le vieil argument anti-italien, selon lequel les Italiens ne sauraient pas se battre pour la liberté. L'opuscule connut un certain retentissement en

France : le brillant journaliste républicain Armand Carrel profita de l'occasion pour attaquer le gouvernement, et Giuseppe Mazzini, de Marseille, envoya à Palmieri une lettre enthousiaste. La presse officielle mena campagne contre Palmieri, qui répliqua par deux nouveaux ouvrages : encore un libelle, *A chacun selon sa capacité, à chaque capacité selon ses œuvres, ou le Faux Doctrinaire et le libéral,* et un drame satirique, *le Nouveau Gargantua,* que l'auteur fit passer pour un vieux manuscrit italien anonyme, trouvé dans les fossés des Tuileries et traduit en français par ses soins.

Le héros de cette pièce, dénommé Gargantua, n'est autre que Louis-Philippe, vilipendé pour sa cupidité et pour sa peur et dépeint, ainsi que son entourage, avec une verve sarcastique qui frise la grossièreté. Derrière les noms fictifs, on reconnaît facilement les personnages réels : *Orgilomoro* figure Casimir Perier, président du Conseil, responsable de l'abandon de l'Italie ; *Testium Gaurodolomedi,* ambassadeur du *Roi des Chiens au poil rouge,* est l'ambassadeur de Russie ; *Bourreauciro,* ambassadeur du *Roi des Fouaces* (*Focacce*), représente l'ambassadeur du roi de Naples, ce Fabrizio Ruffo, prince de Castelcicala, de sinistre mémoire, qui, président de la junte d'Etat à Naples, dirigea la répression de patriotes qui s'étaient ralliés à la république parthénopéenne et assassina juridiquement Domenico Cirillo et Mario Pagano : bête noire de Michele Palmieri, symbole à ses yeux de la caste la plus réactionnaire de l'aristocratie napolitaine. Le seul personnage qui ne soit pas odieux à la cour de Gargantua est *Basbec,* la douce et timide Maria Amalia. Tant de virulence contre Louis-Philippe et contre la France (désignée sous le nom de pays de la *Berlue*) cache mal un immense amour trompé, l'amertume de découvrir sous le bon père idéal un nouvel avatar du mauvais père.

Michele Palmieri écrivit encore une pièce de théâtre, *les Carbonari,* et surtout, en 1837, son deuxième grand ouvrage, *Mœurs de la cour et des peuples des Deux-Siciles.* De la même veine que les *Pensées et souvenirs,* les *Mœurs* relatent de nouvelles anecdotes sur le monde napolitain à l'époque de la jeunesse de l'auteur, sur le roi Ferdinand, sur lady Hamilton et l'amiral Nelson, sur des brigands célèbres. En outre, c'est dans cet ouvrage que Palmieri, déjà proche de la vieillesse, évoque plus particulièrement des souvenirs intimes, son père, les épisodes du carrosse fracassé et des objets de cristal, la Quinta Casa, le président Paternò. S'il est probable que Stendhal ignora les livres de Palmieri, il est sûr qu'Alexandre Dumas les a lus attentivement (1). L'idée même du *Corricolo* est prise à un passage des *Pensées et souvenirs*. Quant au roman-fleuve *la San Felice,* le dernier roman historique de Dumas et l'un de ses plus forts, on y retrouve des personnages et des épisodes empruntés aux ouvrages de Palmieri.

Michele Palmieri, ayant reçu enfin sa grâce des Bourbons, rentra à Palerme en 1845. Il assista à la Révolution de janvier 1848, crut que son vieux rêve libéral serait enfin réalisé mais, une fois de plus déçu par le nouveau gouvernement, qui avait commis la faute de libérer des prisons bourboniennes les criminels de droit commun et de laisser leurs violences se déchaîner à travers la Sicile, il stigmatisa les erreurs qui portèrent au rétablissement de l'absolutisme.

Généreux et enthousiaste toute sa vie, prêt à embrasser les causes qui lui paraissaient contenir une promesse de justice et de liberté, aussi prompt à les quitter dès qu'elles lui semblaient avoir dévié de leur but, portant inguérissable en lui la blessure de sa première éducation et du despotisme paternel et cherchant, à son insu, des substituts de l'idole déchue, se donnant corps et âme avec la naïveté d'un Don Quichotte tantôt à un lord d'Angleterre tantôt à un roi de France, capable de changer de patrie parce que désireux de trouver un nouveau père, Michele Palmieri, ennemi juré de l'ignorance et de l'hypocrisie, continue à nous séduire par un mélange d'ardeur ingénue, de désintéressement chevaleresque et de perspicacité prophétique. La phrase de

(1) Dumas rencontra plusieurs fois Palmieri à Paris, *cf.* le prologue de *Pascal Bruno.*

Stendhal sur les émigrés italiens, qu'on lit dans *Souvenirs d'égotisme,* n'est-on pas tenté de l'appliquer plus particulièrement à notre auteur ? « Je n'ai jamais connu rien de plus poétique et de plus absurde que le libéral italien ou *carbonaro* qui entre 1821 et 1830 peuplait les salons libéraux de Paris. » Poétique et absurde, Michele Palmieri ; mais aussi, observateur sagace des mœurs et des travers humains. Détestant l'esprit de système, il n'était pas à une contradiction près : tandis que son cœur s'enflammait, son esprit, resté froid, analysait. Ainsi, il proclamait d'une part, comme nous l'avons vu, la nécessité d'abolir toutes distinctions entre Siciliens, Napolitains, Romains, Piémontais, et célébrait la notion lyrique de patrie italienne ; mais, d'autre part, il soulignait les irréductibles différences entre des peuples séparés par le caractère, l'histoire, les institutions, les préjugés : « Il y a de la franchise, et souvent de la vérité, dans la redondance des mots et des gestes des Napolitains. La phrase brève du Palermitain, au contraire, cache presque toujours la défiance... Les premiers jouissent et ne pensent pas, ne s'aperçoivent pas de leur misère ; le second rarement s'abandonne à la gaieté, il pense à ses affaires et si le besoin ou la pauvreté le frappent, l'abattement et le désespoir s'emparent de lui. » Après plus de cent ans d'Unité italienne, les choses ont-elles changé ? La « redondance » napolitaine ne s'oppose-t-elle pas toujours au mutisme sicilien ? Les enthousiasmes de Palmieri n'offusquent jamais l'acuité de son regard ; et, inversement, il sait être réaliste sans tomber dans les facilités du cynisme. Ardeur et lucidité : le mélange de ces dons devrait lui procurer la sympathie de nouveaux lecteurs.

Michele Palmieri mourut à Palerme, en 1863, âgé de quatre-vingt-quatre ans.

FEDERICO DE ROBERTO

1887 : le siècle de l'optimisme scientifique touche à sa fin. Zola vient de publier, deux ans plus tôt, *Germinal*, première description de l'enfer de la classe ouvrière. Maupassant fait succéder au solide roman *Bel-Ami* les inquiétantes divagations du *Horla*. Verga, il est vrai, travaille à *Mastro-don-Gesualdo*, qui paraîtra l'année suivante, et Bourget au *Disciple*, publié en 1889. Mais déjà, de Scandinavie, descendent sur l'Europe les fantômes tourmentés issus de l'imagination crépusculaire d'Ibsen, de Strindberg ; déjà, d'Amérique, débarquent les introvertis raffinés d'Henry James. Que peut faire un jeune Méridional de vingt-six ans, débutant dans un monde où les certitudes de la foi ont depuis longtemps basculé, où les conquêtes du progrès commencent à montrer l'envers ?

Il est né à Naples, en 1861 : en même temps que l'Unité italienne, donc, mais dans la ville qui paye le plus cher cette illusion. On peut voir dans cette double circonstance une contradiction supplémentaire pour Federico De Roberto. Le grand rêve politique de l'Italie contemporaine se solde par l'appauvrissement et l'abaissement sans remède du Mezzogiorno. Ajoutons à toutes ces causes de désenchantement et d'amertume le rétrécissement du monde, désormais interdit aux aventures romanesques. Les thèmes majeurs qui ont alimenté le roman au XVIIIe et au XIXe siècle, l'amour, l'ambition, le voyage, semblent maintenant impossibles. Le jeune homme, qui s'est transféré à Catane (et signe ses livres : F. De Roberto, simplement, comme si le nom du grand empereur était trop lourd à porter dans une Sicile déchue de son antique splendeur impériale), se trouve ainsi placé devant un problème extrêmement difficile à résoudre : décrire, avec les moyens naturalistes hérités de Verga, de Capuana, de Flaubert, une société en train de craquer et de s'effriter de toutes parts, qui ne croit plus en rien, et dont l'apparente solidité ne résiste pas à un regard perspicace.

Une espèce de ciment provisoire, De Roberto l'invente, ou l'adopte. Ce sera le destin, *la Sorte,* qui sert de titre à sa première œuvre narrative, un cycle de nouvelles consacrées à la vie sicilienne sous ses aspects les plus divers, de la princesse à l'artisan, du barbier ambitieux au failli suicidé. Le destin, c'est-à-dire le nouveau dieu d'une société qui a perdu tous les siens, ceux de la religion comme ceux de la science. Et qui convient on ne peut mieux à des gens trop faibles pour construire leur vie avec leur volonté, mais assez lucides pour exiger une explication de leur échec.

« Quelle déveine, quel guignon », répète la princesse de Roccasciano, à propos du jeu de cartes auquel elle se livre avec une passion désordonnée, au lieu de s'occuper de ses affaires qui vont à la ruine : si bien qu'elle doit vendre une par une ses propriétés, sans cesser d'attribuer au sort contraire l'origine de sa décadence économique. Et la mort elle-même, elle l'accueillera comme un coup du destin, une mauvaise donne aux cartes, une trahison injuste. Première nouvelle du premier recueil de De Roberto, *la Disdetta* est déjà un clin d'œil ironique. Malgré le style qui adhère encore étroitement aux choses, sans mettre en doute leur réalité. « La princesse de Roccasciano, enfoncée dans le grand fauteuil de velours rouge... »

La limite du jeune F. serait peut-être ce manque de distance, cette foi dans les mots qui dément son scepticisme intellectuel. Encore que, à certains endroits du livre, l'ironie perce même à travers l'écriture. Ainsi lorsqu'il parle du fabricant de glaces : « La glace coûtait cinq sous et le *spumone* le double ; mais don Tino l'avait fait avec conscience, dans la sorbetière neuve, et cette demi-lire, il ne la volait pas. » Ou du coiffeur à l'ancienne mode : « Il n'avait pas, lui, les fauteuils pivotants, ni les petites brosses à moustaches ; mais (...) il faisait la barbe selon les règles de l'art, sans lésiner sur le savon sous le prétexte qu'il était parfumé. »

La Sorte se présente comme un catalogue cruel de toutes les illusions, sauf de l'illusion politique, sujet des *Vice-Rois* (1). Le monde aujourd'hui est clos, bouché de partout, semble dire le jeune F., et chaque effort pour en sortir ne peut aboutir qu'à l'échec. La guerre, qui dans le sillage de l'épopée napoléonienne avait alimenté, depuis Stendhal et Balzac jusqu'à Tolstoï et Hegel, la pensée et l'art européens ? Il n'en reste que la caricature du service militaire (*Ragazzinaccio*). Le voyage, encore possible pour les héros flaubertiens ? Complètement absent ici, à part le minuscule transfert de la villégiature. L'amour, source de renouvellement intérieur et de promotion sociale pour tous les grands personnages de romans ? F. l'identifie tantôt à une exaltation sensuelle promise au désastre (*Ragazzinaccio,* sur le modèle verghien), tantôt à une infatuation donquichottesque (*Il Matrimonio di Figaro,* sur le modèle flaubertien), le plus souvent à un pur calcul d'intérêt (*Nel cortile, la Malanova*), calcul déjoué, bien entendu, par le sort.

La nouvelle la plus belle du recueil, je la vois dans *Il Reuzzo,* le « petit roi » (ou déjà le « vice-roi » ?), parce qu'elle touche au point le plus sensible des illusions siciliennes, au sentiment le plus émouvant dans son fanatisme, le plus démuni dans ses espérances, le plus cruel dans son ingénuité : l'orgueil de la progéniture mâle. Sept filles pour Isidoro Spina, et pas un garçon. Atteint dans ce qu'il croit être son honneur, ce paysan aisé sombre dans l'alcoolisme. Enfin arrive l'héritier : trop tard. Cajolé, bichonné, élevé en « petit roi », mais

(1) Enorme saga familiale, son chef-d'œuvre, traduit en français sous le titre *les Princes de Francalanza* (Denoël 1979).

dans une famille désormais réduite à la misère, il n'aura d'autre « sort » que de transporter des pierres, récolter des escargots, vendre des mûres de porte en porte, vêtu de guenilles, comme le dernier des manœuvres, presque un mendiant. Déchu de sa « royauté », raillé par le voisinage, incarnant dans sa personne de jeune prince dépossédé les deux thèmes les plus forts de la sicilitude, la faillite et la dérision, mais aussi le courage individuel et la fierté native. Un personnage qui dépasse de beaucoup le cadre du naturalisme fin de siècle : autant qu'une victime du patriarcat méridional, l'emblème d'une certaine condition humaine.

METTRE EN SCÈNE PIRANDELLO

(A propos de *Six personnages en quête d'auteur* mis en scène par Antoine Bourseiller à la Comédie-Française)

Un drame naturaliste.

Au départ, une pièce naturaliste, un drame de famille comme on en faisait tant à l'époque (1921). Un homme, le Père, cinquante ans, genre notable de province, dont les bonnes intentions et les aspirations « à une solide santé morale » provoquent une série de catastrophes, a successivement épousé une femme sans l'aimer, par pitié de son « humble origine » ; mis leur fils en nourrice à la campagne, pour qu'il grandisse plus fort au contact de la nature ; encouragé son épouse à le quitter pour suivre son secrétaire et fonder avec lui une autre famille, d'où sont issus trois enfants. Le Père, toujours mû par sa bonne volonté désastreuse, s'est intéressé à ces trois enfants, un peu trop au gré de leur père, qui a emmené sa famille dans une autre ville. Bien des années après, la Mère, devenue veuve de ce deuxième homme et réduite à la misère, est revenue dans sa ville d'origine, avec ses trois enfants ; dont l'aînée (la Belle-Fille) a dû se placer chez une couturière, Mme Pace, en réalité une entremetteuse. Par le plus grand des hasards, le Père, client honteux de cette maison de rendez-vous, a manqué de commettre avec sa propre belle-fille, maintenant adulte et méconnaissable, un inceste interrompu seulement par l'arrivée fortuite de la Mère. Le Père, alors, a décidé de ramener tout le monde chez lui. Les six membres de cette étrange famille se retrouvent avec des sentiments de haine et d'exaspération les uns pour les autres : le Fils monté contre la Mère, parce qu'elle l'a abandonné autrefois ; la Belle-Fille indignée contre le Père, à cause de sa visite chez Mme Pace ; le Père ulcéré par la Belle-Fille, parce qu'elle le juge sur ce seul crime ; le Fils méprisant à l'égard de la Belle-Fille et des deux autres petits bâtards, parce qu'il se considère le seul enfant légitime. Et tous d'essayer de plaider leur cause et de se justifier avec passion.

Donnée naturaliste ; nœud de vipères à la sicilienne (thèmes spécifiquement méridionaux : la complaisance du mari, l'adultère, les bâtards, la fixation de la mère à ses enfants) ; sauf que, pour traiter ce drame avec l'efficacité nécessaire, il aurait fallu la violence d'un Ibsen ou d'un Strindberg ; et que Pirandello, justement, ayant compris l'impossibilité de porter au théâtre une œuvre réaliste sans retomber dans les schémas conventionnels et les poncifs du genre, décida de représenter, non pas directement l'histoire tumultueuse des *Six personnages,* mais leurs vains efforts pour trouver un auteur capable de l'exposer. Au début du spectacle, nous ne voyons donc pas le Père ni aucun des protagonistes, mais une troupe de comédiens professionnels en train de répéter une pièce (de Pirandello : malice de l'auteur dirigée contre ses critiques, alors aussi bêtes que féroces). Et c'est pendant la répétition du *Jeu des rôles* qu'arrivent, à l'improviste, les six Personnages en quête d'un auteur ; résolus à persuader les comédiens, et, avant tout, le directeur de la troupe, que leur propre cas fournirait un bien meilleur sujet de pièce ; mais en même temps remettant en question, par leurs discours et par leur comportement, la possibilité de devenir des héros de théâtre. Autrement dit, Pirandello a substitué, à la tragédie naturaliste initiale, une autre œuvre, qui est comme la dérision de la première et constitue une sorte de procès général du théâtre. De l'antithéâtre avant la lettre : d'où l'importance historique de cet ouvrage, son succès jamais démenti depuis la création ; d'où aussi la difficulté de le mettre en scène.

De l'antithéâtre.

La Mère, qui ne veut pas qu'on soulève son voile et qui se déclare hostile à l'exhibitionnisme du Père, le Fils, qui se montre encore plus catégorique dans son refus de participer à l'action, critiquent implicitement la dramaturgie ibsénienne, faite de franchise et de « tranches de vie » crûment étalées. La Belle-Fille, elle, qui, à l'inverse de la Mère et du Fils, voudrait accaparer pour elle seule toute la scène, rappellerait un personnage de Strindberg, autre auteur à l'apogée de sa gloire dans les années 1920. Pour bien montrer qu'il répudie la dramaturgie strindberguienne, Pirandello, par la bouche tantôt du directeur de la troupe tantôt du Père, ne cesse de couper la parole à la Belle-Fille, coupable d'envahir le plateau par sa subjectivité débridée.

Les monologues confiés au Père portent un coup beaucoup plus rude, non seulement au théâtre de tel ou tel dramaturge, mais à la possibilité même de continuer à faire du théâtre. Les mots, explique-t-il, ne servent à établir une communication entre les hommes qu'au prix de malentendus calamiteux, puisque celui qui reçoit le message ne lui donne pas le même sens que celui qui l'a émis. On croit se comprendre, on ne se comprend jamais. Quant aux gestes que nous faisons, ils nous dénaturent eux aussi, ils nous falsifient : dans la mesure où nous avons plusieurs personnalités, indépendantes l'une de l'autre, et où une action commise par une de ces personnalités n'engage pas l'ensemble de notre moi. Qualifier d'incestueux un père qui couche avec sa belle-fille serait méconnaître l'infinie complexité de l'être humain. Un vol ne crée pas le voleur. Chacun de nous est « un », « cent mille » et « personne ». Or, jusqu'à Pirandello, le théâtre reposait sur l'unité de la personnalité. Les mots et les gestes échangés par les personnages leur tenaient lieu d'état civil. A son amour pour sa cassette, on identifiait l'avare. Du moment que les mots et les gestes ne signifient plus rien de notre moi, c'est le dialogue même qui est mis en cause, la vie sociale qui devient absurde, l'action dramatique qui se révèle impossible et le théâtre entier qui est condamné à disparaître. Une mise en scène des *Six personnages* doit fait apparaître, et le conflit des passions dans leur réalité vivante, et l'inanité de la tentative de communication et d'explication entre les membres de la famille. D'Ibsen à Beckett, le chef-d'œuvre de Pirandello résume cent ans d'histoire du théâtre. Importance du trou du souffleur, qui remplace le manuscrit absent, et désigne le vide à venir.

Le problème des comédiens et du directeur de la troupe.

A travers les comédiens en train de répéter *le Jeu des rôles,* Pirandello a voulu aussi nous livrer un document sur le milieu théâtral de son époque. Voilà une des raisons qui ont conduit à restituer les *Six personnages* dans leur cadre d'origine (costumes cubistes de Sonia Delaunay, fox-trot de Francis Salabert), à dater historiquement le comportement du directeur et de sa troupe. Aujourd'hui, les choses ont bien changé. La présentation que fait Pirandello de comédiens au travail, la satire de leurs caprices nous paraissent chargées, caricaturales, « réactionnaires ». Aucun metteur en scène ne crierait avec cette brutalité méprisante : « Silence ! » à ses acteurs. Aucun metteur en scène ne monterait une pièce qu'il n'aime pas, comme ce directeur à qui le seul nom de Pirandello arrache des sarcasmes. Les acteurs, de leur côté, ont perdu l'habitude de cracher sur la pièce qu'ils jouent. Comment gommer toute cette hargne qui semblerait au spectateur moderne d'une invraisemblance criante ? Le contentieux qu'il pouvait y avoir entre Pirandello et les troupes de son temps, son acrimonie d'auteur longtemps refusé n'intéressent plus personne. On peut imaginer, par exemple, que si le directeur rudoie ainsi ses comédiens, c'est par solidarité avec eux, parce qu'il souffre de les voir jouer une pièce aussi mauvaise (dont quelques fragments, alors, seront effectivement joués en attendant l'entrée des Personnages : la scène du miroir entre Guido et Silia ; la scène des œufs et du bonnet de cuisinier). Les « Silence ! », les rappels à l'ordre seront prononcés sur le ton de la complicité affectueuse.

La troupe des comédiens représente tantôt l'opinion publique, sotte et frivole, tantôt le chœur, intéressé et compatissant, à la manière du théâtre antique. Quant au directeur, il doit se composer une figure, qui ne soit ni trop riche, trop dense (pour ne pas concurrencer les six personnages), ni uniquement fonctionnelle. Comment le rendre humain, attachant ? En supposant qu'il a la responsabilité de son théâtre et que l'absence de bonnes pièces le tourmente. En transformant sa rencontre avec le Père en un affrontement non dépourvu de sous-entendus psychologiques et sociologiques. Le directeur, Italien du Nord, froid, pragmatique, est surpris, intrigué, choqué, amusé, par l'irruption de ce Sicilien raisonneur, oratoire, passionné. En même temps (et peut-être Pirandello n'y a pas songé), il est frappant de constater comment ces deux hommes, venus d'horizons culturels opposés, se retrouvent solidaires, aussi bien contre la frénésie ravageuse de la Belle-Fille, que contre le mutisme réfrigérant de la Mère. Combat entre les sexes comme entre deux camps ennemis : cet aspect de la pièce n'avait jamais été mis en lumière.

Le problème des Personnages.

Pirandello a multiplié les didascalies : décrivant minutieusement les six Personnages (dont, soit dit en passant, seuls la Mère et les trois bâtards sont en deuil). Ils doivent se distinguer immédiatement des comédiens professionnels, par leur aspect figé, presque de statues. Ils sont des « personnages » justement, définis une fois pour toutes par leur sentiment dominant, la douleur pour la Mère, le remords pour le Père, le mépris pour le Fils, la vengeance pour la Belle-Fille. Ils portent en eux leur destin achevé. Pirandello avait même pensé les affubler de masques (projet jamais réalisé). Pleins à ras bord de leur drame, sous pression continuelle, ils affichent leur passion sur leur visage. Voilà pour la ligne générale qu'ils doivent observer. Néanmoins, il serait impossible de les montrer pendant toute la durée du spectacle dans cet état paroxystique, sans les transformer en pantins. Le problème est de leur ménager des instants de liberté, de grâce. Obsessionnels, raidis à jamais dans leurs traumas, ils n'en ont pas moins droit à des ruptures de tension, à des contradictions, à des mots ou des gestes imprévus. Destin et liberté, ou pour le dire en termes plus pirandelliens, Forme et Vie, se jouent à travers eux une lutte ininterrompue, subtile, à rendre par tel geste, telle intonation qui brise la logique de leur rôle.

La Mère est sans doute la moins mobile de tous : une vraie veuve et mère sicilienne, avec son voile de deuil, son refus de le soulever, qui traduit son refus d'être considérée comme une femme, comme un individu. Elle n'est qu'un emploi, elle incarne la double fonction sacrée de la maternité et du veuvage. N'empêche qu'elle a pu aimer, d'amour, son second homme, passant outre aux obligations de réserve imposées aux femmes siciliennes ; de même qu'elle a haï, physiquement, le premier.

Le Père n'est-il vraiment qu'un hypocrite, un salaud ? Le monologue sur la misère de la chair chez un quinquagénaire, trop vieux pour plaire aux femmes, trop jeune pour s'en passer, est mis d'habitude sur le compte de sa politique générale d'autojustification. Il y a là, cependant, peut-être un aveu sincère, émouvant, un reflet de ce que Pirandello a pu éprouver lui-même. Dans toute l'œuvre de Pirandello, narrative ou théâtrale, on ne trouve pas une seule fois un sentiment d'amour. Ce qui pousse hommes et femmes les uns vers les autres, c'est ou bien l'ambition sociale du mariage, ou bien le désir « bestial » des sens. Mais la « bête » est-elle uniquement « bête » ? Ne souffre-t-elle pas d'être tombée dans une condition déchue ? Et si toute la rhétorique dont le père s'encombre n'était qu'un moyen de se cacher à ses propres yeux le ratage de sa vie ?

D'oublier le désespoir d'une existence qui aura passé à côté du bonheur sans jamais l'atteindre ?

La Belle-Fille, apparemment la plus fanatique, la plus obsédée (jusqu'au fétichisme : elle réclame pour rejouer sa scène chez Mme Pace les meubles, les vêtements exacts de la première fois), est aussi le personnage à qui sa jeunesse et son allant permettent les ruptures les plus spectaculaires. C'est, par tempérament, une sensuelle, bourrée de charme et de drôlerie. Pour faire rire les comédiens, elle quitte son rôle de belle-fille outragée et leur chante un refrain à la mode. Clairvoyante, elle a toute l'astuce qui manque au Père. Chaque fois que celui-ci risque d'indisposer le directeur par son emphase trop insistante, elle intervient pour détendre la situation, glisser une note de séduction, de chic féminin. Si elle portait un masque, on sent qu'elle l'ôterait dans ces instants-là. Et voici un exemple plus précis. Elle évoque le chapeau orné de roses de mai que le Père lui a donné un jour en cadeau, alors que, petite fille encore, il allait l'attendre à la sortie de l'école. Trois façons de dire cette réplique sont possibles. Avec un rire de sarcasme (le père était si « comique » dans ses manœuvres d'approche). Avec une moue de dégoût (à la lumière de ce qui aura lieu plus tard, chez Mme Pace, où les chapeaux joueront aussi un grand rôle ; rappelons à ce propos que Pirandello, enfant, assista par hasard à une scène de coït dans une morgue entre un homme et une femme qui n'avait pas ôté son chapeau : d'où la connotation érotique, et péjorativement érotique, du « chapeau », avec une nuance de répulsion, dans toute l'œuvre pirandellienne). Ces deux façons d'évoquer le cadeau du Père seraient pleinement conformes aux deux « personnages » du Père et de la Belle-Fille : lui figé dans son érotomanie mielleuse, elle dans son acharnement démystificateur. Mais il y a une troisième manière de raconter l'épisode du chapeau, qui est peut-être la meilleure, surtout si la comédienne chargée du rôle sent les choses ainsi. Le Père peut avoir été désintéressé, touchant, une fois dans sa vie, et la Belle-Fille veut conserver de lui au moins ce souvenir, d'un beau-père généreux apportant un cadeau sans arrière-pensée. Elle pourrait facilement abîmer ce souvenir, en pensant à ce qui a suivi. Mais elle préfère ici être émue, garder ce coin d'enfance pur dans sa mémoire.

Pour justifier cette interprétation, il suffit de prendre garde à ce qu'elle dit (à deux reprises) sur son avenir. Quand elle sera débarrassée de son obsession en ayant mimé la scène de Mme Pace, quand elle se sera délivrée de son passé à travers ce psychodrame, elle « prendra son vol ». Elle se remettra à vivre. Il y a donc en elle, intacte, la possibilité de cesser d'être le « personnage » muré dans son destin, de recommencer à être une femme libre. Notons que si le Père, avec sa lourdeur et sa myopie mentale, représente l'élément « terre », si la Fillette, qui s'évade de ce drame par la noyade, représente l'élément « eau » et l'Adolescent, qui se tue d'un coup de revolver, l'élément « feu », la Belle-Fille, décidée à s'envoler, représente l'élément « air », symbole de ses réserves vitales. A son dynamisme foncier, rien n'a pu rogner les ailes.

Un peu de psychanalyse.

La version présentée en 1978 à la Comédie-Française constitue une sorte de première pour le public français. En effet, jusqu'à maintenant, on jouait la pièce dans la traduction de Benjamin Crémieux, faite sur la première édition italienne des *Six personnages*. Or, Pirandello, après les nombreuses représentations nationales et internationales, apporta d'importantes modifications à son texte. Michel Arnaud a retraduit entièrement la pièce, d'après la version définitive de Pirandello. Certaines retouches s'expliquent par le besoin de renforcer le spectacle à l'aide d'éléments anecdotiques et visuels. Ainsi l'adjonction, au début de la première partie, du machiniste qui cloue les planches, et le détail piquant du retard du Grand Premier Rôle Féminin, la *prima donna* de la tradition d'opéra italienne, qui joue de son toupet et de son petit chien pour calmer l'irritation du directeur. Par souci d'efficacité dramatique, Pirandello a transféré le grand monologue de la Belle-Fille, du début de la seconde partie presque à la fin de la pièce. Rien que de très naturel dans ce déplacement. Mais, de la première version des *Six personnages* à la rédaction définitive, on relève un autre changement, une suppression cette fois, une très étrange suppression, absolument pas justifiée par l'économie générale de la pièce. Le Fils, au début de la seconde partie, racontait, dans un bref aparté, qu'il avait surpris son père et sa mère dans l'attitude d'un homme et d'une femme, et que ce choc émotionnel valait bien celui que le Père et la Belle-Fille avaient subi en se reconnaissant chez Mme Pace.

Passage capital, qui éclaire le personnage assez mystérieux du Fils, et motive son refus de participer à l'action, son mutisme crispé. Témoin dans son enfance de ce que Freud appelle « la scène primitive » (le coït des parents), le Fils est resté à jamais traumatisé. Le voilà mis en face de son Œdipe, tenté non moins qu'épouvanté par l'acte maudit, contraint désormais à une discipline stricte : se tenir à distance de sa mère, le plus loin possible, sans se laisser approcher ni toucher. Parallèlement au rapport incestueux, et quasiment avoué, du Père et de la Belle-Fille (qui donnent l'impression, souvent comique, de former un vieux ménage), un autre rapport incestueux, mais celui-là énergiquement refusé et refoulé, unit la Mère et le Fils. Ce Fils qui ne peut ni se détacher complètement de sa famille ni accepter d'y jouer son rôle, obnubilé comme il est par un fantasme qu'il repousse de toutes ses forces sans pouvoir s'en libérer. Les deux plus jeunes bâtards redoublent, en quelque sorte, la figure du Fils : eux complètement muets, poussant le refus de la tentation œdipienne jusqu'au suicide. La noyade de la Fillette et le coup de feu de l'Adolescent resteraient des énigmes incompréhensibles, si on ne tient pas compte de cette culpabilité qui pèse sur des innocents (1).

(1) Voir à ce sujet les neuves et pertinentes analyses d'André Bouissy dans *Lectures pirandelliennes*, Paillart, 1978.

Reste à savoir pourquoi Pirandello a retiré en un second moment l'aparté révélateur du Fils, et s'il ne serait pas utile de le rétablir à la représentation. Il l'a retiré parce que ce passage, surprenant l'auteur lui-même, lui révélait les abîmes de son propre inconscient. Le centre de tout le drame des *Six personnages*, c'est peut-être moins, en définitive, le scandale de l'inceste presque réalisé entre le Père et la Belle-Fille, que la hantise de l'inceste, non réalisé, irréalisable, mais toujours obsédant, entre la Mère et le Fils ; la fascination et l'horreur que tout Fils a éprouvées pour l'acte tabou. On s'explique alors le sens profond de la pièce, et la raison pour laquelle Pirandello l'a abandonnée en cours de route. Les six Personnages n'étaient pas seulement des inventions d'homme de théâtre ; leur intrusion sur le plateau signifiait l'effort du refoulé cherchant à se frayer un chemin vers la conscience. (C'est pourquoi la trouvaille de Pitoëff, de faire descendre les Personnages des cintres, par l'ascenseur de service, est encore perfectionnée, si on les fait monter par une trappe, hors des « profondeurs » du sous-sol : de héros « fantastiques », créations gratuites de l'imagination, ils deviennent des héros « fantasmatiques », rigoureusement conditionnés par les traumas d'enfance de l'auteur.) Pirandello se jouait à lui-même son propre psychodrame, l'auto-analyse prenant peu à peu le pas sur le simple travail littéraire ; jusqu'au moment où, s'identifiant avec le Fils, il a senti l'impossibilité d'aller plus loin dans la cure ; et congédié les six Personnages, pour ne pas avoir à rester plus longtemps avec celui du Fils ; interrompu la pièce, c'est-à-dire renvoyé dans les ténèbres du refoulement la part la plus secrète, la plus inavouable de lui-même ; non sans avoir, d'ailleurs (didascalie rajoutée après coup : un geste en disant moins qu'une confession orale), indiqué que le Fils saisissait à bras-le-corps le Père, se colletait avec lui et le jetait par terre, « au milieu de l'horreur générale » : allusion évidente à l'assassinat rituel de Laïos.

De l'antithéâtre, oui. Acceptons cette formule, mais à condition de comprendre que Pirandello, bien loin de s'en tenir au rôle d'expérimentateur et de théoricien dans lequel on le confine souvent, avait ici un intérêt vital à ne pas aller jusqu'au bout de la représentation. Le procès fait au théâtre dissimule l'angoisse de montrer au public, de se montrer à soi-même, un désir, un conflit, un crime qui doivent rester cachés. Le dénouement est rapide, brutal, inattendu : que tout rentre au plus vite dans le silence de la censure, dans la paix du non-dit. Plutôt la mort que l'aveu. Seulement, si on supprime l'aparté du Fils, on ôte à son personnage tout ce qui en fait l'intérêt. Il ne sera plus qu'un jeune coq bougon, drapé rhétoriquement dans la proclamation de sa « légitimité ». On prendra pour de la mauvaise humeur une blessure incurable. C'est pourquoi il a semblé bon de rétablir les quelques lignes sur « la scène primitive » ; et même, de les déplacer, du début de la seconde partie, où elles figuraient dans la version originale, à la fin de la première partie, où elles ressortiront avec éclat.

TROIS APERÇUS SUR LEONARDO SCIASCIA

PÉPINIÈRE de rebelles, d'écrivains et de névrosés, la Sicile rappelle par bien des côtés l'Irlande insulaire, séparatiste, autonomiste, maladivement orgueilleuse de se sentir à l'écart de la métropole, mais en même temps hyperconsciente de son infériorité politique, taciturne, sinon pour se dénigrer soi-même, prête à s'accabler de reproches pour prévenir ceux du continent, susceptible, intraitable, préférant cacher ses qualités plutôt que de les exposer à être incomprises, la Sicile éclate de toute part dans les limites trop étroites que la nature lui a données. « Navire corsaire, avec son beau léopard à la proue, avec les couleurs de Guttuso étalées au grand pavois, avec ses cocus raisonneurs, avec ses fous, avec ses démons méridiens et nocturnes, et ses cadavres plein la cale : la Sicile coule, la Sicile sombre. »

L'auteur de cette formule, Leonardo Sciascia, né en 1921 dans un village de la Sicile intérieure (1), soutient sans faiblir la comparaison avec une illustre lignée d'écrivains, dont il est le dernier représentant : Verga, Pirandello, Lampedusa, Brancati, Vittorini. Romancier, essayiste, conteur, mémorialiste, historien, il n'écrit que pour s'interroger sur le mystère persistant de son île, marmite dont les ferments géniaux détruisent

(1) Racalmuto, dont il écrivit la douloureuse, invraisemblable chronique dans son premier livre, *le Parrocchie di Regalpetra,* Laterza éd., 1956. Trad. française par Mario FUSCO : *les Paroisses de Regalpetra,* Denoël, « Les Lettres nouvelles ».

dans un bouillonnement déréglé leurs promesses pourtant éclatantes. A quoi bon vivre ? Pourquoi lutter ? Le découragement, le sentiment d'impuissance, la résignation à une fatalité dont on ne raille les inconséquences que pour s'y soumettre en esclave alimentent depuis un siècle le masochisme sicilien. Passivité absolue chez Verga, délabrement de la personnalité chez Pirandello, hymne à la mort chez Lampedusa, effritement de la virilité chez Brancati, fureurs abstraites chez Vittorini ; le héros sicilien est constamment un anti-héros, qui se désagrège, qui abdique, prisonnier d'un passé qui l'englue dans le souvenir d'un paradis illusoire ou victime d'un destin qui grignote sa volonté inerte.

Seule l'enfance valait la peine d'être vécue : entre l'enfance et la mort, s'étend une lande ingrate semée d'ennemis et d'embûches, où le voyageur sursitaire attend les coups en fermant les yeux. Cette démission s'explique par l'histoire de la Sicile, terre qui, depuis les premiers colons grecs du VIIIe siècle avant notre ère, passa de mains en mains sans s'appartenir jamais à elle-même, proie d'incessantes invasions, déprédations et spoliations. *Last, but not least,* l'occupation piémontaise de 1860, qui fait peser encore aujourd'hui sur l'île un régime colonial. Que pourrait un homme seul dans cette bousculade de tyrannies étrangères ? Professer le scepticisme et l'ironie (Pirandello, Lampedusa), rire de soi-même (Brancati). Le héros sicilien rassemble toute son énergie dans l'unique effort de récupérer son enfance. Vittorini retrouve dans le cœur pur de son île la nudité primitive du berceau, Brancati dépeint avec sarcasmes la régression des hommes vers le monde asexué des Mères. Lampedusa quitte Palerme pour Donnafugata : Palerme, siège de la révolution et de l'histoire, pour Donnafugata, foyer intact des souvenirs.

Leonardo Sciascia rompt avec éclat cette tradition du masochisme sicilien. Non moins brillant, non moins doué pour l'impertinence et l'humour que ses devanciers, dialecticien éblouissant, il est le premier en Sicile à employer ses dons, non point dans l'autodérision, l'élégie funèbre ou la volupté d'anéantissement, mais au service de causes qui rétablissent l'homme dans l'estime de lui-même.

Dans l'excellente traduction de Mario Fusco, voici *les Oncles de Sicile* (1), quatre nouvelles écrites en 1958 et en 1960, les premiers essais romanesques de Sciascia. *Quarante-huit* raconte l'histoire du baron Garziano, seigneur du petit village de Castro, trousseur de servantes, réactionnaire, bourbonien, allié à l'évêque pour réprimer les troubles révolutionnaires de 1848 — le tout sans plus de conviction que cela. Féroce par frivolité, cruel par libertinage, cet Almaviva ne se fait pas faute d'accueillir, en 1860, quand le vent a tourné, Garibaldi victorieux. Indifférence à la politique? Cynisme? Endurcissement aux contradictions historiques siciliennes? « Le soir descendit, glacial, plein d'étoiles, sur les morts de Calatafimi. » (La victoire de Calatafimi a ouvert la Sicile aux soldats de Garibaldi.)

On pense tout de suite au *Guépard*, qui parut à la fin de l'année 1958, quelques mois après la nouvelle de Sciascia. Au soir du plébiscite de 1860 qui rattache l'antique possession des Bourbons de Naples à la monarchie de Savoie, Lampedusa fait dire à son porte-parole, le prince Salina : « Quelques pétards tricolores grimpèrent vers le ciel sans étoiles. A huit heures tout était fini, et seule l'obscurité demeura, comme tous les soirs, depuis toujours. » A prime abord, l'analogie paraît évidente : qu'importe la nature du régime politique, qu'importent les vicissitudes de l'Histoire, en regard de la pérennité, de l'immuabilité des lois physiques de l'univers? — semblent dire les deux écrivains. En fait, on saisit dans cet épisode tout ce qui les sépare. Lampedusa, solidaire de son protagoniste, invoque la nuit et la voûte céleste pour faire ressortir la mesquinité, l'inutilité de toute action humaine. Sciascia, au contraire, explique le ralliement du baron à la nouvelle monarchie par l'inconsistance, l'arrivisme de son personnage. Le prince Salina professe une sagesse d'astronome dédaigneux des contingences, le baron Garziano

(1) Denoël éd., « Les Lettres nouvelles ».

s'agrippe aux événements comme un chien qui a peur de perdre son maître.

La supériorité « philosophique » de Lampedusa, Sciascia la dévoile pour ce qu'elle est : une mystification qui compromet souvent, en Sicile, les bons comme les mauvais esprits. A force d'avoir été dépossédés d'eux-mêmes, les Siciliens sont en effet enclins à confondre dans le même haussement d'épaules bien et mal, erreur et vérité. Sciascia, lui, croit dans les valeurs. Le baron Garziano, loin d'être un pyrrhonien sublime, n'est qu'un intrigant vulgaire. La deuxième nouvelle du recueil, *l'Antimoine,* met en scène un pauvre mineur de soufre volontaire dans la guerre d'Espagne, du côté de Franco. Là encore, ironie, duperie, absurdité : ces « volontaires » de Mussolini ne sont que des miséreux, des analphabètes, qui s'enrôlent uniquement pour ne pas mourir de faim dans leur île. Mais au lieu de décrire avec l'habituel scepticisme sicilien cette nouvelle bouffonnerie de l'Histoire, Sciascia tourne le sujet autrement : son personnage prend peu à peu conscience qu'il est du même bord que les républicains qu'on l'a chargé de tuer. Il découvre l'escroquerie de cette guerre et, lorsqu'il rentre en Sicile, un homme nouveau est né en lui, prêt à lutter contre la classe des riches et des oppresseurs. « Si je n'avais pas perdu une main, je serais retourné à la soufrière : la soufrière, c'était encore l'Espagne, l'homme exploité comme une bête et le feu de la mort aux aguets prêt à vous fondre dessus par une fissure, l'homme avec ses blasphèmes et sa haine, l'espoir grêle comme les pousses blanches du blé tendre... » Très beau récit, qui est à la hauteur des meilleurs romans inspirés par la guerre d'Espagne : mais surtout témoignage de la conviction d'un Sicilien, qui refuse de mettre dans le même sac les bons et les méchants, les salauds et les braves, les pauvres et les riches, avec l'excuse que « tout est pareil ». Non, tout n'est pas pareil : le protagoniste de *l'Antimoine* apprend justement à distinguer le faux du vrai, le bien du mal, le juste de l'inique.

Rien de moins simpliste, pourtant, que la morale de

Sciascia. S'il croit dans les valeurs, il sait aussi qu'elles ne se laissent pas réduire à une doctrine, au programme d'un parti. Disciple de Voltaire — qu'il rappelle par son ton sec, sans bavures — il dirige ses flèches contre tous les suppôts de l'intolérance, qu'ils soient de droite ou de gauche. Les deux dernières nouvelles du recueil, *la Tante d'Amérique* et *la Mort de Staline,* dégonflent, l'une, la chimère de l'eldorado yankee, l'autre, la baudruche de l'infaillibilité communiste.

Après *les Oncles de Sicile,* Sciascia s'est imposé par deux romans : *le Jour de la chouette* (1) et *le Conseil d'Egypte* (2). Deux romans qui, pour la première fois dans l'histoire de la littérature sicilienne, s'organisent autour de la figure d'un héros. Le capitaine Bellodi (un Parmesan, un homme du Nord il est vrai) enquête sur un crime de mafia, et oppose aux menées ténébreuses de l'honorable société la droiture de ses convictions démocratiques. Il est vaincu dans ce combat, certes, et doit repartir les mains vides : mais vaincu, non point humilié ni avili. *Le Conseil d'Egypte,* qui a pour cadre la Palerme des années 1790, met en scène un avocat, Francesco Di Blasi, disciple des Lumières et instigateur d'un complot républicain : lui aussi perd la partie (on lui tranche la tête), mais avec honneur et sans abdiquer un seul des principes de sa foi.

Troisième roman : *A chacun son dû* (3). De nouveau un petit village sicilien, la *piazzetta* ensoleillée, l'ombre du château féodal, les oisifs cancaniers et perfides, un crime, qui s'enliserait comme tant d'autres dans la peur et l'oubli, si le professeur Laurana, épris de vérité, ne décidait de se substituer à la défaillante police. Il découvre les coupables et les mobiles du meurtre, mais commet une imprudence qui lui coûte la vie. « Un imbécile », dit-on de lui, en guise d'oraison funèbre. Certes, un don Quichotte, trop en avance, par sa

(1) Einaudi éd., 1961. Trad. française, Flammarion.
(2) Einaudi éd., 1963. Trad. française, Denoël, « Les Lettres nouvelles ».
(3) Einaudi éd., 1966. Trad. française : Denoël, « Les Lettres nouvelles ».

passion de la justice, sur une société encore engluée dans le double piège du sexe et de la religion.

Dans deux petits livres, qui sont peut-être ses chefs-d'œuvre, Sciascia s'en prend à l'Eglise. *Feste religiose in Sicilia* (1) démontre avec brio l'inanité du sentiment religieux dans le Sud. *Morte dell'Inquisitore* (2), apologue historique, attaque la tyrannie des prêtres. Au XVIIe siècle, un certain Diego La Matina, accusé d'hérésie, réussit à tuer l'inquisiteur espagnol dans les couloirs de sa prison, en lui assenant de ses menottes plusieurs coups à la tête. Pour cet acte de courage et de foi dans l'homme (car l'hérésie ne consistait qu'à rappeler la doctrine sociale des Evangiles), Diego La Matina, après d'infâmes tortures où il refusa de se rétracter, périt sur le bûcher. Encore un « caractère », quelqu'un qui croit et qui agit en conséquence. Sciascia rappelle en passant comment, aujourd'hui encore, on considère les prêtres en Sicile : comme une classe privilégiée, à qui la confession donne la liberté sexuelle de chasser sur le terrain d'autrui. Le célibat constitue leur ruse suprême : aucune femme ne disposant de leur « honneur », ils ne courent pas le risque de se retrouver cocus. Les voilà donc invulnérables.

Auteur de récits historiques (*Mort de l'Inquisiteur* et *le Conseil d'Egypte*), Sciascia fouille les archives de la Sicile. Auteur de romans policiers (*le Jour de la chouette* et *A chacun son dû*), il procède avec la minutie du limier. Dans les deux cas, la démarche est la même : Sciascia enquête. Il enquête dans le passé de la Sicile, afin de récupérer les quelques héros authentiques retombés dans l'oubli par la faute des défaitistes et des cyniques. Il enquête dans le présent, afin d'indiquer où se trouvent, parmi tant de mensonges et de contradictions, la lucidité, l'honneur, le courage. Impitoyable pour les défauts siciliens, mordant satiriste, il s'emploie à repérer les îlots de résistance, les exemples à suivre,

(1) Leonardo da Vinci éd., 1965. Trad. française : dans le volume d'essais *le Cliquet de la folie*, Denoël, « Les Lettres nouvelles ».
(2) Laterza éd., 1964. Trad. française : dans le volume *les Paroisses de Regalpetra*.

les champions d'une éventuelle renaissance. Il s'y emploie avec la modestie du paléographe et avec la patience du détective. Modestie et patience d'autant plus remarquables qu'il est bien plus tentant, dans le marasme général, de se laisser glisser à la dérive, de sombrer avec le navire, dans le gouffre exquis du nihilisme intégral.

Si tous les autres écrivains siciliens vivent sur le mythe de l'enfance, Sciascia propose un mythe de la maturité : l'énergie au service de la raison. Le plus admirable, c'est que cette leçon d'intelligence et de civisme nous est administrée sans la moindre lourdeur didactique. Une accumulation de petits faits précis, pittoresques, de traits qui portent, avec une préférence pour l'arme comique : voilà tout l'art de Sciascia. Des détails, uniquement des détails, dépouillés de la gangue oratoire. Si l'on pense le plus souvent à Voltaire, à Beaumarchais et au siècle des Lumières, Molière n'est pas loin, et Stendhal non plus. Au lieu de « l'honneur », ce thème, si typiquement sicilien, fait de rodomontades que crève la première chiquenaude, Sciascia introduit l'idéal de la virilité, qui ne consiste en rien d'autre que dans le goût de l'exactitude et du travail accompli. Insensible au vertige crépusculaire où les hommes du soleil se délectent, Sciascia prouve qu'un esprit sain n'est pas forcément un esprit inférieur. Inutile d'ajouter qu'il occupe une position isolée, non seulement en Sicile, mais dans toute l'Italie. Les Italiens, comme le faisait déjà remarquer Leopardi, se moquent de tout, à commencer par eux-mêmes. Les vicissitudes malheureuses de leur histoire leur ont appris que le seul moyen de combattre un sentiment intolérable d'échec, c'est de tourner en dérision tout effort, celui des autres et le sien. Avec Sciascia, originaire pourtant de la province la plus éprouvée, la plus piétinée d'Italie, on voit pour la première fois le rire employé, non point à détruire la dignité humaine, mais au contraire à la restaurer.

Rond, taciturne, compact : un vrai Sicilien, sauf qu'au lieu de la folie ou de la résignation fataliste, ces deux tentations de l'île pluriséculairement humiliée, son œil abrite une lueur gaie, malicieuse, ironique, combative. « L'Italie ? » « Elle descend », répond-il sans perdre son flegme, « mais elle ne touche pas le fond. » Réponse ambiguë, qui peut signifier soit la crainte que la situation n'aille se détériorant de plus en plus, soit la conviction que c'est une situation sans fond, c'est-à-dire ouverte à des impondérables qui peuvent la retourner à tout moment. Et celui qui parle ainsi est le plus lucide politiquement des écrivains italiens, le plus engagé, à tel point qu'il s'est fait élire en juin 1975 comme communiste indépendant (il souligne l'adjectif) au Conseil municipal de Palerme (1), mais aussi le plus libre et le plus solitaire, puisque, dans ses petits livres percutants, il s'en prend tour à tour à la mafia, à la Démocratie chrétienne, au parti communiste, à l'extrême gauche.

D'un de ses romans, *le Contexte,* le grand cinéaste Francesco Rosi a tiré un film, *Cadaveri eccellenti,* qui a déclenché de furieuses polémiques. Ses tirages, jamais inférieurs à 100 000 exemplaires, peuvent monter jusqu'à 300 000, chiffres fabuleux pour l'Italie, et stupéfiants pour plus d'une raison. Leur auteur vit toute l'année en Sicile, et sans la nécessité de faire continuer leurs études à ses filles, me dit-il, il ne serait même jamais venu s'installer à Palerme, il aurait fixé sa résidence dans le village où il est né, Racalmuto, province d'Agrigente. Ses livres aussi ont un enracinement local étroitement circonscrit. Pour point de départ, un fait divers du coin : dans *Todo Modo,* un groupe de dignitaires démocrates chrétiens fait retraite dans un couvent à fin d'exercices spirituels (habitude répandue en Sicile) ; dans *la Disparition de Majorana,* un physicien se volatilise entre Naples et Palerme (événement historique qui eut lieu, pour de bon, en 1938). Le suicide de l'écrivain français Raymond Roussel à Palerme a fourni à Sciascia le sujet d'un de ses

(1) Et en juin 1979 comme député radical, à la fois au Parlement italien et au Parlement européen.

textes les plus forts. On sait depuis Pirandello que le petit triangle de terre appelé Sicile a une vocation universelle. N'empêche qu'on n'avait jamais vu avant Sciascia un écrivain pousser aussi loin la provocation provinciale, et repérer dans l'univers tant de choses, d'importance nationale et mondiale, en se contentant de son clocher pour observatoire.

Qui veut avoir une idée de son esprit et de son talent devrait commencer par *la Disparition de Majorana* (1). En cent pages, s'y trouvent : démontée une énigme policière, puisque Ettore Majorana, jeune savant de trente-deux ans, collaborateur de Fermi à l'Institut de physique théorique de Rome et considéré par ce dernier comme un génie, disparut sans laisser de traces après s'être embarqué à Naples, en faisant croire à son suicide, hypothèse ici réfutée sur la base d'indices minutieusement inventoriés. Raillée la stupidité des méthodes de la police fasciste (et, peut-être, de toutes les polices). Expliquée, en une page admirable, l'originalité de Stendhal. Evoqués les scrupules de Heisenberg et des autres physiciens allemands qui travaillaient à la bombe atomique dans le Reich d'Hitler. Posé le problème de la responsabilité des hommes de science contraints par le Pouvoir à œuvrer pour la destruction et la mort. Reconnue enfin dans la fuite volontaire du jeune Majorana la décision d'un homme qui, prévoyant dès 1938 les conséquences catastrophiques pour l'humanité de la fission de l'atome, refusa de jouer plus longtemps un rôle dans cette tragédie.

Cent pages laconiques, denses, bourrées de références culturelles et de détails érudits. Pour finir, l'enquêteur-narrateur, visitant le couvent sicilien où il est persuadé que Majorana s'était retiré, médite parmi les tombes anonymes du jardin dont l'une contient sans doute son corps. Nous restons sur l'image tourmentée et poignante d'un prophète, voyageur fulgurant de l'espace : Rimbaud nucléaire, enseveli vivant dans sa solitude métaphysique, les yeux pascaliennement

(1) Editions de la Quinzaine littéraire, trad. Mario Fusco, 1976.

grands ouverts sur « l'épouvante dans une poignée d'atomes ».

Pascal encore, et Voltaire, et La Rochefoucauld, et Sade, cités dans *Todo Modo* (1), attestent l'imprégnation française de Sciascia et, d'une manière générale, l'accueil privilégié fait à la philosophie des Lumières dans cette île passionnément discoureuse, qui s'intéresse plus aux idées qu'aux femmes.

Un lot de ministres et de parlementaires démocrates-chrétiens se trouve réuni dans une sorte de couvent-hôtel : pour raisonner, justement, de leurs problèmes, qui ne sont pas tous spirituels, comme voudrait le faire croire don Gaetano, le directeur de cette retraite d'un genre particulier. Car au beau milieu des « exercices » un participant tombe assassiné, puis un autre. Crimes de routine entre grands patrons, règlements de comptes banals dans cette mafia qu'est la classe dirigeante italienne. *Todo Modo :* en espagnol : « par tous les moyens ». Le titre est une claire allusion aux mœurs politiques qui depuis trente ans ont mené l'Italie là où elle est maintenant.

Mais *Todo Modo* c'est, plus précisément, la devise d'Ignace de Loyola, représenté ici par don Gaetano, jésuite brillant, profond et retors. Toute l'histoire est racontée par un peintre athée, hôte involontaire de cet hôtel où il est tombé par hasard. Entre le peintre et don Gaetano s'établit, à mots couverts, pendant les promenades ou les repas au réfectoire, une joute serrée sur les buts et les méthodes de l'Eglise. Au-delà de la comédie de mœurs politique, c'est cet aspect du roman le plus intéressant. A la fin, il y a une troisième victime : don Gaetano en personne. Malgré le mystère qui entoure cette mort comme les deux premières, on comprend qu'il a été tué par le peintre lui-même. Lequel avoue ainsi son impuissance à se débarrasser autrement de l'Eglise, de Rome, du sortilège et de la mystification catholiques, qu'il déteste tout en en subissant l'irrésistible séduction.

(1) Denoël, « Les Lettres nouvelles », 1976.

En deux apologues secs, élégants et précis, mais vibrants de subtils harmoniques entrecroisés, Leonardo Sciascia nous invite à réfléchir nous-mêmes sur l'attitude à prendre devant ces deux forces qui gouvernent le monde, amies et ennemies de l'homme, pourvoyeuses ambiguës de sa liberté comme de son asservissement : la science et la religion.

Publiés, à trente ans d'intervalle, par les deux meilleurs écrivains de leur génération (Calvino est né en 1923, Sciascia en 1921), deux romans illustrent admirablement l'évolution spectaculaire que l'Italie a connue depuis la fin de la guerre.

1947 : le tout jeune Calvino, dans son premier livre (enfin traduit en français) (1) raconte l'histoire d'une bande de partisans dans les collines au-dessus de Gênes. C'est un peu le *Drôle de jeu* italien : même rapidité que chez Vailland, même coup d'œil, même coup de patte, sauf que le héros principal est un gamin de douze ans, Pino. Au clairon de la Résistance se mêle le fifre de l'enfance. Il en résulte un roman d'une fraîcheur et d'une vivacité peu communes, intactes aujourd'hui.

Pour maquisards, Calvino a choisi des personnages marginaux, que leurs activités dans la vie civile (petits délinquants, déclassés de toute sorte : la sœur de Pino est une prostituée, il a grandi dans les milieux du vol et de la contrebande) permettent de situer parmi les échantillons de cette Italie éternellement anarchiste et rebelle, où les Brigades Rouges, un quart de siècle plus tard, recruteraient leurs troupes. Mais voilà : en 1947, le climat était encore à l'espoir, à la confiance. Le commissaire Kim, étudiant, communiste, assoiffé de logique, pétri d'idéal, qui vient rendre visite au détachement, exprime sa conviction que la lutte contre les fascistes et les Allemands servira à canaliser la violence de tous ces hors-la-loi, qu'elle lui donnera un sens et un but civiques. C'est cela la raison de leur combat, explique-t-

(1) *Le Sentier des nids d'araignée*, Julliard, 1978.

il : une grande envie de rachat, élémentaire, anonyme, née de toutes les humiliations. Pour l'ouvrier, celle d'être exploité ; pour le paysan, celle de son ignorance ; pour le petit-bourgeois, celle de ses inhibitions ; pour le paria, celle de sa corruption.

Littérairement, le roman de Calvino, sans appartenir au courant néo-réaliste (l'espièglerie et l'humour l'en préservent, de même que l'influence de Stevenson, de Babel, plus forte que celle de Pavese), témoigne d'une foi solide dans le monde, dans les choses, dans les hommes, décrits avec une abondance de détails. Pas de doute : le romancier, comme son porte-parole Kim, croit sérieusement à la volonté et à la capacité de régénération politique de l'Italie, après les années noires du fascisme.

Or, au moment même où les maquisards de Calvino tentent de prendre en main leur destin et le destin de la nation, Sciascia fait naître, dans une grotte de Sicile, la nuit du débarquement anglo-américain, en juillet 1943, le héros de son dernier roman (1). Candido, sera-t-il baptisé : en hommage à Voltaire, certes, dont Sciascia, ici plus que jamais, recueille la leçon d'intelligence et de scepticisme, mais surtout pour une autre raison : ce bébé sera la page blanche (« candide ») où la nouvelle Italie, celle de Kim, s'apprête à écrire l'histoire toute neuve de la démocratie et des libertés républicaines.

Hélas, malgré l'optimisme et la bonne foi qu'il partage avec son homonyme, Candido découvrira bientôt l'inanité de telles chimères. Premier signe inquiétant : l'aisance avec laquelle son grand-père, général et ex-dignitaire fasciste, se fait élire député de la Démocratie chrétienne. En suivant la bonté naturelle de son caractère, le jeune garçon ne va pas tarder à provoquer une série de catastrophes. En toute naïveté, il désigne par deux fois les vrais auteurs de crimes : fautes impardonnables en Sicile, où sévit *l'omertà,* c'est-à-dire l'habitude de faire payer des innocents. La première

(1) *Candido, ou Un rêve fait en Sicile,* « Les Lettres nouvelles », 1978.

fois, cette faute coûtera la vie à son père ; la seconde fois, son ami et mentor, l'archiprêtre, sera démis de sa charge par l'évêque.

Candido, fils de famille, n'a pas seulement un jardin à cultiver, mais de grandes terres : le jour où il se décide à les mettre lui-même en valeur, il s'attire la haine des fermiers. Devenu militant communiste, par goût des problèmes concrets et par amitié des gens simples, il se heurte à l'hostilité du parti, dont la stratégie se moque bien des aspirations populaires. Candido veut-il donner gratuitement un terrain pour le nouvel hôpital de la ville ? On l'accuse d'exhibitionnisme. Propose-t-il de distribuer ses terres aux paysans ? On l'expulse carrément du parti. Tandis que l'ex-archiprêtre fait le compte de toutes les impostures commises par les catholiques, Candido détecte un par un les mensonges de la nouvelle Eglise. Avec une telle simplicité de cœur et une telle indépendance d'esprit, qu'on le traite partout d'imbécile et qu'on l'envoie à l'hôpital psychiatrique, pour voir s'il n'est pas fou pour de bon.

Jamais, pour dénoncer les complicités mafieuses des partis politiques et l'universelle corruption de la vie publique italienne, Sciascia n'avait montré autant de force, d'ironie. Voilà son meilleur roman, celui où le pessimisme sicilien se coule le plus brillamment dans la causticité voltairienne. Voilà aussi le témoignage le plus lucide qu'un compatriote de Berlinguer et de Moro puisse porter sur le pays où les fautes du pouvoir non moins que les carences de l'opposition laissent le champ libre aux aventuriers de tout poil, aux factieux noirs comme aux *desperados* couleur sang.

La droite et la gauche sont renvoyées dos à dos, ennemies toutes les deux du bonheur de l'homme. S'agit-il seulement de l'Italie ? A Madrid, l'ambassadeur de Mao assiste, aux côtés de Franco, au défilé commémoratif de la guerre civile. Au Caire, où pullulent les techniciens russes, Candido voit mettre en prison un étudiant soupçonné d'être communiste. La parabole s'étend à l'univers entier. Chose étrange et qui intriguera le lecteur français, le jeune homme et sa compagne Francesca décident de s'installer en France, à Paris, la seule ville, se disent-ils, où on peut encore flâner, où il y a des chats assis devant les boutiques, où les agents de police ressemblent à des badauds. Acceptons cet hommage, mais disons à l'auteur que son héros, indécrottable, ne viendra donc jamais à bout de ses illusions.

Contrairement au *Sentier des nids d'araignée,* le roman de Sciascia est tout en ombres chinoises, en silhouettes : autre signe des temps nouveaux, que ce refus du détail physique, de la description réaliste. Les hommes dont la Résistance devait faire des citoyens responsables ne sont plus, trente ans après, que des marionnettes manipulées par des fils trop visibles. Cette déréalisation de l'Italie a conduit à la situation présente : où Brigades Rouges, autonomes et autres bouffons absurdes du P. 38 ont pris une consistance tragique ; où la violence gratuite est devenue la seule réalité. *Candido,* ainsi, nous paraît bien plus vrai, plus inquiétant, que tous les reportages sur l'Italie. De même que *Todo Modo* et *Cadavres exquis,* roman et film qui avaient un air de science-fiction, font figure, aujourd'hui, d'œuvres prophétiques. Maintenant que le moindre dignitaire, le moindre notable, qu'il soit de droite ou de gauche, guette avec angoisse si une ombre suspecte ne l'attend pas au coin de la rue.

PIERO GUCCIONE

A lire tout ce qui a été écrit par ses compatriotes sur Piero Guccione, dans des textes obscurs fournis du vocabulaire le plus *aggiornato* en fait de critique d'art, il semblerait que ce peintre soit issu, comme tant d'autres, de la prodigieuse mêlée des écoles et des écritures qui caractérise les vingt dernières années. Certes, il est venu à Rome, encore très jeune ; il a participé à divers mouvements de la jeune peinture ; adhéré à des groupes où l'élaboration théorique prêtait ses béquilles savantes à la périlleuse aventure picturale. Mais envisager l'œuvre de Guccione sous cet angle, comme un produit de la réflexion nationale et internationale sur la peinture, c'est la réduire, me semble-t-il, à un dénominateur commun qui en ignore la splendide ingénuité.

Parce que le marché de l'art est en effet concentré, en Italie comme ailleurs, dans quelques grandes villes, nous avons pris l'habitude de considérer les peintres comme les soldats d'une armée dont les généraux seraient les critiques d'art, les théoriciens et les historiens de la peinture : des pions, en somme, qui auraient intérêt à occuper la case que leur assigne cet état-major de docteurs. Mais si le besoin de peindre et la manière de peindre naissaient d'un rapport secret, intime et exclusif entre un homme et le monde qu'il a sous les yeux ? Si Piero Guccione était devenu peintre seulement par envie et nécessité de fixer sur la toile la beauté et l'enchantement, ou le poids et la tristesse funèbre, des choses captées par son regard ? Ce n'est qu'une hypothèse, bien sûr, mais je rends précisément grâce à ce peintre de nous permettre de la faire, tant son œuvre me paraît étrangère aux « courants artistiques » romains, italiens ou autres, enracinée comme elle est dans une expérience locale intensément vécue.

Piero Guccione a quitté la Sicile à vingt ans, c'est vrai. Mais je suis plutôt frappé par le fait que, depuis vingt ans qu'il l'a quittée, il y revient chaque année ; et pour une période de cinq à six mois ; et dans une maison qu'il s'est fait construire à Cava d'Alga en face de la mer et par la fenêtre de laquelle il peint ce qu'il voit ou il voit ce qu'il peint. Le transfert juvénile de Guccione à Rome signifie sans doute que l'exercice social de la peinture est impossible en Sicile — ce qui est l'évidence même — mais ses retours et sa permanence par l'œil et par le cœur, et la nature comme la qualité de ses tableaux, prouvent avec éclat que l'exercice pictural de la peinture en Sicile ne dépendait que de la foi et de l'énergie d'un peintre.

Leonardo Sciascia appelle *sicilitude* ce mélange d'orgueil, de masochisme, de brio, de névrose et de folie qui fait le caractère sicilien. En grand nombre, des hommes de lettres, des hommes de théâtre, des poètes, des chanteurs — à une époque plus ancienne, des architectes et des sculpteurs baroques, dont Scicli, justement, la ville natale de Guccione, posée dans la montagne au débouché d'une gorge sauvage, garde des témoignages magnifiques — des décorateurs de charrettes aussi, et des confectionneurs d'ex-voto populaires, ont exalté la *sicilitude* en œuvres naïves ou géniales. Mais de peintres, pour ainsi dire pas. Trop de soleil, trop de lumière tue la couleur et empêche de peindre, c'est connu. Piero Guccione fait acte extrême et splendide de *sicilitude* en plantant son chevalet, non pas devant ce que la Sicile pourrait lui fournir en images variées, pittoresques et picturales, mais au contraire devant ce qu'elle présente de plus plat, de plus immobile : les étendues de terres brunes et brûlées, la surface figée de la mer. Ce qui est admirable, c'est cette adhésion minutieuse, passionnée, tourmentée et violente (sous l'apparente sérénité) du peintre à son univers. Un univers aussi simplifié que possible, réduit à ses lignes essentielles : peinture métaphysique par le dépouillement, sensuelle et panique par l'engagement total de la main et du corps. Au point qu'on est presque gêné de se trouver là, à regarder ces tableaux : comme si, s'étant cru convié à un spectacle, on s'apercevait avec effroi qu'il s'agit d'une cérémonie secrète.

Pourquoi ces poteaux et ces câbles du téléphone, seule pré ence de l'homme dans ce décor cosmique ? Encore une profession de *sicilitude*. Le grand drame de la Sicile, c'est d'avoir été écartée de l'Histoire, reléguée hors du progrès et du temps. Terre de contemplateurs, pour des contemplateurs. Nicolas de Staël n'est pas venu par hasard trouver en Agrigente (qui n'est pas très loin de Scicli) l'inspiration pour quelques-uns de ses plus beaux tableaux ; et Cézanne, auquel Guccione fait penser aussi, aurait pu troquer la mer de l'Estaque pour celle de Cava d'Alga. Mais quand on est né sicilien, on sait que la contemplation pure a sa contrepartie négative dans la résignation et le fatalisme stériles. D'ailleurs, se faire peintre, c'est accomplir un acte d'homme, un acte historique ; se faire peintre en Sicile, c'est aider à pousser la Sicile dans l'Histoire.

Cette contradiction dialectique entre une peinture de l'immobilité et une peinture du mouvement explique certains des thèmes les plus curieux dans l'œuvre de Guccione : dans une série précédente de tableaux, la présence métallique et brillante d'une Volkswagen (*sa* Volkswagen d'ailleurs, qui lui sert pour monter de Cava d'Alga à Scicli et redescendre de Scicli à Cava d'Alga : détail qui infirme le mythe à la mode d'une création pure affranchie de toute référence autobiographique), l'étude des reflets, sur la carrosserie, d'une haie de fleurs ou d'un troupeau de nuages. Aujourd'hui : les poteaux téléphoniques plantés sur les rivages d'Homère. Tentative d'acclimater la laideur et de métamorphoser des objets industriels en bouteilles de Morandi. Mais aussi, hommage, involontaire tant qu'on voudra, au progrès.

Enfin, le cheminement insensible des rides sur la mer, ou l'étirement progressif des ombres sur les champs pelés, ne fascineraient pas tellement Guccione, si son cœur n'était secrètement partagé entre la nostalgie d'un monde tout de suite et à jamais éternel, et le désir de communier avec les forces en marche de la vie.

TABLE DES RÉFÉRENCES

LETTRE D'AMOUR A NAPLES
Civiltà della Campania, Naples, déc. 1974. Inédit en français.

FÉMINITÉ DE SIENNE
Réalités, juin 1973.

GAIETÉ DE VENISE
Préface à *Vivre Venise*, album de photographies de Fulvio Roiter, Editions Mengès, 1978.

VIVRE EN SICILE
Préface à *les Siciliens*, album de photographies de Ferdinando Scianna. Editions Denoël, 1977.

LES CONTRADICTIONS DE STENDHAL
Préface aux *Chroniques italiennes*, Folio, 1973.

EMILE ZOLA A ROME
Préface à *Rome* dans les *Œuvres complètes*, tome 7, Cercle du Livre précieux, 1968.

ROSSINI A SES DÉBUTS
Programme pour la Maison de la Culture de Rennes, déc. 1976.

DE CASANOVA A FELLINI
1. *Magazine littéraire*, mai 1975. 2. *Nouvelles littéraires*, déc. 1976. 3. *Lumière du cinéma*, mars 1977.

L'UNIVERS MAGIQUE DE CARLO LEVI
Galleria, Caltanisseta/Roma, 1967. Inédit en français.

ITALO SVEVO
L'Express, 3/9/1973.

ALBERTO SAVINIO
L'Express, 30/12/1978.

CARLO EMILIO GADDA
L'Express, 14/3/1963 et 13/5/1974.

LE MYTHE DE L'AMÉRIQUE CHEZ LES INTELLECTUELS ITALIENS PENDANT LA PÉRIODE FASCISTE
Lettere italiane, Florence, oct. 1977. Inédit en français.
PAVESE POÈTE
Préface aux poèmes de Pavese, Poésie/Gallimard, 1979.
ELSA MORANTE
Préface à l'édition allemande de *Lüge und Zauberei,* Insel, 1968. Inédit en français.
GIORGIO BASSANI
Préface à *les Lunettes d'or,* Gallimard, 1962.
NATALIA GINZBURG
Préface à *les Mots de la tribu,* Grasset, 1966.
TOMMASO LANDOLFI
L'Express, juin 1970.
SANDRO PENNA
Préface à *Une étrange joie de vivre,* Editions Fata Morgana, 1979.
Y A-T-IL UNE CULTURE SICILIENNE ?
Préface à *Delle cose di Sicilia,* Sellerio, Palerme, 1979. Inédit en français.
LA TERRE DU SOUPÇON
Préface à *Goethe in Palermo,* Sellerio, Palerme, 1976. Inédit en français.
MICHELE PALMIERI DI MICCICHÉ
Préface à *Pensées et souvenirs historiques et contemporains,* Edizioni della Regione siciliana, Palerme, 1969. Inédit en France.
FEDERICO DE ROBERTO
Préface à *la Sorte,* Sellerio, Palerme, 1977. Inédit en français.
METTRE EN SCÈNE PIRANDELLO
Comédie-Française, sept. 1978.
TROIS APERÇUS SUR LEONARDO SCIASCIA
1. *La Quinzaine littéraire,* mai 1967. 2 et 3. *L'Express,* 22/3/1976 et 10/4/1978.
PIERO GUCCIONE
Catalogue de l'exposition Claude Bernard, mai 1976.

TABLE DES MATIÈRES

Achevé d'imprimer en mai 1991
sur les presses de l'Imprimerie Bussière
à Saint-Amand (Cher)

PRESSES POCKET - 12, avenue d'Italie - 75627 Paris
Tél. : 44-16-05-00

— N° d'imp. 1585. —
Dépôt légal : octobre 1987.
Imprimé en France